ROBYN CARR

Virgin River

Um lugar para sonhar

ROBYN
CARR

Virgin River

Um lugar para sonhar

Tradução
Silvia Moreira

Rio de Janeiro, 2022

Título original: Virgin River

A Harlequin é um selo da HarperCollins Brasil.

Contatos: Rua da Quitanda, 86, sala 218 — Centro — 20091-005
Rio de Janeiro — RJ
Tel.: (21) 3175-1030

Diretora editorial: *Raquel Cozer*

Gerente editorial: *Alice Mello*

Editor: *Ulisses Teixeira*

Copidesque: *Daiane Cardoso*

Liberação de original: *Rayssa Galvão*

Revisão: *Thaís Carvas*

Capa: *Guilherme Peres*

Diagramação: *Abreu's System*

CIP-Brasil. Catalogação na Publicação
Sindicato Nacional dos Editores de Livros, RJ

C299v

Carr, Robyn
Virgin River : um lugar para sonhar / Robyn Carr ; tradução Silvia Moreira. - 1. ed. - Rio de Janeiro : Harlequin, 2020.
320 p.

Tradução de: Virgin river
ISBN 9786550990336

1. Romance americano. I. Moreira, Silvia. II. Título.

20-62299 CDD: 813
CDU: 82-31(73)

Leandra Felix da Cruz Candido - Bibliotecária - CRB-7/6135

Este livro é dedicado a Pam Glenn,
Deusa do Parto,
minha amiga e irmã de coração.

Capítulo 1

Mel estreitou os olhos para enxergar melhor através da chuva e da escuridão, dirigindo devagar pelo caminho sinuoso e enlameado que serpenteava por entre as árvores, enquanto pensava, pela centésima vez: *Será que perdi o juízo?*

A roda direita do carro bateu em alguma coisa, tirando-o da estrada. O veículo atolou em uma vala, parando de repente. Mel tentou acelerar, mas o pneu girou em falso, deixando bem claro que ela não conseguiria sair dali tão cedo.

Estou muito ferrada, pensou. Acendeu a luz interna e olhou para o celular. Estava sem sinal já havia uma hora, quando saíra da estrada de asfalto e seguira na direção das montanhas. Inclusive, estava discutindo com a irmã, Joey, quando as montanhas e árvores gigantescas bloquearam o sinal, e a ligação caiu.

— Não acredito que você vai mesmo fazer isso — dissera Joey. — Achei que você tivesse bom senso! Você não é *assim*, Mel! Você não é do tipo que mora no interior!

— Ah, não? Bem, então vou passar a ser... porque já aceitei o emprego. E vendi tudo, para não ficar tentada a voltar.

— Por que não tira uma licença? Vai trabalhar em um hospital pequeno, talvez uma clínica particular? Ou, não sei... que tal pensar melhor sobre o assunto?

— Preciso de uma mudança radical — argumentara Mel. — Não quero mais ficar na linha de frente do hospital. E aposto que, nas montanhas, não vão me chamar para fazer o parto de tantos bebês. Fiquei sabendo que Virgin River é um lugar calmo, sossegado e seguro.

— Mas fica perdido no meio da floresta, a quilômetros de distância de uma Starbucks. É o tipo de lugar que as pessoas devem pagar pelos seus serviços com ovos, pés de porco e...

— E nenhum dos meus pacientes será trazido algemado, sob custódia de policiais. — Mel tivera que parar e respirar fundo, mas então caiu na risada. — Pé de porco? Ah, Joey... Olha, estou entrando em mais uma área de vegetação densa, talvez a ligação caia...

— Espere só para ver. Você ainda vai se arrepender. Isso é loucura, você está sendo impulsiva e...

Graças a Deus o sinal tinha caído, cortando a ligação. Joey estava certa. A cada quilômetro, Mel questionava ainda mais a decisão de fugir para as montanhas. A cada minuto, a estrada ficava mais estreita, as curvas, mais fechadas, e a chuva, mais forte. Eram apenas seis horas da tarde, mas o céu estava completamente escuro. Os últimos raios de sol não conseguiam penetrar a folhagem densa das árvores, e claro que não havia fontes de luz ao longo daquela estrada sinuosa. De acordo com mapa, Mel já devia estar perto da casa onde encontraria a pessoa que a contratara, mas ela não queria se arriscar a descer do carro atolado e sair andando a esmo. As chances de se perder na floresta e nunca mais ser encontrada eram enormes.

Em vez disso, procurou algumas fotos na bolsa, querendo refrescar a memória quanto às poucas razões que a tinham motivado a aceitar o emprego. Eram fotos de um vilarejo pitoresco com casas de madeira construídas com varanda frontal e edículas, uma escola antiga, uma igreja com campanário, malvas-rosa, rododendros e macieiras floridas em todo o seu esplendor; sem falar nos pastos verdejantes apinhados de animais que se refestelavam na grama. Havia uma cafeteria, onde provavelmente eram servidas tortas, além de uma mercearia e uma pequena biblioteca. Mel ainda teria um chalezinho adorável entre as árvores só para si, isento de aluguel durante o ano de contrato.

As incríveis sequoias da floresta nacional eram o cenário da cidade, centenas de quilômetros de mata virgem ao longo das cordilheiras de Trinity e Shasta. O rio Virgin, que emprestava o nome à cidade, era enorme, largo e caudaloso, abrigando grandes salmões, esturjões, trutas e outras espécies de peixes. As fotos que encontrou na internet a convenceram de que não havia lugar mais bonito no mundo. Mas, naquele momento, era só chuva, lama e escuridão.

Decidida a sair de Los Angeles, Mel disponibilizara o currículo na Associação de Enfermeiras, e um anúncio para a vaga em Virgin River chamou sua atenção. Segundo a recrutadora, o médico da cidade já era mais velho e precisava de ajuda. Hope McCrea, uma moradora local, oferecera o chalé e se responsabilizara pelo salário de Mel durante o primeiro ano. O condado arcaria com o seguro de responsabilidade civil por pelo menos um ano para uma enfermeira obstetra trabalhando naquele lugar rural e remoto.

— Enviei seu currículo e suas cartas de recomendação para a sra. McCrea — informara a recrutadora —, e ela quer fechar o contrato. O ideal seria que você fosse até lá primeiro, para conhecer o lugar.

Mel ligara para a sra. McCrea naquela mesma tarde. Virgin River era um vilarejo muito menor do que imaginara pelas fotos, mas, depois de uma hora ao telefone com a sra. McCrea, Mel começara a planejar a saída de Los Angeles logo na manhã seguinte. Isso tudo acontecera havia menos de duas semanas.

O que ninguém sabia, nem a Associação de Enfermeiras nem Virgin River, era o quanto Mel estava desesperada para ir embora de L.A. Para bem longe. Fazia meses que ela sonhava em recomeçar sua vida, em finalmente ter paz e quietude. Nem se lembrava da última vez que tivera tranquilidade para dormir uma noite inteira. Os perigos da cidade grande, onde a criminalidade aumentava em todos os bairros, tinham começado a consumi-la. Morria de ansiedade só de ir até o banco ou ao supermercado, o crime parecia estar à espreita por toda parte. Trabalhava no centro de traumatologia de um hospital público com trezentos leitos, atendendo vítimas dos mais variados crimes, sem falar nos próprios criminosos, feridos durante uma perseguição policial ou ao serem presos, amarrados às macas do atendimento de emergência, escoltados por agentes de segurança.

Mel sentia que estava sem forças, em frangalhos. E isso não se comparava à solidão da sua cama vazia.

Os amigos tinham implorado a ela que ignorasse o impulso de fugir para uma cidade desconhecida, mas nem os grupos de apoio nem a terapia a dissuadiram da ideia. Frequentara mais a igreja nos últimos nove meses do que nos dez anos anteriores, mas nada ajudara. O único alento era sua fantasia de fugir para algum vilarejo no interior, onde os moradores não precisavam trancar as portas e a única coisa a temer era a possibilidade de um cervo comer as plantas do jardim. Um lugar que parecesse um cantinho do paraíso.

Agora, olhando as fotos à luz pálida do interior do carro, Mel se deu conta do quanto fora ridícula. A sra. McCrea tinha sugerido que levasse apenas roupas de trabalho resistentes, como calça jeans e botas. E o que ela havia colocado na mala? Botas caras, de uma marca que valia mesmo o preço. As grifes das calças jeans que comprara para circular pelas fazendas também eram as melhores, todas com preços exorbitantes. Sem contar que vinha gastando cerca de trezentos dólares para cortar o cabelo e fazer luzes. Depois de tanto sofrimento durante os anos da faculdade e da pós-graduação, quando começara a ganhar um bom salário, descobrira que amava coisas boas. Passava o dia de uniforme, mas quando saía, gostava de estar bem vestida. Naquele lugar, no entanto, só impressionaria cervos e peixes.

Na última meia hora na estrada, vira apenas um caminhão velho. A sra. McCrea não tinha avisado que as estradas eram perigosas e íngremes, repletas de curvas fechadas, valas e lombadas, tão estreitas que qualquer ultrapassagem seria um desafio.

Foi quase um alívio quando escureceu de vez, porque assim ela conseguia ver melhor os faróis se aproximando em uma curva fechada. O carro atolara em uma vala encostada na colina, não na parte com mureta que dava para o precipício. Ali estava ela, arrasada, perdida no mato. Suspirou e puxou um casaco de cima das caixas do banco de trás, na esperança de que a sra. McCrea passasse por ali no caminho de ida ou de volta do chalé, onde deveriam se encontrar. A alternativa mais provável era passar a noite no carro. Ainda tinha algumas maçãs, biscoitos e dois pedaços de queijo. Mas a droga da Coca Zero acabara... na certa teria dor de cabeça e tremores pela manhã, pela falta de cafeína.

Nenhuma Starbucks. Deveria ter pensado melhor no lanche da viagem.

Desligou o carro, mas não os faróis, para o caso de outro veículo passar pela estrada estreita. Se ninguém a socorresse, a bateria acabaria até o amanhecer. Recostou-se no banco e fechou os olhos. Um rosto muito familiar surgiu em sua mente: Mark. Às vezes, a vontade de vê-lo mais uma vez, de conversar com ele só por um momento, era esmagadora. Não se tratava apenas da dor, mas da simples falta que ele fazia; sentia saudade de ter um companheiro em quem se apoiar, de esperar sua chegada e de acordar ao seu lado.

— O que existe entre nós é para sempre.

O "para sempre" durara quatro anos. Mel tinha apenas 32 anos, mas ficaria sozinha pelo resto da vida. Mark havia morrido — e, por dentro, ela também.

Alguém bateu com força na janela do carro, tirando-a do devaneio ou de uma possível soneca. Era um idoso, batendo no vidro com uma lanterna. A expressão em seu rosto era tão severa que Mel pensou que acontecera o que mais temia: o crime chegara a ela.

— Moça... Moça, você está atolada na lama.

Mel abaixou o vidro, sentiu a neblina umedecer o rosto.

— Eu... Eu sei. Bati em alguma coisa.

— Essa sua lata-velha não vai ajudar muito por aqui.

Lata-velha? Era uma BMW conversível, mais uma das suas inúmeras tentativas de aliviar a dor da solidão.

— Bem, ninguém me avisou! Mas obrigada pela informação.

O cabelo do sujeito, branco e fino, estava colado na cabeça, e ele ergueu as sobrancelhas grossas, grisalhas e espetadas. A chuva reluzia no casaco, as gotas pingavam do nariz grande.

— Fique aí, vou prender uma corrente no para-choque para tirar a senhora daí. Está indo para o chalé da sra. McCrea?

Bem, era exatamente o que Mel estava procurando: um lugar onde todos se conheciam. Pensou em pedir ao sujeito para tomar cuidado para não arranhar o para-choque, mas só conseguiu gaguejar:

— Es... estou.

— Não fica longe daqui. Siga meu carro, depois que desatolar.

— Obrigada.

Finalmente poderia se deitar em uma cama. Esperava que a sra. McCrea fosse uma alma gentil e tivesse deixado alguma coisa para comer e beber. Mel já sonhava com a lareira acesa no chalé, o som da chuva no telhado, enquanto se deitava em um colchão macio, enrolada em um belo lençol e uma manta. A salvo e em segurança, finalmente.

O motor gemeu, as rodas derraparam, mas o carro finalmente saiu da vala. Na estrada, o senhor que a ajudara ainda puxou o carro por alguns metros até que chegassem em terra firme, depois desceu, tirou a corrente e jogou-a na caçamba da caminhonete e entrou de volta no veículo, gesticulando para que Mel o seguisse. Ela ficou feliz pela companhia; caso atolasse de novo, ele estaria ali para ajudar. Mel o seguiu bem de perto, o tempo todo acionando o limpador de vidro para tirar a lama que espirrava das rodas da caminhonete, obstruindo totalmente a sua visão.

Nem cinco minutos depois, o pisca-alerta da caminhonete sinalizou que virariam à direita, logo depois da caixa de correio. O caminho era curto, esburacado e cheio de poças, mas logo alargou-se em uma clareira. A caminhonete deu uma volta larga e foi embora enquanto Mel estacionava bem na frente de... uma *choupana*!

Nem sequer lembrava um chalezinho adorável. Era alguma coisa em formato de A. Sim, tinha varanda na frente, mas apenas de um lado; o outro estava quebrado, o chão à frente coberto de tábuas empilhadas. As telhas velhas estavam escurecidas depois dos anos de exposição ao clima. Uma das janelas estava tampada por um tapume. Não havia luz nem dentro, nem fora do casebre, muito menos uma simpática espiral de fumaça saindo pela chaminé.

As fotos ainda estavam no banco do passageiro. Mel meteu a mão na buzina e saiu do carro sacudindo as fotos, puxando o capuz do casaco de lã sobre a cabeça e correndo até a caminhonete. O homem baixou o vidro e a encarou como se ela tivesse um parafuso a menos.

— O senhor tem certeza de que esse é o chalé da sra. McCrea?

— É aqui mesmo.

Ela mostrou a foto de um chalé simpático em forma de A, com cadeiras de madeira reclináveis e vasos suspensos com flores coloridas decorando a varanda, a paisagem iluminada pelo sol.

— Humm... Faz tempo que esse lugar não é mais assim.

— Não me disseram nada. Só que eu não precisaria pagar aluguel por um ano e ainda receberia um salário. A ideia era ajudar o médico da cidade. Mas isso...

— Não sabia que o doutor estava precisando de ajuda. Não foi ele que contratou a senhora, certo?

— Não, disseram que ele estava ficando velho demais para dar conta do atendimento na cidade e por isso precisava de ajuda especializada. Prestarei serviços por um ano mais ou menos.

— Você vai fazer o quê?

Mel respondeu, mais alto que o barulho da chuva:

— Sou uma enfermeira obstetra.

— É mesmo? — O homem parecia achar graça.

— O senhor conhece o médico?

— Todo mundo se conhece por aqui. Você devia ter vindo olhar a casa e conhecer o médico antes de decidir se mudar.

— Pois é, devia mesmo. Espere, vou pegar a bolsa para pagar uma recompensa pela ajuda...

Mas o homem já se afastara, acenando.

— Não quero seu dinheiro. O pessoal daqui não tem dinheiro para sair distribuindo pela ajuda que recebe. — Ele levantou uma sobrancelha grossa e rebelde. — Pelo jeito a sra. McCrea enrolou você. Esse lugar está vazio há anos.

E depois de uma risada, emendou:

— Aluguel de graça... Essa é boa.

Os faróis de uma velha picape interromperam a conversa.

— Aí está a dona. Boa sorte!

O sujeito foi embora, rindo. *Gargalhando,* na verdade.

Mel enfiou a foto dentro do casaco e ficou na chuva, perto de seu carro, enquanto a picape estacionava. Podia ter ido para a varanda, para não se molhar tanto, mas não parecia muito segura.

A picape tinha suspensão alta e pneus gigantescos... Não tinha como aquela coisa ficar atolada na lama. Dava para ver que o carro era de um modelo antigo, mesmo quase todo coberto de barro. Dali desceu uma senhorinha minúscula, de cabelo branco encaracolado, óculos pretos e grandes demais para o rosto. Não devia ter mais de um metro e meio de altura, usava galochas e uma capa de chuva enorme. Depois de jogar o cigarro no lamaçal, abriu um sorriso largo, aproximando-se de Mel.

— Seja bem-vinda! — disse, animada, com a mesma voz grave e rouca que Mel lembrava de ouvir ao telefone.

— Bem-vinda? — repetiu Mel. — Bem-vinda? — Ela puxou a foto do casaco e sacudiu-a. — Isso não tem nada a ver com aquilo ali!

A sra. McCrea não se abalou.

— Verdade, a casa precisa de umas melhorias. Pensei em vir aqui ontem, mas o dia passou num piscar de olhos.

— Melhorias? O chalé está em ruínas, sra. McCrea! A senhora disse que era *adorável*! Uma *joia*!

— Nossa! Não me avisaram que você era tão dramática.

— Também não me avisaram que a senhora sofria alucinações.

— Bom, essa conversa não vai nos levar a lugar algum. Quer ficar na chuva, ou vamos ver como estão as coisas lá dentro?

— Para ser sincera, queria dar meia-volta e ir embora, mas acho que não iria muito longe sem uma picape com tração nas quatro rodas. Outro detalhe que a senhora esqueceu de informar.

Sem mais uma palavra, a senhorinha de cabelos brancos subiu os três degraus da entrada batendo os pés e parou na varanda. Em vez de usar a chave, ela simplesmente empurrou a porta com o ombro.

— A porta deve ter inchado com a chuva — disse, com aquela voz grave, e desapareceu no interior do chalé.

Mel a seguiu, mas com passos mais suaves. Inclusive tomou o cuidado de testar o chão antes de avançar, para ver se a madeira aguentaria. As tábuas da varanda estavam empenadas, mas pareciam firmes. Uma luz fraca se acendeu assim que Mel chegou à porta, seguida de uma nuvem de poeira, quando a sra. McCrea sacudiu a toalha de mesa. Mel precisou voltar para a varanda, tossindo. Logo que se recuperou, respirou fundo o ar frio e úmido e se aventurou para dentro do chalé de novo.

O lugar estava imundo, mas a sra. McCrea se empenhava em arrumar as coisas, empurrando cadeiras para a mesa, assoprando o pó dos abajures e endireitando livros na prateleira. Mel olhou em volta, querendo satisfazer a curiosidade, mas decidida a não ficar naquela espelunca de jeito nenhum. Viu um sofá florido e desbotado, uma poltrona e um pufe combinando, um baú velho que servia como mesinha de café e uma larga estante de tijolos com as laterais inacabadas. A poucos passos dali, um balcão dividia a sala e a cozinha pequena. Aquele espaço provavelmente passava por uma boa faxina desde que a última pessoa fizera o jantar, anos atrás. A porta da geladeira, do fogão e de quase todos os armários estava aberta. A pia estava cheia de louça suja: pratos, travessas e copos imundos demais para serem usados.

— Olha, eu sinto muito, mas isso é inaceitável — anunciou Mel.

— É só um pouquinho de pó.

— Tem um ninho de passarinho dentro do forno! — retrucou Mel, atônita.

A sra. McCrea saiu andando ruidosamente pela cozinha, as galochas guinchando, pegou o ninho de passarinho e foi até a porta da frente, onde o lançou para fora.

— Pronto! Agora não tem mais ninho nenhum — anunciou, com voz de quem estava perdendo a paciência.

— Veja bem, acho que não vou conseguir. Aquele senhor da caminhonete rebocou o meu carro da lama. Não posso ficar aqui, sra. McCrea... Nem pensar. Fora que estou morrendo de fome e não trouxe comida nenhuma! — exclamou ela com um riso nervoso. — A senhora me falou que eu teria uma moradia adequada, entendi que isso queria dizer um lugar limpo e com comida suficiente por uns dois dias até que eu pudesse fazer compras. Mas isso aqui...

— Você assinou um contrato.

— E *a senhora* também. Duvido que conseguiria convencer alguém de que este lugar é adequado para morar ou que está em boas condições.

— Aquela maldita da Cheryl Creighton devia ter vindo aqui fazer uma faxina, mas todo dia inventava uma desculpa para não aparecer. Deve ter voltado a beber. Eu trouxe roupa de cama, está no carro, e vou levar você para jantar. Amanhã de manhã o lugar estará mais apresentável.

— E não tem um lugar onde eu possa ficar essa noite? Uma pousada? Um hotel de beira de estrada?

— Pousada? — indagou a sra. McCrea, rindo. — Acha que estamos em uma cidade turística? A estrada principal fica a uma hora daqui, e essa chuva não é uma garoa. Eu moro em uma casa grande, mas os cômodos estão lotados de tranqueiras. Acho que, quando eu morrer, vão pôr fogo em tudo para evitar o trabalho de organizar. Eu levaria a noite inteira só para liberar o sofá.

— Deve haver alguma...

— A casa mais perto é a de Jo Ellen. Tem um ótimo quarto em cima da garagem, que ela libera de vez em quando. Mas você não vai querer ficar lá. O marido dela pode dar trabalho. Acho que já levou tapa na cara de mais de uma mulher de Virgin River... e com você de camisola, não vai dar certo. Jo Ellen tem sono pesado, e ele pode ter algumas ideias... Aquele lá é pegajoso.

Deus do céu, pensou Mel. A situação só piorava.

— Vamos fazer o seguinte, garota. Vou ligar o aquecedor e a geladeira, depois vamos jantar.

— Na cafeteria?

— A cafeteria fechou há três anos.

— Mas a senhora me mandou uma foto... Achei que seria lá que eu faria as refeições no próximo ano!

— Meros detalhes. Caramba, você se irrita fácil.

— Irritada? Eu?

— Vá para meu carro. Eu já vou — ordenou a sra. McCrea.

Ignorando Mel, ela ligou a geladeira. A luz acendeu na hora. A velha ajustou a temperatura e fechou a porta. O motor fez um barulho pouco confiável.

Mel obedeceu e foi para a picape. O carro era tão alto que precisou se segurar na porta e praticamente içar o corpo para dentro do veículo. Ali era bem mais seguro do que dentro do chalé, onde a sra. McCrea estava ligando os aquecedores. Mel considerou que, se o chalé explodisse, já podiam minimizar os prejuízos ali mesmo.

Sentada no banco do passageiro, olhou para trás e viu vários travesseiros, cobertores e caixas. Presumiu que seriam suprimentos para o chalé destroçado. Bom, se não conseguisse outro lugar para ficar, poderia dormir naquele carro; pelo menos não morreria congelada, com tantos cobertores. Mas, assim que amanhecesse...

Minutos depois, a sra. McCrea saiu do chalé e fechou a porta. Sem trancar. Mel ficou impressionada com a agilidade daquela idosa ao subir na caminhonete. Ela apoiou o pé no suporte lateral, segurou na alça de teto com uma das mãos e o apoio de braço com a outra e se impulsionou para dentro. Sentou-se sobre uma almofada alta, e o banco estava bem para a frente, para que ela pudesse alcançar os pedais. Sem dizer nada, a mulher ligou o carro e, com habilidade, saiu de ré pelo caminho estreito.

— Quando conversamos, há algumas semanas, você me disse que era durona — lembrou a sra. McCrea.

— Sou mesmo. Fui a responsável pela ala feminina de um hospital público com trezentos leitos nos últimos dois anos. Recebíamos os casos mais desafiadores da cidade, pacientes desesperados, e posso dizer que fiz um belo trabalho. Antes disso, trabalhei em um pronto-socorro no centro de Los Angeles, um lugar bem difícil, segundo os padrões. Achei que a senhora estivesse falando de ser durona no trabalho, não que eu precisaria ser uma escoteira experiente.

— Caramba, o drama não acaba... Você vai se sentir melhor depois de comer um pouco.

— Espero mesmo — respondeu Mel.

Mas por dentro dizia: *Não posso ficar aqui. Já entendi que isso é loucura e vou dar o fora o quanto antes.* Só odiaria ter que admitir que Joey estava certa.

Não conversaram durante o trajeto. Mel achava que não tinha muito a dizer. Ainda assim, estava fascinada pela facilidade, velocidade e destreza com que a sra. McCrea dirigia aquela picape enorme pela estrada ladeada de árvores e cheia de curvas fechadas sob uma chuva torrencial.

Pensara que a cidade poderia ser um refúgio para o medo e a solidão. Um alívio do estresse dos criminosos e de suas vítimas ou de pessoas muito pobres, sem recursos nem esperanças. Quando viu as fotos do lindo vilarejo, logo imaginou um lugar acolhedor, onde as pessoas precisavam dela. Já podia ver como ficaria feliz com a gratidão dos pacientes de rostos corados do interior. Um trabalho significativo era o melhor remédio para os problemas pessoais. Sem contar que estaria fugindo da poluição e do trânsito, trocando-os pela beleza das montanhas. Só não pensou que precisaria ir tão longe para encontrar a Mãe Natureza. O que mais pesara na decisão tinha sido a perspectiva de fazer partos de mulheres sem seguro de saúde na área rural de Virgin River. Era bom trabalhar como enfermeira, mas a obstetrícia era sua verdadeira vocação.

A irmã, Joey, era a única pessoa que restara da sua família, e ela queria que Mel fosse morar com ela, o marido, Bill, e os três filhos em Colorado Springs. O problema era que não bastava trocar apenas de cidade, apesar de Colorado Springs ser bem mais tranquila. Agora, na falta de alternativas, seria forçada a procurar emprego por lá mesmo.

A picape passou por algo que parecia uma cidade.

— Esse é o vilarejo? — perguntou, rindo. — Ele também não estava nas fotos que recebi.

— Isso mesmo, é Virgin River. A cidade é bem mais bonita à luz do dia. Droga, que tempestade horrível. Março sempre traz tempo ruim. O doutor mora e atende bem ali. Ele também faz muitas consultas domiciliares. E ali é a biblioteca. — Apontou. — Abre às terças-feiras.

Passaram por uma simpática igreja com campanário, que parecia fechada com tábuas, mas pelo menos Mel a reconheceu. A mercearia parecia bem mais antiga e desgastada, e o proprietário estava trancando a porta da frente, encerrando o expediente. Ao longo da rua estavam várias casas geminadas, todas pequenas e velhas.

— Onde fica a escola?

— Que escola? — rebateu a sra. McCrea.

— Aquela cuja foto você mandou para a Associação.

— Humm... Nem sei onde arrumei aquela foto. Não temos escola. Ainda.

— Meu Deus...

A rua era larga, mas estava escura e deserta, e não havia postes de luz. Na certa aquelas fotos tinham sido tiradas de um álbum antigo. Ou eram de outra cidade.

A sra. McCrea estacionou em frente à casa do médico, do outro lado da rua, diante do que parecia uma casa maior, com varanda frontal ampla, em um terreno grande. Pelo sinal de "Aberto" em neon na janela, Mel concluiu que devia ser um bar ou lanchonete.

— Venha — chamou a sra. McCrea —, vamos aquecer sua barriga e seu humor.

— Obrigada — respondeu Mel, tentando ser educada. Estava morrendo de fome e não queria que sua postura lhe custasse o jantar, embora duvidasse muito que fosse conseguir se aquecer. Olhou para o relógio. Dezenove horas.

Antes de entrar, a sra. McCrea tirou e sacudiu a capa de chuva, mas Mel não vestia nada impermeável, além de estar sem guarda-chuva. O casaco estava encharcado, e ela cheirava a ovelha molhada.

O lugar lá dentro foi uma surpresa agradável. Era todo de madeira, e o fogo crepitava em uma grande lareira de pedra. O piso de madeira polida brilhava de tão limpo, e o cheiro de comida era muito bom. O bar comprido ficava diante de várias prateleiras de bebidas, com um enorme peixe emoldurado na parede acima; uma imensa pele de urso cobria a metade de outra parede. Sobre a porta havia uma cabeça de corça. Uau. Um bar de caçadores?

Havia cerca de dez mesas sem toalhas e apenas um cliente: o mesmo senhor que desatolara o carro de Mel, debruçado sobre uma bebida.

Atrás do bar havia um homem alto, de camisa xadrez com mangas arregaçadas, polindo uma taça com uma toalha. Devia ter cerca de 30 anos, e o cabelo castanho era cortado rente à cabeça. Ele ergueu a cabeça para cumprimentá-las e esboçou um sorriso.

— Sente-se aqui — disse Hope McCrea, indicando uma mesa perto da lareira. — Vou buscar alguma coisa para você.

Mel tirou o casaco e pendurou-o nas costas da cadeira, perto do fogo, para secar. Em seguida, esfregou as mãos geladas para aquecê-las diante das chamas. O lugar superara suas expectativas... Um bar aconchegante, com a lareira acesa e uma refeição pronta no fogão. Tudo bem que tinha animais empalhados nas paredes, mas não era tão absurdo, em um território de caça.

— Tome — disse a sra. McCrea, oferecendo um cálice pequeno com um líquido marrom. — Vai ajudar a aquecer o corpo. Jack está fazendo guisado e colocou um pão para assar. Vamos dar um jeito em você.

— O que é isso?

— Conhaque. Você bebe?

— Com certeza. — Mel tomou um gole generoso, sentindo o líquido descer queimando até o estômago vazio. Fechou os olhos por um momento, saboreando a sensação. Olhou de novo na direção do bar, mas o barman tinha sumido. Então disse, por fim: — Aquele senhor ali me ajudou a desatolar o carro.

— É o dr. Mullins. Você já pode falar com ele, isso se aceitar sair de perto do fogo.

— Para quê? Eu já disse que não vou ficar.

— Tudo bem. Então pode conhecer o médico e se despedir de uma só vez. Venha.

Com isso, Hope seguiu na direção do bar, soltando um suspiro cansado. Mel foi atrás.

— Doutor, essa é Melinda Monroe, caso ainda não saiba o nome dela. Srta. Monroe, esse é o dr. Mullins.

O médico ergueu o olhar cansado do drinque para fitá-la e meneou a cabeça, mas as mãos artríticas não soltaram o copo.

— Obrigada mais uma vez pela ajuda.

O médico meneou a cabeça novamente e voltou a atenção para a bebida.

Ah, então essa é a famosa simpatia do interior, pensou Mel. A sra. McCrea voltou para perto da lareira e sentou-se à mesa, mas ela chamou o médico:

— Com licença.

O homem a fitou por cima dos óculos, franzindo o cenho, juntando as sobrancelhas espessas até formar uma só. O cabelo branco e fino era tão ralo que mal cobria o couro cabeludo; as sobrancelhas eram mais peludas.

— É um prazer. Quer dizer que o senhor precisa de ajuda por aqui?

Mullins limitou-se a encará-la.

— Você não quer ajuda? É isso?

— Eu não preciso de ajuda nenhuma — resmungou o homem. — Mas já faz anos que aquela velha ali tenta arranjar um médico para me substituir. Ela está decidida.

— E por que isso?

— Não faço ideia. — Ele voltou a olhar para a bebida. — Talvez ela não goste de mim. Mas não faz diferença, já que eu também não gosto dela.

O barman, provavelmente dono do lugar, trouxe uma panela da cozinha, mas parou na ponta do balcão, observando Mel conversar com o doutor.

— Não se preocupe, meu chapa. Eu não vou ficar. Recebi uma descrição muito deturpada de tudo por aqui. Vou embora amanhã de manhã, assim que a chuva der uma trégua.

— Foi uma perda de tempo, não foi? — indagou o médico, ainda sem encará-la.

— Pelo visto, foi. Como se não bastasse a cidade ser bem diferente do que me disseram, o senhor também parece não precisar de uma enfermeira obstetra.

— É isso aí.

Mel suspirou. Torcia para conseguir um bom emprego no Colorado.

Um rapaz, um adolescente, levou uma bandeja de copos da cozinha para o bar. Estava vestido igual ao barman, usava camisa de flanela, calça jeans e o cabelo grosso cortado rente à cabeça. Garoto bonito, com maxilar acentuado, nariz fino e sobrancelhas grossas. Quando viu Mel, ele parou um segundo antes de colocar a bandeja debaixo do balcão e arregalou os olhos, boquiaberto. Mel inclinou a cabeça de leve e o presenteou com um sorriso. O garoto fechou a boca, mas continuou paralisado com a bandeja na mão. Mel deu as costas para o médico e o garoto e seguiu para a mesa da sra. McCrea. O barman passou por ela com uma cumbuca, talheres e guardanapo e a esperou chegar à mesa e puxar a cadeira. Chegando mais perto, Mel enfim notou o tamanho dele: o homem tinha ombros largos e media mais de um metro e oitenta.

— Que tempo horrível para uma primeira noite em Virgin River — disse o barman, simpático.

— Srta. Melinda Monroe, esse é Jack Sheridan. Jack, essa é a srta. Monroe.

Mel conteve o impulso de corrigi-la, dizendo que era sra. Monroe. Não queria explicar que não existia mais um sr. Monroe — dr. Monroe, na verdade. Então limitou-se a dizer:

— É um prazer. Obrigada pela comida.

— A cidade é bonita, quando o tempo coopera — insistiu o homem.

— Aposto que é — murmurou Mel, sem encará-lo.

— Você deveria esperar mais um ou dois dias.

Mel mergulhou a colher na cumbuca e experimentou o guisado. Jack continuou ali, parado. Ela ergueu os olhos.

— Está delicioso — elogiou, impressionada.

— É de carne de esquilo. — Notando a careta de Mel, Jack se explicou: — Brincadeira. É carne de vaca.

— Desculpe o mau humor — respondeu ela, irritada. — Foi um dia difícil.

— É mesmo? Ainda bem que abri a garrafa de conhaque, então.

Jack voltou para o bar. Mel olhou por cima do ombro e o viu falar alguma coisa baixinho para o rapaz, que ainda a encarava. Devia ser filho dele.

— Não entendo por que você é tão implicante. Não achei que você fosse assim quando falamos pelo telefone — comentou a sra. McCrea, tirando um maço de cigarro da bolsa e acendendo um. Aquilo explicava a voz rouca.

— A senhora precisa fumar agora?

— Infelizmente, sim — respondeu a velha, tragando longamente.

Mel balançou a cabeça, frustrada, e segurou a língua. Estava decidida a dormir no carro e ir embora na manhã seguinte, então por que reclamar e complicar mais? Àquela altura Hope McCrea já entendera o recado. Mel saboreou o maravilhoso guisado, tomou alguns golinhos de conhaque e se sentiu melhor com o estômago cheio e a cabeça um pouco mais leve. *Pronto, agora estou bem melhor. Vou sobreviver a uma noite naquele casebre. Deus sabe que já passei por coisa pior.* Fazia nove meses que seu marido, Mark, tinha parado em uma loja de conveniência, depois de um longo plantão noturno no pronto-socorro. Estava comprando leite para comer com cereal, mas em vez disso conseguiu três balas à queima-roupa no peito, morrendo na hora. A loja de conveniência que ele e Mel visitavam pelo menos três vezes por semana estava sendo assaltada justo naquele dia. A tragédia acabou com a vida que Mel tanto amava.

Passar a noite no carro, na chuva, não seria nada comparado a isso.

Jack serviu mais uma dose de conhaque para a srta. Monroe, mas ela não quis repetir o guisado. Ele ficou observando de trás do balcão enquanto ela comia, bebia e fuzilava Hope com o olhar enquanto a velha fumava, o que o fez rir. A garota era geniosa e bem bonita. Pequena, com olhos azuis reluzentes, boquinha em formato de coração e, considerando o volume da calça jeans, um traseiro lindo. Quando ela saiu, Jack disse ao dr. Mullins:

— Muito obrigado. Você podia ter pegado mais leve com a moça. Não vemos nada tão bonito por aqui desde a morte do labrador do Bradley, no último outono.

— Hum... — resmungou o doutor.

Ricky postou-se ao lado de Jack atrás do balcão.

— Isso mesmo. Poxa vida, doutor. Qual é o seu problema? Será que não pensa nos outros?

— Menos, garoto. — Jack riu, passando o braço pelos ombros de Rick. — Ela é muita areia para o seu caminhãozinho.

— É mesmo? Para o seu também — retrucou Rick, sorrindo.

— Pode dar o fora. Ninguém mais vai passar aqui esta noite — disse Jack, liberando Rick. — Leve um pouco de guisado para a sua avó.

— Tudo bem, obrigado. Até amanhã.

Depois que Rick foi embora, Jack foi até o médico, dizendo:

— Se tivesse ajuda, você poderia pescar mais.

— Não preciso de ajuda, obrigado.

— Ah, lá vem você de novo.

Jack sorriu. A teimosia de Mullins frustrara todas as tentativas de Hope de arrumar alguém para ajudá-lo. Ele devia ser o sujeito mais obstinado e cabeça-dura da cidade, além de estar velho, de sofrer de artrite e de estar perdendo o pique a cada ano que se passava.

— Me serve mais um trago — pediu o doutor.

— Pensei que tivéssemos um acordo.

— Meia dose, então. Essa chuva maldita está me matando. Estou gelado até os ossos. — Mullins encarou Jack. — Eu desatolei o carro daquela oferecida debaixo da chuva gelada, sabe.

— Acho que ela não é uma oferecida. Eu não teria tanta sorte...

Jack serviu um pouco de conhaque a Mullins e colocou a garrafa na prateleira. Sempre regulava a bebida do médico, que caso contrário beberia demais. E não estava a fim de sair na chuva para se certificar de que Mullins conseguiria atravessar a rua. O médico não tinha estoque em casa, só bebia ali, então era fácil controlar o consumo. Também não podia culpar o velhote... Mullins estava sobrecarregado e solitário. Sem falar na rabugice.

— Você podia ter oferecido um lugar quente para a garota dormir. É óbvio que Hope não arrumou a cabana para a chegada dela.

— Não estou procurando companhia — retrucou Mullins. Então encarou Jack, antes de completar: — Você parece estar mais interessado do que eu.

— Acho que ela não confiaria em ninguém daqui por enquanto. Mas é uma gracinha, não é?

— Nem reparei. — Mullins tomou mais um gole. — Acho que ela não tem força para enfrentar o trabalho duro daqui, de qualquer forma.

— Achei que você não tinha reparado — disse Jack, rindo.

Ah, mas ele tinha olhado. A mulher devia ter um metro e sessenta, cinquenta quilos. O cabelo era loiro e encaracolado, e, molhado, ficava ainda mais cacheado. Olhos que iam de meio triste a incandescentes em um instante. Gostara do brilho naqueles olhos quando a ouviu dizer que não estava de muito bom humor e quando enfrentara Mullins, sugerindo que daria conta de qualquer trabalho com facilidade. Mas a melhor parte era a boca... pequena, rosada e em formato de coração. Ou talvez o traseiro.

— É... Você poderia dar um tempo para as pessoas e ser um pouco mais simpático. Ajudaria um pouco a nossa vida.

Capítulo 2

O chalé estava mais quente quando Mel e a sra. McCrea voltaram. No entanto, claro que não tinha ficado mais limpo, e Mel estremeceu ao notar a sujeira.

— Não imaginei que você fosse tão implicante quando falamos pelo telefone.

— Não sou implicante. As unidades de parto de um hospital grande, onde trabalhei, não têm nada de glamouroso.

Mel percebeu como tivera mais controle naquele ambiente caótico e muitas vezes horrível do que ali, numa situação bem mais simples. Na verdade, ficara furiosa por ter sido enganada. Em Los Angeles, por mais que as coisas se complicassem, sempre voltava para um lar limpo e confortável.

A sra. McCrea tinha deixado travesseiros, lençóis, cobertores e toalhas, e Mel achou que fazia mais sentido enfrentar a sujeira do que o frio. Tirou sua única mala do carro e pegou um moletom e meias grossas, então fez a cama no sofá velho e imundo. O colchão, manchado e puído, chegava a dar medo, então preferira se enrolar feito um croquete na manta e deitar nas almofadas macias e bolorentas. Deixou a luz do banheiro acesa, com a porta quase fechada, para o caso de precisar se levantar à noite. E graças às duas doses de conhaque, à viagem longa e ao estresse das expectativas frustradas, caiu em um sono profundo, pela primeira vez livre de ansiedade ou de pesadelos. A melodia da chuva batendo no telhado a colocou para dormir.

Mel acordou com a fraca luz da manhã no rosto e se deu conta de que não mexera um músculo sequer durante a noite: ainda estava enrolada na manta, imóvel. Descansada e sem pensar em nada. Coisa rara.

Ficou deitada mais um pouco, incrédula. *Parece impossível*, pensou. *É surreal, mas me sinto tão bem, mesmo considerando as circunstâncias.* A lembrança do rosto de Mark pairou diante de seus olhos. *O que você esperava? Você o chamou!* Depois pensou: *Você pode ir para qualquer lugar, mas não vai se livrar da tristeza. Então, por que tentar?*

Houve uma época em que fora muito feliz, principalmente ao despertar. Mel tinha um dom estranho e divertido: sempre estava pensando em uma música. A primeira coisa que lhe vinha à cabeça pela manhã era alguma melodia, tão clara como se o rádio estivesse ligado. Sempre uma música diferente. Era incapaz de tocar qualquer instrumento, não conseguia sequer batucar com ritmo, mas acordava cantarolando. Mark despertava com o som desafinado, apoiava-se no cotovelo, sorrindo, e esperava que ela abrisse os olhos para perguntar:

— Qual é a música de hoje?

— "Begin the Beguine" — responderia Mel. Ou então: — "Deep Purple."

Mark cairia na gargalhada.

Mas a morte dele levara a música embora. Mel se sentou na cama improvisada, ainda enrolada no cobertor, e olhou em volta. A luz da manhã enfatizava a sujeira do chalé. Ouvindo o canto dos passarinhos, saiu do sofá e foi abrir a porta da frente. Saudou a manhã límpida e iluminada. Ainda enrolada no cobertor, saiu para a varanda. Os pinheiros e araucárias pareciam mais altos à luz do dia, agigantando-se cerca de sessenta metros acima do chalé, alguns até mais altos. Gotas de chuva ainda pingavam das folhas límpidas. Os galhos estavam repletos de pinhas verdes, tão grandes que provocariam uma concussão se caíssem na cabeça de alguém. Ao pé das árvores havia samambaias espessas de um verde exuberante. Mel contou quatro tipos diferentes, desde aquelas com leques de folhas grandes às delicadas como renda. A paisagem era fresca e saudável. Passarinhos cantavam e dançavam de galho em galho. O céu era azul-celeste, ela nunca vira aquela cor no céu de Los Angeles. Havia uma única nuvem branca e fofa, sob a qual planava uma águia de asas bem abertas, que desapareceu no meio das árvores. Mel inspirou o frescor da manhã de primavera. *Ah*... Pena que não daria certo por causa do chalé, da cidade e do médico rabugento, porque o campo era adorável. Intocado. Revigorante.

Ouviu um barulho estranho e franziu o cenho. Sem aviso prévio, a extremidade da varanda, que já estava solta, ruiu completamente, formando uma rampa enorme. Mel escorregou e caiu em um buraco profundo, molhado e lamacento. Agora se sentia um croquete sujo, molhado e gelado.

— Droga! — resmungou, livrando-se da manta e engatinhando até a parte da varanda que ainda estava de pé, depois para dentro do chalé.

Agora chega, pensou, já fazendo a mala.

Pelo menos as estradas estariam transitáveis, e à luz do dia as chances de ela bater em outro obstáculo e deslizar ladeira abaixo eram menores. Porém, parando para pensar, concluiu que não iria muito longe sem pelo menos tomar café. Assim, voltou para a cidade, embora seu instinto a aconselhasse a sair correndo dali e tomar café em algum lugar na estrada. Não esperava mesmo que o bar estivesse aberto tão cedo, mas não havia muitas opções. Estava tão desesperada que pensou em bater na porta do dr. Mullins e suplicar por uma xícara de café, mesmo que a carranca dele não fosse muito convidativa, mas a casa estava fechada como uma caixa-forte. Não tinha movimento no bar de Jack ou na mercearia do outro lado da rua. Viciada em cafeína, Mel não hesitou em bater à porta do bar, que logo se abriu.

A lareira estava acesa. O salão, mais reluzente do que na noite anterior, continuava aconchegante, grande e confortável... apesar dos animais empalhados pendurados nas paredes como troféus. Ela se surpreendeu ao se deparar com um sujeito careca e corpulento, com um brinco reluzindo em uma das orelhas. A camiseta preta marcava o peito musculoso, e sob a manga justa despontava uma grande tatuagem. Mel já ficara constrangida com o tamanho dele, mas a expressão de poucos amigos a assustou.

— Posso ajudar? — perguntou o homenzarrão, apoiando as mãos no balcão e unindo as sobrancelhas escuras e fartas.

— Hum... Café?

Ele se virou para pegar uma caneca, que colocou em cima do balcão, e serviu café de uma garrafa térmica que estava à mão. Mel pensou em pegar a caneca e fugir para uma mesa, mas não queria que o sujeito se sentisse ofendido, mesmo não tendo gostado muito de sua aparência de poucos amigos, então achou melhor sentar-se em um dos bancos próximos ao balcão, onde o café a esperava.

— Obrigada — disse, constrangida.

O sujeito assentiu e se afastou um pouco, apoiando-se nas prateleiras de trás com os braços gigantes cruzados sobre o peito. Ele parecia um leão-de-chácara ou um segurança. Um tipo Jesse Ventura cheio de atitude.

Mel tomou um gole da bebida quente e rica. Uma xícara de café forte superava qualquer alento em sua vida. E suspirou.

— Ah, delicioso!

O grandalhão não teceu nenhum comentário em resposta. *Tudo bem*, pensou Mel, *eu não estou a fim de papo, mesmo.*

Os dois passaram os minutos seguintes em um silêncio confortável, até que Jack entrou pela porta lateral do bar, carregando um fardo de lenha. Ele abriu um sorriso quando a viu, mostrando os lindos dentes brancos e alinhados. O peso da lenha acentuava seus bíceps sob a camisa jeans azul, a largura dos ombros contrastava com a cintura fina. Pelos castanho-claros despontavam pela gola aberta da camisa, e o rosto barbeado a fez lembrar da noite anterior, quando notara a sombra da barba depois de um dia sem ser feita.

— Ora, ora, ora... Bom dia! — cumprimentou ele, levando a lenha até a lareira e abaixando-se para guardá-la.

Foi impossível não olhar para as costas largas e musculosas e o traseiro perfeito. O trabalho árduo da rotina no campo devia deixar os homens com corpos bem definidos.

O grandão careca ergueu a jarra para servi-la de novo.

— Eu faço isso, Preacher — interrompeu Jack. — Na verdade o nome dele é John Middleton, mas o apelido é antigo. Capaz de ele nem responder se chamarem por John.

— Preacher, tipo pastor? Por que o chamam assim?

— Ah, ele é muito certinho. Quase nunca fala palavrão, nunca o vi bêbado e não perturba as mulheres.

— Ele é um pouco assustador — comentou Mel, baixinho.

— Que nada, ele é inofensivo. Como você passou a noite?

— Foi razoável. — Mel deu de ombros. — Achei que não conseguiria sair da cidade sem uma caneca de café.

— Você deve estar querendo matar a Hope. Ela nem sequer lhe ofereceu um café?

— Não.

— Sinto muito, srta. Monroe. Você merecia ser mais bem recebida. Não a culpo por pensar o pior deste lugar. Que tal alguns ovos? — Jack sinalizou por cima do ombro. — Preacher é bom cozinheiro.

— Não posso recusar. — A situação estava toda meio estranha, mas Mel abriu um leve sorriso. — Pode me chamar de Mel.

— Um bom apelido para Melinda — comentou Jack, e gritou para a porta da cozinha: — Preacher! Que tal um café da manhã para a mocinha? — Então, voltando para o bar, completou: — Bem, o mínimo que podemos fazer é oferecer uma boa refeição... se eu puder convencê-la a ficar mais uns dois dias...

— Sinto muito. Aquele chalé é inabitável. A sra. McCrea disse que alguém deveria ter limpado, mas que essa pessoa andava bebendo... Acho que isso eu entendi direito.

— Deve ser a Cheryl. Ela infelizmente tem problemas com a bebida. Hope devia ter chamado outra pessoa. Tem várias mulheres por aqui que aceitariam o trabalho.

— Bom, isso agora é irrelevante — sentenciou Mel, depois de outro gole de café. — Jack, esse é o melhor café que já tomei. Deve ser porque meus últimos dias não foram bons, então fico muito impressionada com qualquer mínimo de conforto.

— Não, o meu café é bom mesmo. — Jack franziu a testa e afastou um cacho de cabelo do ombro dela. — Você está com lama no cabelo?

— É bem provável. Eu estava na varanda, apreciando a beleza dessa linda manhã de primavera, quando a madeira cedeu e escorreguei para dentro de uma grande poça de lama nojenta. Não tive coragem de usar o chuveiro... Está um nojo. Pensei que tivesse conseguido tirar toda a lama.

Para sua surpresa, Jack deu uma gargalhada.

— Que coisa! Você já teve algum dia pior? Se quiser, tenho um chuveiro limpinho em casa — ofereceu, com mais um sorriso. — E toalhas com cheiro de amaciante.

— Obrigada, mas acho que já vou indo. Quando estiver mais perto da costa, paro em um hotel, onde poderei passar uma noite tranquila, quente e limpa. Talvez até alugue um filme.

— A ideia é boa. Depois você volta a Los Angeles?

Ela deu de ombros.

— Não.

Não podia voltar. O hospital e a casa trariam doces memórias, que reavivariam a tristeza. Não conseguiria tocar a vida em Los Angeles. Além do mais, não havia mais nada para ela lá.

— Está na hora de variar, mas aqui a mudança seria muito radical. Você sempre morou aqui?

— Eu? Ah, não. Cheguei faz pouco tempo. Cresci em Sacramento. Eu estava procurando um bom lugar para pescar e morar. Reformei essa casa e a transformei em bar, com um conjugado para morar. É pequeno e confortável. Preacher dorme em um quarto no andar de cima da cozinha.

— E por que escolheu esse lugar? Não quero ser insolente, mas... a cidade não me parece muito atrativa.

— Se você tivesse tempo, eu provaria o contrário. A região é incrível. Na cidade e nas cercanias moram mais de seiscentas pessoas. Muita gente de cidades maiores tem casa de campo nos arredores de Virgin River... A calma impera por aqui, e é excelente para pescar. Não recebemos muitos turistas, mas os pescadores aparecem com regularidade, sem falar nos caçadores, que ficam durante a temporada. A comida de Preacher é famosa, e este é o único lugar da cidade onde se pode tomar uma cerveja. Estamos bem diante de algumas sequoias... deslumbrantes. Majestosas. Durante o verão, as florestas ficam cheias de gente acampando.

— Seu filho trabalha com você?

— Filho? — Jack achou graça. — Ricky? Não, ele é um garoto da cidade. Trabalha aqui depois da escola, quase todos os dias. É um garoto legal.

— Você tem família?

— Minhas irmãs e sobrinhas moram em Sacramento. Meu pai também, mas faz alguns anos que perdi minha mãe.

Preacher saiu da cozinha trazendo um prato fumegante. Assim que o colocou diante de Mel, Jack se abaixou atrás do bar e pegou talheres de prata e mais um guardanapo. No prato havia uma omelete de queijo com pimentão de dar água na boca, acompanhada por linguiça, frutas, batatas salteadas e uma torrada. Serviram-na de água gelada e mais café.

— Humm... — Mel fechou os olhos com a primeira garfada: — É a segunda vez que como aqui e posso dizer que é a melhor comida que já experimentei.

— Eu e Preacher... às vezes conseguimos preparar comida boa. Preacher tem o dom de cozinhar, mas só começou depois que veio trabalhar aqui.

Mel comeu mais uma garfada, e Jack continuou parado ali, diante dela. Era bem capaz que não saísse enquanto ela não terminasse, observando-a devorar tudo.

— Então, o que tem entre o dr. Mullins e a sra. McCrea?

— Bem, vejamos... — Jack se recostou nas prateleiras atrás do balcão, os braços compridos e as mãos grandes apoiados nas laterais do corpo. — Eles costumam se estranhar. São dois velhos chatos, presunçosos e teimosos que não concordam em nada. Acho mesmo que o doutor precisa de ajuda, mas você já deve ter percebido o quanto ele é teimoso, né?

Mel confirmou, murmurando alguma coisa, pois estava com a boca cheia da omelete mais maravilhosa que já comera na vida.

— O fato é que, nesta cidadezinha, não é sempre que se precisa de um médico, mas há dias em que todos querem se consultar... Um surto de gripe, três mulheres prestes a dar à luz, ao mesmo tempo que alguém cai do cavalo ou do telhado. E assim vai... Ele não gosta de admitir, mas já está na casa dos 70. — Jack deu de ombros. — Tem um médico na cidade vizinha, mas fica a pelo menos meia hora daqui, e, para as pessoas que moram na área rural, em fazendas ou em ranchos, leva mais de uma hora. Precisamos pensar no que acontecerá quando o dr. Mullins morrer, o que espero que ainda demore um tempo.

Mel engoliu o que tinha na boca e tomou um gole de água.

— Por que a sra. McCrea está empenhada nessa questão? Ela está mesmo tentando substituir o médico, como ele alega?

— Não é bem assim. Mas o Mullins está envelhecendo, acho que já está na hora de pensar em um sucessor. O marido de Hope a deixou com uma boa condição de vida... Soube que faz tempo que ficou viúva. E ela faz de tudo para manter a cidade unida. Tanto que está atrás de um padre, de um policial e de uma professora primária, para as crianças não precisarem ir de ônibus até duas cidades daqui. Pena que não teve muito sucesso.

— O dr. Mullins parece não gostar de todo esse empenho — comentou Mel, encostando o guardanapo de leve nos lábios.

— Ele é territorialista e nem em sonho está pronto para se aposentar. Quem sabe não esteja com medo de alguém aparecer e assumir o posto, com medo de ficar sem ter o que fazer. Homens como ele nunca se casam e ficam à disposição de uma cidade durante a vida toda. Mas... sabe... houve um incidente, há alguns anos, pouco antes da minha chegada. Foram duas emergências ao mesmo tempo. Um caminhão saiu da estrada, e o motorista se machucou muito. Um menino teve uma gripe forte que virou pneumonia e tinha parado de respirar. O doutor estancou a hemorragia do motorista, mas, quando atravessou o rio para cuidar do garoto, já era tarde demais.

— Nossa... Aposto que ficaram alguns ressentimentos.

— Acho que ninguém o culpa. Mullins salvou muitas vidas por aqui. Mas se ele tivesse ajuda... Bem, daria mais segurança a todos. — Jack sorriu. — Você foi a primeira a aparecer.

— Humm...

Mel tomou o último gole de café. Ouviu a porta se abrir a suas costas, e dois homens entraram.

— Olá, Harv, Ron — cumprimentou Jack.

Os dois retribuíram o cumprimento e se sentaram a uma mesa do lado da janela.

Jack voltou a atenção para Mel.

— O que a trouxe à cidade?

— Esgotamento. Cansei de ser amiga de policiais e detetives de homicídios.

— Nossa, que tipo de trabalho você faz?

— Você já esteve na guerra?

— Bem, infelizmente... — Ele assentiu.

— Hospitais e prontos-socorros de cidade grande são como áreas de guerra. Passei anos em um pronto-socorro no centro de Los Angeles, enquanto completava meu trabalho de pós-graduação em obstetrícia, e havia dias que parecia uma zona de confronto. Atendíamos criminosos feridos depois de terem resistido à prisão... Alguns ficavam tão descontrolados que era impossível cuidar deles, precisávamos de três ou quatro policiais para contê-los e a enfermeira tentar pegar uma veia. Viciados vinham tão chapados que não se acalmavam nem com as armas de choques dos policiais, muito menos uma dose de Narcan. Atendíamos gente com overdose, vítimas de crimes violentos ou ferimentos de bala... Como era o maior centro de traumatologia de Los Angeles, recebíamos os piores AVM e FB... Desculpe, quero dizer acidentes de veículo a motor e ferimentos a bala. Muita gente ensandecida sem supervisão, sem ter para onde ir, sem medicação... A gente fazia um bom trabalho, eu garanto. Um trabalho excelente. Tenho muito orgulho disso. Talvez aquela seja a melhor equipe dos Estados Unidos.

Mel ficou quieta, lembrando. A vida no pronto-socorro era caótica, mas ela não parava, e lá acabou se apaixonando pelo marido. O trabalho era emocionante e compensador. Então, notando que se perdera em memórias, balançou a cabeça e continuou:

— Pedi transferência do pronto-socorro para a ala de saúde feminina, onde encontrei o que procurava: o pré-natal, o parto e os cuidados do puerpério. Quando fui estudar para o certificado de enfermeira obstetra, descobri minha verdadeira vocação. — Ela deu uma risadinha triste e balançou a cabeça. — Minha primeira paciente veio algemada e acompanhada por policiais, e tive que brigar feito um buldogue para que a soltassem. Queriam que ela tivesse o bebê algemada à cama!

— Bem, você tem sorte. Acho que nem temos algemas aqui na cidade — comentou Jack, rindo.

— Isso não acontecia todo dia, mas era bem comum. Fui a enfermeira supervisora da ala de obstetrícia por dois anos. Durante um tempo, eu era movida pela emoção e imprevisibilidade, até bater a cabeça na parede. Gosto de trabalhar com a saúde da mulher, mas não quero mais fazer isso em uma cidade grande. Deus sabe como preciso diminuir o ritmo. Estou esgotada.

— É muita adrenalina, tem certeza de que vai conseguir diminuir o ritmo?

— É, já me acusaram de ser viciada em adrenalina. Enfermeiras quase sempre são. Estou tentando largar o vício.

— E você já morou em cidade pequena? — perguntou ele, servindo mais café.

Mel balançou a cabeça.

— A menor cidade em que morei tinha pelo menos um milhão de habitantes. Cresci em Seattle, depois me mudei para o sul da Califórnia, para fazer faculdade.

— Cidades pequenas podem ser legais. E também têm sua dose de drama e perigo.

— Por exemplo?

— Enchentes, incêndios, vida selvagem... Caçadores que não cumprem a lei. E volta e meia temos algum crime. Além das plantações ilegais de maconha. Tem muitas pela área, mas não aqui em Virgin River. Pelo menos não que eu saiba. Cultivo Caseiro de Humboldt, nós chamamos por aqui. Uma gente que gosta de plantar a própria maconha... Eles são bem reservados, ficam na deles... Não querem chamar atenção. Mas de vez em quando temos algum crime por causa da droga. Aposto que *isso* você nunca viu na cidade.

— Eu queria uma mudança de ares, mas não deveria ter tomado um rumo tão drástico. É quase como entrar em abstinência. Eu devia ter feito uma mudança mais gradativa. Quem sabe procurar uma cidade com duzentos mil habitantes e pelo menos uma Starbucks.

— Ah, não venha dizer que acha o café da Starbucks melhor do que esse aí, que você acabou de tomar.

— Este café é ótimo. — Mel abriu um sorriso com o comentário, decidindo que Jack era um cara legal. — Mas eu devia ter pensado melhor no quesito acessibilidade das estradas. Trocar o caos das estradas de Los Angeles por essas curvas fechadas e penhascos de parar o coração... Estremeço só de pensar. Acho que só ficaria nessa cidade por causa da sua comida.

Jack se inclinou mais para perto dela, apoiando-se no balcão. Havia um brilho terno em seus olhos castanhos, toldados pelas sobrancelhas espessas e uma expressão séria.

— Posso dar um jeito naquele chalé em dois tempos.

— Sei, já ouvi essa promessa.

Mel estendeu a mão para cumprimentá-lo. Sentiu os calos da mão de Jack quando a apertou; mais uma vez, estava evidente que ele dava duro nos trabalhos físicos e manuais.

— A única coisa boa dessa experiência foi esse seu bar. — Ela se levantou e começou a procurar a carteira dentro da bolsa. — Quanto eu lhe devo?

— Fica por conta da casa. É o mínimo que posso fazer.

— Ora, Jack, nada disso foi culpa sua.

— Está certo. Vou mandar a conta para a Hope.

Preacher saiu da cozinha com uma vasilha embrulhada em uma toalha e a entregou a Jack.

— É o café da manhã do médico — explicou Jack. — Vamos, eu acompanho você até lá fora.

Quando chegaram junto ao carro de Mel, ele pediu:

— Agora, falando sério, queria mesmo que você reconsiderasse essa decisão de ir embora.

— Sinto muito, Jack. Mas esse lugar não é para mim.

— É uma pena. Temos uma escassez de mulheres bonitas por aqui. Bem, dirija com cuidado — aconselhou ele, dando um leve aperto em seu ombro.

Mel só conseguiu pensar que Jack era mesmo um gato, com olhos escuros e sensuais, maxilar bem delineado, covinha no queixo e um jeito descontraído. E era bem provável que ele sequer soubesse da própria beleza. Melhor que alguém o fisgasse logo, antes que ele se desse conta. Se bem que talvez já existisse esse alguém.

Ficou observando enquanto ele atravessava a rua até a casa do médico, então entrou no carro. Fez o retorno na rua deserta e voltou pelo mesmo caminho de onde viera. Diminuiu ao passar pela casa do médico, então viu que Jack estava agachado, examinando alguma coisa, ainda segurando a vasilha. Ele acenou para chamá-la. Parecia chocado, sem acreditar no que via.

— Tudo bem aí? — indagou Mel, parando o carro.

— Sim... Será que você pode vir aqui rapidinho?

Mel desceu do carro sem fechar a porta e foi correndo até a varanda de entrada da casa. Encontrou uma caixa diante da porta do médico e um Jack ainda perplexo.

— Jesus... — murmurou Mel, quando viu o bebezinho embrulhado em uma manta dentro da caixa.

— Hum... Acho que não é Jesus, não.

— Não vi esse bebê quando passei aqui, mais cedo.

Mel pegou a caixa e pediu a Jack para estacionar o carro enquanto ela tocava a campainha do médico. Depois de alguns minutos de tensão, Mullins abriu a porta. Usava um roupão de flanela xadrez amarrado sobre a enorme barriga, mal cobrindo o camisolão, que deixava as pernas finas de fora.

— Ah, é você? Ainda não aceitou que é melhor ir embora logo? Então trouxe o meu café?

— Não é isso. Deixaram essa caixa aqui na porta da sua casa. Você sabe quem poderia ter feito uma coisa dessas?

Mullins puxou a manta e viu o bebê.

— É um recém-nascido com poucas horas de vida. É seu?

— Ora, faça-me o favor... — Mel se irritou. Mullins nem sequer notara que ela era magra demais para uma gravidez e que estava enérgica demais para alguém que acabara de dar à luz. — Saiba que, se fosse meu, não estaria aqui.

Sem a menor cerimônia, Mel se desviou dele e entrou na casa. Qual não foi sua surpresa ao ver que era uma clínica... Havia uma sala de espera do lado direito e uma recepção logo em frente, com um computador e um arquivo atrás do balcão. Por instinto, seguiu direto até a sala de exames. Sua única preocupação era se certificar de que o bebê não estava doente ou precisando de assistência médica urgente. Colocou a caixa em cima da maca, tirou o casaco e lavou as mãos. Seu estetoscópio estava no carro, mas encontrou o do médico em uma prateleira, limpou-o com o álcool e o algodão que encontrou logo ao lado e auscultou o coraçãozinho do bebê. Examinando melhor, descobriu que era uma menina; o cordão umbilical estava amarrado com uma corda. Tirou a garotinha da caixa com todo cuidado e começou a pesá-la. Mullins entrou na sala.

— Três quilos — anunciou Mel. — Nasceu a termo. Coração e respiração normais. A cor está boa. — A bebê começou a chorar. — Tem pulmões fortes. Alguém abandonou um bebê perfeito. Você precisa chamar o Serviço Social agora mesmo.

— Ah, sim, aposto que a assistente social não vai demorar nadinha — retrucou Mullins, dando risada, enquanto Jack chegava e analisava a situação.

— E o que o senhor pretende fazer? — indagou Mel.

— Parece que o bebê está com fome, vou buscar um pouco da fórmula de recém-nascidos — avisou Mullins, saindo da sala de exame.

— Ah, pelo amor de Deus! — exclamou Mel, enrolando a bebê e ninando-a em seus braços.

— Não pegue muito pesado com ele — interveio Jack. — Não estamos em Los Angeles. Não dá para esperar que o pessoal do Serviço Social venha atender em casa. Estamos sozinhos nessa.

— E a polícia?

— Não temos polícia local. O departamento do condado até que é bom, mas com certeza bem diferente do que você imagina.

— Por quê?

— Como isso não é nenhum crime sério, demoraria um bom tempo para mandarem alguém, já que o departamento cuida de um território muito grande. E é bem provável que mandem algum encarregado para fazer um relatório a ser encaminhado ao Serviço Social. Estão sobrecarregados, são mal pagos e dificilmente conseguirão uma família temporária para cuidar desse... problema.

— Não chame a menina de problema, por favor — repreendeu Mel, e começou a abrir as portas dos armários, impaciente. — Onde é a cozinha?

— Daquele lado. — Jack apontou para a esquerda.

— Me arranje algumas toalhas, de preferência macias.

— O que você vai fazer?

— Dar um banho nela.

Mel levou a bebê até a cozinha, que era grande e limpa. Não devia ser muito usada, já que Jack levava as refeições para Mullins. Botou o escorredor de pratos em um canto e deitou a neném com cuidado no balcão de madeira seca. Lavou bem a cuba da pia com o detergente que encontrou no armário logo abaixo. Ajustou a temperatura da água e encheu a banheira improvisada enquanto a bebê protestava. Felizmente, encontrou uma barra de sabonete neutro, que usou para se lavar o melhor que pôde.

Enrolando as mangas, Mel segurou a criaturinha e mergulhou-a na água morna. A neném parou de chorar na hora.

— Ah, então você gosta de banho? Está gostoso, é?

Mullins entrou na cozinha com uma lata de fórmula em pó para recém-nascidos. Jack vinha logo atrás, trazendo toalhas.

Mel ensaboou a pequenina com todo o cuidado, tirando o muco de seu corpinho, torcendo para que o calor da água elevasse a sua temperatura corporal.

— Esse umbigo precisará de cuidados — informou. — Alguém sabe quem deu à luz?

— Parece que ninguém — retrucou o doutor, enchendo um medidor de água.

— Quem está grávida por aqui? Mais fácil pensar assim para descobrir a mãe.

— As grávidas de Virgin River que vieram aqui fazer o pré-natal não dariam à luz sozinhas. Talvez essa criança seja de outra cidade. Ou talvez eu tenha alguma paciente distante que deu à luz sem assistência médica, o que acho que seria a segunda crise do dia, se a senhorita sabe do que estou falando — acrescentou o médico, com uma voz calma.

— Pode ter certeza de que sei — respondeu Mel, com o mesmo profissionalismo. — E qual é o plano?

— Bem, parece que terei que trocar fraldas, fazer mamadeira e me irritar.

— Se irritar ainda mais, o senhor quer dizer?

— Bem, não vejo outro jeito.

— Não tem mais ninguém disposto a ajudar?

— As opções são bem limitadas. — Mullins encheu a mamadeira e colocou-a no micro-ondas. — Não se preocupe, eu dou um jeito. Talvez não ouça quando a neném chorar à noite, mas ela vai sobreviver.

— O senhor precisa encontrar um lar para esta criança.

— Você chegou na cidade procurando trabalho, não foi? Por que não ajuda?

Mel respirou fundo, tirou a bebê da pia e colocou-a sobre as toalhas no colo de Jack. Sorriu ao perceber a segurança dele ao embrulhá-la e niná-la nos braços.

— Você leva jeito.

— Tenho sobrinhas — explicou o barman, aconchegando a bebê contra o peito largo. — Já segurei bebês. Você vai ficar mais um pouco?

— Bem, isso seria bem complicado. Primeiro porque não tenho onde ficar. Aquele chalé não é habitável nem para mim, imagine para uma bebê. A varanda desabou, lembra? Não tem escada para a porta dos fundos. O único jeito de entrar é, literalmente, engatinhando.

— Tenho um quarto vago no andar de cima — informou o médico. — Se você ficar e ajudar, terá um salário. — Ele assumiu um ar sério, encarando-a por cima dos óculos de leitura, e acrescentou: — Mas não se apegue à criança. A mãe deve aparecer para buscar a menina.

Jack voltou ao bar e fez um telefonema.

— Alô — atendeu uma voz grogue.

— Cheryl? Já acordou?

— É você, Jack?

— Eu mesmo. E preciso de um favor. Agora mesmo.

— O que foi?

— Pediram para você limpar o chalé da sra. McCrea para a nova enfermeira, não pediram?

— Pediram... Mas não consegui ir. Tive... Acho que foi uma gripe.

Deve ter sido a gripe Smirnoff, talvez a gripe Everclear, aquela porcaria com noventa por cento de teor alcoólico, pensou Jack.

— Bem, e você pode ir hoje? Vou passar lá para consertar a varanda e preciso que o chalé esteja limpo. Mas tem que ser uma faxina daquelas. A enfermeira está hospedada na casa do doutor por enquanto, mas preciso dar um jeito naquele chalé. E então?

— Você vai estar lá?

— Vou passar a maior parte do dia por lá, mas posso chamar outra pessoa... Pensei em pedir a sua ajuda, mas você teria que estar sóbria.

— Estou completamente sóbria.

Jack duvidou. Apostava que a mulher faria a faxina com uma garrafa do lado. E havia o risco de que Cheryl só aceitasse o trabalho por sua causa — mas pelo menos a faxina seria bem-feita, se fosse para ele. A mulher gostava de Jack desde que ele chegara à cidade, estava sempre buscando desculpas para ficar por perto, enquanto ele fazia o possível para não encorajá-la. Cheryl travava uma luta ferrenha contra o álcool, mas era uma mulher forte e uma boa faxineira, quando se empenhava.

— A porta está aberta. Pode começar, que eu chego mais tarde.

— Precisa de ajuda, cara? — perguntou Preacher, quando Jack desligou.

— Preciso. Vamos fechar o bar e ir consertar o chalé da Hope. Talvez assim a Mel aceite ficar.

— Se é o que você quer...

— É o que a cidade precisa.

— Ah, sei... Claro.

Se tivesse qualquer outra profissão, Mel teria largado a bebê nas mãos artríticas do médico, entrado no carro e partido. Mas uma enfermeira obstetra jamais daria as costas a um recém-nascido abandonado. Além disso, havia a questão da mãe. Estava preocupada com ela. Decidiu na hora que não deixaria a neném com um senhor de idade que talvez não ouvisse seu choro à noite. Também precisaria estar perto caso a mãe procurasse ajuda médica, afinal, era a sua especialidade.

Mel aproveitou o restante do dia para conhecer a casa onde ficava a clínica. O quarto que ele oferecera era mais do que um quarto de hóspede; tinha duas camas hospitalares, suporte para soro, mesa de alumínio, mesa de cabeceira, tanque de oxigênio e uma incubadora, que fora trazida do andar de baixo. Por acaso, o único assento disponível no cômodo era uma cadeira de balanço, muito apropriada para uma jovem mãe e seu bebê.

A casa era funcional, lembrava uma clínica ou um hospital. A sala de estar fora convertida em sala de espera, e um balcão de recepção fora colocado na sala de jantar, para o check-in dos pacientes. Além disso, havia pequenas salas de exames e atendimento e um consultório. Na cozinha, havia uma mesinha onde Mullins deveria fazer as refeições, quando não ia ao bar em frente. Não era uma cozinha comum: tinha uma autoclave para esterilização e um armário trancado com remédios controlados. A comida da geladeira ficava junto de bolsas de sangue e plasma — e havia mais bolsas do que comida.

No andar de cima, havia apenas dois quartos, o das camas hospitalares e o do dr. Mullins. Não eram acomodações das mais confortáveis, mas ainda assim era melhor do que o chalé imundo — mesmo que o lugar fosse frio em todos os sentidos: piso de madeira, tapetes pequenos, lençóis ásperos e colchões cobertos com protetores de plástico, que craquelavam ruidosamente. Logo veio a saudade dos lençóis de quatrocentos fios, das toalhas grossas de algodão egípcio e do carpete fofo. Mel nunca se imaginara sem esses confortos materiais básicos, mas seria uma boa experiência — estava mesmo precisando de uma grande mudança. A irmã e as amigas tinham tentado convencê-la do contrário, mas os esforços foram em vão. Mel mal superara a experiência traumática de doar todas as roupas e objetos pessoais de Mark. Ficara apenas com uma foto, o relógio de pulso, as abotoaduras de platina que dera de presente a ele, no último aniversário, e a aliança de casamento.

Quando aceitou o trabalho em Virgin River, vendeu toda a mobília da casa e cadastrou o imóvel em uma imobiliária. Três dias depois, surgira uma proposta, mas com o valor ridículo de Los Angeles. Mel empacotara três caixas com pequenos tesouros: livros preferidos, CDs, fotos e bugigangas. O computador de mesa tinha ido para um amigo, mas o laptop e a máquina fotográfica digital ficaram. Guardara três malas e uma valise de mão cheia de roupas, o restante tinha sido doado. Não precisaria mais de vestidos sem alça para eventos de caridade, nem de camisolas sensuais, que usava nas noites em que Mark não trabalhava até tarde.

Recomeçaria a vida a qualquer custo. Não tinha motivos para voltar, não queria nada que a prendesse em Los Angeles. Como a situação em Virgin River não estava saindo como o planejado, decidiu ficar apenas alguns dias para ajudar, depois iria para Colorado Springs. *Vai ser bom ter a companhia de Joey, Bill e as crianças. Lá vai ser um lugar tão bom quanto qualquer outro para recomeçar a vida.*

Mel e a irmã estavam sozinhas havia muito tempo. Joey era quatro anos mais velha, casada com Bill havia quinze anos. A mãe morrera quando Mel tinha apenas 4 anos, e ela mal conseguia se lembrar da mulher que a gerara. Além disso, fazia dez anos que o pai, bem mais velho do que a mãe, fizera uma passagem tranquila em sua poltrona reclinável, aos 70 anos.

Os pais de Mark ainda eram vivos e estavam bem, morando em Los Angeles, mas Mel nunca tinha sido muito próxima deles, que sempre a trataram com muita frieza. A morte de Mark os aproximara um pouco, mas não levou muitos meses para Mel reparar que não recebia nenhuma ligação dos antigos sogros. Ela sempre ligava para saber como estavam, mas a impressão era de que os dois não a queriam por perto. Não foi surpresa nenhuma perceber que não sentia falta deles. Nem contara que estava deixando a cidade.

Mel tinha amigas maravilhosas da escola de enfermagem e do hospital, e todas sempre ligavam, chamavam-na para sair e a ouviam chorar e falar sobre Mark. Depois de um tempo, mesmo amando-as de paixão, tornou-se inevitável associá-las à morte de seu marido. Quando se encontravam, bastava os olhares de piedade para que a dor voltasse, crescendo como uma bola de neve. Queria muito recomeçar em algum lugar onde ninguém soubesse como sua vida se tornara vazia.

Mais tarde naquele dia, Mel entregou a bebê ao doutor, porque precisava de um banho com urgência. Esfregou-se dos pés à cabeça, secou o cabelo e vestiu uma camisola longa de flanela, com uma pantufa bem felpuda. Então desceu para o consultório do doutor, para pegar a bebê e a mamadeira. Mullins arregalou os olhos ao vê-la vestida daquele jeito.

— Vou dar a mamadeira e fazer a neném dormir — anunciou. — A não ser que o senhor tenha outros planos.

— Ah, claro...

No quarto, Mel deu a mamadeira à bebê, balançando-se na cadeira. Não demorou para que seus olhos se enchessem de lágrimas. Outra coisa que ninguém sabia sobre ela naquela cidade era que não podia ter filhos. Ela e Mark estavam procurando tratamento para infertilidade. Quando se casaram, depois de dois anos de namoro, Mark tinha 34 anos, e ela, 28. Mel nunca usara nenhum método anticoncepcional, mas, depois de um ano de tentativas, os dois decidiram procurar um especialista.

Ao que tudo indicava, Mark não tinha nenhum problema, mas Mel precisara desobstruir as trompas e passar por exames, que diagnosticaram sua endometriose. Mesmo assim, nada. Tinha tomado hormônios, ficava de cabeça para baixo depois das relações, tirava a temperatura todos dias, para definir quando estaria ovulando... Fizera tantos testes de gravidez de farmácia que teria sido melhor ter comprado um estoque direto da fábrica. Nada. Tinham acabado de tentar uma fertilização in vitro de quinze mil dólares quando Mark faleceu. Havia mais óvulos fertilizados em algum freezer de Los Angeles, para o caso de Mel se desesperar e tentar sozinha.

Sozinha. Era a palavra-chave. Quisera tanto um bebê, e agora tinha nos braços uma garotinha abandonada. Uma bebê linda, de pele rosada e cabelo castanho fininho. Aquilo a fez chorar pelo sonho não realizado.

A bebê era saudável e forte, mamava com vontade e arrotava com a mesma intensidade. Dormia profundamente, apesar do choro vindo da cama ao lado.

Naquela noite, o doutor Mullins ficou sentado na cama com um livro no colo, ouvindo atentamente. Então a moça estava sofrendo. Sofrendo desesperadamente, mas disfarçando a dor com sarcasmo e provocações inteligentes.

Nada nunca é o que parece, pensou, apagando a luz.

Capítulo 3

Mel despertou com o telefone. Verificou como estava a bebê, que acordara apenas duas vezes durante a noite e ainda dormia profundamente. Calçou os chinelos e desceu em busca de um café. Mullins já estava na cozinha, vestido para o dia.

— Vou à casa dos Driscoll, acho que Jeananne está sofrendo de um ataque de asma. Ali está a chave para o armário de remédios. E deixei o número do meu pager anotado... Celulares são inúteis por aqui. Cuide dos pacientes que aparecerem enquanto eu estiver fora.

— Achei que você só queria que eu cuidasse da neném.

— Você não veio para trabalhar?

— Você não disse que não queria ajuda?

— Bem, a senhorita também não queria ficar, então parece que estamos na mesma. Vamos ver do que você é capaz.

O médico vestiu o casaco, pegou a maleta e ergueu o queixo e as sobrancelhas, como se perguntasse: *E então?*

— Tem consultas marcadas para hoje?

— Só atendo com horário às quartas... Em geral as pessoas aparecem sem hora marcada, ou me chamam para uma consulta em casa, como essa de agora.

— Eu não saberia nem quanto cobrar.

— Nem eu. E não importa muito... Essas pessoas não têm um centavo no bolso, pouquíssimos possuem plano de saúde. Só precisa fazer um relatório minucioso, que eu resolvo depois. Talvez isso esteja além da sua capacidade, porque você não me parece muito esperta.

— Sabe, já trabalhei com grandessíssimos babacas, mas parece que o senhor está concorrendo ao posto de representante regional.

— Vou levar isso como um elogio — resmungou Mullins.

— É claro. Aliás, tive uma ótima noite, obrigada.

O bode velho nem respondeu. No caminho para a porta, pegou uma bengala.

— O senhor está mancando?

— Artrite — respondeu ele, tirando uma pastilha de antiácido do bolso e enfiando-a na boca. — E azia. Mais alguma pergunta?

— Não... Credo!

— Ótimo.

Mel preparou uma mamadeira e a esquentou no micro-ondas, depois subiu para se vestir. Assim que ficou pronta, a bebê começou a se mexer. Depois de trocar a fralda, pegou-a no colo.

— Bom dia, Chloe, minha querida...

Se tivesse tido uma filha com Mark, ela se chamaria Chloe. Se fosse menino, seria Adam. Mas o que estava fazendo?

— Você deve ter alguém, não é?

Desceu a escada, fazendo a bebê arrotar, e viu Jack entrando pela porta da frente.

— Oi, Jack... O doutor acabou de sair.

— Isto é para você. O dr. Mullins passou no bar e me aconselhou a trazer café da manhã, porque você está muito ranzinza.

Mel não conseguiu evitar o riso.

— Mullins lembra o meu avô — comentou Jack. — Como foi a noite? Ela dormiu?

— Dormiu muito bem, só acordou duas vezes. Agora vou dar a mamadeira.

— Por que eu não assumo essa tarefa, enquanto você come? Trouxe café.

— Jura? Eu não sabia que existiam homens perfeitos — brincou ela, seguindo para a cozinha. Depois que Jack colocou o prato e a garrafa térmica sobre a mesa, Mel entregou-lhe a bebê e verificou a temperatura do leite. — Para um homem, você até que fica bem à vontade com um recém-nascido.

Jack sorriu.

— Sou um homem cheio de sobrinhas em Sacramento.

Mel lhe entregou a mamadeira e pegou duas canecas.

— Você já foi casado? — questionou, mas se arrependeu na hora, pois o incentivaria a fazer a mesma pergunta.

— Fui casado com a Marinha. Uma esposa megera.

— Quantos anos?

— Mais de vinte. Entrei quando era criança. E você?

— Nunca fui fuzileira naval — respondeu Mel, com um sorriso, que ele retribuiu.

— E foi casada?

Não poderia encará-lo e mentir, então preferiu se concentrar no café.

— Fui casada com um hospital, um cônjuge tão cruel quanto a sua Marinha.

Não era uma mentira completa. Mark reclamava dos plantões extenuantes dos dois. Ele trabalhava com medicina de emergência, estava no fim de um plantão de trinta e seis horas quando parou na loja de conveniência, interrompendo o assalto. Mel tremeu involuntariamente e empurrou a caneca para Jack, perguntando:

— Você esteve em muitos confrontos?

— Muitos — respondeu ele, colocando a mamadeira na boca da bebê com habilidade. — Na Somália, na Bósnia, no Afeganistão e duas vezes no Iraque.

— Não é surpresa que você só queira pescar.

— Qualquer um vira pescador depois de vinte anos na Marinha.

— Você parece novo demais para ter se aposentado.

— Tenho 40 anos. Resolvi que era hora de parar quando levei um tiro na bunda.

— Minha nossa! Mas teve recuperação total? — indagou Mel, surpreendendo-se ao sentir as bochechas esquentarem.

Jack deu um sorriso de lado.

— Menos pela covinha em uma das nádegas. Quer ver?

— Ah, não, obrigada. O dr. Mullins me deixou responsável pela clínica, então não sei o que esperar. Pode me dizer onde fica o hospital mais próximo? Tem serviço de ambulância para cá?

— É o Hospital Valley... Até tem ambulância, mas demora muito para chegar. Mullins prefere usar a velha caminhonete e fazer o percurso ele mesmo. Se entrar em desespero e puder esperar por uma hora, os médicos do Grace Valley têm uma ambulância, mas nunca vi nenhuma por aqui desde que cheguei. E soube que uma vez veio um helicóptero buscar o cara que quase morreu em um acidente de caminhão. Foi uma comoção tão grande quanto o próprio acidente.

— Espero que ninguém precise de ajuda antes de ele voltar — comentou Mel, depois de uma garfada nos ovos. Parecia uma omelete espanhola, tão gostoso quanto a comida do dia anterior. — Humm... Que delícia. Mudando de assunto, meu celular está sem sinal, e preciso dizer à minha família que estou bem. Quero dizer, mais ou menos bem...

— Os pinheiros são muito altos, e as montanhas, muito íngremes. Use o telefone fixo, não se preocupe com o custo. Você precisa manter contato com a sua família. Quem são?

— Só tenho uma irmã, que mora em Colorado Springs. Ela e o marido fizeram um drama com minha mudança... como se eu estivesse partindo com o Exército da Salvação. Aliás, eu deveria ter me inscrito...

— Muita gente daqui ficará feliz por você não ter ido.

— Sou bem teimosa.

Jack sorriu, e Mel teve que se repreender: *Não comece com ideias, sua tonta. Você é casada. Isso não muda só porque Mark não está mais aqui.* Mas Jack era demais, tinha pelo menos um metro e oitenta e noventa quilos de puro músculo, além da destreza e de toda aquela habilidade com uma recém-nascida. Quando Mel o viu baixar os lábios e beijar a cabecinha da neném, seu coração de gelo começou a se derreter.

— Vou até uma cidade próxima, Eureka, comprar coisas para o bar — anunciou ele. — Precisa de alguma coisa?

— Fraldas descartáveis para recém-nascidos. E, aproveitando o fato de que você conhece todo mundo, poderia perguntar se alguém pode ajudar a cuidar dela? Pode ser por meio período ou integral, tanto faz. Melhor a neném ficar em uma casa de família do que aqui comigo e o dr. Mullins.

— Sem falar que você quer ir embora.

— Posso ajudar por uns dias, não mais que isso. Não posso ficar, Jack.

— Vou procurar alguém — respondeu ele, mas decidindo que faria exatamente o oposto. Sabia que Mel ia ficar.

A pequena Chloe estava dormindo havia meia hora depois da mamadeira da manhã quando chegou o primeiro paciente do dia. Uma moça de macacão, que provavelmente trabalhava no campo, com um aspecto saudável e limpo e o ventre protuberante, entrou trazendo dois vidros grandes com o que parecia ser conserva de amoras e os deixou perto da porta. Parecia uma garota da roça.

— Ouvi dizer que tinha uma médica nova na cidade.

— Não é bem assim — explicou Mel. — Sou enfermeira.

— Ah... — A moça suspirou, desanimada. — Seria legal ter uma médica por perto, quando chegasse a hora.

— A hora do parto?

— Isso. Gosto do doutor, não me entenda mal. Mas...

— Para quando é?

— Não tenho muita certeza, mas acho que para o mês que vem — respondeu a mulher, acariciando a barriga. Usava uma malha amarela por baixo do macacão, além de botas de cadarço e o cabelo castanho preso em um rabo de cavalo. Não devia ter mais de 20 anos. — É o meu primeiro.

— Eu também sou enfermeira obstetra — explicou Mel, e o rosto da garota se iluminou com um lindo sorriso. — Mas já vou avisando que ficarei pouco tempo na cidade. Pretendo partir assim que... — Pensou melhor e, em vez de contar sobre Chloe, perguntou: — Você fez algum exame pré-natal? Tipo medir a pressão arterial, peso e tudo o mais?

— Faz umas semanas. Acho que está na hora de fazer de novo.

— Então vamos aproveitar que você está aqui para fazê-los, que tal? Isto é, se eu encontrar o que preciso. Qual é o seu nome?

— Polly Fishburn.

— Aposto que tem uma ficha sua em algum lugar por aqui. — Mel foi para trás do balcão e começou a abrir as gavetas do arquivo. Não demorou muito para encontrar a ficha. Então foi até a sala de exame para procurar uma fita tornassol e outros suprimentos necessários. — Venha aqui, Polly. Quando foi a última vez que fez um exame de toque?

— Só fiz uma vez — respondeu Polly, com uma careta. — Fiquei com medo de fazer mais.

Mel sorriu, lembrando-se das mãos artríticas do dr. Mullins. O exame não seria nada agradável mesmo.

— Quer que eu dê uma olhada para verificar se já tem dilatação? Isso vai evitar que o dr. Mullins a examine mais tarde. Tire a roupa e vista este avental. Volto em um instante.

Mel foi ver como estava a bebê, que dormia na cozinha, e voltou para a sua paciente. Polly tinha uma saúde excelente, com ganho de peso normal, pressão boa...

— Nossa, Polly, a cabeça do bebê já está posicionada. — Mel se levantou, pressionando o ventre da mulher ao mesmo tempo que examinava o colo do útero. — A dilatação mal começou, e o afinamento do colo do útero está em cinquenta por cento. Você está sentindo uma pequena contração? Um aperto? São as contrações de Braxton, umas contrações de "treinamento". Onde vai ser o parto?

— Aqui... acho.

Mel caiu na risada.

— Se der à luz logo, seremos companheiras de quarto. Estou hospedada no andar de cima.

— Quando você acha que vai ser? — perguntou Polly.

— Entre uma a quatro semanas, mas é só um palpite.

Mel deu um passo para trás e tirou as luvas.

— Você faria o meu parto?

— Para ser sincera, Polly, quero ir embora assim que possível. Mas, se eu ainda estiver aqui quando você entrar em trabalho de parto, e se o dr. Mullins concordar, seria uma honra. — Mel estendeu a mão para ajudá-la a se sentar. — Vista-se. Nos vemos lá na frente.

Quando saiu da sala de exames e foi para a recepção, encontrou a sala de espera cheia.

No fim do dia, mais de trinta pacientes tinham sido consultados, e pelo menos 28 tinham ido só para conhecer a "nova doutora". Queriam visitá-la, conhecê-la melhor, trazer presentes de boas-vindas...

Tinha sido uma surpresa e tanto — pensando bem, era exatamente o que estava esperando quando aceitou o emprego.

* * *

Às seis da tarde, Mel estava exausta, mas o dia passara voando. Apoiou a bebê no ombro, balançando-a de leve.

— Você comeu alguma coisa? — perguntou ao dr. Mullins.

— Como poderia ter comido, com a clínica aberta? — disparou ele, mas não tão sarcástico quanto Mel imaginava que fosse a intenção.

— Você não quer ir até o bar enquanto dou mamadeira para a Chloe? Depois que vocês dois estiverem alimentados, preciso muito sair para tomar um pouco de ar fresco. Ou melhor: estou desesperada para mudar de ares, e sem comer desde o café da manhã...

— Chloe? — perguntou Mullins, balançando as mãos artríticas.

Mel deu de ombros.

— Ela precisava de um nome.

— Pode ir... Dou a mamadeira, depois arranjo o que comer por aqui mesmo.

Ela entregou a bebê e sorriu.

— Sei que o senhor quer se fazer de coitado e não consegue. Mas obrigada... Preciso mesmo sair daqui um pouco.

Mel tirou o casaco do gancho perto da porta e saiu para a noite de primavera. Longe da poluição e das luzes da cidade grande, o céu era salpicado de estrelas. Respirou fundo e imaginou se alguém chegava a se acostumar com o ar puro, tão mais limpo do que o ar poluído de Los Angeles que chegava a doer nos pulmões.

Havia mais gente no bar, diferente da noite chuvosa de quando chegara. Duas mulheres, que tinham passado na clínica naquele dia, estavam sentadas a uma mesa com os maridos. Connie e Ron, da mercearia, e a melhor amiga de Connie, Joy, com o marido, Bruce. Bruce era o carteiro da cidade e o portador que levava exames para o laboratório do Hospital Valley, quando necessário. Eles a apresentaram a Carrie, Fish Bristol, Doug e Sue Carpenter. Havia dois homens sentados ao balcão e mais dois a uma mesa, jogando cartas. Deviam ser pescadores, a julgar pelos coletes de sarja.

Mel tirou o casaco, puxou o suéter para cobrir o cós baixo da calça jeans, então se sentou no banquinho do bar. Nem percebeu que estava sorrindo e com os olhos brilhando. Todos vieram ao seu encontro para dar as boas-vindas, falar sobre suas vidas e pedir conselhos. Era muito gratificante quando tantas pessoas a procuravam, até mesmo aqueles que não estavam necessariamente doentes. A sensação beirava a felicidade.

— Soube que o dia foi bem movimentado do outro lado da rua — comentou Jack, passando um pano no balcão diante dela.

— Porque o bar estava fechado — retrucou Mel.

— Preacher e eu tínhamos coisas a fazer. O bar quase sempre fica aberto, mas, se precisam da gente em algum outro lugar, colocamos um aviso e tentamos voltar para o jantar.

— E quando precisam de você?

— Às vezes os peixes precisam de nós — respondeu Preacher, colocando uma bandeja de copos debaixo do balcão, então voltando para a cozinha.

O garoto, Ricky, circulava pelo salão. Quando viu Mel, ele abriu um sorriso largo e se aproximou com uma bandeja cheia de pratos.

— Srta. Monroe... ainda por aqui? Legal! — cumprimentou, a caminho da cozinha.

— Ele é tão fofo.

— Não deixe que ouça isso — avisou Jack. — O menino está naquela idade perigosa de se apaixonar. Dezesseis anos. O que posso servir esta noite?

— Acho que uma cerveja gelada scria ótimo — pediu Mel, e a garrafa surgiu a sua frente. — Qual o cardápio?

— Bolo de carne e o melhor purê de batatas que você já comeu.

— Não tem cardápio, né?

— Não. Os pratos variam de acordo com o humor do Preacher. Você prefere saborear um pouco a cerveja, ou já quer jantar?

Mel tomou um bom gole.

— Me dá um tempo... — Tomou outro gole. — Ahhh... — Seu suspiro de satisfação arrancou um sorriso de Jack. — Acho que hoje conheci metade da cidade.

— Nem chegou perto. Mas as pessoas que vieram espalharam a notícia da sua chegada. Você atendeu algum paciente de verdade, ou só curiosos?

— Alguns. Sabe, eu não precisava ter vindo aqui, a casa está cheia de comida. As pessoas, doentes ou não, trouxeram muitos quitutes. Tortas, bolos, pedaços de carne, pão fresco, é... bem coisa de interior.

Jack deu risada.

— Cuidado, ou vai ser conquistada.

— Você precisa de dois vidros de amoras em conserva? Acho que foi o pagamento de uma consulta.

— Pode apostar que sim. Preacher faz as melhores tortas da região. Alguma novidade sobre a mãe do bebê?

— Decidi chamar a menina de Chloe — anunciou Mel, quase temendo que uma lágrima caísse. Por incrível que pareça, não aconteceu. — Nada ainda. Espero que a mãe não esteja doente.

— Como todo mundo sabe da vida do outro, se uma mulher estivesse doente, a notícia já teria corrido.

— Então talvez ela seja de outra cidade — sugeriu Mel.

— Você parece quase feliz — comentou Jack.

— É verdade... Quase. A moça que levou as amoras me pediu para fazer o parto dela. Foi bacana. O único problema é que acho que o bebê vai nascer no meu quarto, e isso pode acontecer logo.

— Ah... É mesmo, o bebê da Polly parece que está pronto para nascer, certo?

— Como você sabe? Ah, deixa para lá... Esqueci que todo mundo sabe de tudo.

Jack deu risada.

— Não temos muitas grávidas por aqui.

Mel virou-se sobre o banco e olhou em volta. Duas idosas comiam o bolo de carne em uma mesa perto da lareira, e os casais que conhecera, todos na casa dos 40 ou 50 anos, socializavam, rindo e fazendo fofoca. Umas doze pessoas, no total.

— Parece que os negócios vão bem, hein?

— As pessoas não costumam sair muito quando chove. Acho que ficam colocando baldes debaixo das goteiras. Então... Ainda está querendo dar o fora daqui?

Mel bebeu um pouco mais de cerveja, notando os efeitos imediatamente por causa do estômago vazio. Na verdade, era uma sensação deliciosa.

— Vou ter que ir embora. Afinal, esta cidade não tem um lugar para fazer luzes no cabelo.

— Tem uns salões por aqui. Dot Schuman faz cabelo na garagem de casa.

— Parece interessante. — Mel o encarou. — Estou ficando tonta, talvez seja melhor comer aquele bolo de carne.

Ela soltou um soluço, e os dois riram.

Às sete horas, Hope McCrea entrou no bar e se sentou ao lado de Mel.

— Soube que você teve muita companhia hoje — comentou, tirando o maço de cigarro da bolsa. Estava prestes a pegar um, quando Mel segurou seu punho.

— Pelo menos espere até eu acabar de jantar.

— Credo, que estraga-prazeres — protestou a idosa, deixando o maço de lado. Então pediu a Jack: — Quero o de sempre. Então... Como foi o seu primeiro dia? Mullins ainda não afugentou você?

— Ele foi bem razoável, até me deixou dar alguns pontos. Claro que não elogiou meu trabalho, mas também não criticou. — Mel se inclinou na direção de Hope. — Aposto que ele está assumindo os créditos por ter me trazido aqui. A senhora deveria se defender.

— Quer dizer que você vai ficar?

— Por uns dias. Pelo menos até resolvermos algumas questões.

— Ouvi falar... Dizem que é uma recém-nascida.

— Jack Daniel's puro — anunciou Jack, colocando o drinque no balcão diante de Hope.

— Tem ideia de quem seja a mãe? — perguntou Mel a Hope.

— Não, mas estão todos se entreolhando de um jeito estranho. Se a mulher for da cidade, vai aparecer. Já terminou de brincar com a comida? Porque estou louca para fumar.

— Você sabe que não deveria, não é mesmo?

Hope McCrea a encarou com uma careta de impaciência, empurrando os óculos enormes mais para cima do nariz.

— Por que raios eu me preocuparia com isso, a esta altura da vida? Já sobrevivi por mais tempo do que esperava.

— Bobagem. Você ainda tem uns bons anos pela frente.

— Ah, meu Deus, tomara que não!

Jack e Mel riram do comentário.

Agindo como se tivesse milhões de coisas a fazer, Hope virou o uísque enquanto fumava, então deixou o dinheiro no balcão e saltou do banco, dizendo:

— A gente se fala. Posso ajudar com a pequeninha, se precisar.

— Mas não pode fumar perto dela — avisou Mel.

— Eu não disse que poderia ajudar por horas e horas. Não se esqueça.

Com isso, Hope foi embora, parando em algumas mesas no caminho.

— Até que horas o bar fica aberto? — perguntou Mel.

— Por quê? — retrucou Jack. — Está pensando no último drinque?

— Hoje não, estou exausta. É só para saber.

— Costumo fechar por volta das nove, mas... não faço objeção se alguém pedir para ficar um pouco mais.

— Este é o bar mais prestativo que já frequentei — comentou Mel, dando risada e olhando o relógio de pulso. — Preciso liberar o doutor. Não sei qual é o nível de paciência dele com um bebê. Vejo você amanhã, no café da manhã, a não ser que o dr. Mullins tenha uma visita domiciliar.

— Estaremos aqui.

Mel se despediu e foi pegar o casaco, mas passou em duas mesas para desejar boa noite às pessoas que tinha acabado de conhecer.

— Acha que ela vai ficar um tempo por aqui? — perguntou Preacher, saindo da cozinha.

Jack franziu o cenho, observando Mel sair.

— Acho que deveria ser contra a lei usar calça jeans com um corpo desses. — Ele olhou para Preacher. — Você está tranquilo aqui? Estou pensando em tomar uma cerveja em Clear River.

Aquilo era um código entre eles, significava que havia uma mulher em Clear River.

— Estou tranquilo.

Na meia hora de viagem até Clear River, Jack sentiu uma pontinha de culpa por não estar pensando em Charmaine. Naquela noite, seus pensamentos estavam voltados para outra jovem mulher, muito bonita e loira, que deixaria qualquer homem de joelhos até mesmo de calça jeans e botas.

Fazia quase dois anos que Jack tinha ido tomar cerveja em um bar de Clear River e começara a conversar com a garçonete, Charmaine. Era uma mulher divorciada com dois filhos já adultos. Ela era boa, trabalhadora, divertida e sensual. Depois de alguns encontros e muita cerveja, Jack foi convidado para ir à sua casa e caiu sobre ela como se estivesse se jogando em um colchão de penas. Depois esclareceu, com o discurso que sempre fazia para as mulheres: não era o tipo de se prender a ninguém, e, se ela começasse a ter essas ideias, ele sumiria.

— E por que acha que toda mulher precisa de um homem para cuidar dela? Acabei de me livrar de um, não quero me prender a outro — retrucara Charmaine. E completara, sorrindo: — Mas não tem como escapar, todo mundo se sente solitário de vez em quando.

Os dois tinham um namorico que prendia Jack já havia dois anos, mas não se viam com frequência, no máximo uma vez por semana, às vezes de quinze em quinze dias. Chegavam a passar um mês sem se encontrar. Jack não sabia o que Charmaine fazia nesse intervalo, talvez tivesse outro namorado (não que alguma vez deixara provas disso). Nunca a flagrara no bar de papo com ninguém, nunca vira pertences de outros homens na casa dela. Deixara uma caixa de camisinhas na mesa de cabeceira, e estava sempre no mesmo lugar. Depois de um tempo, acabou deixando escapar que gostava de ser o único com quem ela transava. A verdade era que seguia a ética pessoal de transar apenas com uma mulher por vez. O namoro podia durar um ano ou uma noite... mas ele não saía com várias ao mesmo tempo. No entanto, apesar de tecnicamente não estar quebrando a regra, também não estava a seguindo à risca naquela noite.

Jack nunca passava a noite em Clear River e nunca convidava Charmaine para pernoitar em Virgin River. A mulher só o convidara duas vezes para uma visita, e não em tom de exigência. Afinal, Jack não era o único que precisava desfrutar de boa companhia de vez em quando.

Gostava de ver a felicidade estampada no rosto dela quando o via chegar sem aviso ao bar. Talvez Charmaine estivesse mais apaixonada do que deixava transparecer. A mulher tinha sido muito legal, por isso Jack lhe devia uma satisfação, mas ele precisaria terminar o relacionamento antes que aquilo ficasse mais sério. Às vezes, querendo demonstrar que era um cavalheiro, Jack passava no bar apenas para tomar uma cerveja ou levava um presente, tipo uma echarpe ou brincos.

Sentou-se diante do balcão, enquanto Charmaine ajeitava o cabelo e levava uma cerveja. Era alta, pouco mais de um metro e setenta, com o cabelo descolorido no salão, e se mantinha em forma. Jack não sabia a idade dela, mas supunha que devia ser por volta dos 50. Charmaine estava sempre com roupas muito justas e tops que acentuavam os seios grandes. À primeira vista parecia um tanto vulgar, mas não exatamente brega ou lasciva. Só não era muito refinada. Mas, ao conhecê-la melhor, Jack descobria que Charmaine era doce e muito genuína, e a primeira impressão ruim se esvaía. Achava que ela devia ter sido muito bonita quando jovem, com aqueles seios fartos e lábios grossos. Não que tivesse perdido a boa aparência, apenas ganhara peso extra nos quadris e rugas nos cantos dos olhos.

— Olá, rapaz, faz tempo que não te vejo.

— Acho que faz só duas semanas.

— Está mais para quatro.

— Como tem passado?

— Ocupada. Trabalhando. Semana passada, fui até Eureka ver minha filha. Está com problemas no casamento... O que já era de se esperar, claro. Considerando que o exemplo que dei foi de um casamento ruim.

— Ela vai se separar? — perguntou Jack, mais por educação, já que não estava muito interessado. Não conhecia os filhos de Charmaine.

— Não, mas deveria. Vou servir aquela mesa. Já volto.

O bar não estava cheio, mas ela circulou pelo salão, certificando-se de que todos tivessem sido atendidos. Assim que Jack entrou pela porta do bar, Butch, o dono, soube que Charmaine pediria para sair mais cedo. Jack a viu levar uma bandeja de copos para trás do balcão e cochichar com o chefe, que assentiu.

— Só passei para tomar uma cerveja e dar um oi — avisou Jack. — Tenho que voltar logo. Estou cuidando de um projeto bem grande.

— Ah, é? Do que se trata?

— Estou consertando o chalé de uma mulher da cidade. Hoje montei uma varanda nova e amanhã vou fazer uma escada para a porta dos fundos.

— É mesmo? Ela é bonita?

— Acho que é... considerando que tem 76 anos.

Charmaine riu alto. Era bom ouvir aquele riso intenso e gutural.

— Então nem me darei ao trabalho de ter ciúmes. Você tem tempo para me acompanhar até em casa?

— Claro. — Jack virou o resto da cerveja. — Mas não vou entrar.

— Tudo bem. Vou pegar meu casaco.

Quando saíram, ela enlaçou o braço no dele e começou a contar como tinham sido as duas últimas semanas, como sempre fazia. Jack gostava de ouvir sua voz meio rouca, que lá no bar era conhecida como voz de uísque, apesar de Charmaine não beber muito. Ela podia falar por horas a fio, mesmo que não tivesse nenhum assunto relevante, mas falava de um jeito gostoso, não irritante. Contava do bar, das pessoas da cidade, dos filhos, do que comprara nos últimos dias e dos livros que lera. Charmaine amava saber o que estava acontecendo no mundo; era capaz de passar a manhã inteira assistindo à CNN, antes de sair para o trabalho, e gostava de dar opinião sobre as manchetes. A casa pequena onde vivia estava sempre passando por alguma reforma, fosse um papel de parede novo, alguma pintura ou novos eletrodomésticos. A casa era própria, provavelmente uma herança, então ela podia gastar o salário consigo mesma ou com os filhos.

— Já vou indo, Charmaine. Mas a gente se vê em breve — anunciou Jack, quando chegaram à porta da casa dela.

— Tudo bem.

Ela o beijou, e Jack retribuiu por obrigação, o que gerou um protesto:

— Isso não foi um beijo.

— Não quero entrar.

— Você deve estar mesmo exausto. Será que ainda tem energia sobrando para um beijo que fique uma ou duas horas na memória?

Jack tentou de novo. Dessa vez, puxou-a para mais perto e envolveu os lábios dela, explorando sua boca com a língua. Charmaine agarrou sua bunda. *Droga!*, pensou. Ela roçou o corpo no dele e sugou sua língua, puxando-o para mais perto pelo cós da calça, deslizando os dedos por seu abdômen musculoso.

— Está bem — murmurou Jack, com a voz fraca, vulnerável e excitado. — Vou entrar só por uns minutinhos.

— Este é o meu garoto! — Ela abriu a porta com um sorriso nos lábios, e Jack entrou. — Vai ser o seu remedinho, para ajudar a dormir.

Jack deixou o casaco na cadeira. Charmaine mal tirara o dela quando foi agarrada pela cintura, puxada para trás e envolvida em um beijo repentino, quente e cheio de desejo. Ele a ajudou a terminar de tirar o casaco, empurrando-a na direção do quarto, até caírem juntos na cama. O próximo passo foi livrá-la do sutiã, para poder beijar seus seios macios. Depois foi a vez de sua calça ser descartada, a dele logo atrás. Ele percorreu com as mãos seu corpo, Jack abriu a gaveta da mesa de cabeceira, pegou uma camisinha e rasgou a embalagem com os dentes. Ficou impressionado com a rapidez com que a colocou e penetrou o corpo de Charmaine. Os movimentos de vaivém foram se intensificando, enquanto ela murmurava de prazer.

Ele estava prestes a atingir o orgasmo, mas se conteve; Charmaine o envolveu com as pernas e levou os quadris ao seu encontro. Estava acontecendo alguma coisa estranha. Parecia que ele tinha perdido a cabeça, não sabia onde estava nem com quem. Quando ela se contraiu, segurando-o dentro de si, Jack atingiu o prazer máximo. Charmaine estava ofegante, sinal de que também tivera um orgasmo.

— Nossa, Jack! — exclamou, depois que recuperou o fôlego. — Que tesão todo é esse?

— Oi?

— Você nem tirou as botas!

Jack saiu de cima dela, chocado. *Poxa vida, não posso tratar uma mulher desse jeito.* Talvez não estivesse pensando direito na hora, mas pelo menos não tinha outra pessoa na cabeça — um pequeno consolo. Não tinha sido um ato consciente, e sim um impulso visceral. Uma manifestação física de seus desejos.

— Me desculpe, Charmaine. Você está bem?

— Estou muito melhor do que bem. Agora, por favor, tire essas botas e venha me abraçar.

Jack tinha pensado em dizer que precisava ir, e estava mesmo com vontade de sair dali, mas não poderia agir assim, não depois de tê-la tratado daquele jeito. Então ele se levantou e tirou as botas, a calça e a camisa, jogando tudo no chão. Depois de uma rápida ida ao banheiro, voltou e aninhou Charmaine em seus braços. O corpo pesado e macio amoldou-se ao seu. Ele a acariciou, beijou e se amaram de novo, mas de um jeito bem diferente. Dessa vez, foi um ato consciente, mas não menos gostoso. À uma da manhã, Jack foi procurar a calça no chão.

— Você bem que podia ficar dessa vez — sugeriu ela, da cama.

Jack vestiu a calça e se sentou na cama para colocar as botas. Então virou-se e beijou-a no rosto.

— Não posso. Mas você vai ficar bem. Pense que isso que aconteceu foi um remedinho para ajudar dormir — brincou, sorrindo.

Enquanto voltava para Virgin River, decidiu: *Agora acabou. Preciso terminar. Não posso mais continuar com isso. Não tão concentrado em outra pessoa.*

Capítulo 4

Pelo terceiro dia consecutivo, Jack foi para o chalé de Hope com a caçamba da caminhonete lotada. Quando estacionou, Cheryl saiu para a varanda nova com um pano de chão.

— Olá, Cheryl, como está indo a faxina? Quase terminando?

— Ainda vai levar o dia todo. Isto aqui parecia um chiqueiro. Você também vem amanhã?

Jack sabia que iria, mas respondeu:

— Ah, não. Estou quase terminando. Vou pintar a varanda hoje. Você se importa de sair pelos fundos? Só que ainda não fiz os degraus.

— Não tem problema, eu pulo. O que você trouxe aí? — perguntou ela, descendo os degraus da varanda para investigar.

— Algumas coisas para o chalé — respondeu Jack, descarregando uma das duas cadeiras reclináveis de madeira que trouxera da caminhonete.

— Uau! Você caprichou, hein?

— A casa estava precisando.

— Essa moça deve ser uma enfermeira e tanto.

— Ela diz que não vai ficar, mas o chalé precisava mesmo de uma reforma. E prometi a Hope que cuidaria disso.

— Nem todo mundo se daria a tanto trabalho. Você é um cara legal, Jack — disse Cheryl, então espiou a caçamba.

Havia um colchão de casal novo, ainda no plástico. Em cima, um grande tapete enrolado para a sala, além de embalagens com roupas de cama e toalhas bem diferentes daquelas que Hope emprestara a Mel. Também havia vasos de gerânios para enfeitar a varanda, madeira para construir a escada dos fundos, tintas e uma caixa cheia de utensílios de cozinha.

— Aqui não tem só material de construção — comentou a mulher, prendendo atrás da orelha uma mecha de cabelo que escapara da fivela.

Jack se arriscou a fitá-la. E, notando a nostalgia que tomara o rosto dela, desviou o olhar depressa.

— Por que fazer as coisas pela metade? Melhor ser bem-feito. Quando ela desocupar o chalé, Hope talvez possa alugar a casa durante a temporada de verão.

— É verdade.

Jack continuou descarregando as coisas, com Cheryl ainda vigiando. Tentou ignorá-la, não estava a fim nem de jogar conversa fora.

Cheryl era uma mulher alta, com corpo grande e apenas 30 anos, mas não tinha uma aparência boa, pois bebia muito desde a adolescência. A pele era áspera, o cabelo, fino e lambido, e havia olheiras sob os olhos caídos. Tinha ganhado muito peso por causa do álcool. De vez em quando, passava semanas ou meses sóbria, mas sempre acabava voltando ao vício. Ela ainda morava com os pais, que não sabiam mais o que fazer por ela. Com ou sem ajuda, dificilmente Cheryl largaria a garrafa. Jack nunca a servia quando estava no bar, mas, toda vez que a encontrava, como naquele dia, sentia o cheiro revelador e notava os olhos semicerrados. Até que ela estava segurando bem. Não devia ter bebido muito.

Alguns anos antes, Cheryl passara dos limites. Depois de uma bebedeira, invadira a parte do bar que era a casa de Jack, esmurrando a porta no meio da noite, e se jogou em cima dele logo que a porta se abriu, declarando seu amor trágico. Infelizmente para Cheryl, ela se lembrava de todos os detalhes. Alguns dias depois, quando a encontrou sóbria, Jack advertiu:

— Não quero que isso se repita nunca mais! Esqueça essa sua paixão e não invada minha casa novamente.

A bronca a fez chorar, mas Jack tratou de deixar o ocorrido para trás e ficou aliviado quando ela passou a beber em casa, não em seu bar. Cheryl gostava de vodca pura, que provavelmente bebia direto da garrafa, e, quando conseguia, de Everclear, uma bebida nociva e forte e relativamente fácil de encontrar embaixo do balcão de muitos bares, mesmo sendo ilegal em quase todo o país.

— Queria ser enfermeira — comentou Cheryl.

— E já pensou em voltar a estudar? — perguntou Jack, enquanto trabalhava, tomando o cuidado de não passar a impressão de que estava interessado.

Tirou o tapete da caçamba da caminhonete e colocou-o nos ombros, levando-o para o chalé.

— Eu não teria como pagar pelos estudos — respondeu ela, indo atrás.

— Poderia, se tivesse um emprego. Você precisa ir para uma cidade maior. Ampliar sua rede de atuação. Parar de fazer bicos.

— É verdade, eu sei. Mas gosto daqui.

— Gosta mesmo? Você não me parece muito feliz.

— Bem, às vezes sou feliz, sim.

— Que bom. — Jack largou o tapete enrolado na sala, iria estendê-lo mais tarde. — Se tiver tempo, poderia lavar e guardar as roupas de cama novas que comprei? E fazer a cama, depois que eu colocar o colchão?

— Claro. Deixa eu te ajudar com o colchão.

— Obrigado.

Os dois levaram o colchão novo para dentro do chalé. Jack o deixou encostado na parede enquanto tirava o antigo da cama.

— Vou levá-lo ao lixão no caminho de casa — declarou.

— Soube que abandonaram um bebê na casa do doutor — comentou Cheryl.

Jack ficou paralisado. *Cara... Cheryl? Seria dela?* Sem conseguir se conter, examinou-a da cabeça aos pés. Era uma mulher grande, mas não obesa. A blusa folgada cobria a gordura da barriga. *Mas ela estava fazendo a limpeza no chalé... Não conseguiria fazer faxina, depois de uma coisa dessas. Será? Talvez o problema de Cheryl não fosse gripe Smirnoff, no fim das contas. Mas ela não deveria estar sangrando, vazando leite? Fraca e cansada?*

— Sim. Sabe de alguém que teria feito isso?

— Não, mas posso ajudar com o bebê, quando terminar por aqui.

— Hum, não sei, Cheryl, acho que isso já está resolvido, mas obrigado. Direi ao doutor que você se ofereceu.

Jack levou o colchão velho para fora e o encostou na caminhonete. Estava um horror. Mel tinha toda a razão: o chalé estava em péssimo estado. Onde Hope estava com a cabeça? Tudo bem que a idosa contratara alguém para uma faxina, mas será que esperava que a nova enfermeira dormisse naquela porcaria de colchão? Hope às vezes ignorava detalhes daquele tipo. Na verdade, a mulher não passava de uma velha rabugenta. Ainda perdido em pensamentos, pegou as sacolas com as roupas de cama.

— Pronto, aqui está — anunciou, entregando-as a Cheryl. — Agora entre... Preciso começar a pintura. Quero voltar para o bar antes do jantar.

— Está bem. — A mulher pegou as sacolas. — Avise se o doutor precisar de mim.

— Claro, Cheryl.

O que nunca vai acontecer, pensou. Seria arriscado demais deixar um bebê com ela.

Jack voltou para o bar no meio da tarde, a tempo de fazer um inventário do estoque antes que as pessoas começassem a chegar para o jantar. Naquele horário não costumava ter mais ninguém no salão. Preacher estava na cozinha, começando a preparar o jantar, e ainda demoraria pelo menos uma hora para Ricky chegar.

Um homem entrou no estabelecimento. Não estava vestido como pescador; usava calça jeans, camiseta bege por baixo de uma camisa também jeans, cabelo comprido e boné. Era um sujeito grande, e estava havia pelo menos uma semana com a barba por fazer. Ele se sentou em um banco distante de Jack, que se encontrava munido de sua prancheta e folhas de inventário. Parecia bem claro que o sujeito não estava a fim de papo.

— Olá. Está de passagem por aqui? — perguntou Jack, aproximando-se e estendendo um guardanapo diante dele.

— Humm... Uma cerveja e uma dose de uísque.

— É para já — respondeu Jack, servindo-o.

O cara virou o copinho de uísque e ergueu o copo de cerveja sem nem encará-lo.

Tudo bem, nada de papo, pensou Jack, *tenho mais o que fazer mesmo.* E voltou a contar as garrafas.

— Ei, cara, mais uma rodada — pediu o sujeito, cerca de dez minutos depois.

— Beleza.

Jack o serviu, e o silêncio voltou. Dessa vez, o homem demorou um pouco mais para tomar a cerveja, tempo suficiente para que Jack adiantasse boa parte do inventário. Estava agachado atrás do balcão quando uma sombra se assomou acima dele. Ergueu os olhos e viu o sujeito debruçado no balcão, pronto para acertar a conta.

Jack se levantou enquanto o homem enfiava a mão no bolso. A pontinha de uma tatuagem despontava de debaixo da manga da camisa, e Jack reconheceu a pata de um buldogue. Era o Devil Dog, símbolo dos fuzileiros navais da Marinha dos Estados Unidos. Estava prestes a comentar quando o cara tirou um maço grosso de dinheiro do bolso e separou uma nota de cem dólares.

— Você troca cem?

Jack nem precisou tocar o dinheiro para sentir o cheiro de maconha. O odor forte era indício de que aquele devia ser algum produtor, que estivera podando ou picando a planta. Jack tinha troco, mas não queria revelar a quantia disponível no bar, além de não querer aquele tipo de dinheiro na gaveta do caixa. Havia muitos cultivadores naquela parte do estado, alguns sérios e com licença para usar a maconha para fins medicinais. Também havia aqueles que a tratavam como qualquer outro cultivo, como milho. Só mais um jeito de ganhar dinheiro como agricultor. E alguns a traficavam, porque gerava grandes lucros. A região era conhecida como Triângulo Esmeralda, pois os três condados formavam o maior mercado de maconha do país, e estava repleta de picapes novas e reluzentes sendo dirigidas por pessoas com o mesmo salário de um ajudante de cozinha.

Algumas cidades vizinhas serviam comida e vendiam suprimentos para produtores ilegais, como tubos para irrigação, luzes para o cultivo, lonas de camuflagem, coberturas plásticas e tesouras de todos os tamanhos para colher e podar as plantas. Sem falar em balanças, geradores e quadriciclos para pegar estradinhas escondidas no meio da floresta.

Havia os comerciantes que colocavam avisos na janela: NÃO VENDEMOS PARA CCCM, que significava Campanha Contra o Cultivo de Maconha, uma operação das delegacias regionais com o apoio do estado da Califórnia.

A cidade de Clear River não gostava da CCCM, mas não se importava em aceitar dinheiro dos cultivadores — que não era pouco. Charmaine não aprovava o plantio ilegal, mas Butch...

Virgin River não era desse tipo de cidade.

Os produtores eram discretos e não causavam problemas, temendo que a plantação fosse invadida, mas às vezes havia conflitos territoriais entre eles, e o número de armadilhas crescia, o que representava um perigo para cidadãos inocentes. A droga também incitava crimes, desde roubo até homicídio. Não fazia muito tempo que tinham encontrado o corpo do sócio de um cultivador enterrado na mata perto de Gaberville. Fazia dois anos que o rapaz estava sumido, e o principal suspeito sempre fora o dono da plantação.

Em Virgin River, não havia nada que encorajasse o plantio ilegal. Se por acaso tivesse algum cultivador na cidade, teria que ser alguém muito, muito discreto. Na certa, a população o expulsaria. Mas aquele homem não era o primeiro do tipo a visitar o bar.

— Olha, dessa vez fica por conta da casa — disse Jack, fechando a cara e encarando o sujeito de frente.

— Obrigado — respondeu o homem, enrolando as notas em um maço, que enfiou no bolso, então se virou para sair.

— Ei, cara — chamou Jack, quando ele chegou à porta. — Eu também não cobro do delegado e da Polícia Rodoviária da Califórnia, quando aparecem para comer ou beber.

O homem deu de ombros, soltando uma risadinha abafada. O aviso tinha sido dado. Ele tocou a aba do boné, em cumprimento, e saiu.

Jack saiu de trás do bar e foi até a janela. Viu quando o sujeito entrou em uma Range Rover preta, modelo do ano, supercarregada, com rodas grandes e suspensão bem alta, além de janelas com insulfilme muito escuro e faróis na capota. Aquele carro devia custar cem mil dólares. O cara não era amador. Jack decorou a placa do carro.

Preacher estava sovando massa de torta quando Jack entrou na cozinha.

— Acabei de servir um sujeito que tentou pagar com dinheiro sujo.

— Merda.

— Estava dirigindo uma Range Rover supercarregada, com suspensão alta e cheia de faróis. É um dos grandes.

— Acha que está plantando por aqui?

— Não faço ideia. É melhor ficarmos de olho. Vou falar com o delegado, na próxima vez que ele passar pela cidade. Se bem que não é crime ter dinheiro sujo ou dirigir uma caminhonete potente.

— Se ele é rico, então não deve ser um negócio pequeno.

— Ele tem uma tatuagem de um buldogue no braço.

Preacher franziu a testa.

— E você odeia ver um companheiro seguir por esse caminho, não é mesmo?

— Nem me fale. Talvez o cara não tenha negócios por aqui, ou estava especulando para saber se a cidade é um bom lugar para se estabelecer. Acho que deixei claro que não é, disse que sirvo de graça os policiais que vem à taberna para comer e beber.

— Então vamos começar essa prática — sugeriu Preacher, sorrindo.

— Vamos começar com um desconto. Não queremos nada muito doido, não é mesmo?

Mel ligou para a irmã, Joey.

— Mel! Você quase me matou de susto! Por onde anda? Por que não ligou antes?

— Estou em Virgin River. Não tenho telefone fixo, e o celular não pega. Além disso, ando bem ocupada.

— Eu estava prestes a ligar para a Guarda Nacional.

— Jura? Não ia adiantar de nada, porque nunca encontrariam a cidade.

— Você está bem?

— Bom... Acho que você vai ficar feliz de saber que estava certa. Eu não devia ter saído da cidade grande. Foi loucura. Como sempre.

— Está muito ruim por aí?

— Na verdade, o começo foi horrível. A moradia gratuita era em um casebre caindo aos pedaços, e o médico é um velho chato e rabugento que não aceita ajuda com os pacientes. Eu estava saindo da cidade e aí... Olha, você não vai acreditar: abandonaram uma recém-nascida na varanda do médico. A situação melhorou um pouco. Pretendo ficar mais alguns dias para ajudar com a bebê. O velho não acordaria com aqueles choros de fome durante a madrugada. Ah, Joey, minha primeira impressão foi que ele era o pior médico de cidade pequena que já conheci. Maldoso como uma cobra e azedo como leite talhado. Ainda bem que estou calejada por ter trabalhado com o pessoal de Los Angeles, ainda mais aqueles cirurgiões arrogantes.

— O que mudou depois da sua primeira impressão?

— Descobri que o médico é fácil de lidar. Como o chalé onde eu deveria ficar está inabitável, fiquei hospedada no quarto de hóspedes da casa dele. Não é bem um quarto, mas é a única acomodação hospitalar da cidade. A casa é legal, limpa e funcional. Mas a qualquer hora terei um pequeno inconveniente, porque uma moça pediu para fazer o parto dela aqui, no mesmo quarto que compartilho com a bebê abandonada. Imagine uma parturiente e um berçário cheio...

— Onde você vai dormir?

— Olha, bem provável que eu acabe dormindo em pé em algum canto. Mas isso só vai acontecer se ela der à luz na próxima semana, enquanto eu ainda estiver na cidade. Alguém deve adotar a bebê abandonada. Se bem que eu gostaria de fazer o parto de uma criança doce e feliz para pais animados e saudáveis...

— Você não precisa ficar aí para isso — afirmou Joey, convicta. — A cidade já tem um médico.

— Eu sei, mas a mãe é tão novinha, e ela ficou tão feliz com a possibilidade de uma mulher fazer o parto, em vez desse velho ranzinza.

— Mel, quero que você entre no carro agora e comece a dirigir. Venha para cá. Podemos cuidar de você por um tempo.

— Não preciso que ninguém tome conta de mim — retrucou Mel, rindo. — O trabalho ajuda, e eu preciso disso. Passo horas sem pensar no Mark.

— Como você está lidando com isso?

Mel soltou um longo suspiro.

— Aí está, ninguém aqui sabe, então ninguém fica me olhando com pena. Por isso não desmorono com muita frequência. Pelo menos não na frente das pessoas...

— Ah, Mel, eu queria tanto ajudar de algum jeito...

— Joey, não tem jeito, preciso passar por esse sofrimento. E tenho que considerar a possibilidade de nunca superar isso.

— Tomara que não seja o seu caso, Mel. Conheço algumas viúvas que se casaram de novo e são muito felizes.

— É melhor nem entrarmos nesse assunto.

Mel contou a Joey o que sabia sobre a cidade, sobre todos que tinham passado pela casa do doutor só para vê-la e sobre Jack e Preacher. E sobre como ficara impressionada com a quantidade de estrelas no céu. O ar das montanhas era tão limpo e intenso que surpreenderia qualquer um. Falou sobre as pessoas que vinham para uma consulta ofereciam alimentos como presente, tantos que uma parte ia direto para o bar do outro lado da rua, onde Preacher usava em suas criações. Jack não cobrava um centavo nem dela nem do doutor pelo que consumiam. Ali, todos que se preocupavam com a cidade tinham refeições de graça.

— É uma área bem rural. O doutor chamou o Serviço Social do condado, mas desconfio que fomos colocados em uma lista de espera... Talvez demore para resolverem a questão do lar adotivo. Para ser sincera, não sei como o velho doutor conseguiu se virar sem ajuda durante todos esses anos.

— E as pessoas são legais, tirando o médico?

— Muito... Pelo menos as que conheci. Bem, liguei principalmente para avisar que estou bem e que estou usando o telefone do doutor, já que aqui não tem sinal de celular. Anote o número.

— Bem, pelo menos você parece bem. Aliás, faz muito tempo que não ouço você assim.

— Como eu disse, aqui tem pacientes. Desafios. Ainda estou um pouco tensa. Logo no primeiro dia, o doutor me deixou sozinha com a bebê e a chave do armário dos remédios controlados e me pediu para cuidar dos pacientes que chegassem. Não tive treinamento nem nada. Cerca de trinta pessoas apareceram só para visitar e me cumprimentar. O que você está percebendo de diferente em mim é a adrenalina.

— Já está envolvida de novo com essa adrenalina. Pensei que tivesse largado o vício.

Mel deu risada.

— Mas essa é completamente diferente.

— Então... Vai vir para Colorado Springs quando terminar por aí?

— Não tenho ideia melhor.

— Quando?

— Não tenho certeza. Espero que em alguns dias. Duas semanas no máximo. Mas eu ligo para avisar, tudo bem?

— Ok. Mas parece que você está... animada.

— Aqui não tem onde fazer luzes. Tem uma mulher que faz cabelo na garagem da casa dela e só.

— Nossa Senhora. É melhor vir logo, antes de ficar com as raízes horrorosas.

— Eu estava mesmo pensando nisso.

Quando chegou quarta-feira, o Dia de Consultas, Mel cuidou da bebê e atendeu alguns pacientes com queixas menores. Uma torção no calcanhar, um resfriado sério, outro exame pré-natal, uma consulta de rotina de um bebê saudável e algumas vacinas. Depois surgiram algumas pessoas sem hora marcada. Ela deu pontos em um corte na cabeça de uma criança de dez anos, e o doutor comentou que o trabalho não estava ruim.

Dr. Mullins foi a duas consultas domiciliares. Os dois se revezaram como babá para irem até o bar comer. As pessoas que Mel conheceu no bar e aquelas que haviam ido ao consultório foram agradáveis e receptivas.

— Mas só estou aqui temporariamente. — Mel teve o cuidado de explicar a todos. — Na realidade, o doutor não precisa de ajuda.

Fez um pedido de fraldas com Connie, da mercearia. A loja não era maior do que um minimercado, as pessoas costumavam ir à cidade mais próxima para compras maiores e atrás de ração para os animais. Ali, só compravam itens que faltavam em casa de tempos em tempos. De vez em quando apareciam caçadores ou pescadores procurando alguma coisa. A loja tinha um pouco de tudo, desde garrafas de água até meias, mas apenas poucas unidades.

— Soube que ninguém apareceu para reclamar a bebê. Não acredito que tenha sido alguém aqui da cidade, quem teria uma criança e a abandonaria? — comentou Connie.

— Consegue pensar em alguém que daria à luz sem qualquer ajuda médica? Ainda mais considerando que temos um médico na cidade?

Connie, uma mulher miúda e simpática, talvez na casa dos 50 anos, deu de ombros.

— As mulheres daqui costumam parir em casa, mas geralmente com a presença do doutor. Tem algumas famílias isoladas na mata, mas não é sempre que dão as caras por aqui. — Ela se inclinou, sussurrando: — São uma gente estranha. Mas sempre morei aqui, e nunca soube de alguém que tivesse abandonado um bebê.

— Você tem ideia de quanto tempo o Serviço Social levará para chegar?

Connie deu risada.

— Não faço ideia. Quando temos problemas, um ajuda o outro. Não costumamos pedir ajuda para ninguém de fora.

— Está certo. Quando acha que chegam as fraldas descartáveis?

— Ron repõe o estoque uma vez por semana, e ele deve aparecer amanhã de manhã. Então, à tarde você receberá as suas.

Uma garota entrou na loja carregando uma mochila de escola. Provavelmente acabara de descer do ônibus.

— Olá, Lizzie, querida! — saudou Connie. — Mel, esta é minha sobrinha, Liz. Ela acabou de chegar à cidade e vai passar um tempo comigo.

— Olá, como vai? — cumprimentou Mel.

— Olá... — respondeu Liz, sorrindo.

O cabelo da menina era castanho, farto e longo e estava preso em um coque displicente no alto da cabeça, com mechas caindo pelos ombros. As sobrancelhas se arqueavam acima dos olhos azuis e brilhantes, maquiados com muito rímel, e os lábios cheios estavam reluzindo com gloss. Mel concluiu que parecia uma pequena diva. Liz usava uma minissaia jeans, botas de couro até o joelho com salto alto e uma camiseta curta que deixava à mostra o piercing no umbigo.

— Posso ajudar um pouco na loja — ofereceu Liz, virando-se para a tia.

— Não, querida, vá lá para trás e comece sua lição de casa. O primeiro dia na escola foi bom?

— Acho que sim. — Ela deu de ombros e, antes de desaparecer pelos fundos, disse a Mel: — É um prazer conhecer a senhora.

— Ela é linda — elogiou Mel.

Connie fez uma careta de preocupação.

— Ela tem 14 anos.

Mel arregalou os olhos. *Catorze anos?*

— Uau — murmurou.

A garota parecia ter pelo menos 16, talvez 17. Poderia até passar por 18.

— É sério. Por isso que está aqui. A mãe, minha irmã, chegou ao limite da paciência com a boazuda. Liz é rebelde. Mas isso era lá em Eureka, aqui em Virgin River não há muitas oportunidades para ser rebelde. — Connie sorriu. — Mas eu acharia bem melhor se ela cobrisse um pouco mais o corpo.

— Entendi. — Mel riu. — Bem, boa sorte. Que a força esteja com você. *Seria uma boa conversar com ela sobre métodos contraceptivos*, pensou.

Quando não encontrava ninguém que conhecia durante suas refeições no bar, como Connie e a melhor amiga, Joy, ou então Ron ou Hope, Mel sentava-se ao balcão e conversava com Jack enquanto comia. Ele às vezes comia junto. Durante essas refeições, ela descobria mais sobre a cidade, sobre os visitantes que vinham fazer caminhadas e acampar, sobre os caçadores e pescadores que passavam por ali durante a temporada. Virgin River era um lugar ótimo para a pesca com mosca, e Mel riu quando soube. Por ali também se praticava a canoagem, que ela considerou que podia ser divertido.

Ricky lhe apresentara a avó, que bem raramente aparecia para jantar. Lydie Sudder tinha mais de 70 anos e andava com a dificuldade de quem sofre de artrite.

— Seu neto é muito bacana — comentara Mel. — Vocês moram sozinhos?

— Sim. Perdi meu filho e minha nora em um acidente quando Ricky era bem pequeninho. Sei que, se não fosse o Jack, eu precisaria me preocupar mais com ele. Jack cuida do Ricky desde que chegou à cidade. Na verdade, ele cuida de muita gente.

— É, eu percebi.

O sol de março aqueceu a terra e trouxe os botões de flor. Mel teve o pensamento fugaz de que testemunhar aquele lugar em plena floração seria glorioso, mas depois lembrou a si mesma que já teria ido embora. A pequena Chloe também florescia, e muitas mulheres tinham se oferecido para ajudar a cuidar da bebê. Mel se deu conta de que, em um piscar de olhos, passara uma semana desde sua chegada! As noites de apenas quatro horas de sono ininterrupto faziam o tempo passar mais rápido. No fim das contas, morar com o dr. Mullins era mais agradável do que imaginara. Mullins podia parecer um bode velho e rabugento, mas ela sempre devolvia as tiradas com seu humor sarcástico, e parecia que no fundo ele se divertia com as conversas.

Certo dia, quando Chloe dormia e não havia pacientes nem chamados, Mullins pegou um baralho, embaralhou as cartas e disse:

— Vamos lá, quero ver se você é boa mesmo. Vamos jogar Gin Rummy.

Ele se sentou à mesa da cozinha e deu as cartas.

— O único gin que conheço é aquele que se mistura com tônica.

— Ótimo. E vamos apostar dinheiro.

— Você quer é tirar vantagem de mim — retrucou Mel, sentando-se à mesa.

— Isso mesmo — confirmou o médico, com um raro sorriso nos lábios, e começou a ensiná-la a jogar. — Cada ponto vale um centavo.

Uma hora depois, Mel ria a valer, ganhando todas. A carranca do doutor piorava a cada rodada, o que a fazia rir ainda mais.

— Vamos lá, quero ver se você é bom mesmo — provocou ela, dando as cartas.

Alguém fez barulho à porta da frente, interrompendo o jogo.

— Fique aí, vou ver quem é — disse Mel, parando o jogo. Deu um tapinha na mão dele e se levantou. — Assim vai ter tempo para roubar.

Ao abrir a porta, Mel se deparou com um sujeito magro com uma longa barba branca, macacão sujo com as barras puídas e botas imundas. As extremidades da camisa e o colarinho também estavam esgarçados, indicando que fazia muito tempo que estava usando a mesma roupa. Ele não passou da porta, provavelmente para não deixar um rastro de lama, e ficou ali torcendo um chapéu velho.

— Em que posso ajudar? — perguntou ela.

— O doutor está?

— Está sim. Vou chamar.

Mel chamou o médico e foi ver como Chloe estava. Quando voltou, Mullins parecia incomodado.

— Temos que ir fazer um atendimento. Veja se consegue arrumar alguém para cuidar da bebê.

— Precisa de ajuda? — perguntou ela, esperançosa demais para o próprio gosto.

— Não, mas acho que você deveria me acompanhar e ver o que há no meio da mata.

Chloe se remexeu no berço, e Mel a pegou no colo.

— Quem era aquele homem?

— Clifford Paulis. Mora na floresta com um grupo de pessoas. A filha e o companheiro se juntaram à família há pouco tempo. E têm muitos problemas. Prefiro que você veja com os próprios olhos.

— Está certo — concordou Mel, sem entender.

Depois de alguns telefonemas sem sucesso, o melhor que conseguiram foi atravessar a rua e deixar a bebê no bar, com algumas fraldas e a mamadeira. Mel carregou o bercinho enquanto o doutor deu um jeito de levar a bebê ao mesmo tempo que se apoiava na bengala com a outra mão. Mel tinha oferecido fazer duas viagens, mas ele não aceitou.

— Tem certeza de que pode cuidar dela? — perguntou a Jack. — Talvez precise trocar a fralda e tudo mais.

— Tenho sobrinhas... — lembrou ele. — E já encerrei por hoje.

— Quantas sobrinhas exatamente?

— Na última contagem eram oito. São quatro irmãs e oito sobrinhas. Pelo jeito, elas não conseguem ter filhos homens. Aonde vocês vão?

— Não tenho certeza.

— Vamos ver os Paulis — respondeu Mullins. Jack assobiou.

Quando saíram da cidade, Mel comentou:

— Não estou pressentindo coisa boa. Todo mundo conhece essa família, menos eu.

— Acho que você merece uma preparação. A família Paulis vive em um aglomerado de barracas e trailers com outras pessoas... É um acampamento. Eles ficam escondidos, bebem muito e raramente aparecem na cidade. E contam com um estoque próprio de álcool de cereais puro. É uma gente suja, pobre e miserável, mas nunca deram trabalho a Virgin River. Clifford disse que houve uma briga na noite passada, e por isso alguns curativos precisam ser feitos.

— Que tipo de briga?

— Eles são bem agressivos. Se me chamaram, é porque deve ter sido uma briga daquelas.

Dirigiram por um bom tempo, adentrando a mata, seguindo por uma estradinha de terra toda esburacada até chegarem a uma clareira, onde, conforme o doutor dissera, havia barracas e alguns trailers. Na verdade, havia uma perua minúscula adaptada para moradia, um trailer que já vira dias melhores e uma picape sem rodas apoiada em blocos de concreto. No centro da clareira havia um forno rústico de tijolos, lonas esticadas e presas nos carros e barracas, mobiliadas não com móveis de jardim, mas mesas, cadeiras e sofás com o estofamento despontando. Sem contar os pneus de carros pequenos, sucatas não identificadas e uma máquina de lavar tombada. Mel piscou várias vezes para enxergar melhor algo no meio das árvores. Parecia ser uma carroceria com a metade enterrada e coberta por uma lona. Do lado havia um gerador a gás.

— Mas que merda é...

— Ajude se puder — aconselhou Mullins, olhando de esguelha para ela. — Mas tente não falar. Sei que vai ser difícil...

Mullins desceu do carro com a maleta. As pessoas começaram a aparecer. Não saíam das estranhas moradias, e sim de trás delas. Eram apenas alguns homens com idades impossíveis de determinar; pareciam mendigos com macacões jeans sujos e surrados. Eram todos barbudos, com cabelo comprido e emaranhado, versões tristes da imagem que o povo da cidade tem dos caipiras. A julgar pela magreza e palidez, não deviam estar saudáveis.

Mel associou o fedor que sentia a um banheiro sujo. Aquela gente devia usar a mata para se aliviar, mas, pelo cheiro forte, nem se davam ao trabalho de se afastar do acampamento. Dispunham do mínimo para sobreviver. Parecia um povoado remoto em um país pobre.

Mullins cumprimentou as pessoas com a cabeça conforme seguia em frente, e todos retribuíam o gesto. Ficou bem claro que já estivera ali. Mel o seguiu a passos mais lentos. O doutor parou na frente de uma barraca onde Clifford Paulis o esperava em pé. Antes de entrar, Mullins olhou para trás para confirmar se Mel estava junto.

Ela sentiu o peso de vários olhares, mas ninguém se aproximou. Não que estivesse com medo, estava apenas nervosa e insegura, por isso apressou o passo e entrou na barraca atrás do doutor. Havia um lampião sobre uma mesinha, e um homem e uma mulher estavam sentados próximos a ela, em banquinhos. Mel precisou conter a surpresa. Ambos estavam com o rosto inchado, cheios de cortes e hematomas. O homem devia ter por volta de 30 anos, cabelo curto sujo e espetado. Ele tremia muito, sem conseguir parar quieto. A mulher devia ter a mesma idade, e segurava o braço curvado em um ângulo estranho. Quebrado. O doutor colocou a maleta em cima da mesa; dali, tirou um par de luvas de látex. Mel fez o mesmo, porém mais devagar, sentindo o coração acelerar. Era a primeira vez que assistia uma consulta fora do consultório, mas conhecia quem já tivesse passado pela experiência.

Havia brigas horríveis por todos os bairros pobres de Los Angeles, atendidos pelos paramédicos, mas se algo semelhante acontecesse em uma cidade grande a polícia era notificada, e os pacientes eram levados ao pronto-socorro. Em casos de violência doméstica, o que obviamente tinha acontecido ali, os dois iriam direto da consulta médica para a cadeia. Quando havia ferimentos, só a polícia poderia intervir.

— E aí, Maxine, o que aconteceu? — perguntou Mullins, quando a mulher estendeu o braço. Ele o examinou. — Clifford! Preciso de um balde de água. — Então virou-se para Mel e ordenou: — Limpe o rosto de Calvin e verifique se há necessidade de sutura enquanto tento dar um jeito neste desvio ulnar.

— Precisa de seringa? — perguntou Mel.

— Acho que não.

Mel pegou um frasco de água oxigenada, algodão e se aproximou do homem, hesitante. Ele a encarou e sorriu. Tinha os dentes sujos, alguns pareciam podres. As pupilas estavam bem pequenas; estava chapado de tanta anfetamina. Ele continuou sorrindo, mas Mel procurou evitar contato visual.

— Se não parar de olhar para mim desse jeito, vou pedir para o doutor continuar — alertou, depois de limpar alguns cortes.

A reprimenda o fez soltar uma risada boba.

— Preciso tomar alguma coisa para dor.

— Você já tomou.

Mais risinhos, mas o olhar era ameaçador. Mel decidiu que não o fitaria mais.

De repente, Mullins fez um movimento brusco, agarrando com a mão artrítica o braço de Calvin e o batendo na mesa com força.

— Nunca mais faça isso, entendeu?

O médico soltou o braço de Calvin devagar, enquanto o encarava com um olhar raivoso. Era a primeira vez que Mel o ouvia tão ameaçador. Depois disso, ele se virou de volta para Maxine:

— Vou precisar colocar o osso no lugar, depois vou engessar.

— Não vai tirar um raio-X? — perguntou Mel, embora ainda estivesse desnorteada com a atitude brusca do doutor.

Ele a encarou, a seriedade no olhar lembrando que a avisara para não falar muito.

Mel voltou a cuidar do rosto de Calvin. Havia um corte acima do olho que poderia ser tratado apenas com ponto falso. Como estava em pé, notou um calombo roxo através do cabelo ralo. Na certa Maxine o agredira com alguma coisa, antes que Calvin lhe quebrasse o braço. Através da camisa fina, Mel notou os ombros musculosos... Ele devia ser bem forte. Forte o suficiente para quebrar um braço.

O balde de água chegou. Era um balde sujo e enferrujado. Mel ouviu Maxine gritar de dor quando o doutor colocou a ulna no lugar com um puxão rápido.

O experiente dr. Mullins trabalhava em silêncio, primeiro com a bandagem elástica, depois molhando o gesso na água e aplicando no braço quebrado. Mel terminou os curativos em Calvin, se afastou e ficou observando o médico. Ele era forte e ágil para a idade, habilidoso para alguém com mãos retorcidas pela artrite. Se bem que esse tinha sido o trabalho de sua vida. Depois de terminar com o gesso, tirou uma tipoia da maleta. Trabalho feito, tirou as luvas e jogou-as na maleta, fechando-a em seguida. Pegou suas coisas e voltou para a caminhonete de cabeça baixa. Mel o seguiu.

— Tudo bem... Agora me explique o que aconteceu lá — pediu ela, quando se afastaram do acampamento.

— O que você acha? Não é muito difícil de entender.

— Eu achei um horror.

— É horrível mesmo, mas não é nada complicado. Trata-se de um bando de alcoólatras sujos e miseráveis que, por não terem casa, moram na floresta. Clifford se afastou da família faz uns anos, foi morar no mato. Com o tempo, outros se juntaram a ele. Calvin Thompson e Maxine apareceram pouco depois e levaram maconha para o acampamento. Eles cultivam a planta naquela carroceria. Fico imaginando como levaram a carroceria até lá. Pode ter certeza de que Calvin não fez isso sozinho. Ele deve ter algum parceiro que fez o trabalho e disse que podiam ficar lá, sentados, observando a erva crescer. Calvin é só o cuidador. O gerador serve para prover luz e energia para trazer água do rio para irrigação. Os tremores dele não são de maconha... A maconha o faria viajar e desacelerar. Deve estar usando metanfetamina. Talvez esteja desviando um pouco de maconha, trapaceando o chefe e trocando por outra coisa. Na realidade, acho que Clifford e os outros velhos não estão envolvidos nisso. Nunca cultivaram antes, pelo menos não que eu saiba, mas posso estar errado.

— Incrível...

— Há muitos acampamentos de cultivadores de maconha escondidos nesta mata, alguns até bem grandinhos, mas o cultivo não pode ser feito durante os meses de inverno. Ainda assim, é o maior cultivo comercial na Califórnia. Mesmo que Clifford e aqueles caras ganhem um milhão de dólares, vão continuar vivendo desse jeito. — Mullins fez uma pausa, respirando fundo. — Nem todos os produtores parecem mendigos, muitos têm aparência de milionários.

— Por que segurou o braço dele daquele jeito?

— Você não percebeu? Ele estava se preparando para tocar você com mais intimidade.

Mel estremeceu.

— Então preciso agradecer. Por que quis que eu visse isso?

— Por dois motivos... Primeiro porque assim você entende um pouco sobre como é a prática de medicina por aqui. Essa não é, mas algumas plantações são protegidas por armadilhas. Nunca vá a lugares como esse sozinha, nem mesmo se disserem que tem um bebê nascendo. Preste atenção no meu conselho.

— Não se preocupe — respondeu Mel, sentindo um calafrio. — Você deveria contar a alguém, falar com o delegado ou...

Ele riu.

— Pelo que sei, o delegado do condado está ciente... Existem plantadores por toda parte neste canto do mundo. A maioria fica invisível, não querem ser encontrados. Para ser mais objetivo, sou médico, não policial. Não comento sobre meus pacientes. Suponho que sua ética seja a mesma.

— Eles vivem numa imundice! Estão famintos e provavelmente doentes. Aposto que a água está contaminada, armazenada naqueles containers sujos, em estado lastimável. Eles estão se espancando e morrendo de tanto beber e de... sei lá o quê.

— Verdade. Essa situação também não me deixa nada feliz.

Mel achava que aceitar tamanha falta de esperança era devastador.

— Como você consegue conviver com isso?

— Faço o meu melhor. Ajudo como dá. É tudo que posso fazer.

— Esse lugar realmente não é para mim — afirmou, balançando a cabeça. — Consigo lidar com situações semelhantes em um hospital, mas não sou enfermeira de campo.

— Existem pontos positivos na minha prática da medicina. Só que esse não é um deles.

Mel estava muito para baixo quando foi à taberna pegar a bebê.

— A situação no acampamento é bem feia, não é? — perguntou Jack.

— Horrível. Você já esteve lá?

— Eu os vi há dois anos, enquanto caçava.

— Você não ficou com vontade de fazer alguma coisa? Tipo chamar a polícia?

— Ser mendigo não é contra a lei — respondeu ele, dando de ombros.

Bem que Mel desconfiava quc ele não sabia sobre a plantação de maconha. O doutor disse que não fazia tempo que a carroceria aparecera por lá.

— Não consigo me imaginar vivendo daquele jeito. Posso usar o banheiro? Quero me lavar antes de pegar a bebê.

— Fica logo depois da cozinha.

Quando voltou, Mel abraçou Chloe, respirando o cheirinho de talco e limpeza.

— Felizmente, você não precisa viver assim — comentou Jack.

— Nem eles precisam. Alguém deveria intervir, arranjar ajuda, dar um jeito para que tivessem pelo menos comida e água limpa.

Jack pegou o berço a fim de levá-lo para o outro lado da rua para Mel.

— Acho que muita gente já quebrou a cabeça para resolver o problema. Concentre no bem que você pode fazer, não se atormente com casos sem esperança. Isso só vai te deixar infeliz.

Mel apareceu no bar no começo da noite. Jantou no balcão e riu com Jack. Até Preacher esboçou alguns sorrisos. No fim, ela colocou a mão pequena sobre a de Jack.

— Peço desculpas por hoje à tarde. Nem agradeci por você ter tomado conta da bebê.

— Você estava meio chateada.

— É... Fiquei até surpresa de como me chateei. Já vi muitos mendigos e moradores de rua, eram pacientes frequentes do hospital. Só demorei para perceber a diferença. Na cidade grande nós os limpamos, damos um jeito neles e os encaminhamos para alguma instituição. Acho que, no fundo, eu sempre soube que acabariam voltando às ruas e a revirar latas de lixo, mas eu não estava lá para ver. A experiência de hoje foi bem diferente. Aquela gente não vai sair de lá, não vai receber ajuda. A responsabilidade está toda nas costas do doutor. É preciso ter muita coragem para fazer o que ele faz.

— Ele faz bem mais do que muita gente.

Mel sorriu.

— Esta é uma região difícil.

— Pode ser.

— É um lugar muito desprovido de recursos.

— Nós nos viramos bem com o que temos. Não se esqueça de que os caras mais velhos daquele pequeno acampamento não estão muito a fim de receber recursos, só querem ser deixados em paz. Sei que ver a situação deles é como levar chute no estômago, mas a maior parte desta área é o oposto, próspera e saudável. A visita à floresta aumentou seu desespero para ir embora?

— Não nego que fiquei mais esperta. Pensei que ser enfermeira em uma cidade pequena seria encantador e tranquilo. Nunca pensei que enfrentaria esse outro lado, tão desesperador quanto os piores problemas de uma cidade grande.

— Não acho que chegue a tanto — rebateu Jack. —Posso jurar que o encanto e a tranquilidade daqui superam em muito o desespero. Veja por si mesma. E pode me chamar de mentiroso, se discordar, mas para isso teria que ficar mais um pouco na cidade.

— Eu me comprometi a ficar até que a bebê seja recebida em um lar definitivo. Lamento, não posso prometer mais do que isso.

— Não precisa prometer nada. Estou só mostrando as opções.

— Obrigada por cuidar da Chloe.

— Ela é boazinha. Não foi trabalho nenhum.

Depois que Mel voltou para a casa do doutor, Jack se virou para Preacher:

— Você está tranquilo aqui? Estou pensando em tomar uma cerveja.

Preacher ergueu as sobrancelhas pretas e grossas, surpreso, mas não perguntou: *Outra cerveja? Já?*

— Estou tranquilo.

Se nas semanas seguintes Jack não conversasse com Charmaine, ela não saberia que havia muito a ser dito. O fato de Mel ser a dona dos seus pensamentos não significava que alguma coisa aconteceria entre os dois e nem a manteria em Virgin River por uma semana a mais. A questão não era essa. Era simplesmente errado ficar com Charmaine se ele não estava mais a fim dela. Era uma questão de honra. Da mesma forma que Jack nunca pensara em compromisso, também nem cogitava usar uma pessoa daquela maneira. Ainda havia o receio de estar na cama com Charmaine e outro rosto surgir em sua mente. Seria um insulto para aquelas duas mulheres.

Charmaine, ao vê-lo, pareceu surpresa, mas feliz, abrindo um sorriso. Mas logo percebeu que a vinda tão próxima não tinha precedentes, e o sorriso se esvaiu.

— Cerveja? — ofereceu.

— Acho que prefiro uma conversa. Será que Butch pode assumir por dez minutos?

Charmaine deu um passo para trás, desconfiando do que estava por vir, e seu semblante mudou, os olhos castanhos assumindo um brilho triste.

— Só dez minutos de papo?

— Acho que sim. Não há muito o que dizer.

— Encontrou outra pessoa.

— Não. Não encontrei. Vamos para uma mesa. — Ele olhou por cima do ombro. — Aquela ali. Pergunte ao Butch se podemos.

Charmaine assentiu e foi falar com o chefe enquanto Jack se dirigia à mesa. Butch assumiu o bar, e Charmaine foi se sentar com ele.

— Você tem sido uma grande amiga, Charmaine — começou Jack, segurando as mãos dela. — Nunca deixei de valorizar sua amizade.

— Mas...

— Estou com a cabeça em outras coisas. Não vou mais aparecer para tomar cerveja em Clear River.

— Isso só pode significar uma coisa. Eu conheço você, sei das suas necessidades.

Jack pensara e repensara no caminho, e tinha sido difícil decidir, mas não pretendia mentir. Só que de fato não havia ninguém. Não podia considerar o relacionamento com Mel como uma possibilidade... Talvez nunca viesse a acontecer. A mulher dominava seus pensamentos, mas isso não queria dizer que algo mais se concretizaria entre os dois. O mais provável era que ela mantivesse a palavra e partisse de Virgin River na primeira oportunidade. E, mesmo que não fosse embora, ele não poderia cantar vitória tão cedo. A razão de terminar com Charmaine não se tratava apenas da possibilidade de ter algo com Mel, a questão era que não queria enganá-la. Charmaine era uma boa pessoa e o tratara muito bem, não merecia ficar presa enquanto Jack esperava a decisão de outra mulher.

O chalé em Virgin River estava pronto, mas Mel com certeza não. A bebê na casa do doutor a mantinha na cidade por enquanto, mas seria impraticável tomar conta de Chloe no chalé... A bebê tinha apenas o berço de plástico, faltava a cadeirinha do carro para ir à cidade e voltar, sem falar em um telefone. Claro que era ótimo que ela morasse do outro lado da rua, mas Jack queria que Mel fosse para o chalé reformado, queria de verdade.

Charmaine tinha toda razão... Ele era um homem de necessidades. Mas, quando olhou para Mel, uma mulher jovem, entendeu que o relacionamento com ela seria diferente. Jamais se trataria de apenas sexo a cada duas semanas. Não fazia ideia do que poderia ser, mas sabia que seria algo diferente, o que o preocupava bastante, tendo em vista seu costume de longa data de não ter amarras. As chances de ficar à deriva no mar da solidão eram grandes. Mel tinha problemas que ele desconhecia. A tristeza ocasional em seus olhos delatava um passado que ela queria superar. Mas Jack a desejava mesmo assim. Ele a desejava inteira, queria estar com ela para tudo.

— De fato tenho necessidades, mas acho que o que preciso agora é bem diferente do que eu queria no passado. Seria cômodo continuar vindo aqui, Charmaine. Não seria sofrimento nenhum, você é maravilhosa. Saiba que, nos dois últimos anos que convivemos, estive com você e com mais ninguém. Não devia ser de outro jeito.

— A última vez foi diferente. Percebi que tinha alguma coisa errada.

— É... Sinto muito. Foi a primeira vez que minha cabeça não estava conectada com o meu corpo. Você merece mais que isso.

Charmaine ergueu o queixo e jogou o cabelo por cima do ombro.

— E se eu disser que não ligo?

Caramba, que difícil.

— Mas eu ligo. — Foi tudo que ele conseguiu dizer.

— Então, tudo bem — respondeu ela, já com os olhos marejados, mas mantendo a postura. — Tudo bem.

Quando saiu de lá, Jack sabia que levaria um tempo para se sentir bem com a atitude que acabara de tomar. Este negócio de jogo rápido e leve, de não ter laços ou comprometimento, não era tão simples como imaginara. Toda aquela bobagem de não ter compromisso só servia para que eles não falassem sobre isso, não dessem o próximo passo. Na realidade, tinha um tipo de contrato com Charmaine, mesmo que casual, mesmo que fosse apenas uma troca de favores. E ela seguira o contrato, Jack é que o violara. E a desapontara.

Capítulo 5

Nas manhãs, depois que Chloe tomava a primeira mamadeira do dia e voltava a dormir, Mel gostava de se sentar em um dos degraus da varanda da casa do doutor e tomar seu café. Descobriu que gostava de observar a pequena cidade despertar.

Os primeiros raios de sol se infiltravam pelos pinheiros altos e incidiam sobre a rua, emprestando-lhe seus tons dourados. Ela conseguia ouvir as portas se abrindo e fechando. Uma caminhonete descia a rua bem devagar, entregando jornais... O *Humboldt News*. Mel gostava de receber o jornal cedo, apesar de aquele não se parecer em nada com o *L.A. Times*.

Não demorava muito para que as crianças surgissem. O ônibus as pegava no final do lado leste da rua principal. Aqueles que moravam na cidade iam até lá andando ou de bicicleta, que deixavam acorrentada a alguma árvore de algum jardim. Isso nunca aconteceria em uma cidade grande... Ninguém permitiria que seu jardim fosse usado como estacionamento de bicicletas durante o período de aula. Naquela manhã, Mel viu Liz sair da casa de Connie, vizinha de porta da mercearia, desfilando como uma diva pop, a mochila pendurada em um dos ombros. *Caramba! Que garota exibida*, pensou.

As crianças que moravam mais longe chegavam em carros ou caminhonetes. Ainda não eram sete da manhã, e aquelas crianças teriam um longo dia pela frente. Primeiro tinham que ir até o ponto do ônibus, depois viajavam por tempo indeterminado, já que não havia escola em Virgin River, tinham aula, então voltavam para a cidade e depois para o rancho ou fazenda em que moravam. As crianças ali agrupadas tinham idades que variavam entre 5 e 17 anos, e as mães dos mais novos conversavam ali perto, à espera da condução. Algumas seguravam copos de café e se divertiam como velhas amigas. Então chegava o ônibus, dirigido por uma mulher robusta e feliz, que saía para arrebanhar as crianças e ajudá-las a subir.

Jack saiu do bar com uma vara de pescar em uma das mãos e uma caixa de apetrechos de pesca na outra. Colocou o equipamento todo na caçamba da caminhonete e acenou para Mel. Ela retribuiu o gesto. Na certa, o homem estava a caminho do rio. Não demorou muito para Preacher sair e começar a varrer a varanda da frente. Quando a viu, acenou também.

O que mesmo ela dissera sobre a cidadezinha? Que não era igual às fotos que vira? Ainda assim, naquela hora da manhã, era encantadora. As casas não pareciam velhas e desgastadas, e sim simples e adoráveis. Eram feitas com tábuas de uma grande variedade de cores, azul, verde-claro, bege com beiradas marrons. A casa de Connie e Ron era amarela com detalhes brancos, iguais aos da mercearia.

Só uma casa da rua havia sido pintada recentemente, branca com janelas verde-escuras e detalhes da mesma cor. Mel viu Rick sair correndo pela porta, atravessar a varanda, pular para a rua e sair em sua perua branca. Era uma rua de aparência segura. Lares simpáticos. Ninguém saía de casa sem cumprimentar quem estivesse passando; todos acenavam e paravam para conversar.

Uma mulher saiu de trás da igreja e veio andando meio cambaleante pela rua, na direção da casa do doutor. Quando ela chegou mais perto, Mel se levantou e a cumprimentou, segurando a caneca de café com as duas mãos:

— Olá.

— Você é a enfermeira?

— Sim, sou enfermeira obstetra. Posso ajudar em alguma coisa?

— Não é nada não. Ouvi falar de você.

Os olhos caídos e as olheiras profundas a faziam parecer sonolenta, como se fosse muito difícil ficar de olhos abertos. Era uma mulher alta, devia ter quase um metro e oitenta, sem nenhum traço marcante, e com o cabelo oleoso preso para trás. Provavelmente estava doente.

Mel estendeu a mão, apresentando-se:

— Mel Monroe.

A moça hesitou, limpou a palma na calça e depois apertou a mão de Mel com força. Suas unhas estavam sujas.

— Cheryl Creighton — respondeu, então puxou a mão, enfiando as duas nos bolsos da calça larga, provavelmente um modelo masculino.

Mel se segurou para não dizer: *Ahh, essa é Cheryl que devia ter limpado o chalé, aquela que Hope suspeitara que tinha voltado a beber.* Isso explicava a pele opaca e os olhos cansados, sem falar na quantidade de vasinhos estourados nas bochechas.

— Tem certeza de que não precisa de ajuda?

— Tenho. Estão dizendo que você vai embora logo.

— É mesmo? — Mel sorriu. — Bem, eu me comprometi a cuidar de alguns assuntos antes disso.

— A bebê.

Mel inclinou a cabeça para o lado.

— Nada passa desapercebido por aqui, não é mesmo? Você pode me dar alguma informação sobre esse bebê ou a mãe? Queria saber se ela...

— Para que você possa ir embora mais rápido? Se quiser, posso cuidar da bebê...

— Posso saber por que você teria algum interesse nessa criança?

— Eu só queria ajudar. Gosto de ajudar.

— Na verdade, não preciso de muita ajuda, mas... queria muito encontrar a mãe. Ela pode não estar bem, depois de ter dado à luz sozinha.

Mel deu uma olhada para o bar e viu que Preacher tinha parado de varrer e as observava. No mesmo instante, Mullins saiu de casa.

— Olá, Cheryl.

— Ei, doutor. Estou só falando para a enfermeira que eu poderia ajudar com a bebê, tomar conta dela para vocês e tudo o mais.

— Por que quer fazer isso, Cheryl?

A mulher deu de ombros.

— O Jack me falou dela.

— Obrigado. Vamos lembrar de você, se precisarmos — disse o doutor.

— Tá bom. — Ela deu de ombros de novo. Olhou para Mel. — Foi bom conhecer você. Agora ficou tudo explicado.

Cheryl voltou por onde tinha vindo.

Mel olhou para o doutor, franzindo a testa.
— Não entendi nada.
— Ela queria ver como você era. Cheryl seguia Jack por aí como um cachorrinho abandonado.
— Jack não deveria dar bebida a ela.
— E não dá. Jack é um cara generoso, mas não é bobo. Dar bebida a Cheryl seria o mesmo que jogar querosene no fogo. Além do mais, ela não tem dinheiro para frequentar o bar. Acho que bebe aquela porcaria que encontra na mata.
— Vai acabar morrendo com esse vício.
— Infelizmente.
— Ninguém pode ajudar?
— Acha que Cheryl tem jeito de quem quer ajuda?
— Ninguém nunca tentou? O Jack...
— Jack não pode fazer nada. Qualquer atitude que tome vai encher a cabeça dela de falsas ilusões.
Mullins virou as costas e voltou para dentro de casa. Mel foi atrás.
— Acha possível que ela tenha dado à luz?
— Tudo é possível, mas eu duvido.
— E se a examinássemos? Descobriríamos na hora.
Mullins a encarou e ergueu uma das sobrancelhas brancas.
— Devo chamar o delegado? Arrumar um mandado? — perguntou, indo para a cozinha.
Que cidadezinha estranha, pensou Mel.

Enquanto Chloe tirava uma soneca, Mel se permitiu um intervalo para ir até a mercearia. Connie colocou a cabeça para fora da porta de uma sala dos fundos e a chamou:
— Ei, Mel. Precisa de alguma coisa?
— Pensei em folhear as revistas, Connie. Estou entediada.
— Fique à vontade. Estamos vendo novela, se quiser vir aqui.
— Obrigada.
Mel parou diante da pequena estante e encontrou alguns livros de bolso e cinco revistas. Uma sobre armas, outra de caminhões, uma de pesca, uma de caça e uma *Playboy*. Pegou um romance e a *Playboy* e foi até Connie.

Havia uma cortina entreaberta, pendurada na porta. Connie e Joy estavam sentadas em espreguiçadeiras de lona velhas diante de uma pequena mesa, segurando xícaras de café e com os olhos grudados em uma pequena televisão em cima de uma prateleira. As duas eram fisicamente opostas: Connie era pequena e elegante, com cabelo curto e tingido de vermelho-fogo. Joy devia ter um metro e noventa e pesava cerca de cem quilos, usava roupas simples, tinha o cabelo grisalho preso em um rabo de cavalo e o rosto redondo e alegre. As duas formavam um par estranho e se diziam melhores amigas desde a infância.

— Venha para cá — convidou Joy. — Tem café, se quiser.

Na tela, uma linda mulher olhava nos olhos de um homem muito bonito, dizendo:

— *Brent, nunca amei ninguém além de você! Nunca!*

— Ah, mentirosa! — rebateu Connie.

— Não é não... Ela não amou nenhum deles. Só transou com todos — retrucou Joy.

E na tela:

— *Belinda, o bebê...*

— *Brent, o bebê é seu filho!*

— O bebê é filho do Donovan — corrigiu Joy, falando com a televisão.

Mel encostou o quadril na mesa.

— Que programa é esse?

— *Riverside Falls* — informou Connie. — Estes são Brent e a vagabunda da Belinda.

— Lizzie vai ficar desse jeito se Connie não conseguir fazer a menina parar de usar aquelas roupas vulgares.

— Tenho um plano — afirmou Connie. — Quando as roupas ficarem pequenas, vou comprar um guarda-roupa mais conservador.

Joy soltou uma gargalhada.

— Connie, parece que a menina *já está usando* roupas de um número menor.

Na televisão, Mel viu o casal na cama. O lençol mal cobria os corpos nus.

— Poxa vida! As novelas evoluíram bastante.

— Você vê alguma, querida? — indagou Connie.

— Não desde a época da faculdade. A gente via *General Hospital.* — Mel deixou a revista e o livro na mesa e se serviu de uma xícara de café. — Pedíamos para os pacientes acompanharem por nós. Passei um tempo cuidando de um senhor idoso... Eu dava banho nele sempre às duas da tarde, depois assistíamos à novela juntos.

— Só sobrou um homem com quem Belinda ainda não transou... e ele tem 70 anos. É o patriarca. — Connie suspirou. — Vão precisar trazer algum talento novo para a mulher atacar.

Na televisão, passava uma cena em que Belinda mordiscava o lábio de Brent, o queixo e depois deslizava pelo corpo dele até desaparecer por baixo dos lençóis. Sob o lençol, a cabeça de Belinda se abaixou, e pouco depois Brent inclinou a cabeça para trás e deixou escapar um murmúrio de prazer.

— Minha nossa! — exclamou Mel, e Connie abanou seu rosto.

— Acho que essa é a arma secreta dela — comentou Joy.

O capítulo terminou com a entrada dos comerciais.

Connie e Joy se entreolharam, rindo, e se levantaram.

— Bem, não mudou muita coisa desde ontem. O bebê de Belinda vai estar na faculdade quando descobrirem quem é o pai.

— Nem tenho certeza se é filho do Donovan. Ela também ficou com o Carter.

— Ah, mas isso faz tempo... Não pode ser dele.

— Faz quanto tempo que vocês assistem a essa novela? — indagou Mel.

— Nossa... Uns quinze anos? — ponderou Connie.

— No mínimo.

— Você encontrou alguma revista, querida?

Mel fez uma careta e mostrou a *Playboy*.

— Ai, ai... — Connie suspirou.

— Não me interesso por caminhões, pesca, armas ou caça. Você não recebe nenhum outro tipo?

— Se disser qual você quer, peço ao Ron trazer da próxima vez que for às compras. Só temos o que tem saída.

— Faz sentido. Espero não ter pegado a *Playboy* de nenhum pobre coitado que a esteja esperando.

— Não se preocupe. Ei, vamos fazer uma reuniãozinha esta noite lá no bar, para comemorar o aniversário da Joy.

— Ah, mas eu nem comprei um presente!

— Não trocamos presentes, querida — respondeu Joy. — Venha à festa.

— Feliz aniversário, Joy. Vou combinar com o doutor. Que horas? Se eu conseguir ir, devo levar algum aperitivo?

— Marcamos às seis da tarde. Não precisa levar nada, mesmo porque imagino que você nem consiga cozinhar na casa do doutor. Já cuidamos da comida, de qualquer forma. Nenhuma novidade sobre a bebê, não é mesmo?

— Nada.

— Que coisa maluca — comentou Joy. — Aposto que veio de outra cidade.

— Estou começando a achar o mesmo — disse Mel, tirando algumas notas do bolso para pagar as compras. — Então até hoje à noite, se tudo der certo.

No caminho de volta para a casa do doutor, passou pelo bar. Jack estava sentado na varanda, os pés apoiados na cerca de madeira, e ela resolveu se aproximar. Ao lado de Jack, havia uma caixa de equipamento de pesca cheia de lindas iscas artificiais de todas as cores, alicates pequenos, tesouras e uma lâmina com a ponta para fora. Havia também saquinhos plásticos com penas coloridas, anzóis de prata e outras parafernálias de pesca.

— Hora do intervalo? — perguntou ele.

— Tirei o dia de folga, a não ser pelas eventuais trocas de fraldas e mamadeiras. Chloe está dormindo, não há pacientes, e o doutor está com medo de jogar cartas comigo. Sabe que eu ganho de lavada.

Jack deu risada e se inclinou para a frente para dar uma olhada no livro e na revista.

— Procurando uma leitura mais leve? — perguntou, erguendo a sobrancelha.

Mel mostrou a *Playboy*.

— Era isso ou revistas de armas, caminhões, caça ou pesca. Quer emprestado, depois que eu terminar de ler?

— Não, obrigado. — Ele riu.

— Não gosta de mulheres peladas?

— Adoro, só não estou a fim de ficar olhando fotos. Você deve lidar bastante com isso no trabalho.

— Como já disse, não tive muita escolha. Não vejo uma revista destas há anos, mas, quando estava na faculdade, minhas colegas de quarto e eu morríamos de rir com a coluna de conselhos amorosos. E tinha umas histórias interessantes. Será que a *Playboy* ainda publica ficção?

— Não faço ideia, Melinda — respondeu Jack, sorrindo.

— Sabe o que percebi nesta cidade? Todo mundo tem uma antena parabólica e pelo menos uma arma.

— Dois itens necessários. Não temos TV a cabo. Você sabe atirar?

— Odeio armas — respondeu ela, estremecendo. — Imagine a quantidade de mortes a bala em um pronto-socorro em Los Angeles.

Ela se encolheu um pouco e pensou: *Não, ele não faz a menor ideia.*

— As armas que usamos não são para atirar em pessoas. Dificilmente alguém tem revólveres, apesar de eu ter alguns, mas só porque os tenho há muito tempo. Essa é a região de rifles e espingardas, para caçar, matar um animal doente ou ferido e para se proteger de animais selvagens. Posso ensinar você a atirar, assim se sentiria mais confortável com uma arma.

— De jeito nenhum. Odeio até ficar perto delas. Todas essas espingardas nas carrocerias das caminhonetes daqui estão carregadas?

— Pode apostar. Você não quer levar nem um minuto para carregar um rifle caso apareça um urso na sua frente. E eles pescam nos mesmos rios que a gente.

— Nossa, estou vendo a pesca com novos olhos. Quem atirou naqueles animais que estão pendurados na taberna?

— Preacher pegou a corça. Eu peguei o peixe e a ursa.

Mel balançava a cabeça.

— Como você pode sentir prazer em matar animais inocentes?

— A corça e o peixe eram inocentes — admitiu Jack. — Mas a ursa, não. Eu não queria atirar nela, mas estava trabalhando do lado de fora do bar, e a criatura estava rodeando lá atrás, talvez procurando lixo. Ursos são onívoros, comem de tudo. Era um verão muito seco. O filhote chegou muito perto de mim, e a mãe se irritou. Ficou furiosa, achou que eu fosse interferir. O que mais eu podia fazer?

— O que aconteceu com o filhote?

— Ficou trancado no bar até a Guarda Florestal aparecer para levar o pobrezinho.

— É realmente uma pena. A ursa estava apenas cumprindo seu papel de mãe.

— Eu não queria atirar nela. Não caço ursos. Em geral carrego um repelente, tipo um spray de pimenta. Naquele dia o repelente estava no carro, mas o rifle estava à mão. Eu não teria atirado se não tivesse que escolher entre mim ou ela. — Ele sorriu. — Você vai aprender, garota da cidade.

— Tem razão, sou mesmo uma garota da cidade. Não tenho nenhum bicho empalhado pendurado nas minhas paredes. E acho que vou continuar assim.

Sexta-feira à noite era bem movimentada em Virgin River. Havia mais carros do que o normal estacionados ao redor do bar. Se bem que os conhecidos de Mel iriam a pé.

— Essa noite terá a festa de aniversário da Joy na taberna — dissera Mel ao dr. Mullins. — Imagino que você queira ir. Talvez depois, se puder me ceder meia-hora, passo por lá para desejar felicidades.

Mullins zombou da ideia. Só queria atravessar a rua para sua dose diária de uísque, comer alguma coisa e voltar para casa. Assim, enquanto ele estava na taberna, Mel deu mamadeira à bebê e a colocou para dormir. Ajeitou o cabelo, passou batom, pronta para o que achava que seria um programa tedioso, mas pelo menos com alguns rostos simpáticos. Chloe adormeceu por volta de 19h30, e ela pôde sair.

— Não demoro — disse ao doutor.

— Não vou a lugar algum. Não ligo se você quiser dançar até a madrugada.

— Me chame se precisar.

— É difícil ter festa na cidade. Você devia aproveitar. Sei trocar fralda e dar mamadeira. Faço isso há muito mais tempo do que você.

O bar estava lotado. A *jukebox*, que dificilmente era ligada, proporcionava a música de fundo. Country. Jack e Preacher estavam atrás do balcão, e Rick se ocupava de limpar as mesas. Mel percorreu o lugar até achar Joy.

— Desculpe por ter chegado tão tarde, Joy. A bebê demorou para se acalmar. — Ela se livrou da malha que usava e inspirou fundo. — Estou sentindo cheiro de queijo.

— Isso mesmo! Ainda tem muita comida, pegue um prato e se sirva.

Algumas das mesas estavam alinhadas contra a parede, cheias de travessas com comidas que pareciam deliciosas. Bem no centro havia um bolo quase todo coberto de velas. Logo que terminou de se servir, as pessoas começaram a se aproximar para cumprimentá-la e bater papo. Mel cumprimentou Fish Bristol, pescador da região, sua esposa, Carrie, e Harv, o homem que cuidava do cabeamento telefônico na região e ia ao bar quase todas as manhãs — passava ali para a primeira refeição do dia, antes de pegar a estrada.

— Não posso tirar minha esposa da cama só para preparar o café da manhã — dissera, rindo.

Mel notou que Liz estava em um canto, parecendo entediada, com as belas pernas cruzadas, a minissaia deixando pouco à imaginação. Mel acenou e conseguiu um ligeiro sorriso em resposta. Foi apresentada a um criador de ovelhas e sua esposa, Buck e Lilly Anderson. Buck era alto, magro e quase careca, e Lilly, baixinha, rechonchuda e com bochechas rosadas.

— Alguma novidade a respeito da bebê? — perguntou a mulher.

— Nada.

— Ela é boazinha?

— Nossa, é perfeita. Um anjo.

— Ninguém se ofereceu para adotar a menina?

— Ainda não tive resposta do Serviço Social.

Connie se aproximou do grupo trazendo uma amiga para apresentar.

— Mel, essa é Jo Fitch. Ela e o marido moram no fim da rua, na maior casa.

— É um prazer finalmente conhecer você — disse Jo. — Ninguém esperava uma moça tão bonita. Nós...

Antes que Jo terminasse, um homem a enlaçou pela cintura. Ele girava um drinque no copo, e inspecionou Mel de cima a baixo.

— Ora, ora, ora... Estão essa é a nossa enfermeira? Ah, enfermeira, não estou me sentindo muito bem... — disse, e soltou uma gargalhada sonora.

— Este é o meu marido, Nick — apresentou Jo.

Mel teve a impressão de que ela estava um tanto nervosa.

— Como vai? — perguntou, por educação, percebendo que o homem tinha bebido demais. Depois falou para Connie: — Está tudo tão gostoso.

— E então, enfermeira Melinda... O que achou da nossa cidadezinha? — perguntou Nick.

— Por favor, me chame de Mel. A cidade é ótima. Vocês têm sorte.

— É... — Nick a mediu dos pés à cabeça novamente. — Temos muita sorte. Onde eu assino para ser examinado? — E gargalhou de novo.

Mel se lembrou de Hope falando de Jo Ellen e do marido. Então era esse o cara que já levara tapas de mais de uma mulher. Não poderia ser mais óbvio.

— Poxa vida, com licença. Preciso pegar uma bebida e já volto.

Nick a segurou pelo braço.

— Permita-me...

Mel sorriu enquanto puxava o braço com força.

— Não, não... Pode ficar bem aqui.

Saiu dali o mais rápido que pôde. No caminho, parou para cumprimentar Doug e Sue Carpenter, frequentadores assíduos do local. Depois encontrou com o patriarca e a matriarca da família Fishburn, o sogro e a sogra de Polly. Então foi até o bar, sentou-se na banqueta e colocou o prato no balcão. Jack não lhe deu atenção na hora, pois olhava o salão cheio com a testa franzida.

Quando finalmente a viu, ela pediu:

— Por favor, uma cerveja.

— Claro.

— Você não me parece muito feliz.

— Preciso ficar de olho em tudo — explicou, relaxando. — Está se divertindo?

— Humm... — Ela assentiu e tomou um gole. — Você provou essa comida? Está quase tão boa quanto a de Preacher. As mulheres do interior sabem cozinhar!

— É por que isso que a maioria é... como posso dizer? Robusta?

Mel riu e deixou o copo de cerveja de lado para comer um pouco mais.

— Mais uma razão para eu voltar para a cidade grande.

Ficou ali mais um pouco, até o tal de Nick se aproximar.

— Fiquei esperando...

— Desculpe, Nick, mas... preciso circular. Sou nova na cidade, sabe — respondeu, pulando da banqueta com o copo de cerveja na mão, deixando o prato para trás.

Nick fez menção de segui-la, mas Jack prendeu seu pulso sobre o balcão, encarando-o com um olhar ameaçador.

— Sua esposa está bem ali.

— Relaxa, Jack — disse Nick, rindo.

— É melhor você se comportar.

Nick gargalhou e respondeu, antes de sair:

— Ah, Jack, você não pode ficar com todas as garotas bonitas. Fala sério, cara. Todas as esposas têm tesão por você... Dá uma chance para os outros.

Jack ficou observando atentamente de trás do balcão. Conseguia servir as bebidas e anotar os pedidos sem tirar os olhos de tudo. Nick seguia Mel como um filhote ferido, aproximando-se mais sempre que conseguia, mas ela era mais rápida. Ficava sempre do lado da parede das mesas, para se inclinar e conversar com as pessoas, ou parava atrás de outro homem, colocando-o entre ela e Nick, e saía depressa quando ele chegava, como se tivesse visto alguém que precisasse cumprimentar, sempre aumentando a distância.

Preacher, que também estava atrás do balcão, notou.

— Quer que eu o avise para tomar cuidado, para que não acabe com o nariz quebrado?

— Não — respondeu Jack, seco, mas achando que seria ótimo quebrar o nariz dc Nick, se o maldito encostasse a mão nela.

— Ótimo. Faz anos que não participo de uma boa briga de bar.

Jack continuou de olho, tomando conta de tudo, e viu quando a sobrinha de Connie foi perto da comida, enfiou o dedo na cobertura do bolo, depois na boca, e o tirou-o bem devagar enquanto olhava para Rick por cima do ombro... O garoto recolhia os copos de uma mesa e ficou paralisado quando a viu. Jack percebeu a reação dele, que quase estremeceu, com a boca entreaberta, os olhos arregalados, medindo-a... *Ai, ai, ai*, pensou.

Quando um dos convidados acendeu as velas do bolo, todos se levantaram das mesas e se juntaram para cantar e ver Joy se esforçar para assoprar as cinquenta e três velas.

Mel ficou atrás das pessoas, e Jack voltou a atenção para ela. Fechou a cara quando Nick se aproximou por trás da enfermeira. Não conseguiu ver direito, com tanta gente na frente, mas notou o sorrisinho de Nick e o olhar apavorado de Mel, procurando por ele. Jack saiu de trás do balcão e estava avançando a passos largos para onde os dois estavam quando ela reagiu.

Sentindo a mão grande deslizar por sua bunda, movendo-se lentamente por entre as coxas, Mel ficou perplexa, sem acreditar. Mas então seus instintos falaram mais alto, e ela trocou o copo de cerveja de mão e acertou o maldito no estômago com o cotovelo, para logo em seguida acertá-lo no queixo, ao mesmo tempo que passava uma rasteira em suas pernas por trás. Nick se estatelou no chão, de barriga para cima, e Mel pisou em seu peito com a bota, olhando para baixo. Tudo isso sem derramar uma gota de cerveja.

— *Nunca* mais tente qualquer coisa comigo!

Jack ficou paralisado. *Caramba!*

O salão ficou em silêncio e Mel olhou ao redor, meio sem graça. Todos estavam chocados, os olhares fixos nela.

— Ah... — Mel suspirou, mas sem tirar o pé do peito de Nick. O homem mal conseguia respirar, parecia assustado. Ela tirou o pé e repetiu: — Ah...

Alguém começou a rir, enquanto outra pessoa batia palmas. Uma mulher deu um grito de aprovação.

Ela recuou, ainda sem graça, até encostar no bar, bem na frente de Jack. Ali se sentia mais segura. Jack colocou a mão em seu ombro e fulminou Nick com um olhar.

Mel ficou com muita pena de Jo Ellen. Que atitude uma mulher de cidade tão pequena poderia tomar com um marido tão nojento quanto aquele? Assim que Jo ajudou Nick a se levantar e o levou para casa, a festa ficou muito mais animada, com piadas divertidas. Alguns homens a desafiaram para uma queda de braço, e Mel virou heroína para as mulheres.

As histórias mais antigas de Nick eram ao mesmo tempo chocantes e divertidas. Certa vez, sentindo-se o invencível, ele não resistira à tentação de passar a mão no seio de uma mulher; acabara nocauteado. Até então, essa tinha sido a maior humilhação que ele sofrera. Nick tinha uma coleção razoável de tapas na cara, mas, por milagre, nunca nenhum marido raivoso o espancara. Todos o tratavam como uma piada patética. Quando havia alguma reunião da comunidade ou uma festa na vizinhança, como naquela noite, ele ficava mais atrevido e se arriscava mais, tentando coisas que não ousava à luz do dia. Sua reputação era notória.

— E vocês não param de convidar o maldito? — indagou Mel a Connie.

— Só há nós aqui, menina, não tem como escapar — explicou Connie.

— Alguém deveria avisá-lo, dizer que ele não vai mais ser convidado se não aprender a se comportar.

— Se fizermos isso, estaríamos excluindo a Jo... Ela é gente boa. Sinto muito mais pena dela do que de qualquer mulher que o desgraçado tenha importunado. Ela é que fica com o papel de boba. Nós podemos nos cuidar. — Connie deu um tapinha no braço de Mel. — Garota, acho que ele nunca mais vai aborrecer você.

Às nove da noite, a festa terminou de repente. Foi como se alguém tivesse tocado um sino de retirada. As mulheres começaram a pegar as travessas, os homens empilharam os pratos e recolheram o lixo, todos se despediram e saíram. Mel estava saindo, uma das últimas do grupo, quando Jack a chamou.

— Espere um pouco.

Ela voltou e se sentou no banquinho do bar. Jack serviu café.

— E pensar que eu tinha acabado de chamar você de "garota da cidade" — disse ele, sorrindo.

— Eu não sabia que ainda conseguia fazer isso — confessou Mel, aceitando o café.

— Posso perguntar onde aprendeu esses golpes?

— Faz bastante tempo... Eu estava no último ano da faculdade. Alguns estupros vinham acontecendo no campus, e fui com umas amigas procurar um professor de autodefesa. Para falar a verdade, nunca achei que funcionaria na prática. Assim, a coisa é fácil com um instrutor e colchonetes no chão. Ensaiar saber o que fazer é uma coisa, mas eu não tinha certeza se reagiria do mesmo jeito se um estuprador saísse de trás de um carro estacionado e me atacasse.

— Agora já sabe. Nick não esperava por isso.

— O que foi uma vantagem para mim. — Ela tomou um golinho de café.

— Não vi o que aconteceu direito, mas, pelo sorriso malicioso de Nick e seu olhar perplexo, entendi que ele tinha aprontado alguma.

Mel colocou a xícara no bar.

— Foi uma passadinha de mão básica na minha bunda. — Assim que ela contou, Jack fez uma cara de ódio, estreitou os olhos e franziu muito a testa. — Epa, calma aí, amigão, não foi na *sua* bunda. Vi que você saiu de trás do bar... O que pretendia fazer?

— Tenha certeza de que o estrago seria bem maior. Não gosto desse tipo de comportamento no meu bar. Eu já estava de olho nele. Você virou o alvo no instante em que ele a viu.

— Nick foi muito inconveniente, mas tenho quase certeza de que vai me deixar em paz. Foi engraçado o jeito que a festa parou de repente. Alguém olhou no relógio, ou algo parecido?

— Os animais não dão folga.

— Nem os bebês — concluiu ela, pulando da banqueta.

— Eu acompanho você até em casa.

— Não precisa, Jack. Estou bem.

Mesmo assim, ele deu a volta no balcão.

— Permita-me. Foi uma noite interessante.

Jack ofereceu o braço, tentando se convencer de que estava apenas sendo cavalheiro, mas, na verdade, se houvesse uma oportunidade, ele cobriria os lábios dela com os seus. Fazia dias que queria beijá-la.

Os dois atravessaram a varanda e desceram os degraus para a rua. Não havia luz na rua, mas a lua cheia e alta se derramava sobre a cidade. Havia uma luz acesa no quarto do andar de cima da casa do doutor. Jack parou bem no meio da rua.

— Olhe esse céu, Mel. Você não vai encontrar nada parecido em nenhum lugar do mundo... Essa quantidade de estrelas, a lua, o céu limpo e escuro... Tudo isso é nosso.

Ela olhou para o céu maravilhoso, com mais estrelas do que se poderia imaginar. Jack ficou atrás dela, apertando seus ombros de leve, e completou:

— Isso não existe na cidade grande. Em nenhuma cidade.

— É lindo — respondeu ela, a voz mansa. — Admito que essa terra é linda.

— É majestosa. Qualquer dia desses, antes de você ir embora e voltar para sua vida, queria lhe mostrar algumas coisas. As árvores enormes da floresta, a costa... Está quase na época certa para observar as baleias.

Mel se recostou no tórax de Jack e teve que admitir a si mesma que a sensação de se apoiar nele era muito boa.

— Sinto muito pelo que aconteceu esta noite. — Jack baixou a cabeça, sentindo o perfume do cabelo dela. — Fiquei impressionado ao ver como você se saiu, mas... sinto muito pelo que Nick... Fiquei muito bravo por ele ter tocado você daquele jeito. Pensei que estivesse atento aos movimentos dele.

— Foi rápido demais, tanto para você quanto para mim.

Jack a virou e fitou-a nos olhos. Interpretou a expressão dela como um convite e baixou o rosto, indo ao seu encontro.

Mel espalmou a mão no peito dele.

— Preciso entrar — disse, meio ofegante.

Ele endireitou o corpo.

— Bem, nós dois sabemos que eu não conseguiria derrubar você — completou ela, esboçando um sorriso.

— Você jamais precisaria. — Mas ele ainda a segurava, relutando em deixá-la se afastar.

— Boa noite, Jack. Obrigada por tudo. Eu me diverti... apesar do Nick.

— É bom saber — respondeu ele, soltando-a.

Mel se virou, cabisbaixa, e atravessou sozinha a outra metade da rua.

Jack continuou parado até vê-la entrar, depois voltou para o bar. Viu a caminhonete de Ricky estacionada em frente à casa de Connie. Droga, o garoto não perdera tempo. Ricky não tinha pai nem mãe, e a avó não estava bem. Fazia tempo que Jack tomava conta dele, e sabia que essa hora acabaria chegando. Os dois nunca tinham tido *aquela* conversa. Mas, naquela noite, Jack teria a tal conversinha consigo mesmo.

Preacher colocara as cadeiras de cabeça para baixo sobre as mesas e varria o chão. Jack passou por ele rápido.

— Onde você vai com tanta pressa? — perguntou o cozinheiro.

— Para o chuveiro — respondeu Jack, desconsolado.

Connie e Ron gostavam tanto de Ricky que não acharam ruim que ele ficasse conversando com Liz por alguns minutos na frente da casa. Confiavam nele, e Ricky sabia. Talvez não devessem; se soubessem como o garoto ficara depois de olhar para Liz, teriam trancado a menina em casa.

A jovem se apoiou no alpendre, cruzou as pernas, puxou um cigarro da bolsa e o acendeu.

— Por que você faz isso?

— Algum problema? — Ela soltou a fumaça.

Ricky deu de ombros.

— Deixa a sua boca com gosto de lixo. Ninguém vai querer te beijar, se você continuar fumando.

— Alguém quer me beijar? — perguntou ela, abrindo um sorriso maroto.

Ricky tirou o cigarro da mão dela e o jogou fora. Depois, segurou-a pela cintura e a beijou. *É... Sua boca está com um gosto ruim. Mas não é tão horrível.*

Liz se inclinou para mais perto, e claro que ele entrou *naquele estado*. Nos últimos dias, acontecia toda hora. Quando ela abriu a boca e pressionou o corpo com mais força contra o dele, a coisa ganhou mais intensidade. Caramba, aquilo era a morte... Sentiu os seios dela contra o peito, e tudo que ele queria era tocá-los.

— Você não deveria fumar — insistiu, ainda com os lábios colado aos dela.

— Sei...

— Vai encurtar sua vida.

— E não queremos isso, né?

— Você é linda. Muito linda.

— Você também é.

— Homens nunca são lindos. Quer carona para a escola, na segunda-feira?

— Claro. Que horas?

— Eu apareço aqui às sete. Em que ano você está?

— Nono ano.

Ele saiu daquele estado crítico de repente.

— Espera... Você tem 14 anos?

— Aham. E você?

— Ah... Estou quase acabando, estou no segundo ano do ensino médio. Tenho 16 anos. — Ele se afastou um pouco. — Droga. Poxa vida!

— Perdi a carona? — indagou Liz, puxando a blusa para baixo e ressaltando os seios.

Ricky sorriu.

— Que nada... Bem, que se dane. Vejo você na segunda.

Ele já estava se afastando, mas virou de repente, decidindo beijá-la de novo. Foi um beijo mais profundo e intenso. Depois veio outro, mais longo. Talvez mais profundo. De fato, Liz não parecia ter 14 anos.

Capítulo 6

Certa manhã, Mullins saiu cedo, antes do café, para uma consulta. Logo depois, Lilly Anderson chegou para ver Mel. Lilly tinha mais ou menos a mesma idade de Connie, Joy e a maioria das outras mulheres da cidade que ela já conhecera: estava no fim dos 40, começo dos 50 anos. Lilly era gordinha, com rosto delicado e cabelo curto cheio, com cachos castanhos e mechas acinzentadas. Ela não usava maquiagem, e a pele marfim era perfeita, com bochechas cor-de-rosa e covinhas quando sorria. Quando Mel a conheceu, na festa, sentiu uma energia boa, o que a fez gostar da mulher no mesmo instante.

— Você está com a pequeninha? — perguntou Lilly.

— Estou, sim.

— Fico surpresa por ninguém ter aparecido para adotar a bebê.

— Também não entendo.

— É uma bebê perfeita e saudável. Cadê toda aquela gente doida para adotar bebês saudáveis?

— Talvez seja só questão de tempo até que o pessoal do Serviço Social se organize... Entendo que estão ocupados e que cidades pequenas como esta ficam em segundo plano.

— Não consigo parar de pensar nela. Achei que talvez pudesse ajudar.

— Muita bondade da sua parte. Você mora perto? Seria bom para o doutor e para mim se tivéssemos algumas horas livres, ainda mais quando a clínica fica cheia.

— Somos fazendeiros... Moramos do outro lado do rio, mas não é longe. Acontece que já criei seis filhos, tive o primeiro com apenas 19 anos, e a minha mais nova já está com 18 anos e casada. Tenho espaço em casa, agora que meus filhos moram sozinhos. Posso ficar com ela enquanto não encontrarem um lar definitivo. Ainda tenho coisas de bebê antigas guardadas no celeiro. Posso dar um lar temporário. Buck, meu marido, concordou.

— Quanta generosidade, Lilly, mas infelizmente não podemos ajudar financeiramente.

— Não precisa. Seria mais uma cortesia entre vizinhos. Vamos ajudar no que for possível. Sem falar que amo bebês.

— Eu queria perguntar... Você tem ideia de quem pode ter dado à luz essa criança?

Lilly balançou a cabeça, parecendo muito triste.

— A gente fica se perguntando que tipo de mulher desistiria do próprio filho... Talvez seja uma menina em apuros, sem ninguém para ajudar. Criei três filhas, e, graças a Deus, nenhuma teve que passar por isso. Já tenho sete netos.

— Essa é a beleza de começar cedo. Os netos nascem enquanto ainda somos jovens para curti-los.

— Sei que sou abençoada. Só posso pensar que a mãe que fez isso devia estar muito, muito desesperada.

Mel teve a impressão de ver lágrimas nos olhos de Lilly.

— Bem, vou falar com o doutor e ver o que ele acha. Tem certeza disso? Só posso oferecer um pouco de leite em pó e fraldas.

— Tenho certeza. Por favor, diga ao doutor que eu ficaria muito feliz em ajudar.

Mullins voltou uma hora depois, e Mel contou a história. Ele pareceu surpreso, erguendo as sobrancelhas brancas e coçando a cabeça. Então perguntou, parecendo um tanto alarmado:

— Lilly Anderson?

— A ideia é preocupante? Podemos continuar com Chloe aqui por mais um tempo...

— Preocupante? Ah, não. Só fiquei surpreso.

Ele se recompôs e saiu arrastando os pés para o consultório. Mel foi atrás.

— E então? Você não me respondeu.

— Não consigo pensar em um lugar melhor para essa garotinha — respondeu o médico, virando-se para ela. — Lilly e Buck são gente boa. E sabem muito bem como cuidar de um bebê.

— Não quer pensar melhor no assunto?

— Não. Eu tinha esperança de que alguma família fosse se apresentar. — Mullins a encarou por cima do aro dos óculos. — Parece que é você quem precisa refletir melhor.

— Não... — Mel hesitou um pouco, antes de completar: — Se estiver tudo bem para você, para mim também está.

— Mesmo assim acho que você deveria pensar um pouco mais. Vou ali do outro lado da rua, procurar alguém para jogar cartas. Depois que você decidir, podemos levar a neném para a fazenda dos Anderson, se for o caso.

— Está certo...

Jack sabia que Mel estava na cidade havia apenas três semanas, mas isso só o deixava ainda mais constrangido, considerando que a mulher não saía de seus pensamentos. Verdade seja dita, desde que a vira naquela primeira noite, no bar, à meia-luz, desejou sentar perto dela e conhecê-la melhor. Os dois se viam todos os dias, faziam as refeições juntos e tinham longos papos. Jack sabia que, no momento, era o melhor amigo dela. Mesmo assim, Mel ainda escondia muita coisa. Falava bastante sobre os pais que perdera, o relacionamento próximo com a irmã e a família, a carreira de enfermeira, a vida louca e caótica no hospital, mas uma parte estava faltando. *Ele*, pensou Jack. Aquele que a deixara arrasada, magoada e sozinha. Jack a faria esquecer aquele cara, bastava que Mel lhe desse uma chance, mínima que fosse.

Ele queria muito descobrir o que o prendera a Mel tão rápido e com tanta intensidade. Não se tratava apenas da beleza, apesar de ser um fator importante, óbvio. Não havia mesmo nenhuma mulher bonita e solteira na cidade, mas Jack não tinha ficado sozinho esse tempo todo. Mel também não era a única mulher sexy que vira nos últimos anos. E ele não era um recluso, sempre viajava para outras cidades, para a praia e frequentava boates. Havia Clear River, até então.

Entretanto, Mel tinha algo que mexera muito com ele. Aquele corpo miúdo, de seios fartos e bundinha perfeita, com lábios rosados... Isso sem falar na inteligência, que só a deixava mais sexy. Tudo isso o fazia ter dificuldade de respirar quando estavam no mesmo ambiente.

Havia momentos, quando Mel esquecia a dor que a abatia e sorria ou dava risada, em que seu semblante se iluminava. Os olhos azuis pareciam reluzir. Jack já sonhara que estavam juntos, sentira as mãos miúdas percorrendo todo o seu corpo enquanto ele a cobria com seu peso e a penetrava, ouvira os murmúrios de prazer e... acordara, molhado de suor, sentindo-se mais sozinho do que nunca.

Já sentia atração por Mel antes do confronto com Nick, e aquele episódio só serviu para aumentá-la. Ela era maravilhosa. Linda, pequena, feminina e com um soco poderoso. Uau. Mas seus olhos transpareciam vulnerabilidade, então Jack sabia que precisava tomar muito cuidado. Um movimento em falso e Mel entraria naquela BMW e sacudiria a poeira de Virgin River das solas dos sapatos, não importava o quanto a cidade precisasse de seus serviços como enfermeira. Era uma das razões pelas quais ele ainda não a levara até o chalé. Afastar-se dela, na semana anterior, depois do aniversário de Jo, tinha sido uma das coisas mais difíceis que fizera na vida. Só queria abraçá-la e dizer que tudo daria certo, que ele podia fazer as coisas darem certo, bastava que ela lhe desse uma chance.

Preacher e o doutor jogavam cartas em uma mesa. Jack embrulhou um pedaço da torta de maçã que Preacher fizera mais cedo e atravessou a rua. Não havia nenhum carro parado diante da clínica, apenas a caminhonete do médico e a BMW de Mel. *Eles estariam sozinhos*, pensou, com o pulso acelerado. Abriu a porta da frente e deu uma olhada. Pensou em bater na porta do escritório, mas ouviu um barulho na cozinha e foi para lá.

A bebê estava no pequeno berço de plástico ao lado do forno aquecido, com Mel sentada à mesa, a cabeça apoiada nos braços, soluçando. Em uma fração de segundo, Jack se aproximou, colocou a torta em cima da mesa e se ajoelhou diante dela.

— Mel...

Ela levantou a cabeça. O rosto estava marcado e vermelho.

— Droga... — resmungou, entre lágrimas. — Você me pegou.

— O que foi? — perguntou Jack, passando a mão nas costas dela. *Agora ela enfim vai me contar e deixar que eu a ajude a superar.*

— Encontrei um lar para Chloe. Uma pessoa veio aqui se oferecer para ficar com ela, e o doutor aprovou.

— Quem?

— Lilly Anderson — respondeu Mel, o rosto banhado de lágrimas. — Ah, Jack, deixei acontecer... me apeguei à bebê.

Mel se apoiou no ombro dele e chorou. Jack se esqueceu de tudo.

— Venha cá.

Ele a levantou da cadeira, sentou-se em seu lugar e a colocou no colo. Mel enlaçou seu pescoço, enterrando o rosto no seu ombro largo, chorando enquanto ele lhe acariciava as costas.

— Está tudo bem... Shhh...

— Eu me permiti ficar apegada — murmurou Mel, contra a sua camisa. — Fui burra. Devia ter imaginado... Até dei um nome a ela. Onde eu estava com a cabeça?

— Foram gestos de carinho. Você a tratou muito bem. Sinto muito que doa tanto.

Mas a verdade é que ele não sentia nada além daquele corpo miúdo e quente colado ao seu, confirmando as sensações gostosas que imaginara. Mel não pesava mais do que uma pena em seu colo, os braços envolvendo seu pescoço eram como um laço de fita, e o perfume doce do cabelo encaracolado o envolvia, embaralhando seus pensamentos.

Mel ergueu a cabeça e o fitou nos olhos.

— Pensei em fugir com ela. Minha loucura chegou a esse ponto. Jack, você precisa saber... Eu não bato muito bem da cabeça.

Jack enxugou as lágrimas do rosto delicado.

— Se é o que você quer, Mel, por que não tenta adotar a menina?

— Os Anderson... O doutor falou que são gente boa, uma família ótima.

— São mesmo. Melhor não há.

— O futuro dela será melhor com eles do que com uma mãe solteira que trabalha sem parar. Chloe precisa de uma cama de verdade, não dessa incubadora. Uma família de verdade, não uma enfermeira e um médico idoso.

— Existem vários tipos de famílias.

— Ah, eu sei o que é melhor para ela. — As lágrimas voltaram a escorrer. — Mas é tão difícil...

Mel encostou a cabeça no ombro dele outra vez. Jack a abraçou com mais força, e ela apertou seu pescoço. Ele fechou os olhos e mergulhou o rosto naqueles cachos perfumados.

Envolvida por braços fortes, Mel mergulhou em um pranto sincero. Tinha plena consciência de que estava no colo de Jack, mas o mais importante naquele momento era que, pela primeira vez em quase um ano de lamento, não estava sozinha. Alguém a abraçava, a protegia. O conforto vinha acompanhado da força e do calor, tão necessários depois de tanto tempo. Sentiu o tecido fino da camisa dele acariciando o seu rosto, a maciez contrapondo-se à força dos músculos das pernas onde estava sentada. Jack exalava um perfume magnífico de colônia e floresta, e ele a fazia se sentir segura. Também sentiu que ele deslizava a mão pelas suas costas e beijava o seu cabelo.

Balançaram-se juntos, bem devagar, enquanto Mel encharcava a camisa dele. Depois de mais alguns minutos, o pranto copioso diminuiu para fungadas, que por fim viraram murmúrios. Mel ergueu a cabeça para encará-lo, sem dizer nada. Jack ficou entorpecido. Com toda cautela, roçou os lábios nos dela, pedindo aprovação para continuar. Mel fechou os olhos e o apertou com mais força enquanto ele pressionava a boca na sua. Ela entreabriu os lábios e Jack fez o mesmo, prendendo a respiração, deixando que Mel explorasse sua boca com a ponta da língua.

Jack sentiu seu mundo tremer enquanto se perdia em um beijo profundo que o tocou e o fez perder o prumo.

— Não... — sussurrou Mel, sem afastar os lábios. — Não se envolva comigo, Jack.

Ele a beijou mais uma vez, segurando firme, sem querer soltá-la nunca mais.

— Não se preocupe comigo.

— Você não entende... Não tenho nada para oferecer. Nada.

— Eu não pedi nada — retrucou ele, mas sua mente completava: *Você está enganada. Está oferecendo e recebendo... e a sensação é divina.*

Mel só conseguia pensar, de maneira distante e abstrata, que pela primeira vez em muito tempo seu corpo não estava oco, dolorosamente vazio. Sorveu o sentimento de estar conectada a alguma coisa. A alguém. Amparada. Era tão sublime ter contato humano de novo. Sua alma havia esquecido de como era, mas seu corpo não.

— Você é um cara legal, Jack — afirmou, a boca ainda colada à dele. — Não quero magoar você. Não posso amar ninguém.

— Eu sei me cuidar.

Mel o beijou de novo, mas dessa vez foi com uma volúpia maior... Durante um ou dois minutos, ela movimentou a boca sobre a dele com paixão.

Até que Chloe se mexeu no berço.

— Ai meu Deus, por que eu fiz *isso*? — indagou Mel, se afastando. — Foi um erro.

— Erro? — Jack deu de ombros. — Que nada... Somos amigos. Você precisava de um pouco de carinho, e... bem, eu estou aqui.

— Isso simplesmente não pode acontecer — sentenciou Mel, com certo desespero.

Jack assumiu o controle, percebendo o próprio desespero.

— Pare com isso, Mel. Você estava chorando. Foi só isso.

— Eu estava *beijando*, e você retribuiu!

Ele sorriu.

— Você é muito dura consigo mesma. De vez em quando é bom sentir alguma coisa que não seja dor.

— Prometa que isso nunca mais vai acontecer!

— Só se você não quiser. Mas fique sabendo que, se você quiser, vou deixar acontecer. Sabe por quê? Porque eu gosto de beijos e não fico me culpando por isso.

— Não vou fazer isso de novo. Só não quero mais agir como uma idiota.

— Você está se martirizando. Não entendo por quê. — Jack a tirou do colo, colocando-a em pé. — Daqui em diante, você dá as cartas. E quer saber? Acho que você gosta de mim, que confia em mim. E, por um instante, pensei que também gostava de me beijar... — Ele deu um sorriso. — Deu para notar. Sou bem perceptivo, sabe?

— Você só está desesperado por um pouco de companhia feminina.

— Ah, tem mulheres por aqui. Isso não tem nada a ver.

— Mesmo assim... Você tem que me prometer.

— Claro. Se é o que você quer.

— É o que eu preciso.

Jack se levantou. Ele havia considerado esse tipo de reação, mas agira como bobo, ignorando os próprios conselhos. Precisava recuperar a confiança dela. E rápido. Por isso, levantou o queixo dela com o dedo e fitou aqueles olhos lindos e tristes.

— Quer que eu leve você e Chloe à fazenda dos Anderson? Prometo não beijar você de novo.

— Você faria isso? Quero ir junto, quero saber onde ela vai morar. E acho que não quero estar sozinha na hora.

Jack sabia que era imperativo que Mel recuperasse a sensação de controle. Voltou para o bar, para buscar o carro, e enfiou a cabeça porta adentro.

— Doutor, vou levar a Mel e a bebê até a fazenda dos Anderson. Tudo bem?

— Claro — respondeu Mullins, sem desviar a atenção do jogo.

Depois que as poucas coisas de Chloe estavam arrumadas, eles partiram. Jack não tinha cadeirinha no carro, então a bebê foi no colo de Mel, que ia com os olhos marejados. Depois da longa estrada montanha acima, porém, quando eles estavam passando pelos pastos cercados e pontilhados de ovelhas, Mel já estava mais serena.

Lilly Anderson os convidou para entrar. Era uma casa simples, mas com todos os indícios de uma vida boa. O piso e as janelas reluziam de tão bem cuidados, havia mantas dobradas nos cantos dos sofás e sobre as poltronas, bordados emoldurados nas paredes, cheirinho de pão fresco, uma torta esfriando no balcão e dezenas de porta-retratos de crianças e da família. Sem falar no berço de vime, já esperando por Chloe. Lilly serviu chá, e ela e Mel se sentaram à mesa da cozinha enquanto Buck levava Jack ao curral, onde os filhos tinham começado a tosa da primavera.

— Para ser honesta, eu me apeguei bastante a ela — revelou Mel.

Lilly estendeu o braço por cima da mesa e segurou sua mão.

— Eu entendo perfeitamente. Acho que você devia vir visitar, pegar a menina no colo, niná-la um pouco. Ser presente.

— Não quero que você passe pelo que passei, quando aparecer uma família para adotá-la.

Os olhos de Lilly ficaram marejados em solidariedade às lágrimas de Mel.

— Você tem um bom coração — disse a mulher mais velha. — Não se preocupe, Mel. Agora que sou avó, muitas crianças passam por aqui e não ficam. Mas, enquanto a neném estiver comigo, você será sempre bem-vinda.

— Obrigada pela compreensão, Lilly. Dedico minha vida à ajudar mães e bebês.

— E dá para ver. É muita sorte nossa ter você aqui na cidade.

— Bem, mas você deve saber que não pretendo ficar...

— Pense um pouco mais sobre isso. Aqui não é um lugar ruim.

— Bem, estarei por perto tempo o suficiente para ter certeza de que vocês e a Chloe se adaptaram bem. Vou tentar resistir por alguns dias antes de vir aqui apertá-la.

— Pode vir todos os dias, se quiser. Duas vezes por dia, até.

Pouco depois, Mel se empoleirou na cerca ao lado de Jack, observando a tosa.

— Vocês precisam voltar em algumas semanas, quando as crias devem nascer — sugeriu Buck. — Gostamos de tosar antes do parto... É mais fácil para a ovelha.

No caminho de volta, Jack dirigiu ao redor das montanhas de Virgin River em silêncio, permitindo que Mel admirasse a beleza dos campos verdejantes, das montanhas altas e do gado pastando. Ele fez um pequeno desvio para que ela pudesse ver as sequoias. Apesar da melancolia, Mel se surpreendeu com a beleza da paisagem. O céu estava azul e sem nuvens, com uma brisa leve e fresca, mas os raios de sol tinham certa dificuldade em ultrapassar as copas fechadas das árvores maiores. Jack notou que ela estava melhorando, embora devagar e em silêncio.

Era como se ali existissem dois mundos. Em um, úmido e sombrio, nas profundezas da floresta, a vida era pobre e desoladora, povoada de gente miserável e desamparada. No outro ficava o parque nacional de sequoias, as melhores áreas de camping e os vales e montanhas de campos viçosos e fartos. Naquele segundo mundo, a felicidade e a prosperidade eram exuberantes.

Jack desceu por uma estrada coberta pela copa das árvores, avançando em direção à curva mais ampla do rio que dava nome à cidade, então estacionou no acostamento. Dois homens pescavam, com seus macacões de borracha presos por suspensórios, coletes marrons cheios de bolsos e cestos de vime presos nos ombros. Os movimentos ritmados e graciosos das varas e dos arcos formados pelas linhas pareciam um balé.

— O que vamos fazer? — perguntou Mel.

— Quero que você veja algumas coisas antes de desistir de tudo e fugir. Muita gente da cidade e alguns visitantes pescam aqui. Eu também venho bastante. Na época das chuvas de inverno, é normal virmos assistir aos salmões nadarem contra a corrente das cachoeiras, pulando para os riachos onde desovam. É um espetáculo! Agora que a bebê está com os Anderson, podemos ir passear na costa, se você quiser. Logo, logo, as baleias migrarão para o norte, rumo às águas mais frias para passar o verão. Elas passam bem perto da costa com os filhotes. É incrível.

Mel observou os pescadores jogarem as linhas; pouco depois, um deles puxou uma bela truta-marrom.

— Nas melhores estações, peixe é o prato principal do bar.

— E é você que pesca todos?

— Pesco com Ricky e Preacher. É assim que transformamos o trabalho em diversão. — Ele amenizou o tom de voz, antes de continuar: — Mel, olhe rio abaixo. Tem uma...

Mel estreitou os olhos, então endireitou a postura, com uma exclamação de surpresa. Do outro lado do rio, uma ursa e seu filhote despontaram da mata.

— Você tinha perguntado sobre os ursos. Lá estão eles, são ursos negros. O filhote parece bem novo. As mães acabaram de dar à luz e estão saindo do período de hibernação. Já tinha visto algo parecido?

— Só no Discovery Channel. Os pescadores não viram?

— Com certeza. Mas, se eles não a incomodarem, a ursa não vai mexer com ninguém. Eles devem ter um repelente de urso, por precaução, além de uma espingarda no carro. Se um bicho desses se aproxima demais, os pescadores recolhem as linhas e ficam no veículo até ele ir embora. — Jack deu uma risadinha. — Olha só, a ursa vai comer os peixes deles.

Mel ficou observando por um momento, encantada, e depois perguntou:

— Por que você me trouxe aqui?

— Às vezes, quando alguma coisa está me perturbando, venho até aqui ou dirijo pela floresta de sequoias. De vez em quando, subo a montanha até onde as ovelhas ficam pastando ou até algum pasto com vacas. Fico um tempo sentado, só para estabelecer uma conexão com a terra. Às vezes, isso é o suficiente.

Jack ficou assistindo à pescaria, os homens e a ursa; mantinha um cotovelo apoiado na janela aberta e o pulso da outra mão apoiado no volante. Os pescadores estavam tão concentrados que nem haviam se virado com o som da caminhonete estacionando.

Ele e Mel ficaram em silêncio. Jack não fazia ideia do que se passava na cabeça dela, mas repetia, como um mantra: *Por favor, não desista e fuja só por aquele beijo. As coisas poderiam ser bem piores.*

Quase vinte minutos depois, Jack deu partida na caminhonete.

— Quero mostrar uma coisa. Está com pressa?

— Acho que não. O doutor está na cidade.

Jack entrou na clareira onde ficava o chalé de Hope McCrea. Estava óbvio para Mel que Jack queria que ela reconsiderasse a ideia de ir embora. Mas ela não estava esperando algo daquele tamanho. Quando eles estacionaram, ela o encarou, surpresa.

— Caramba! Como você fez isso?

— Sabão. Madeira. Tinta. Pregos.

— Não precisava, Jack. Eu...

— Já sei. Você não vai ficar. Já ouvi isso pelo menos umas cem vezes nas últimas semanas. Tudo bem. Faça como achar melhor. Mas tinham prometido esse chalé como moradia, e achei que seria bom ter essa opção em aberto.

Diante deles estava o pequeno chalé em formato de A, só que com uma varanda nova, larga, firme e pintada de vermelho. Duas cadeiras brancas reclináveis de madeira repousavam no deque, e, sobre o peitoril da grade, viam-se quatro vasos brancos de gerânios vermelhos. Estava lindo. Mel ficou com receio de entrar. Será que, com o chalé reformado, ela se sentiria impelida a ficar? Sabia que o interior devia estar adorável.

Sem dizer nada, saiu do carro e subiu os degraus da varanda da frente, sabendo que Jack ficaria para trás, para que ela visse tudo sozinha.

A porta de entrada não estava mais emperrada. O piso e as bancadas reluziam. As janelas, antes tão encardidas que nem dava para ver o jardim, estavam tão limpas que pareciam não ter vidros. A janela com tapume fora substituída. Os utensílios domésticos não tinham uma só mancha, e a mobília devia ter sido muito bem aspirada ou lavada, porque as cores pareciam brilhar. O tapete fora substituído.

Quando entrou no quarto, viu que o edredom tinha sido trocado e nem precisou verificar debaixo das cobertas para saber que havia um colchão grosso e firme substituindo o antigo, sujo e manchado. Os lençóis não eram mais aqueles que Hope trouxera, usados, e sim uma roupa de cama nova em folha. Ao lado da cama havia um tapete largo e espesso. No banheiro, encontrou toalhas e acessórios novos. O box do chuveiro fora inteiramente trocado, e os azulejos tinham sido muito bem limpos, incluindo os rejuntes. Pairava no ar um cheirinho suave de água sanitária, e não restava nenhuma mancha. Mel amou o jogo de toalhas fofas, algumas brancas, outras vermelhas. Os tapetes eram brancos, com a lata de lixo e os acessórios de pia vermelhos.

No andar de baixo havia dois quartos. Acima, havia um sótão aberto no cume da estrutura em A, onde só caberia uma cama e talvez uma cômoda pequena. Todos os cômodos haviam sido limpos, mas estavam sem mobília. De volta à sala, Mel viu que a lareira estava pronta para ser acesa e havia uma pilha de lenha logo ao lado. Os livros das prateleiras não estavam mais empoeirados; o baú, que poderia ser usado como mesinha de café, fora polido com óleo de limão, bem como os armários — inclusive, ao abrir um, Mel encontrou pratos de cerâmica em vez da louça antiga e encardida. Os copos de plástico velhos e acinzentados tinham sido substituídos por copos de vidro. No suporte sobre o balcão havia quatro garrafas de vinho. A geladeira, que também reluzia, estava abastecida com uma garrafa de vinho branco, um pacote de seis latas de cerveja, leite, suco de laranja, manteiga, alface e outros vegetais para salada, além de bacon e ovos. Sem falar no recheio para sanduíches: presunto, queijo, maionese e mostarda. Uma toalha nova e bonita ornamentava a mesa da cozinha, sobre a qual repousava uma travessa de cerâmica repleta de frutas frescas. Na extremidade do balcão, havia quatro velas brancas, grossas e redondas. Mel se abaixou e sentiu o perfume de baunilha.

Saiu do chalé, fechou a porta e voltou para o carro. Todo o esforço de Jack a deixara melancólica. Aquilo também não era o que esperava. Ela já havia aceitado que ir até Virgin Rivers fora um erro, e estava pronta para seguir em frente assim que fosse liberada.

— Por que você fez tudo isso?

— Não foi para obrigar você a nada. Foi apenas para cumprir o prometido.

— Mas o que você esperava com isso?

— A cidade precisa de você, Mel. E você sabe que o doutor precisa de ajuda. Pensei que, quem sabe, você reconsiderasse essa ideia de ir embora e permanecesse aqui por mais algumas semanas. Ou que pelo menos cogitasse a chance de esse trabalho dar certo, que seja como você esperava. Acho que o povo daqui de Virgin River já deixou bem claro que seu trabalho está sendo de grande ajuda.

— Achou que uma reforma poderia me forçar a aceitar os termos do contrato de um ano que a Hope ofereceu? Porque o estado em que o chalé estava acabou virando justamente a justificativa para eu poder ir embora, já que ela não podia me penalizar por não ter cumprido o contrato.

— Ela não vai usar isso contra você.

— Ah, vai sim.

— Não. Ela não vai prender você aqui por isso. Eu garanto. Essa reforma foi para você, não para dar uma vantagem a Hope.

Mel balançou a cabeça, tristonha.

— Você sabe que eu não pertenço a esse lugar.

— Espera aí, Mel, eu não sei de nada. As pessoas pertencem ao lugar onde se sentem bem. E cada um pode pertencer a uma porção de lugares, por razões muito diferentes.

— Não, Jack, veja bem... Olhe só para mim. Não gosto de acampar; gosto de passear no shopping. Com certeza não sou do tipo caseiro, como as parteiras do interior. Sou tão cosmopolita que chega a dar medo. Eu me sinto muito deslocada aqui, parece que sou diferente de todos. Ninguém de Virgin River faz eu me sentir assim, mas não consigo evitar. Eu não combino com este lugar, fico melhor passeando por lojas de luxo.

Jack deu risada.

— Ah, pare com isso...

Mel apoiou o rosto nas mãos e massageou as têmporas.

— Você simplesmente não entende. É complicado, Jack. Tem mais motivos do que você pensa.

— Sou todo ouvidos, pode confiar em mim.

— Aí é que está. Umas das razões para eu vir para cá foi justamente para nunca mais ter que falar sobre esse assunto. Digamos que eu tenha tomado uma decisão louca, insana. Uma decisão *errada*. Virgin River não é para mim.

— Não foi só o esgotamento, né?

— Eu me livrei de tudo que me prendia a Los Angeles e fugi para continuar a vida. Entrei em pânico e tomei uma decisão louca e irracional. Estava sofrendo de uma dor generalizada.

— Imaginei que fosse isso, mesmo. Um homem, talvez. Um coração partido, ou algo parecido.

— Quase isso.

— Mel, este lugar é tão bom quanto qualquer outro para superar algo desse tipo. Pode confiar.

— Você também passou por isso?

— De certa forma. Mas não vim para cá depois de uma crise de pânico. Eu estava procurando um lugar como esse, com boa caça e boa pesca, distante, descomplicado, cheio de ar puro, com gente decente e trabalhadora que ajuda uns aos outros. Serviu.

Mel respirou fundo.

— Acho que não daria certo para mim, a longo prazo.

— Tudo bem... Ninguém pediu que você assumisse um compromisso a longo prazo. Apenas a Hope, mas ninguém a leva a sério. Só acho que você não devia sair correndo daqui com a mesma pressa com que chegou. Virgin River é um lugar saudável e adorável. Quem sabe não dá certo? E talvez ele ajude você a superar... o que quer que seja.

— Desculpe. É que às vezes sou tão pessimista... Eu deveria estar agradecida, mas em vez disso...

— Ei, calma. — Jack ligou o carro e começou a voltar à cidade. — Sei que você foi pega de surpresa. Achava que podia usar a desculpa de não ter uma moradia decente. E agora que não precisa se preocupar com Chloe... Bem, achei que não precisaria mais se hospedar na casa do doutor, ainda mais com uma mulher prestes a dar à luz no quarto em que você está... Talvez seja um sinal de que é hora de ter seu próprio canto. Isto é, se você quiser.

— Tem ursos por aqui?

— É melhor manter o lixo dentro de casa e depois jogá-lo no lixão da cidade. Ursos adoram lixo.

— Ah, pelo amor de Deus!

— Mas faz anos que não temos nenhum susto com ursos. — Jack segurou sua mão, acariciando-a de leve. — Tente dar um tempo a si mesma. Trabalhe um pouco essa dor. Vai controlando a febre, tomando um comprimido aqui e ali. Você não está presa aqui como refém.

Mel o observou dirigir. Jack tinha um perfil marcante, rosto quadrado, nariz afilado, maçãs do rosto altas e a barba por fazer. Era um cara peludo. Notou que ele se barbeava até o fim do pescoço e se viu imaginando como seria aquele tórax por baixo da camisa. Lembrou-se de como Mark reclamava que estava ficando careca, o que não alterava sua beleza de menino. Mas Jack era um homem, não tinha nada de menino na aparência, no porte de lenhador. Seu cabelo, apesar de curto em estilo militar, era tão espesso que provavelmente tinha que ser desbastado para afiná-lo. As mãos sobre o volante eram calejadas... Ele trabalhava duro. Jack exalava testosterona. O que esse homem maravilhoso estava fazendo em uma cidade isolada de seiscentas pessoas, onde não havia mulher para ele? Será que tinha ideia da situação de Mel? Do fato de que ela não tinha mais coração? Jack já doara muito, e Mel não tinha nada para oferecer. Nada. Estava oca por dentro. Se fosse diferente, não dispensaria um homem como ele.

Enquanto caminhava de volta para a casa do médico, Mel pensou em como a pior parte do luto era o vazio que ficava dentro da pessoa. Devia estar feliz e muito agradecida com o que ele fizera por ela, renovando o chalé e tudo o mais. Devia estar feliz por ser alvo do interesse de um homem como Jack. Mas aquilo tudo só a deixava triste. Perdera a capacidade de se sensibilizar com gentilezas. Em vez disso, sentia-se deprimida e sozinha por ser incapaz de corresponder à altura quando recebia atenção. Não conseguia retribuir o interesse de um homem bonito. Não achava que podia ser feliz. Às vezes se questionava se esse apego à tristeza da perda de Mark era um tributo à memória dele.

* * *

Ricky trabalhava no bar todos os dias depois da aula e em alguns fins de semana, sempre que Jack precisava. Certo dia, deixou Liz na loja, depois da escola, e estacionou atrás do bar, ao lado das picapes de Jack e Preacher. Estava prestes a entrar quando Jack saiu.

— Pegue seu equipamento, vamos até o rio tentar pescar alguma coisa.

— Acho que nessa época não vamos encontrar nada por lá — apontou Rick. As melhores estações para a pesca eram outono e inverno; os peixes diminuíam muito na primavera e só começavam a aparecer no verão.

— Vamos jogar algumas iscas. Quem sabe arranjamos alguma coisa.

— Preacher vai? — indagou Ricky, correndo até a despensa para pegar a vara, o molinete e o macacão impermeável.

— Não, ele está ocupado.

Jack se lembrou do dia em que conhecera Ricky. O garoto tinha 13 anos quando foi de bicicleta até o galpão onde o bar seria construído. Era magrinho e sardento, muito afável e com um sorriso simpático. Deixou o menino ajudar com a carpintaria, desde que conseguisse prestar atenção. Quando soube que Ricky não tinha ninguém além da avó, Lydie, acabou colocando o menino debaixo da asa. Jack o viu crescer e se transformar em um rapaz alto e forte. Ensinou-o a pescar e a atirar. Agora, o menino era quase um homem. Talvez seu corpo não tivesse muito mais o que crescer, mas, mental e emocionalmente, ainda era um garoto de 16 anos.

À margem do rio, jogaram as linhas algumas vezes. Não havia muitos peixes, mas estavam ali por outro motivo.

— Precisamos ter uma conversinha — anunciou Jack.

— Sobre?

Jack não olhou para o lado enquanto jogava a linha, formando um arco comprido e reluzente.

— Sobre onde você pode enfiar seu pau sem quebrar nenhuma lei.

Ricky olhou assustado para Jack, que se virou para encará-lo, dizendo:

— Ela tem 14 anos. — O menino voltou a atenção para o rio em silêncio. Jack continuou: — Sei que ela não parece ter essa idade, mas tem.

— Não fiz nada.

Jack deu risada.

— Ah, dá um tempo. Vi seu carro na frente da casa da Connie na noite da primeira sexta-feira que Lizzie passou na cidade... Você agiu rápido. Vai continuar negando? — Ele puxou a linha e virou-se para Ricky. — Ouça, filho, você precisa manter a cabeça fria. Entende? Está pisando em um terreno perigoso. A menina é linda...

— E é muito legal — disse Rick, na defensiva.

— Você já foi fisgado — concluiu Jack, se apegando à esperança de ainda não ter acontecido nada físico. — Quanto?

— Eu gosto dela. Sei que Liz é nova, mas não parece. E eu gosto dela.

— Tudo bem. — Jack respirou fundo. — Melhor a gente ter essa conversa sobre o que você pode fazer para evitar que esses seus hormônios alucinados de 16 anos entrem em contado com o corpo de 14 anos dela.

— Não precisa — retrucou Ricky, lançando a linha. Foi um lançamento horrível.

— Ah... Então quer dizer que vocês já se envolveram fisicamente?

Rick não respondeu, e Jack entendeu que dificilmente saberia o que os dois andavam fazendo. Lembrava muito bem como adolescentes faziam de tudo para se satisfazer sem ir até o fim. Era uma espécie de arte bizarra. O problema era que não durava, e, quanto mais perto o garoto chegasse, maiores as chances de um deslize. Às vezes, era melhor ir até o fim usando alguma proteção para evitar acidentes. Mas, para saber disso, precisava ser mais velho. Ter mais experiência.

— Ah, meu Deus... — Jack respirou fundo novamente, enfiou a mão por baixo do macacão impermeável e tirou uma porção de camisinhas do bolso da calça jeans. — Este é um papo difícil, Rick, porque não quero que use uma dessas com ela, mas... bem, não quero que vocês deixem de usar proteção. Não sei mais o que dizer. Você não pode me ajudar um pouco aqui?

— Fique tranquilo, Jack. Não vou transar com Liz. Ela tem 14 anos.

Jack estendeu a mão e bagunçou o cabelo de Rick. As sardas tinham sido substituídas por vestígios de barba, e o rapaz não era mais magrinho. O trabalho no bar, a caça, a pesca e as tarefas que fazia para a avó tinham deixado o rapaz bem encorpado, com músculos definidos nos ombros e braços. *Garoto bonito*, pensou Jack. *Cresceu bastante*. E Rick era muito responsável... Trabalhava duro, mantinha as notas boas e fazia todos os consertos necessários na casa da avó. Sob a sua supervisão, Rick pintara a casa inteira. Todo o trabalho para criar um homem confiável e sério não devia ser jogado fora por uma gravidez na adolescência.

— Quantos anos você tinha na sua primeira vez? — perguntou Ricky.

— Mais ou menos a sua idade, mas a garota era bem mais velha.

— Mais velha quanto?

— Bem mais velha que a Lizzie, bem mais velha do que eu era. E mais esperta também. — Jack estendeu as camisinhas. Apesar de ficar com as bochechas coradas, Rick as pegou. — Sei como é essa idade... Já passei por isso. Você conhece os riscos. Liz pode não parecer tão nova, mas ainda tem um longo caminho a percorrer, entende?

Jack percebeu que o garoto estremeceu. Bem, não era como se estivesse alheio aos encantos de Lizzie. Era essa justamente a razão da conversa.

— Entendo — respondeu o garoto, meio ofegante.

— E quero ter certeza de que você sabe de algumas coisas. Aquela velha história de tirar a tempo é papo furado. Você sabe disso, certo? Assim como tentar não entrar até o fim... Simplesmente não dá. Se você consegue fazer isso, é um homem mais forte do que eu. E, mesmo que consiga, não é suficiente, porque ela ainda assim pode engravidar. Você tem noção disso tudo?

— Claro que sim.

— Rick, entenda que, se você não desistir desse relacionamento, e se isso ficar mais sério, talvez você tenha que assumir o controle. Estabelecer um limite, insistir em evitar uma gravidez. Tem uma enfermeira obstetra na cidade que pode ajudar. Pessoalmente, acho que Liz é nova demais para ter uma vida íntima. Mas tenho *certeza* de que ela é nova demais para engravidar. Você está entendendo?

— Eu já disse que está tudo sob controle, Jack, mas agradeço a conversa. Sei que você só quer que eu faça o que é certo.

— E isso inclui não ser pego desprevenido. Se estiverem chegando perto, peça a ela para se proteger. Proteção dupla. Você precisa pensar com a cabeça que tem um cérebro. Pode acreditar, já vi mais de um homem legal ceder à pressão porque pensou com a cabeça de baixo.

O garoto enfiou o queixo no peito, e Jack enfim percebeu o quanto Liz era irresistível para ele. Rick lutava para assumir o controle, mas estava com fogo na calça.

— Tudo bem, já entendi.

— E nunca deixe de usar camisinha, entendeu? A responsabilidade de evitar que alguma coisa aconteça com ela é sua, meu filho. E, mesmo se usar camisinha, faça a garota conversar com a Mel.

— Precisamos mesmo continuar nesse assunto?

Jack segurou o braço de Rick, sentiu o bíceps firme. Não se cansava de se surpreender com a altura do menino. Ele já estava com um pouco mais de um metro e oitenta.

— Você quer ser homem, filho? Então pense como homem. Não adianta apenas se sentir um.

— Tudo bem... Aliás, só estaria violando a lei se eu já tivesse mais de 18 anos.

Jack não conseguiu evitar a risada.

— Você é bem espertinho, não é mesmo?

— Tomara que eu seja mesmo, Jack. Por tudo que é mais sagrado, espero que eu seja bem esperto.

Capítulo 7

Mel falava com Joey a cada dois dias, mas às vezes não esperava tanto para entrar em contato. Ligava da casa do doutor, mas pedia que a irmã ligasse de volta assim que atendia, de forma que não ficasse muito oneroso para o médico. Usou o computador de Mullins para enviar fotos do chalé, e, como designer de interiores, Joey ficou fascinada com a reforma e os acabamentos que Jack providenciara. Depois de um tempo, contou à irmã que ficaria um pouco mais. Algumas semanas. Pelo menos até ter certeza de que Chloe estava bem com Lilly. E, além de ter amado o chalé, queria ajudar Polly com o parto.

Mel não dissera nada a Jack, mas sua presença diária no bar o fez concluir que a mulher estava dando uma chance ao novo trabalho. Ele mal conseguia esconder o quanto ficara feliz com aquilo.

A enfermeira jogava cartas com Mullins, ia à loja para ver novela com Connie e Joy e passava bastante tempo no bar. Joy não era bibliotecária, mas abria a biblioteca *às* terças, e Mel era presença certa. Era um espaço de vinte metros quadrados abarrotados de livros, a maioria edições de bolso com selos de sebos na contracapa. Era a única diversão de Mel quando voltava para casa, à noite.

Ficou sabendo que Lydie Sudder tinha uma saúde debilitada quando Mullins a mandou visitá-la levando suprimentos de testes de diabetes, insulina e seringas. Além de diabética, Lydie tinha artrite e problemas no coração. Ainda assim, Mel ficou surpresa ao encontrar a pequena casa que a idosa dividia com o neto muito bem cuidada e mobiliada, prova de que ainda conseguia se manter a par dos afazeres domésticos. A mulher andava devagar, com gestos delicados, mas mantinha um sorriso simpático no rosto. Claro que não podia deixar que Mel fosse embora sem oferecer chá e biscoitos. As duas ainda estavam na varanda quando Ricky chegou da escola, dirigindo a perua branca.

— Olá, Mel — cumprimentou o garoto, abaixando-se para dar um beijo no rosto da avó. — Olá, vovó. Se a senhora não estiver precisando de nada, vou trabalhar.

— Estou bem, Ricky — respondeu a idosa, dando tapinhas na mão do neto.

— Ligue se precisar. Mais tarde, trago um pouco da comida do Preacher.

— Isso será ótimo, querido.

O garoto entrou só para deixar os livros, depois saiu, pulando os degraus da varanda e voltando para o carro para dirigir um quarteirão inteiro até o bar.

— Acho que os homens não conseguem se separar das rodas — observou Mel.

Lydie deu risada.

— Realmente.

No dia seguinte, Mel se sentou a uma das mesas do bar com Connie.

— Faz dias que não a ouço dizer que vai embora — comentou Connie. — Alguma coisa mudou?

— Não muito. Mas Jack teve um trabalho enorme na reforma do chalé, achei que devia a ele mais umas semanas. Assim posso fazer o parto da Polly.

Connie olhou para o bar, onde Jack servia almoço para dois pescadores sentados diante do balcão.

— Aposto que Jack ficou muito feliz.

— Ele acha que posso ser útil para a cidade, mesmo que o doutor não ache.

Connie riu.

— Você precisa de óculos, menina. O jeito que aquele homem olha para você não tem nada a ver com o doutor ou a cidade.

— Só que você não me vê retribuindo esse olhar, não é?

— Mas deveria. Não tem uma só mulher na região que não largaria o marido por ele.

— Até você? — indagou Mel, com uma risada.

— Eu sou diferente. — Connie tomou um golinho do café. — Estou envolvida com Ron desde criança. — Tomou mais um gole e concluiu: — Tudo bem, eu admito... Eu largaria o Ron, mas só se Jack implorasse.

Mel achou graça.

— É estranho que ninguém nunca o tenha prendido.

— Eu soube que ele estava saindo com uma mulher de Clear River. Não sei se é sério, pode não ser nada.

— Você conhece essa mulher?

Connie balançou a cabeça, mas ergueu uma sobrancelha, curiosa com o interesse de Mel.

— Ele é reservado, né? Muito difícil soltar alguma coisa. Mas não disfarça os olhares para você.

— Jack não deveria perder tempo — retrucou Mel. E completou, para si mesma: *Não estou disponível.*

Guardara os livros favoritos, que já tinha lido e relido, nas prateleiras da nova casa e colocara um porta-retrato com a foto de Mark na mesinha de cabeceira. Toda noite, dizia a ele o quanto sentia saudades. Mas já não chorava tanto. Talvez por causa do jeito que Jack a fitava, o jeito tranquilo com que falava com ela.

A casa em Los Angeles tinha quase trezentos e setenta metros quadrados, e Mel nunca a achara grande demais; amava a amplitude dos cômodos. Só que o chalé, com apenas cerca de cem metros quadrados, era perfeito. Parecia envolvê-la como um casulo.

Sua hora predileta do dia era passar pelo bar no final do expediente, antes de voltar para a nova casa, e tomar uma cerveja gelada enquanto comia batata frita ou torradas com queijo. De vez em quando jantava, mas não se importava em comer sozinha no chalé, que agora tinha a despensa cheia.

Jack colocou a cerveja gelada da noite diante dela.

— Hoje temos macarrão com queijo. Posso pedir ao Preacher que acrescente uma fatia de presunto.

— Obrigada, mas hoje vou jantar em casa.

— Vai cozinhar?

— Não exatamente. Minhas habilidades na cozinha se resumem a sanduíche, café e ovo frito. De vez em quando comida congelada.

— Uma mulher moderna. — Jack riu. — Mas o chalé ficou bom?

— Ótimo, obrigada. Preciso mesmo do silêncio. Sabia que o doutor ronca como um trem de carga?

Jack deu uma risadinha.

— Não me surpreende.

— Ouvi uma fofoca por aí... Quer dizer que você está saindo com uma mulher de Clear River?

Jack não pareceu surpreso, mas ergueu uma sobrancelha e a caneca de café.

— Saindo? O povo daqui não costuma usar esse tipo de eufemismo.

— Fiquei feliz em saber que existe alguém na sua vida.

— Não existe. É um caso antigo. E não estávamos exatamente saindo. Era muito mais casual.

Sabe-se lá por quê, a resposta arrancou um sorriso de Mel.

— Me parece mais uma espécie de acordo...

Jack tomou um gole de café e deu de ombros.

— Na verdade, era.

— Espere aí — interrompeu Mel, rindo. — Você não me deve explicações.

Jack espalmou as mãos sobre o balcão e se inclinou para mais perto.

— Tínhamos um entendimento. Eu ia à casa dela de vez em quando, passávamos a noite juntos. Nada sério. Não era um relacionamento. Só sexo casual e consensual entre dois adultos. Quando percebi que não estava legal para mim, terminamos como amigos. Não estou com nenhuma outra mulher.

— Bem, que chato.

— Ah, não é uma condição permanente. Só estou sozinho agora. Quer levar um pedaço de torta?

— Sim, claro.

Mel já estava em Virgin River havia quatro semanas. Durante esse tempo, pacientes e amigos vinham à clínica com frequência. Alguns tinham um pouco de dinheiro para pagar pelos serviços, outros tinham plano de saúde, mas a maioria trazia produtos dos ranchos, fazendas, pomares ou vinhedos. Esses últimos, sabendo que um único filão de pão ou torta não pagaria um exame, tratamento ou medicação, costumavam levar coisas para o consultório mesmo quando estavam bem de saúde.

Maçãs, frutas secas, enlatadas ou frescas, vegetais, um pernil de carneiro ou vitela... Tudo isso ia direto para a cozinha de Preacher, que faria bom uso, servindo mais gente além de Mel e o doutor. De certa forma, era uma espécie de vida cooperativa.

Mel e Mullins dificilmente aproveitavam tudo o que recebiam, já que faziam quase todas as refeições no bar. Ela empacotou algumas coisas com vencimento próximo — ovos, pão, presunto, queijo, uma torta, maçãs, nozes e uma caixa de suco de laranja que pegara na loja da Connie. Botou a caixa no banco do passageiro da velha caminhonete do doutor e foi falar com ele.

— Posso pegar a caminhonete emprestada por algumas horas? Queria dirigir por lugares em que não passaria com o meu carro. Prometo que tomo cuidado.

— Minha caminhonete? Não consigo nem imaginar você no meu carro.

— Por que não? Vou colocar gasolina, se é esse o problema.

— Meu medo é você cair em um penhasco e me deixar com aquela merda que chama de carro.

Mel apertou os lábios.

— Nossa, tem dias que você é insuportável.

Mullins jogou as chaves para ela, que as pegou no ar.

— Cuidado para não bater. Deus sabe muito bem que nunca vou dirigir aquela lata estrangeira que você usa.

Mel saiu da cidade dirigindo a caminhonete, e seu coração começou a bater mais rápido quando pegou as estradas tortuosas, ladeadas por árvores, subindo e descendo as montanhas altas. Era medo, puro e simples. Mas fazia duas semanas que não parava de pensar no assunto e não podia mais conviver com aquele aborrecimento, por isso armara um plano.

Ficou surpresa por ter lembrado o caminho do acampamento de Clifford Paulis; chegou a considerar que alguma energia cósmica a guiava. Seu senso de direção nas montanhas, onde só havia árvores como referência, era péssimo, mas não demorou muito para encontrar a velha estradinha que levava ao acampamento. Depois de uma volta na clareira, estacionou de um jeito fácil de ir embora e saiu da caminhonete.

— Clifford! — gritou, da porta do carro.

Demorou um pouco, mas, alguns minutos depois, um sujeito barbudo surgiu de trás de uma barraca presa a uma picape, e Mel o reconheceu como um dos homens que apareceram na última visita. Curvou o dedo, chamando-o. Ele arrastou os pés devagar na sua direção, mas, antes que ele pudesse se aproximar muito, Mel pegou a caixa de dentro do carro.

— Achei que talvez vocês pudessem aproveitar isso — explicou. — Viraria lixo na clínica.

O homem ficou a encarando.

— Pode pegar — incentivou Mel, empurrando a caixa na direção dele. — Sem compromisso. É só uma gentileza.

O sujeito pegou a caixa, relutante, e olhou dentro.

Mel abriu seu melhor sorriso. O homem sorriu em resposta, revelando dentes horríveis, mas ela não reagiu. Já vira muita gente como ele. Mas, antes, teria chamado um abrigo ou o Serviço Social para levá-los, passando a responsabilidade adiante. Naquelas redondezas desprotegidas, o sistema era diferente.

Entrou no carro, deu partida e foi embora. Pelo retrovisor, viu o sujeito voltar para a barraca enquanto outros dois se aproximavam. Aquilo fez com que ela se sentisse melhor.

De volta à cidade, devolveu as chaves ao doutor, que estava sentado à mesa de seu consultório entulhado.

— Acha que não sei aonde você foi? — perguntou Mullins.

Mel ergueu o queixo em sinal de desafio. Ele continuou:

— Pensei que tivesse mandado você ficar longe de lá. Não é seguro, ninguém sabe o que pode acontecer.

— Mas você vai lá.

— E falei para você não ir.

— Por acaso fizemos algum acordo de que eu deveria seguir suas ordens fora do trabalho? Não me lembro de ser obrigada a fazer tudo que você manda na minha vida pessoal.

— Imagino que também não seja obrigada a usar o cérebro na vida pessoal.

— Enchi o tanque da caminhonete, seu velho chato.

— E ninguém me viu naquela merda de lataria estrangeira, sua sirigaita cabeça-dura.

Mel teve um ataque de riso tão forte que chegou a chorar. Foi gargalhando o caminho todo até o chalé.

Em uma tarde clara e ensolarada, Mel bateu de leve na porta do consultório do doutor e colocou a cabeça para dentro.

— Sabe por que o Serviço Social está demorando tanto para fazer alguma coisa em relação a Chloe?

— Claro que não.

— Talvez seja bom eu ligar e cobrar.

— Eu disse que resolveria isso — respondeu Mullins, sem nem erguer os olhos.

— É que... eu me apeguei a ela, sabe? Não foi de propósito, nem era a minha intenção, mas aconteceu. Odiaria que Lilly Anderson sofresse do mesmo jeito. Não seria legal.

— Ela criou várias crianças, sabe como funciona.

— Eu sei, mas...

Mel parou de falar ao ouvir a porta da frente se abrir. Inclinou-se para fora do escritório e olhou para a sala.

Polly estava ali, junto à porta, segurando a barriga com as duas mãos. Estava meio pálida, sem as bochechas coradas e reluzentes de costume. E parecia nervosa. Bem atrás da mulher havia um rapaz com uma jardineira quase igual à dela, segurando uma mala surrada. Mel se virou para o doutor, dizendo:

— É hora do show.

Polly não sabia nem dizer o tempo entre as contrações.

— Parece uma só, bem grande, principalmente bem lá embaixo.

— Certo. Vamos subir e arrumar tudo.

— Darryl pode ir junto?

Mel se aproximou do rapaz e pegou a mala.

— Claro. Ele vai ajudar bastante enquanto me concentro em você — respondeu, segurando a mão de Polly. — Venha.

No quarto, ajudou a mulher a se sentar na cadeira de balanço enquanto arrumava a cama, esticando o protetor de colchão de plástico e lençóis limpos.

— Veio na hora certa, Polly. Meu chalé ficou pronto no mesmo dia que minha pequena paciente foi para o rancho de Lilly Anderson. Eu saí, e agora você, Darryl e o bebê podem ter o quarto inteiro só para vocês.

— Aaaaaaaai — respondeu a mulher, segurando a barriga e inclinando--se para a frente.

Com um som baixinho e abafado, o líquido amniótico começou a pingar no chão.

— Ah, Polly! — exclamou Darryl, chocado e sem graça.

— Bem, isso vai apressar as coisas — comentou Mel, olhando por cima do ombro. — Fique parada até a cama estar pronta. Depois eu ajudo você a se trocar.

Meia hora mais tarde Polly estava sentada na cama hospitalar sobre algumas toalhas, não muito confortável, com uma camisola verde esticada por cima da barriga. Mel vestiu um avental cirúrgico e calçou os tênis que colocara na mala de viagem para casos como esse. Em Los Angeles, o anestesista estaria a caminho para examinar a paciente e conversar sobre a possibilidade de uma epidural, mas não havia anestesia no campo. Dr. Mullins chegou logo depois de Mel terminar um exame pélvico para verificar a dilatação. Ela o chamara ao notar como Darryl estava pálido:

— Meu jovem, vamos atravessar a rua e tomar um gole de coragem — chamou o médico.

— Darryl, não me deixe! — suplicou Polly.

— Ele volta logo. E eu não vou sair daqui — prometeu Mel. — Querida, você só está com quatro centímetros de dilatação... Ainda vai demorar.

Mel cumpriu a palavra e não saiu do lado de Polly. Não tinha muita certeza do que esperar, mas foi surpreendida positivamente por algumas atitudes. Primeiro, o dr. Mullins saiu do caminho e a deixou assumir o caso, mesmo que Polly fosse, na verdade, paciente dele. Depois, assumiu a tarefa de cuidar de Darryl, tirando-o da sala quando necessário, e ainda ficou acordado muito tempo depois de sua hora habitual de dormir. E, por último, quando Mel saiu da sala durante a noite para buscar suprimentos ou uma xícara de café fresco, viu que as luzes do outro lado da rua estavam acesas, a placa de "Aberto" reluzindo. Jack manteve o bar aberto a noite inteira.

O trabalho de parto se intensificava lentamente com o passar das horas, mas Polly permanecia estável e progredia dentro do normal. Mel a fez se levantar e ficar de cócoras, para contar com a ajuda da gravidade. Pediu a Darryl para segurar a esposa para a frente, enquanto ela movimentava os quadris de um lado para o outro. Às 3h30, a mulher começou a empurrar.

Polly ficou mais confortável de lado, então Darryl e Mel uniram forças para ajudá-la a dar à luz naquela posição. Mel pediu que a mulher se mantivesse em posição fetal, com a perna de baixo flexionada, enquanto, com Darryl, mantinha a perna de cima erguida, liberando espaço para o nascimento. Era um bebê grande para o primeiro, e Polly não conseguiria se manter naquela posição enquanto empurrava sem uma boa assistência. Era importante que a mãe tivesse o máximo de controle possível, confiando no próprio corpo, o que tornava a experiência muito mais bonita. Darryl se segurou bem, apesar da aflição ao ver a dor da jovem esposa. Mesmo já tendo matado muitos porcos, ele pareceu achar difícil ver tanto sangue.

Às 4h30, depois de uma hora de esforço, o bebê nasceu. Mel cortou o cordão umbilical, embrulhou a criança e a entregou ao pai, dizendo:

— Sr. Fishburn, agora vocês têm outro sr. Fishburn na família. Por favor, ajude Polly a posicionar o filho no peito... Isso vai ajudar a liberar a placenta e diminuir o sangramento.

A situação lembrava muito mais uma cena de *...E o vento levou* do que qualquer parto que Mel já fizera, sempre em um hospital enorme e bem equipado da cidade grande. Enquanto o dr. Mullins examinava o recém-nascido, Mel lavou Polly com água e sabão e trocou a roupa de cama.

Às 6h30, Mel estava sobrevivendo unicamente à base de cafeína, mas o trabalho estava acabado. O bebê ficaria no quarto com Polly, e Darryl poderia dormir na outra cama, se quisesse. Não levou mais do que um minuto para os dois caírem no sono. Mel lavou o rosto, fez bochecho com enxaguante bucal, soltou o cabelo preso em um coque no alto da cabeça e foi atrás de Mullins.

— Vá para cama, doutor. A noite foi longa. Eu abro a clínica e fico de olho.

— Nada disso. Eu não durmo com a luz do dia, e você fez todo o trabalho. Eu tomo conta dos Fishburn. Vá para casa.

— Vamos fazer um acordo: eu vou tirar uma soneca e volto no começo da tarde, aí o senhor fica livre.

— Combinado. — Olhando por cima dos óculos, Mullins acrescentou: — Nada mal para uma garota da cidade.

O sol começava a despontar de trás das montanhas, banhando a pequena cidade com seus raios avermelhados. Abril trazia um ar gélido, e Mel vestiu um casaco de lã e se sentou na varanda da clínica, eufórica demais para dormir.

Polly se saíra bem, apesar de tão jovem. O casal não tinha feito o treinamento Lamaze e nenhum tipo de droga fora usada. O parto fora cheio de grunhidos, gemidos e tensão. Darryl gemia com a esposa, como se a dor fosse dele, e era uma sorte não ter sujado a calça. O bebê nasceu saudável, grande, com três quilos e meio. Não havia nada mais gratificante do que ajudar um bebê chorando a sair do ventre da mãe; nada era mais eficaz para curar um coração partido. O parto não lhe deixara nostálgica nem deprimida, porque era esse o trabalho de sua vida, era o que amava fazer. E amava muito mais quando os pais estavam felizes e empolgados e nascia um bebê robusto e saudável. Fazer o parto, segurar o bebê, entregá-lo a mãe e vê-lo mamar, faminto... Era como presenciar um milagre.

Mel ouviu uma pancada alta. Depois outra. Não fazia ideia da hora que Jack costumava abrir o bar. Eram 6h30. Mais uma pancada alta. Ela desceu as escadas da varanda e atravessou a rua. Atrás do bar, encontrou uma grande churrasqueira de tijolos. Jack, com botas, calça jeans e blusa de flanela, suspendia um machado para cortar lenha sobre um toco de árvore. Mel ficou um tempo assistindo, ouvindo o estalido característico da madeira se partindo.

Jack desviou a atenção da tarefa e a viu encostada à parede do galpão, apertando o casaco sobre o avental turquesa. Mel não tinha ideia de que ostentava um sorriso largo, justamente o que fez Jack sorrir de volta.

— Como foi? — perguntou ele, fincando o machado no toco de árvore.

— É um menino. Um bebê enorme.

— Parabéns! Estão todos bem?

Mel se aproximou.

— Melhor do que bem. Polly foi ótima, e o bebê nasceu forte e saudável. E Darryl não deve demorar muito para se recuperar do trauma. — Ela deu uma risada, inclinando a cabeça para trás. Nada mais gratificante do que um parto bem-sucedido. — Foi meu primeiro parto no campo. Claro que é bem mais difícil para a mãe do que para mim. Na cidade, sempre podemos virá-la de lado e aplicar uma epidural, para a mãe poder parir com conforto. As mulheres daqui são de ferro.

— Já ouvi falar — disse Jack, rindo.

— Sabe o que o doutor disse? "Nada mal para uma garota da cidade." — Mel pegou a mão dele. — O bar ficou aberto a noite inteira?

Jack deu de ombros.

— Cochilei um pouco junto da lareira. Nunca se sabe, alguém pode precisar de ajuda. Água fervendo. Gelo. Uma bebida forte. Aliás, quer um café?

— Nossa, acho que vou passar mal se tomar mais uma xícara. Bebi o suficiente para abalar os nervos até de uma viciada em cafeína. — Cedendo ao impulso, Mel o enlaçou pela cintura, abraçando-o. Aquele homem se tornara seu melhor amigo. — Jack, foi maravilhoso! Eu tinha me esquecido de como é maravilhoso. Caramba, acho que não faço um parto há quase um ano... — Ela o encarou. — Foi uma obra de arte. Eu, a mãe e o pai em sintonia...

Jack afastou uma mecha de cabelo da testa dela.

— Estou muito orgulhoso.

— Foi demais.

— Viu só? Eu sabia que você encontraria algo de bom aqui.

Jack se abaixou, enlaçou-a pelas coxas e a levantou até o nível dos seus olhos.

— Ei, o que tínhamos combinado? — indagou Mel, em tom de brincadeira, sorrindo.

— Combinamos que eu não beijaria você.

— Isso mesmo.

— E não beijei.

— Talvez a gente devesse ter acrescentado isso.

Mas ela não tentou se soltar. Estranhamente, aquilo parecia tão certo. Como uma celebração. Era como ser levantada e rodopiada em comemoração por ter ganhado um jogo importante. E era exatamente como se sentia; como se tivesse acabado de fazer um gol. Apoiou os braços nos ombros largos dele e entrelaçou os dedos junto à sua nuca.

— Também combinamos que eu deixaria, se você me beijasse — disse ele.

— Você está pedindo um beijo?

— Parece que estou pedindo?

— Talvez a palavra certa seja suplicando?

— Estou fazendo exatamente o que você pediu. *Esperando.*

Ah, que se dane, pensou Mel. Depois do que vivera naquela noite, nada a faria se sentir melhor do que um beijo intenso e molhado daquele homem... Um cara que mantivera o bar funcionando a noite inteira só para o caso de ela precisar de alguma coisa. Sem pensar duas vezes, deslizou os lábios sobre os dele, entreabrindo-os com a língua, cheia de intenções deliciosamente perversas. Jack não fez nada além de segurá-la na mesma posição, permitindo o beijo.

— Você não gostou? — indagou Mel, se afastando um pouco.

— Ah, então eu tenho permissão de corresponder?

Mel deu um tapinha de leve na cabeça dele, fazendo-o rir. Então tentou de novo. Só que dessa vez foi muito melhor; seu coração disparou, a respiração ficou mais difícil. *Ah, tudo bem de vez em quando sentir algo além de dor*, pensou. Não se entregara ao beijo porque estava carente ou de luto, mas porque se sentia vitoriosa. Nada além da boca maravilhosa de Jack ocupava seus pensamentos.

— Eu me sinto uma campeã — comentou Mel, quando afastaram o rosto.

— E você é, mesmo — concordou Jack, mais feliz do que ela poderia imaginar com aquele surto de bom humor. — Caramba, você tem um sabor delicioso.

— Seu gosto também não é nada mal — disse ela, rindo. — Me coloque de volta no chão.

— Não. Quero outro beijo.

— Está bem, mas só mais um. Depois você tem que se comportar.

Mel o beijou de novo, inebriando-se com seus lábios, língua e a força dos braços que a envolviam. Recusou-se a pensar se aquilo era ou não um erro. Estava feliz, para variar. A boca de Jack se moldava tão naturalmente à dela que parecia que se beijavam havia anos. O beijo se alongou e aprofundou mais do que Mel achava prudente, mas isso a fez sorrir. Quando terminou, Jack a colocou no chão.

— Nossa! — exclamou Mel.

— Pena que não temos muitos partos aqui na cidade...

— Haverá outro daqui a mais ou menos seis semanas. E, se você se comportar direitinho...

Ah, então tenho mais seis semanas, pensou Jack, tocando a ponta do nariz dela.

— Não tem nada de errado em trocar uns beijos, Mel.

— Você não vai ter ideias?

— Ei, você pode controlar meu comportamento, mas não pode me impedir de ter ideias.

Abril se foi, e maio trouxe as primeiras flores do verão; dedaleiras e ramos de flores brancas silvestres cresciam livremente ao longo da estrada. Lençóis de samambaias australianas cobriam a terra junto aos troncos das grandes árvores. Toda semana ou a cada dez dias, Mel pegava a caminhonete do médico e, apesar da bronca, entregava uma caixa de comida no acampamento dos Paulis — caso contrário, aquela comida iria toda para o lixo. Mullins não queria se envolver e ainda a reprimia. Indignada, Mel o ignorava. Só isso já a deixava contente. Claro que ia até lá com o coração na mão, mas vencia o medo e voltava para Virgin River satisfeita.

O chalé se tornou o seu refúgio. Mel comprou uma pequena televisão, mas o sinal era péssimo. Se fosse ficar, providenciaria uma antena parabólica, porém se comprometera a ficar apenas mais algumas semanas. Certo dia, voltou da clínica para casa e descobriu que tinha telefone na cozinha e no quarto. Jack convencera Harv, o responsável pela fiação da região, a fazer a instalação antes do prazo, ressaltando a importância de a população ter contato com a enfermeira. Isso lhe rendeu outro beijo... atrás do bar, onde ninguém os veria. Tudo bem, tinham sido dois ou três beijos, longos e profundos, intensos e deliciosos.

Morar e dormir em um chalé na floresta era mais relaxante e tranquilo do que tudo que Mel vivera no último ano. Acordava cedinho, a tempo de admirar o sol surgir lentamente por trás dos pinheiros altos, ouvindo o canto dos pássaros. Gostava de levar uma xícara de café para a varanda nova e firme e curtir o ar puro, ainda frio, das manhãs do começo da primavera.

Ainda não eram seis da manhã quando ela abriu a porta da frente e se deparou com pelo menos doze cervos pastando tranquilos no gramado cheio de arbustos e samambaias ao redor da clareira onde ficava o chalé. Alguns eram filhotes, cheios de pintinhas brancas. Era primavera, época da procriação de todas as espécies. Mel pegou a câmera e tirou algumas fotos, que depois passou para o laptop. Usou a internet discada, o que levou séculos, mas não existia nada mais rápido na região. Ligou para Joey logo depois de enviar as fotos.

— Vá para o computador — pediu à irmã. — Mandei uma coisa incrível.

— O que é?

— Vai logo. Você vai amar.

Esperou pouco tempo enquanto Joey acessava a internet e fazia o download das fotos em segundos, muito mais rápido do que ela levara para enviar. Ouviu a irmã suspirar.

— Cervos!

— No meu quintal! Olhe os filhotes, não são adoráveis?

— Ainda estão aí?

— Estou olhando para eles da janela da cozinha. Não vou sair de casa enquanto não terminarem de comer. Não é a coisa mais linda? Aliás, Joey... Vou ficar um pouco mais.

— Ah, Mel... Não! Venha para cá! Por que vai ficar?

— É que vou fazer outro parto. Depois do último, não consigo resistir. Não é a mesma coisa que os partos no hospital, onde tudo é tão estéril e artificial, com cirurgiões e anestesistas de prontidão. Eu e a mãe, sozinhas, trabalhando juntas. É tão primitivo, natural e maravilhoso... Bem coisa de interior. O médico levou o pai de 21 anos para tomar uma dose de coragem no bar do outro lado da rua, para que ele não ficasse muito nervoso na hora do parto.

— Ah, que coisa mais linda... — retrucou Joey, sarcástica.

Mel deu risada.

— Foi fantástico! Bem, tem outra grávida na cidade, e estou pensando em ficar para acompanhá-la. O chalé ficou ótimo... Você viu as fotos?

— Vi, sim. Mel, você já está pronta para sair?

— Sim...?

— Olhe para seus pés e me diga o que está calçando.

— Minhas botas de grife. — Mel suspirou. — Amo essas botas.

— Custaram mais de 400 dólares!

— E estão começando a ficar horríveis. Se você soubesse por onde tenho andado...

— Mel, você não é como essa gente. Não deixe que criem dependência. Venha para o Colorado. Aqui nós conseguimos lidar com esse seu fetiche por sapatos, você arrumaria um bom emprego... e estaria mais perto.

— Eu durmo tão bem aqui. Antes eu tinha medo de nunca mais conseguir dormir direito... Acho que é o ar. É tão inacreditável, fico esgotada, mas, no fim do dia, é tão gostoso deitar na cama. O ritmo é mais lento. Eu precisava desacelerar.

— Você está tão ocupada assim com os pacientes?

— Não muito. Na verdade, as consultas são bem esparsas. Só abrimos a agenda na quarta-feira, nos outros dias aparecem só algumas pessoas com queixas, ou o doutor vai fazer atendimento a domicílio. Em geral eu o acompanho. As pessoas também vão à clínica para conversar. Elas sempre levam tortas ou alguns pãezinhos frescos para o jantar. As grávidas ficam aliviadas quando comparam minhas mãos com as do doutor.

— E o que você faz para se distrair?

Mel deu risada.

— Bem, todo dia vou até a mercearia assistir à novela com Connie e Joy, duas melhores amigas de meia idade que assistem a um dramalhão sobre adultério chamado *Riverside Falls* há quinze anos. Os comentários são muito mais interessantes do que o programa em si...

— Eu hein...

— Vou ao rancho dos Anderson para ficar com a bebê... Chloe. Ela está florescendo, e Lilly também. Cada dia que passa me convenço mais de que tomei a decisão certa, e essa solução simplesmente caiu no meu colo. Às vezes levo a comida que sobra para um grupo de mendigos na floresta... São tão magros e famintos, mas o doutor diz que provavelmente viverão mais do que a gente. Passo no bar para ver se tem alguém jogando cartas... De vez em quando consigo convencer o doutor a jogar Gin Rummy, mas é difícil. Ele que me ensinou a jogar, mas não consegue me vencer. Apostamos um centavo por ponto, e já estou garantindo minha aposentadoria.

— Então... Quando acha que vai terminar esse seu período sabático?

— Ah, não sei. Faz só dois meses que estou aqui... Não é uma eternidade.

— Não quero que você apodreça em uma cidadezinha qualquer, vendo novela e criando raízes.

— Falando nisso, acho que vou visitar aquela garagem para fazer o cabelo...

— Credo... Você não se sente sozinha, querida?

— Nem tanto. No fim do dia, se nada acontecer, vamos ao bar... O doutor toma a sua dose de uísque diária, e eu peço uma cerveja gelada. Sempre tem gente por lá. Jantamos, e as pessoas sempre nos convidam para dividir a mesa. Tem muita fofoca. Essa é a parte legal de cidades pequenas, todo mundo sabe da vida de todo mundo. Só que ninguém sabe quem é a mãe de Chloe. Dou graças a Deus que ninguém apareceu com hemorragia pós-parto ou alguma infecção. Sem falar que nunca tivemos retorno do Serviço Social.

— Estou com tanta saudade. Faz anos que não ficamos tanto tempo afastadas... Por que parece que você está feliz?

— Parece? Talvez seja porque todo mundo aqui é muito alegre. Essa gente deixa transparecer o quanto estão contentes com a minha presença, mesmo que meus cuidados médicos não sejam tão essenciais assim. — Mel parou para tomar fôlego. — Ainda me sinto bem deslocada, mas acho que estou mais feliz hoje do que nos últimos onze meses e três dias. Finalmente estou me desintoxicando da adrenalina.

— Prometa que não vai ficar para sempre sozinha nesse fim de mundo, vendo novela e bebendo cerveja.

— Não é um fim de mundo. É... — Mel se esforçou para encontrar a palavra certa. — Ah, é de tirar o fôlego. Sim, a arquitetura deixa a desejar... quase todas as casas são pequenas, velhas e precisam de pintura. Mas o campo é uma maravilha. Não estou sozinha... Tenho uma cidade inteira ao meu lado. Nunca tive isso.

Rick e Liz estavam indo ao baile da primavera na escola... Ou quase isso. Rick sentiu uma pontada de remorso, porque sabia que Connie e Ron confiavam nele. Mesmo que não devessem.

Acontece que em uma cidade pequena, no meio de várias outras cidadezinhas, separadas por florestas, há vários lugares reclusos onde parar o carro e se pegar. Rick sempre tinha uma camisinha no bolso — estava determinado a não usá-la, mas mesmo assim a levava para todo canto. Nem tivera que recorrer ao estoque que ganhara de Jack... Rick estava no controle da situação. Sentia-se o protetor de Liz, não queria que ela tivesse problemas. O que estavam fazendo dava certo, apesar de deixá-los muito excitados.

E os momentos apimentados eram constantes. Começavam com tudo. Muitos beijos sensuais, carícias atrevidas e fricções incríveis por cima das roupas, que tinham evoluído para o contato de pele contra pele, indo quase um passo além... Porém sempre retomavam o controle antes de qualquer avanço mais drástico. Ainda assim, progrediam depressa. Não demorou para descobrirem como atingir o orgasmo sem penetração, o que para Rick foi um grande alívio. Mas ele queria mais. O desejo começava a ficar insuportável para os dois. Ele estava pronto para ter um papo sério com Liz, mas sabia que aquilo precisava ser à luz do dia, não na escuridão da noite, enquanto se acariciavam dentro da pequena perua que ele dirigia.

Adorava proporcionar aquelas sensações maravilhosas a Liz, e ela sempre queria muito agradá-lo. Rick nunca teria imaginado que seria tão maravilhoso abraçar uma garota, amá-la, tocá-la, causando e recebendo aquelas sensações divinas... Ninguém o preparara para tamanho arrebatamento, era como se o prazer sublime tivesse vida própria.

Ele estava no lado do passageiro, com Liz no colo, beijando-a com volúpia, enquanto ela rebolava deliciosamente. Subiu a mão por baixo da saia curta dela e encontrou... *nada.*

— Não acredito...

— Surpresa! — exclamou Liz, ainda esfregando o corpo no dele.

Ela desceu a mão, sentindo-o enrijecer através das roupas, quase fazendo-o gritar.

A jovem se afastou um pouco, inclinando-se para a frente. Rick escorregou um pouco para trás, sabendo que Liz o seguraria com sua mão pequena. Sempre ansiava por aquele momento. Enquanto ela abria o zíper da calça jeans para libertá-lo, Rick a massageava com uma das mãos, acariciando os seios macios com a outra, mergulhando os lábios naquela boca macia, prendendo-a com força contra seu corpo. Liz se movimentava sobre a mão dele com movimentos bruscos, contorcendo-se, desesperada para atingir seu momento especial... Até que ela de repente ajustou a posição. Ele foi ao encontro dela, ela foi ao encontro dele. Liz apoiou as mãos nos ombros de Rick, as dele estavam em seu traseiro, e ela passou um dos joelhos para o outro lado, montando nele. Rick foi para cima, Liz foi para baixo, até que de repente estavam unidos — era uma união desastrada, esquisita e maravilhosa. Liz desceu o corpo, enterrando o membro de Rick dentro dela, envolvendo-o por completo. Um novo mundo se descortinou diante dos dois, muito melhor do que as carícias com a mão. Rick mal podia respirar.

— Ai meu Deus, Liz. Meu Deus...

A jovem estava absorta, rebolando loucamente no colo dele, determinada a cumprir a missão.

— Liz... Lizzie... Não... Espera...

Sem muita convicção, Rick tentava levantá-la e se afastar... até que o orgasmo veio para ela. E senti-la daquele jeito tão íntimo, apertando-o com espasmos de prazer, murmurando em êxtase, foi o suficiente para que Rick perdesse a cabeça. Pensou que fosse desmaiar; por um instante, perdeu toda a força de vontade. Mas não foi só isso... Acabou explodindo dentro dela, irrompendo com a potência de um vulcão. Logo depois, pensou: *Ai, merda. Se segurou bem, hein, gênio.*

Liz desmoronou em seus braços. Ele a segurou, fazendo carícias até que ela ficasse mais calma, enquanto se acalmava também.

— Isso talvez tenha sido um erro — comentou, quando enfim voltaram a respirar normalmente.

— Ai, não. E agora?

— Bom, eu com certeza não posso mais voltar atrás. Se eu soubesse que ia acontecer... Poxa, Liz, eu tenho camisinha aqui no meu bolso.

— Eu não sabia disso.

— Bem, eu também não sabia que iríamos até o fim...

— Nem eu. Desculpe. — Ela inspirou, apoiou a cabeça no ombro dele e começou a chorar. — Sinto muito, Rick.

— Não, eu é que tenho que me desculpar. Está tudo bem, querida, fique calma. Não podemos fazer nada agora, não chore... — Ele a abraçou, e Liz relaxou, aninhada em seus braços fortes.

Rick a beijou no rosto e na boca até as lágrimas cessarem. Beijou-a de novo. *Nossa, que boca gostosa.* Não demorou para voltar a ficar duro, ainda dentro dela. Sem intenção, sem planejar, começou a mexer os quadris para cima e para baixo, cravando-se ainda mais fundo dentro dela. E Liz correspondeu, mexendo os quadris em um movimento contrário. *Ah, que se dane... O estrago já foi feito*, pensou Rick. Até que acabou falando, em voz alta:

— Agora não dá para fazer mais nada mesmo...

Capítulo 8

Como não havia pacientes naquela manhã, Mel aproveitou a oportunidade para ir a Clear River botar gasolina no carro, já que não existia posto em Virgin River. Levou o pager para que o doutor a chamasse, caso necessário, mas dificilmente aconteceria alguma coisa.

Sempre prestava atenção às mulheres quando ia a alguma das cidades próximas, imaginando onde Jack ia em busca de seu "caso". Não levou muito para concluir que as possibilidades eram bem variadas; havia muitas mulheres atraentes naquelas cidades.

Pensando em comprar umas pedrinhas de sal ou algum outro petisco para colocar nas extremidades de seu gramado e atrair os cervos, foi até um centro comercial bem pequeno na rua principal. Passando pela loja de ferramentas, viu vários tipos de tesouras de poda na vitrine, dispostas em um painel perfurado. Tinha de todos os tipos: desde tesouras pequeninhas até podadeiras, com lâminas curvas enormes. Ficou ali durante um tempo, de cenho franzido.

— Posso ajudar? — perguntou uma moça de avental verde.

— Humm. Para que servem essas tesouras? — indagou Mel.

— Para podar rosas.

— Rosas? Não vi muitas por aqui.

— Ah, é porque não olhou direito — disse a moça, rindo.

— Bem, na verdade, estou procurando alguma coisa para atrair cervos.

— Para atrair? Mas a temporada de caça só vai ser daqui a uns meses.

— Não, não quero atirar neles! Só gosto de ver os bichinhos no meu quintal, de manhã bem cedinho. Sabe onde encontro algo do tipo?

— Hum, você deve ser a única a querer cervos no jardim... Bem, basta plantar uns pés de alface ou umas macieiras. Mas você não vai querer os bichos na sua horta... Eles nunca vão querer sair de lá.

— Ah, então eles viriam se eu jogasse umas folhas de alface no chão? Eu não planto nada.

A vendedora inclinou a cabeça e sorriu, estreitando os olhos.

— De onde você é?

— Los Angeles. A selva de pedra.

— Não, quis dizer onde está morando.

— Ah, em Virgin River, no meio do mato...

— Escute, não use alface. Senão também vai atrair ursos. Mantenha a comida guardada dentro de casa e não brinque com a sorte. Deixe os cervos virem quando quiserem. — A moça olhou para os pés de Mel e perguntou: — Belas botas! Onde posso comprar um par desses?

Mel hesitou um pouco antes de responder:

— Não lembro onde comprei. Deve ter sido em alguma ponta de estoque.

Em vez de voltar para a clínica, Mel foi até o rio. Viu seis pescadores por lá, Jack entre eles. Estacionou, saiu do carro e ficou encostada no capô, observando tudo. Jack olhou por cima do ombro e abriu um sorriso para ela, mas voltou ao esporte. Puxava a linha, deixando-a frouxa, para depois lançá-la com graça, jogando-a primeiro para trás, a linha formando um grande S antes de ser lançada ao rio, tocando a água tão mansamente quanto uma folha preguiçosa caindo de uma árvore.

Mel adorava ver os arcos das linhas, ouvir o zumbido dos molinetes para lançar e recolher a isca. Os movimentos dos pescadores eram quase sincronizados, coreografados, a paisagem repleta de linhas voando para lá e para cá. Os homens de botas e macacões impermeáveis andavam pelas águas rasas enquanto os peixes saltavam pelo rio. Se fisgavam algum peixe, o devolviam à água ou o colocavam no cesto de vime, preso no ombro do pescador.

Depois de um intervalo pacífico, Jack saiu do rio com a vara de pescar na mão.

— O que está fazendo por aqui?

— Só olhando.

— Quer tentar?

— Mas eu não sei...

— Não é difícil... Deixa eu ver se encontro algumas botas compridas ou macacões... — Ele voltou à caminhonete, revirou a carroceria e voltou com um par de botas de borrachas imensas, quase até o quadril. — Assim seus pés ficam secos. Mas não pode ir muito para o fundo.

As pernas de Jack eram muito maiores que as suas, por isso Mel precisou dobrar a borracha das botas duas vezes no alto das coxas, o que não era de todo ruim. Elas eram tão grandes que Mel precisou arrastar os pés, em vez de andar.

— Desse jeito não tenho nem como correr para salvar minha vida. E agora, o que eu faço?

— O pulso faz todo o trabalho. Não se preocupe com a pontaria, o mais importante é um arco limpo e imprimir alguma distância... Quanto mais fundo no rio, mais peixes. — Jack segurou sua mão, levou-a até a beira do rio e mostrou como arremessar a isca. — Não lance com força, deixe que a linha se desenrole sozinha. Arremesse com a força do braço, sem inclinar o corpo.

Ele entregou a vara de pesca para ela e ensinou como destravar o molinete. Mel tentou lançar, e a isca caiu bem na sua frente.

— Que tal essa distância?

— Teremos que trabalhar nisso — brincou Jack.

Ele ficou atrás dela, segurando sua mão, e a ajudou a arremessar. Conseguiram uns sete metros. Um quarto da distância que ele atingiria normalmente. Sem falar que a isca caiu com muita força, fazendo um estardalhaço.

— Melhorou. Puxe a linha devagar.

Mel trouxe a linha de volta e repetiu o processo, dessa vez sem ajuda.

— Está melhor. Preste atenção por onde pisa, para não escorregar, cair ou deslizar em uma pedra. Acho que você não ia gostar nada de cair na água, não é?

— Não mesmo — respondeu Mel, arremessando a isca de novo. Dessa vez, girou o pulso com muita força. O anzol voou para trás e passou sibilando por cima da cabeça dos dois. — Ops! Desculpe.

— Tudo bem, mas tenha cuidado. Eu odiaria arrancar um anzol da minha nuca. Venha cá. — Jack ficou atrás dela de novo, segurando-a pela cintura. — Não jogue o corpo para a frente, use só o braço e o pulso, vá com calma. Uma hora você acerta a distância.

Mel tentou de novo, e dessa vez foi bem-sucedida. Conseguiu um belo e gracioso arco com a linha, e a isca caiu a uma distância considerável. Um peixe saltou não muito longe.

— Poxa, esse é dos grandes.

— É uma truta-marrom, uma beleza. Você vai pegar essa aí e vai poder exibir a todos.

Alguma coisa passou resvalando nos pés de Mel, que deu um pulo.

— É só uma lampreia. Elas sugam as ovas e os fluídos dos salmões.

— Eca!

Mel arremessou a linha mais uma vez, e outra... Era divertido. De vez em quando, Jack segurava seu pulso, relembrando-a como fazer o lançamento. E continuava segurando-a por trás, para que ela não se movimentasse.

— Gostei disso — comentou Mel.

De repente, sentiu uma fisgada na linha. Com dificuldade, puxou o peixe. Não era um peixe muito grande, mas era um peixe. E tinha pescado sozinha.

— Nada mal — elogiou Jack. — Agora tire-o do anzol com muito cuidado.

— Não faço ideia de como fazer isso.

— Eu mostro, mas depois você tem que tirar sozinha. Se quer pescar, tem que tirar o peixe do anzol. Assim... — Ele demonstrou, deslizando a mão pelo peixe, desde a cabeça até o corpo se contorcendo, segurando-o firme e soltando o anzol com todo o cuidado. — A boca não está machucada. Vamos deixá-lo crescer até se tornar uma refeição decente. — Com isso, Jack jogou o peixe de volta para o rio.

— Ah...

— Ora, vamos, você teve sorte.

Jack a fez virar de volta para o rio e ficou parado atrás dela, segurando seu corpo miúdo na posição certa, mantendo aquela mão enorme no seu quadril ao mesmo tempo que guiava seu pulso para mais um arremesso.

Mel lançou a linha e a recolheu de novo.

— Jack, tem muitas rosas por aqui no verão?

— Quê? Não sei. Deve ter algumas.

— Parei numa loja de ferramentas hoje de manhã e vi várias tesouras de poda de rosa. Tinha de todos os tamanhos... Acho que nunca vi nada parecido.

Mel puxou a linha, e Jack a virou, franzindo o cenho.

— Tesouras para podar rosas?

— Isso mesmo. De umas bem pequenas às enormes, com lâminas curvadas e cabo de couro.

— Onde?

— Clear River. Fui até lá abastecer o carro e...

— Mel, aquelas não são tesouras para podar rosas. Se bem que acho que podem ser usadas para isso. Mas são mais usadas na colheita da maconha. As pequenas são para limpar os brotos ainda no pé, as grandes são para cortar as plantas.

— Ah, não... Fala sério!

— Muitas cidades aqui nas redondezas vendem vários artigos para os cultivadores ilegais. Clear River é uma delas. E o que você foi fazer em uma loja de ferramentas? —perguntou Jack, virando-a para o rio.

— Eu queria comprar alguma coisa para atrair os cervos de volta ao meu jardim. Tipo pedrinhas de sal ou comida, mas...

— Pedrinhas de sal?

— As vacas gostam, não é? Então pensei...

Jack balançou a cabeça.

— Mel, preste atenção: não faça nada para atrair animais selvagens para o seu quintal. É bem capaz de receber visitas indesejadas. Talvez um macho mais interessado no acasalamento do que em ser fotografado. Ou um urso. Entendeu?

— Acasalamento? — Ela franziu o cenho.

— De onde acha que nascem os bebês? — retrucou Jack, com um sorriso, tocando a ponta do nariz dela.

— Ah... — Mel voltou-se para o rio e lançou a isca mais uma vez.

— Tesouras para podar rosas... — Ele começou a rir. — Bem, acho que você pegou o jeito.

— Gostei disso. Mas não sei se gostei da parte de tirar o anzol.

— Ora, deixe de ser medrosa.

— Bom...

— De qualquer forma, você primeiro precisa pegar o peixe.

— Observe. Já estou craque.

Mel perdeu a noção do tempo enquanto manipulava o equipamento, jogando iscas coloridas para a água e trazendo-as de volta lentamente. Repetiu o processo várias vezes e percebeu que Jack continuava segurando seu quadril. De vez em quando ele deslizava a outra mão pelo braço dela, guiando-a.

— Vamos lá! — repetia Mel, para a isca. — Estou pronta!

— Fale baixo — sussurrou Jack. — A pesca é um esporte silencioso.

Mel jogou a linha várias vezes. Sua habilidade era limitada, mas conseguia arremessar lindamente. Pelo menos era o que achava. Sentiu quando Jack deslizou a mão sorrateiramente por seu quadril até abraçá-la pela cintura, puxando-a um pouco mais para trás.

— Você está me distraindo — disse ela, lançando a linha novamente.

— Bom... — murmurou ele, afundando a boca em seus cabelos, sentindo seu perfume.

— Jack, *tem gente aqui*!

Jack a segurou mais forte.

— Eles não estão nem um pouco interessados.

Mel olhou em volta e viu que era verdade. Os outros pescadores nem olhavam na direção deles. As linhas voavam, formando lindos arcos. Os homens nem sequer se entreolhavam. *Então tá*, pensou Mel. *E isso está bem agradável. Gosto de sentir a mão e o braço dele envolvendo meu corpo. Posso lidar com isso.* Mas então sentiu os lábios dele em seu pescoço.

— Jack! Estou pescando.

— Tudo bem. — Sua voz estava rouca. — Não vou perturbar muito.

Ele a apertou mais forte contra o corpo, mordiscando seu pescoço.

— Ei, o que é isso?

— Mel... Por que não vamos para algum lugar mais reservado, curtir um pouco a companhia um do outro?

— Não! — Ela deu uma risadinha. — Estou *pescando!*

— E se eu prometer que levo você para pescar depois...

— Não! Agora trate de se comportar!

Mas Mel estava feliz; era emocionante ver um cara durão desses ficar fraco e desesperado só por estar beijando o seu pescoço. Enquanto ela se concentrava na pescaria, Jack focava a atenção no seu pescoço, ainda abraçando-a pela cintura. *Ah... Nossa, que gostoso. Uma delícia.*

Minutos depois, Jack soltou um lamento por tanta tortura, voltou à caminhonete e se deitou no capô, com os braços estendidos para o lado e a cabeça apoiada na capota. Mel achou graça. *Deixei esse homem de joelhos*, pensou. *Fuzileiro durão... Sei.*

Ainda lançou mais algumas iscas, depois virou-se e saiu arrastando aquelas botas enormes até onde Jack estava. Apoiou a vara no carro e tirou as botas de borracha. Ele levantou a cabeça e estreitou os olhos.

— Obrigada, Jack. Tenho que ir. Está na hora da minha novela. — Mel deu um beijo conciliatório no rosto dele. — Podemos repetir a dose, algum dia.

Enquanto dirigia, voltando para a cidade, ficou pensando... Poucas semanas atrás, tinha certeza absoluta de que nada a faria corresponder ao afeto de outro homem. De Jack. Agora, não estava mais tão convicta. Tinha sido bom trocar alguns beijos, às vezes intensos... Até esquecia que não tinha nada a oferecer. Na verdade, desconfiava de que podia estar errada sobre isso também. Ir a algum lugar mais reservado curtir a companhia dele não parecia má ideia. Pensaria melhor sobre o assunto.

Passou pelo escritório de Mullins e o encontrou diante do computador.

— Novidades?

— Nada.

— Então vou até a loja. Você precisa de alguma coisa?

— Nada.

Olhou o relógio e levou um susto. Não queria perder o começo da novela. Assim que entrou na loja, viu Joy parada na entrada da porta dos fundos.

— Ah, Mel. Graças a Deus.

A expressão de pavor em seu rosto fez Mel correr até a sala. Connie estava sentada na espreguiçadeira, inclinada para a frente, com a mão agarrada na camiseta, respirando com dificuldade. Mel ajoelhou-se ao lado dela.

— O que foi?

— Não sei — disse Connie, com a voz fraca. — Mal consigo respirar.

— Joy, pegue um frasco de aspirina. Está sentindo dor? — perguntou Mel.

— Nas costas.

Mel colocou a mão entre suas escápulas.

— Aqui?

— Isso.

Joy trouxe um frasco de aspirina que pegara de uma das prateleiras da loja. Mel tirou um comprimido.

— Engula isso, rápido. — Connie obedeceu, e Mel perguntou: — Sente alguma pressão no peito?

— Nossa... Bastante.

Mel se levantou e puxou Joy pela mão para fora da sala.

— Vá chamar o doutor. Diga que Connie pode estar com problemas no coração. Corra.

A enfermeira voltou para o lado de Connie e mediu sua pulsação. Estava acelerada e irregular. Além disso, a mulher suava frio e respirava com dificuldade.

— Tente relaxar, respirar devagar. Joy foi chamar o doutor.

— O que eu tenho? O que está acontecendo?

Viu que o braço esquerdo de Connie pendia para o lado, talvez por causa da dor, enquanto ela agarrava a camiseta com a mão direita, como se quisesse arrancá-la para aliviar a pressão no peito. Se tivesse que adivinhar qual das duas amigas estava mais propensa a um ataque cardíaco, teria apostado em Joy, que estava acima do peso e provavelmente com o colesterol alto. Nunca em Connie, que era miúda e não fumava.

— Não tenho certeza. Vamos esperar pelo doutor. Não fale, fique calma. Não vou deixar que nada de ruim aconteça.

Depois de alguns minutos tensos, Joy entrou na sala, ofegante, trazendo a maleta do doutor.

— Aqui está. Ele disse para você tentar a nitroglicerina e começar com uma intravenosa. Disse que já está chegando.

Mel remexeu na maleta, onde encontrou os comprimidos de nitroglicerina. Tirou um do frasco.

— Connie, bote debaixo da língua.

Ela obedeceu. Mel pegou o aparelho de pressão e o estetoscópio da maleta. A mulher estava mesmo com pressão alta, mas em poucos segundos pelo menos a dor melhoraria. A nitroglicerina já estava fazendo efeito.

— Melhorou?

— Um pouco. Mas meu braço... quase não dá para mexer.

— Certo, vamos cuidar disso.

Mel calçou um par de luvas, passou uma tira de borracha no braço de Connie e começou a bater com dois dedos na parte interna do braço, buscando uma veia boa. Em seguida, rasgou a embalagem que continha uma agulha e um cateter intravenoso descartável e inseriu a agulha bem devagar na pele. O sangue subiu pelo tubo limpo e pingou no chão. Ela tampou o tubinho, já que não tinha o jogo completo nem a bolsa de soro.

Um instante depois, levou um susto ao ouvir um som desconhecido. Olhando para fora da sala, viu Mullins empurrando uma maca velha e barulhenta pelo corredor da loja. O médico tirou uma bolsa de soro de cima da maca, que ficou no corredor, e a entregou para Mel enquanto puxava um pequeno tubo de oxigênio. Em seguida, passou a cânula ao redor do pescoço de Connie e prendeu-a no nariz dela.

— O que temos aqui?

Depois de encaixar um tubo no cateter e na bolsa do soro, Mel respondeu:

— Pressão alta, sudorese intensa, dor no peito, nas costas e no braço... Dei uma aspirina e a nitroglicerina.

— Bom. O remédio está fazendo efeito, Connie?

— Um pouco...

— Faremos o seguinte: vamos colocar Connie nessa maca, depois na carroceria da caminhonete. Mel, você fica junto, segurando o soro e monitorando a pressão. Se achar que precisamos parar, bata na janela. Leve a maleta preta. Tem um tubo de oxigênio e um desfibrilador portátil na carroceria. E quero que você deixe uma ampola de epinefrina e outra de atropina à mão.

Mullins empurrou a maca para dentro do quarto estreito e a abaixou. Em cima do lençol havia um cobertor de lã grande e pesado, que ele sacudiu e estendeu, dizendo:

— Vamos lá, Connie.

Tomando o cuidado de manter a bolsa de soro erguida, Mel conseguiu segurar Connie por baixo do braço, ajudando-a a sair da cadeira e deitar na maca. Mullins segurou as costas da mulher, apoiando-a na maca, e a afivelou. Depois, colocou o tubo de oxigênio entre as pernas de Connie e disse à Mel:

— Peça a Joy para segurar a bolsa de soro enquanto tiramos Connie daqui.

— Não é melhor esperar uma ambulância?

— Não é uma boa ideia — respondeu Mullins, enquanto levantavam a maca para a posição original.

Quando saíram da loja, Mel pegou a bolsa de soro de volta.

— Joy, quero que ligue para o Hospital Valley assim que sairmos. Peça para um cardiologista nos esperar no pronto-socorro. E mande o Ron nos encontrar lá — disse o médico.

Mullins e Mel destravaram as pernas da maca e a deslizaram para dentro da carroceria da caminhonete. O doutor tirou o pesado casaco de lã e cobriu Connie. Antes que ele abrisse a porta do carro, Mel o segurou pela manga da camisa.

— Doutor, que raios estamos fazendo?

— Estamos levando esta mulher ao hospital o mais rápido possível. Agora suba. Você vai passar frio.

— Eu dou um jeito.

Mel pulou na carroceria e se posicionou ao lado de Connie.

— Não caia. Não tenho tempo para pegar você.

— Dirija com cuidado — pediu Mel, já temendo as estradas estreitas e cheias de curvas e penhascos, onde cruzariam com caminhões. Isso sem falar na escuridão e na queda de temperatura, quando passassem pelas árvores imensas.

Mullins entrou no carro com bastante agilidade, para alguém de 70 anos, e fez uma curva bem aberta para sair da rua. Mel teve que se segurar atrás, mantendo a bolsa de soro acima da cabeça de Connie, porque não havia haste naquela maca velha. Quando estavam saindo da cidade, Jack estava chegando, mas Mel estava concentrada na paciente. Equilibrando por um momento a bolsa de soro na maca, acima da cabeça de Connie, abriu a mala preta do doutor, tirando as seringas e ampolas de remédios bem rápido, apesar da direção errática e dos pulos da caminhonete. Tampou as seringas e ergueu a bolsa de soro de novo.

Só por favor não tenha uma parada cardíaca, pensava Mel, sem parar. Para garantir, usou uma das mãos para abrir a caixa do desfibrilador portátil e o deixou ligado. O aparelho era igual ao que usavam em voos comerciais; em vez das pás, havia eletrodos para aderir no peito. Sem querer expor Connie ao frio, decidiu não colar os eletrodos. Ainda com o braço esticado e segurando o soro, Mel se inclinou e se aproximou da amiga, para manter as duas aquecidas.

Mel estava admirada pela maneira com que Mullins dirigia. Ele conseguiu descer a montanha a uma velocidade razoável, reduzindo a marcha nas curvas e logo retomando a rapidez, evitando os buracos e lombadas. Mel estava congelando. Aos poucos, Connie passou a respirar melhor, e seu pulso estava mais devagar e ritmado — mesmo quando poderia estar acelerando, considerando o medo e a trajetória na carroceria da caminhonete.

— Esse doutor... é muito mandão — comentou Connie, ofegante, no ouvido de Mel.

— É mesmo. Mas tente descansar.

— Ah, claro.

Mel precisou trocar várias vezes a mão que sustentava a bolsa de soro para cima, pois os braços estavam muito doloridos. E, mesmo curvada para a frente, o frio chegava a congelar os ossos. O mês de maio nas montanhas, debaixo das sombras das árvores muito altas, não era nem um pouco quente. Ela tentou imaginar como seria no inverno e sentiu mais frio ainda. As bochechas já estavam amortecidas, os dedos também tinham perdido a sensibilidade.

Depois de uma hora de estrada, pararam no estacionamento de um pequeno hospital, onde dois socorristas e uma enfermeira os aguardavam com uma maca.

Mullins saltou do carro.

— Leve-a na minha maca... Eu pego mais tarde.

— Ótimo — respondeu um deles, puxando a maca de Connie de trás da caminhonete. — Ela tomou alguma coisa?

— Só um comprimido de aspirina e outro de nitroglicerina. E o soro.

— Entendi. A equipe médica da emergência está de prontidão — respondeu o sujeito, e saíram correndo com a maca, cruzando o estacionamento.

— Vamos, Melinda — chamou Mullins, andando mais devagar.

Mel começou a entender por que esperar por uma ambulância teria sido um erro... A viagem poderia ter levado três horas. Enquanto aguardava com Mullins na sala de espera do pronto-socorro, notou como o Hospital Valley era pequeno, mas eficiente. O lugar atendia as necessidades das várias cidades pequenas das redondezas. Ali, podiam fazer todo o trabalho de parto, fosse normal ou cesárea, caso o bebê ou a mãe corressem risco eminente. Além disso, podiam fazer radiografias, ultrassonografias, algumas cirurgias, exames de laboratório e ambulatório. Ainda assim, em casos mais sérios, como cirurgia cardíaca de emergência ou qualquer outra da mesma proporção, os pacientes eram transferidos para um hospital maior.

Demorou bastante até o médico chegar com notícias.

— Vamos fazer uma angiografia para detectar obstruções. A paciente está estável por enquanto, mas talvez seja necessário fazer uma ponte aorto-coronária o quanto antes. Ela vai de helicóptero até Redding. Algum parente próximo foi avisado?

— Deve chegar a qualquer momento. Vamos esperar por ele aqui.

Dez minutos depois, Connie passou de maca e seguiu pelo corredor. Mais dez minutos, e Roy e Joy passaram pelas portas do pronto-socorro.

— Cadê a Connie? Ela está bem?

Rick e Liz vinham logo atrás, direto da escola.

— Vai passar por uma angiografia, uma espécie de raio-X dos vasos sanguíneos — respondeu Mullins. — Dependendo do resultado do exame, os médicos decidirão se ela precisa ou não de cirurgia. Vamos até a lanchonete tomar um café, que eu tento explicar melhor... Depois voltamos para saber do resultado do exame.

— Que bom, doutor, obrigado — disse Ron. — Obrigado por tudo.

— Não me agradeça, o crédito é todo da Melinda. Ela salvou a vida de Connie.

Mel se virou para ele, atônita.

— Ela agiu rápido, dando uma aspirina e chamando socorro, sem falar que veio na carroceria da caminhonete. Foi por isso que chegamos aqui tão rápido.

Mel e Mullins só chegaram em Virgin River às nove da noite, ansiosos para passar no bar. Ficaram agradecidos por Jack ter mantido o estabelecimento aberto. Mel sabia que ele não fecharia, que estava esperando os dois. Mullins pediu a costumeira dose de uísque.

— Acho melhor tomar uma também. Ou talvez alguma coisa mais suave.

Jack serviu uísque canadense.

— Um longo dia?

— Nem me fala... Passamos a maior parte do tempo esperando alguma decisão — respondeu o doutor. — Connie vai fazer uma ponte de safena logo pela manhã. Ficamos esperando até ela ser transportada para Redding.

— Por que não a levamos direto para lá? — indagou Mel. Os dois homens riram. — O que foi? Olhei no mapa antes de vir para cá. São só cento e sessenta quilômetros de rodovia.

— Na verdade são quase duzentos e vinte e cinco quilômetros, Mel — informou Jack. — E é uma estrada estreita de duas faixas pelas montanhas. Saindo de Eureka é uma viagem de três horas, na melhor das hipóteses. Talvez quatro. Saindo de Virgin River... Pelo menos cinco.

— Nossa...

— Bem, Ricky deve levar Liz para passar a noite na casa da mãe, enquanto Ron e Joy fazem a longa viagem até Redding, para passar a noite com Connie. Eles estão um pouco nervosos — comentou Mullins.

— Não duvido — disse Jack. — Vi você sair voando da cidade. Não consegui ver quem estava na carroceria... Só vi Mel se segurando para sobreviver.

O médico tomou um gole do uísque.

— Até que ela veio a calhar.

— O que você teria feito sem uma ajudinha? — provocou Mel.

— Eu teria pedido para Joy ir atrás, mas talvez não tivéssemos ido muito longe. Você sabe como uma simples aspirina é valiosa durante um ataque cardíaco, né?

— Hã-hã...

Mel tomou um gole de uísque, fechando os olhos para apreciar a bebida descendo quente.

— Connie vai ficar bem?

— Ah, muito melhor do que antes — continuou o doutor. — As pessoas vão para cirurgia meio pálidas e voltam com belas artérias desobstruídas, o oxigênio passando livremente e a pele corada, novinhas em folha.

— Poxa vida, achei que nunca mais sentiria o corpo quente — comentou Mel, depois de mais um gole.

— Quer que eu acenda a lareira? — perguntou Jack.

— Não precisa, a bebida basta. Conte ao doutor que fisguei um peixe hoje.

— É verdade. Não era um dos grandes, mas ela pegou sozinha. Apesar de não ter conseguido tirar o anzol sem ajuda.

Mullins a fitou por cima dos óculos, e Mel ergueu o queixo em um gesto desafiador.

— Cuidado, Melinda, você pode acabar se tornando uma de nós.

— Duvido muito. A menos que você arranje uma carroceria fechada. Teríamos muito mais conforto no meu carro.

— Mais conforto... — rebateu Mullins, com desdém. — Aquela porcaria não aguentaria um paciente de ataque cardíaco e uma profissional tentando manter a pessoa viva.

— Não vou nem discutir — respondeu Mel. — Mas só porque você me chamou de profissional, e não de enfermeirazinha. Parece que está acordando, seu velho quadrado. — Então se virou para Jack: — Você só está acordado por nossa causa?

— Nada disso — rebateu o homem, rindo. — Fiquem à vontade. Quer saber? Vou até acompanhar os dois nessa bebedeira. — Ele escolheu uma garrafa na prateleira, se serviu e levantou o copo, fazendo um brinde aos dois. — Bom trabalho, vocês são uma equipe incrível! Fico feliz que esteja tudo bem.

Mel estava exausta por causa da viagem e da longa tarde tensa no hospital. Não tinha sido muita surpresa perceber que Connie era mais do que uma paciente... Era uma amiga. Quando se faz esse tipo de trabalho num lugar como Virgin River, os pacientes são quase todos amigos. E fica difícil manter a objetividade. Por outro lado, o sucesso era muito mais gratificante. Recompensador. Em Los Angeles, não era assim.

Mullins terminou o uísque e se levantou.

— Bom trabalho, Melinda. Tomara que amanhã seja mais calmo.

— Obrigada, doutor.

— Parece que vocês começaram a se entender, hein? — comentou Jack, depois que o médico saiu.

— É o que parece.

Mel tomou mais um gole.

— Como foi a viagem até o Hospital Valley?

— Foi como andar em um trem fantasma escuro e sem guia.

Jack deu risada. Então serviu outra dose de uísque no copo que ela empurrava em sua direção.

— Quer um pouco de gelo ou água?

— Não, é bom assim. Muito bom mesmo.

Mel tomou a bebida depressa demais. Olhou para Jack, então inclinou a cabeça para o lado, depois na direção do copo.

— Tem certeza? Talvez seja demais. Você está corada, aposto que não está mais com frio.

— Só um pouquinho.

E foi só um pouquinho que ela ganhou. Dois goles.

— Obrigada por me levar para pescar. Sinto muito por não ter sido dessa vez que transamos.

Jack riu, surpreso com o comentário. Ela já estava um pouco alta.

— Tudo bem, Mel. Deixamos para quando você estiver pronta.

— Ahá! Eu sabia!

— Como se fosse difícil deduzir.

— Você é tão transparente. — Ela virou o resto da bebida. — Acho melhor eu ir. Estou completamente tonta.

Mel se levantou e quase caiu. Apoiou-se no balcão, e Jack deu a volta para segurá-la pela cintura.

— Droga, esqueci de comer — comentou, encarando Jack com os olhos marejados.

— Vou fazer um café.

— Para estragar essa bebida perfeita? Que nada, eu mereço... — Ela deu um passo e vacilou. — Além do mais, acho que café não vai me deixar sóbria. Só vou virar uma bêbada bem acordada.

— Está certo, Mel. — Jack a segurou mais forte, sem conseguir conter o riso. — Você pode ficar com a minha cama, eu durmo no sofá...

— Mas às vezes os cervos aparecem no meu jardim logo de manhã — choramingou ela. — Quero ir para casa. Eles podem voltar.

Casa. Jack gostou de ouvi-la falando do chalé daquele jeito.

— Tudo bem. Eu levo você para casa.

— Que alívio. Mesmo porque tenho certeza de que não conseguiria dirigir nem em uma estrada reta e menos perigosa que a nossa.

— Você é fraca para bebida, hein?

Dois passos depois, as pernas de Mel fraquejaram pela segunda vez. Jack suspirou e a pegou no colo.

— Ainda bem que você é forte — comentou ela, dando um tapinha no peito dele. — É bom que esteja por perto, como se fosse meu guarda-costas.

Jack deu uma risadinha. Preacher já tinha subido para dormir, então teve que virar a placa de "Aberto" e tirar as chaves do bolso sem derrubar Mel. Trancou a porta da frente, desceu as escadas e foi para trás do bar, onde estacionava a picape. Colocou-a no carro, e, com certa dificuldade, ela conseguiu colocar o cinto de segurança.

— Sabe de uma coisa, Jack? — perguntou Mel, quando ele entrou no carro. — Você se tornou um bom amigo.

— Que bom, Mel.

— Fico feliz por isso. Nossa... Não sou mesmo de beber muito. Acho que sou daquelas que só aguentam uma cerveja. Talvez duas, se tiver um bife e uma torta de maçã do lado.

— Acho que você se avaliou bem.

— Se eu pedir aquela bebida boa de novo, por favor, pergunte se eu comi.

— Pode deixar.

Mel se inclinou contra o encosto do banco. Mesmo assim, não levou nem cinco minutos para que a cabeça pendesse para o lado. Jack passou o resto do caminho pensando. E se, quando a carregasse para dentro do chalé, ela estivesse tão excitada quanto ele e o convidasse para ficar? Tudo bem, né? Mesmo que Mel estivesse um pouquinho em desvantagem? Mas e se ela não estivesse a fim? Poderia ficar deitado junto dela, para o caso de Mel acordar e decidir que era o momento certo? Aí tudo bem? Ou então poderia esperar no sofá, para o caso de ela precisar de alguma coisa... Tipo sexo. Assim estaria lá, se ela acordasse no meio da noite. E estaria pronto. Aliás, *estava* pronto já havia algum tempo. Vários cenários diferentes passaram pela sua cabeça. Poderia levá-la para o quarto, e Mel abriria os olhos e diria: *Passe a noite comigo*. Dificilmente teria forças para negar. Ou ela poderia acordar, e ele a beijaria, para depois ouvi-la dizer: *Tudo bem*. Quem sabe na manhã seguinte, quando ainda estivesse lá, Mel podia dizer: *É agora, Jack*. Hmm... Começou a ficar com calor.

Mas Mel ainda dormia quando estacionaram em frente ao chalé. Ele removeu o cinto de segurança dela e a tirou do carro. Ela bateu com a cabeça no batente da porta.

— Ai!!! — gritou Mel, com a mão na cabeça.

— Desculpe — pediu Jack.

A batida não está incluída nas preliminares, pensou.

— Não foi nada. — Mel apoiou a cabeça nos seus ombros.

Agora tenho que ficar, para ter certeza de que ela não sofreu uma concussão. E sexo não é o remédio mais adequado, mas era bom ficar por perto, para o caso de ela querer.

Jack carregou Mel pela varanda, entrou no quarto, acendeu a luz e a colocou na cama.

— Obrigada, Jack — murmurou ela, sem abrir os olhos.

— De nada, Melinda. Como está a cabeça?

— Que cabeça?

— Tudo bem. Vamos tirar essas botas.

— Botas. Tire.

Mel levantou a perna, fazendo-o rir. Jack tirou a bota, e Mel deixou cair a perna e levantou a outra. Ele fez o mesmo, e a perna baixou.

Mel se encolheu em um embrulhinho fofo, cobrindo-se com a manta, e apagou. Ele viu o porta-retrato. Uma sensação não muito boa o atingiu. Pegou a foto e olhou para o rosto do homem.

Então é você, pensou. Não parecia má pessoa, mas era óbvio que fizera alguma coisa ruim com Mel. Algo difícil de superar. Talvez a tivesse trocado por outra — o que era impossível de imaginar. Ou talvez a tivesse deixado por outro homem. *Ah, tomara que seja isso... Posso resolver um trauma desses em cinco minutos.* Ou, quem sabe, apesar da aparência inofensiva, ele tenha sido um cretino, e Mel terminara o relacionamento, mas mesmo assim ainda o amava. E mantinha a foto bem do lado da cama, para que fosse o último rosto que visse antes de dormir.

Em algum momento, Mel daria uma chance para que Jack a fizesse tirar a foto dali, mas não seria naquela noite. Melhor assim. Se ela acordasse e o encontrasse ao seu lado ou pronto para se deitar, culparia o uísque, e ele não queria que acontecesse assim. Queria que fosse por desejo, que fosse real.

Decidiu deixar um bilhete perto da cafeteira. *Volto às oito da manhã. Jack.* Depois, pegou no carro a bolsa de couro que comprara mais cedo, com uma vara de pescar desmontada, um molinete e um macacão de borracha, e deixou o equipamento na porta da frente do chalé. Só então foi para casa.

Às oito da manhã, Jack estava de volta, e o que viu trouxe um sorriso aos seus lábios. Todos os pensamentos frustrantes que o atormentaram na noite anterior se esvaíram. Mel estava sentada em uma das cadeiras da varanda, vestindo o macacão, lançando a isca preguiçosamente pelo jardim. Uma caneca de café fumegante jazia no braço largo da cadeira.

Ele saiu da caminhonete com um sorriso radiante.

— Você achou! — disse, subindo para a varanda.

— Eu *amei*! Você comprou isto para mim?

— Comprei.

— Mas por quê?

— Quando formos pescar, preciso estar em pé ao seu lado, e não atrás, sentindo o perfume do seu cabelo e o seu corpo contra o meu. Você precisa do seu próprio equipamento. O que achou da vara de pesca?

— Adorei. Estava praticando... — Mel se levantou e o encarou.

— Algum progresso?

— Acho que sim. Sinto muito por ontem, Jack. Passei o dia inteiro tensa, morrendo de fome e de frio. Foi demais para mim.

— Sem problemas.

— É melhor deixar a bolsa no meu carro, né? Para o caso de a clínica estar vazia e eu poder escapar para pescar.

— Boa ideia, Mel.

Só preciso de um tempo. Aquela foto vai parar na despensa, pensou.

Ricky não apareceu no bar na semana seguinte ao ataque cardíaco de Connie; ficou com a família, para caso precisassem de alguma coisa. Era tarde quando resolveu ir ao bar, e havia apenas dois homens a uma mesa e Preacher atrás do balcão. Ricky se sentou junto do cozinheiro, desanimado.

— Como estão todos? — perguntou Preacher.

— Acho que Connie está bem. — Ricky deu de ombros. — Mandaram Liz para a casa da mãe, em Eureka.

— Eureka não é no fim do mundo, cara. Você pode ir visitar.

— Sim, mas... melhor não — respondeu ele, os olhos baixos. — Ela foi... Ela foi a primeira garota por quem me senti daquele jeito. — E, olhando para Preacher, continuou: — *Daquele jeito*, entende?

Os dois homens atrás deles se levantaram e saíram.

— Escapou por pouco? — Preacher indagou.

— Antes fosse. Merda, achei que podia controlar a situação.

Preacher nunca tinha feito isso antes, mas serviu dois chopes gelados, um para ele e outro para Rick.

— Esse negócio de controlar é difícil.

— Nem me diga. Este é para mim?

Preacher ergueu a sobrancelha.

— Achei que talvez você precisasse de um trago.

— Obrigado. — Ricky ergueu o copo. — Ela não parece, mas ainda é uma criança. É muito nova.

— Bem nova... Então agora você consegue se controlar?

— Sim, mas é tarde demais.

— Bem-vindo ao mundo real.

Preacher virou a metade do chope, mas Rick ficou só olhando o copo.

— Eu morreria se magoasse alguém. Se a ferisse. Ou se eu decepcionasse você e o Jack.

Preacher espalmou as mãos no balcão e se inclinou para perto de Rick.

— Ei... Não se preocupe com isso de nos decepcionar. Algumas coisas são naturais, sabe? Você é humano e dá o seu melhor. Da próxima vez, pense no que vai acontecer depois, se é que me entende.

— Agora eu sei.

Jack entrou no bar por trás. Na hora, percebeu as bebidas e a expressão perturbada de Ricky.

— Vamos brindar? — perguntou, servindo-se de um chope.

— Tenho quase certeza de que não — disse Ricky.

— Se entendi direito, nosso amigo aqui entrou para o mundo dos homens, mas se arrependeu.

— Em vez de me dar um punhado de camisinhas, você devia ter me castrado — disse Rick.

— Ai, ai. Você vai ficar bem? E ela?

— Não faço ideia. Quando vou saber?

— Daqui a um mês — respondeu Jack. — Talvez menos. Vai depender do ciclo. Você precisa perguntar se ela menstruou.

— Vou morrer...

— Tudo bem. Vamos brindar para que você continue com sorte. Já que teve sorte de primeira, se é que me entende.

— No momento, só quero entender por que chamam isso de sorte.

Capítulo 9

A relva dos pastos estava alta; as ovelhas, gordas e grávidas; e as vacas, prontas para procriar. E era quase hora de Sondra Patterson dar à luz.

Seria o terceiro filho de Sondra; os dois primeiros partos tinham sido rápidos e fáceis, segundo ela e o doutor. A mulher decidiu que faria o parto em casa, como tinham sido os outros. Seria a primeira vez que Mel faria um parto em casa, o que a deixava ao mesmo tempo animada e nervosa.

Com o decorrer do mês de maio, os dias foram ficando mais claros e ensolarados, trazendo uma porção de homens em picapes e trailers. Certa tarde, várias buzinas tocaram ao mesmo tempo na frente do bar. Mel olhou pela janela e viu um monte de gente descendo dos carros. Ficou observando enquanto Jack saía para a varanda e os cumprimentava com abraços calorosos, gritos e assobios.

— O que está acontecendo?

— Deve ser outra reunião dos Semper Fi — respondeu Mullins. — São os companheiros de Jack do Corpo de Fuzileiros Navais. Eles vêm aqui para caçar, pescar, jogar pôquer, beber e gritar noite adentro.

— É mesmo? Ele nunca me contou.

Será que isso significa que vamos nos ver menos? Sentiria falta; a cerveja depois do trabalho e os beijos que volta e meia trocavam eram a melhor parte do dia. Para ser sincera, achava estranho que Jack nunca mais tivesse tentado nada. Se bem que, mesmo que tivesse, Mel ficaria preocupada com as consequências. Não deveria se envolver com ninguém, nem mesmo Jack.

Não antes de ter certeza de que poderia lidar com o envolvimento. Por outro lado, não suportaria ter que desistir daqueles poucos beijos. Sabia que Mark a entenderia. Disse a si mesma que entenderia, se fosse o inverso. Mas nada daquilo aconteceria com os fuzileiros navais na cidade.

A presença dos amigos de Jack não mudou a rotina de Mullins; no fim do dia, ele estava se preparando para ir ao bar.

— Você vem? — perguntou a Mel.

— Não sei... Não quero que ninguém desvie a atenção do encontro por minha causa...

— Eu não me preocuparia com isso. Todos na cidade ficam ansiosos pela chegada desses rapazes.

Mel resolveu acompanhá-lo e não se surpreendeu quando os visitantes cumprimentaram o médico como se fossem velhos amigos. Jack passou o braço pelos ombros de Mel e anunciou:

— Gente, esta é Mel Monroe, a nova enfermeira obstetra da cidade. Ela está trabalhando com o doutor. Mel, esses são Zeke, Mike Valenzuela, Cornhusker, que a gente chama de Corny, Josh Phillips, Joe Benson, Tom Stephens e Paul Haggerty. Preste atenção, que mais tarde vou fazer um teste... Sem etiquetas para os nomes.

— Dr. Mullins, um cavalheiro muito esperto! — exclamou Zeke, sorrindo e estendendo a mão para Mel, com a óbvia impressão de que o doutor a contratara, e não que simplesmente tivera que aceitá-la. — Srta. Monroe, é um prazer. Um prazer *imenso*.

— Pode me chamar de Mel.

Foi reconfortante ser recebida com tanta festa. A surpresa seguinte foi descobrir que Preacher também era ex-fuzileiro, o que talvez ela deveria ter percebido antes. E, claro, Rick estava incluído no grupo como se fosse o irmão mais novo.

Descobriu que Preacher servira sob as ordens de Jack quando ainda tinha 18 anos, no primeiro conflito com o Iraque, na operação Desert Storm — com isso, percebeu que o cozinheiro era muito mais novo do que parecia. Nessa mesma época, um policial de Los Angeles, Mike Valenzuela, e um construtor de Oregon, Paul Haggerty, também serviram com eles. Os dois, que depois entraram para a reserva, foram convocados para o conflito mais recente no Iraque, onde também serviram com Preacher e

Jack, que ainda estavam na ativa. Todos os outros eram reservistas e tinham sido chamados para servir no Iraque, reunindo-se em Bagdá e em Faluja. Zeke era bombeiro em Fresno, Josh Phillips, paramédico, e Tom Stephens, piloto de um helicóptero de notícias — os dois últimos vinham das cercanias de Reno. Joe Benson era arquiteto e vinha da mesma cidade de Oregon que Paul Haggerty; Paul trabalhava construindo as casas de Joe. Corny, também bombeiro, era o que vinha de mais longe: de Washington, mas era nascido e criado em Nebraska.

Joe era quase quatro anos mais velho que todos, e o segundo mais velho era Mike, com 36 anos. Quatro eram casados e com filhos: Zeke, Josh, Tom e Corny. Mel ficou encantada com a maneira com que falavam das esposas, com sorrisos de luxúria e olhos reluzentes. Nenhuma piadinha sobre estar preso por grilhões. Ao contrário, parecia que todos estavam ansiosos para voltar para elas.

— Como vai a Patti? — perguntou alguém para Josh.

Ele abriu um sorriso orgulhoso e curvou as mãos por cima do abdômen liso, fazendo referência à gravidez.

— Está uma delícia! Mal consigo tirar as mãos dela.

— Se é assim, aposto que está apanhando bastante. — Zeke riu. — Christa também está grávida.

— Não acredito! Achei que ela tivesse dito que ia fechar a fábrica.

— Ela também disse isso antes dos dois últimos, mas consegui mais um de escanteio. Estamos no quarto! Ah, sou louco por essa garota desde a escola. Você devia ver... Ela está tão reluzente quanto um feixe de luz. Ninguém fica igual a Christa durante a gravidez. Nossa...

— Parabéns, cara. Mas acho que você não sabe a hora de parar...

— Não mesmo. Não consigo parar! Mas Christa diz que agora terminamos. Depois desse, é hora da vasectomia.

— Eu acho que mais um seria bom — comentou Corny. — Já tenho minhas meninas, e sinto que vem um menino por aí.

Ninguém melhor para apreciar o entusiasmo por grávidas do que uma enfermeira obstetra. Mel estava amando o papo e a companhia.

— Já ouvi muito esse papo — comentou Jack. — Na última contagem, eram oito sobrinhas. Nenhuma das minhas irmãs teve um menino. Acho que meus cunhados tentaram de tudo.

— Talvez seja a sua vez de ter um menino, Jack.

Jack deu risada.

— Não cogito isso nem de brincadeira.

Ele fazia parte dos cinco solteiros, além de Preacher, Mike, Paul e Joe. Mel tinha sido avisada de que se tratava de um grupo de solteirões convictos. Amavam mulheres, mas eram difíceis de fisgar.

— Menos o Mike — disse Zeke. — Volta e meia se envolve com alguém.

Mel descobriu que o homem já se divorciara duas vezes e que tinha uma namorada em Los Angeles que estava se esforçando para virar a terceira esposa.

A camaradagem era envolvente e emocionante. Os homens eram muito próximos, dava para ver. Mel não fez questão de ir embora, estava se divertindo. Assim como o dr. Mullins, o povo da cidade que frequentava o bar já conhecia o grupo de amigos, e várias pessoas apareceram para participar do encontro. Todos os tratavam com o mesmo carinho que dedicavam a Jack e Preacher.

Mais tarde, quando ela decidiu ir embora, Jack se afastou do grupo para acompanhá-la até o carro.

— Ah, agora eles vão fofocar... — comentou Mel.

— Deixe que falem. Mas, por aqui, o que você esperava? Ouça, Mel, não precisa se afastar por causa deles... São caras legais. Vou explicar o programa: muita cerveja, partidas de pôquer e pescaria o dia inteiro. Eles vão ficar nos trailers, farão muito barulho e poluirão o ar com fumaça de charuto. Preacher fez uma truta defumada que você vai amar, é deliciosa.

— Não se preocupe, Jack. Vá se divertir! — respondeu ela, espalmando a mão no peito dele.

— Você não vai me ignorar por cinco dias, né?

— Vou passar depois do trabalho para tomar uma cerveja, mas você sabe que gosto mesmo é do meu chalé, cheio de paz e tranquilidade. Divirta-se. Isso é o mais importante.

— Os caras são ótimos, mas tenho a impressão de que vão atrapalhar minha vida amorosa.

Mel deu risada.

— Para ser sincera, me parece que sua vida amorosa é bem tranquila...

— Eu sei. Fico tentando animar um pouco as coisas, mas... Bem, de vez em quando eu consigo um pouco de ação... — Jack inclinou a cabeça na direção do bar, que retumbava de tanto barulho e risos, e a segurou pela cintura. — Quero um beijo.

— Não — respondeu ela, um tanto hesitante.

— Ah, fala sério. Eu não tenho me comportado? Não segui todas as regras? Como pode ser tão egoísta? Não tem ninguém por aqui... Estão todos ocupados, bebendo.

— Acho melhor você voltar para a sua turma.

Atrevido, Jack a segurou por baixo dos braços e a levantou bem alto, descendo-a devagarinho na direção dos seus lábios.

— Você é um sem-vergonha...

— Só um beijo — implorou Jack. — Quero sentir seu gosto, só um pouco.

Era um pedido irresistível. Jack era irresistível. Mel segurou o rosto dele entre as mãos e o beijou, entreabrindo os lábios e deslizando-os sobre os dele. As línguas bailaram em pleno deleite. Mel entrou em um estado de torpor, desejando que o beijo não acabasse nunca. Não era difícil se perder na força e na ternura de Jack.

Então, aconteceu o inevitável: se separaram. Estavam na rua, afinal, mesmo que já estivesse anoitecendo.

— Obrigado.

Assim que Jack a colocou no chão, uma salva de palmas eclodiu do outro lado da rua. Ali, na varanda do bar, estavam os oitos fuzileiros navais e Rick, todos com as canecas erguidas, gritando, comemorando e assobiando.

— Ai, meu Deus...

— Vou matar todos eles — murmurou Jack.

— Isto é alguma tradição na Marinha?

— Vou matar todos eles — repetiu Jack, mas não afastou o braço dos ombros dela.

— Você sabe o que isso significa, né? — indagou Mel. — Nossos beijinhos deixaram de ser segredo.

Jack a encarou. Os gritos se transformaram em uma ruidosa gargalhada.

— Mel, não são beijinhos. E, já que vazou...

O homem a ergueu no ar, tirando os seus pés do chão, e beijou-a ao som dos gritos eufóricos do antigo Batalhão 192. Apesar de todo o barulho, Mel não resistiu e correspondeu ao beijo. Estava cada vez mais viciada no gosto de Jack.

— Eu sabia que tinha sido um erro deixar você entrar no campo...

— E olha que eu nem tentei emplacar um gol. Bem, você está convidada para pescar com a gente, se quiser.

— Obrigada, mas preciso resolver algumas coisas. Vejo você amanhã à noite, para tomar uma cerveja. Pode deixar que vou sozinha até o carro. E nada de beijos na frente de ninguém durante a próxima semana.

Depois de pesquisar pelas redondezas, Mel descobriu uma máquina de ultrassom em Grace Valley, a cerca de meia hora para o norte do condado de Mendocino. Depois de uma longa conversa com uma médica da cidade, June Hudson, decidiram como usariam o ultrassom. June simplesmente ofereceria o serviço de graça, por pura bondade.

— Esse ultrassom foi doado. Mulheres de várias cidades vizinhas fazem exames aqui.

Mel marcou de levar Sondra para um exame. A mulher insistiu em assar uma fornada de biscoitos para deixar na clínica, em Grace Valley.

— Tem certeza de que seu marido não pode ir? Vale a pena ver o exame — disse Mel.

— Ele teria que levar as crianças — explicou Sondra. — E estou ansiosa para escapar um pouco.

As duas partiram para Grace Valley, descendo as colinas e passando pelas estradas ladeadas por fazendas, pastos, videiras, ranchos, campos de flores e cidades que não representavam nem um pontinho no mapa. Sondra passara a vida toda naquela parte do país, então sabia explicar a Mel onde estavam, quem eram os proprietários das fazendas e o que plantavam — geralmente alfafa e silagem para o gado, com alguns pomares de frutas e castanhas e a inevitável plantação de árvores para corte. O dia estava lindo, e a viagem foi prazerosa. Quando entraram na cidade, Mel se impressionou com a limpeza do lugar.

— A cidade é praticamente nova — explicou Sondra. — Não faz muito tempo que uma enchente acabou com quase tudo, tiveram que reconstruir e pintar. Ainda dá para ver a marca da água em algumas das árvores maiores.

Havia uma cafeteria, um posto de gasolina, uma igreja grande, a clínica e muitas casinhas bem conservadas. Mel estacionou, e as duas seguiram para a clínica. A primeira pessoa que viram foi a própria dra. Hudson, uma mulher elegante de quase 40 anos que se vestia de um jeito bem parecido com o de Mel: calça jeans, botas e uma camisa de cambraia, ostentando um estetoscópio no pescoço. Ao vê-la, June sorriu e estendeu a mão.

— É um prazer, srta. Monroe. Fico feliz que esteja trabalhando com o dr. Mullins... Ele precisava mesmo de ajuda.

— Por favor, me chame de Mel. Então você conhece o doutor?

— Claro, todo mundo se conhece por aqui.

— Há quanto tempo está em Grace Valley?

June riu.

— Estou aqui desde sempre, menos durante a faculdade de medicina. — Ela estendeu a mão para Sondra. — Você deve ser a sra. Patterson.

— Eu trouxe uns biscoitos — anunciou Sondra. — É muita generosidade sua fazer o exame de graça. Não tive essa oportunidade durante a gravidez dos meus outros dois filhos.

— É uma precaução muito útil — explicou June, feliz em aceitar a caixa de biscoitos, abri-la e sentir o cheiro. — Parecem pedacinhos de pecado. — Então, olhando para Sondra e Mel, continuou: — Se soubessem quanta gente das cidades vizinhas nos ajudaram a reconstruir tudo depois da enchente, entenderiam o que é generosidade. Venham, vamos fazer o exame. Depois, se tiverem tempo, podemos comer alguma coisa na cafeteria.

Durante a hora seguinte, elas descobriram que Sondra daria à luz um menino, que já estava na posição correta, e que não havia indícios de complicações. Mel e Sondra conheceram o dr. John Stone, um loiro lindo de morrer a quem June se referiu como "garoto importado da cidade grande". Na cafeteria, conheceram o pai de June, médico da cidade antes da filha. Ele perguntou pelo dr. Mullins, chamando-o de velho, mesmo que a idade dos dois fosse aparentemente a mesma.

— Ele ainda é teimoso como uma mula? — indagou o dr. Hudson.

— Está sendo amansado — respondeu Mel.

— Então, qual é a sua história? — perguntou June, durante o almoço. — Há quanto tempo está em Virgin River?

— Faz só alguns meses. Vim de Los Angeles querendo uma mudança de vida, mas admito que não estava preparada para atuar no interior. Achei que teria acesso a todos os recursos e à tecnologia de um hospital.

— Mas está gostando?

— É bem desafiador. Acho que estou me acostumando a alguns aspectos da vida rural. Não sei quanto tempo será bom para mim. Minha irmã mora em Colorado Springs, é casada e tem três filhos, e todos querem que a tia Mel se mude para lá. — Ela mordeu um hambúrguer delicioso e completou: — Não quero perder a infância deles.

— Ah, não diga isso... — comentou Sondra.

— Não se preocupe. — Mel acariciou a mão dela. — Não vou a lugar nenhum antes do seu parto, que, pelo andar da carruagem, não demora. — E, rindo, continuou: — Espero não ter que parar no acostamento no caminho de volta para casa.

— Espero que você fique — disse June. — Vai ser bom ter você tão perto.

— Perto? Foi meia hora de curvas, passando por um fio pelos caminhões, na estrada estreita! Tudo isso para menos de trinta quilômetros de distância!

— É, na verdade são só vinte e cinco quilômetros. Não é ótimo sermos vizinhas?

Antes do fim do almoço, um sujeito entrou na cafeteria com um bebê no colo. Mel achou que ele se parecia um pouco com Jack: tinha a mesma altura, era musculoso, com um rosto masculino, e usava calça jeans e camisa xadrez. Ele segurava o bebê com desenvoltura. O sujeito se abaixou para beijar a dra. Hudson no rosto e lhe entregou o bebê.

— Esse é o meu marido, Jim, e nosso filho, Jamie.

Na viagem de volta, Mel ficou divagando sobre como não se sentira *tão deslocada*. Gostara muito de June e John Stone. O dr. Hudson era uma figura. Depois de deixar Sondra em casa, voltou para a cidade e achou tudo mais bonitinho. Bem diferente da aldeia caindo aos pedaços que encontrara ao chegar. Era estranho, mas o lugar parecia cada vez mais um lar.

Estacionou na frente da casa do doutor e viu que os amigos de Jack estavam chegando ao bar depois de um dia de pesca. Ao entrar na casa, encontrou o doutor na cozinha, arrumando alguma coisa sobre a mesa. Pelo visto, o médico comprara uma maleta nova.

— O dr. Hudson mandou lembranças, June e John também. O que você está fazendo?

Ele colocou mais algumas coisas na maleta e a empurrou para Mel.

— Já está na hora de você ter a sua.

Era divertido assistir aos fuzileiros carregarem a caminhonete e seguirem para o rio bem cedo. Mel acenou para eles dos degraus da frente da casa do doutor, onde costumava tomar café. E pensar que, depois de terem ficado metade da noite jogando pôquer e bebendo, tinham acordado tão animados e cheios de energia. Os homens gritaram, acenaram e assobiaram para ela.

— Ah, querida, você é tão linda pela manhã! — gritou Corny, do outro lado da rua. Jack lhe deu um tapa na nuca.

Os homens tinham acabado de sair quando uma picape grande e escura entrou na cidade, descendo a rua principal bem devagar. Mel ficou surpresa ao ver o carro parar bem na frente da casa do doutor. A porta foi aberta, mas o carro continuou ligado. Um homem alto de ombros largos saiu e ficou parado à porta do carro, meio escondido. Usava um boné preto que escondia parte do cabelo cacheado.

— O médico atende em casa?

— Tem alguém doente? — perguntou Mel, levantando-se.

O sujeito balançou a cabeça.

— Tem uma pessoa grávida.

Um sorriso espontâneo brotou nos lábios de Mel.

— Fazemos consultas em casa, caso necessário. Mas é bem mais conveniente fazer os exames de pré-natal aqui na clínica. Atendemos toda quartas-feira.

— Você é a dra. Mullins? — perguntou ele, desconfiado.

— Mel Monroe — respondeu ela, com um risinho. — Sou enfermeira obstetra. O doutor não tem atendido muitas mulheres desde que cheguei. Sua esposa espera o bebê para quando?

O sujeito deu de ombros.

— Isso ainda é uma incógnita.

— Bem, e onde você mora?

Ele inclinou a cabeça.

— Ela está do outro lado de Clear River, quase uma hora daqui.

— Temos um quarto hospitalar. É o primeiro filho dela?

— Acho que é.

Mel achou graça.

— Acha?

— É o primeiro desde que a conheço. Não é minha esposa.

— Desculpe... Eu presumi errado. Traga a moça para um exame pré-natal. Posso mostrar o quarto e conversar com ela sobre as opções de parto.

— E se ela quiser ter o filho em casa?

— É uma opção também, mas, senhor...? — Ele não completou a pergunta implícita, dizendo o nome. Ficou ali, parado, com aquele corpanzil coberto pela jaqueta jeans e expressão séria. — Entenda, a mulher prestes a ser mãe precisaria participar dessa conversa. Quer marcar uma consulta?

— Eu ligo. Obrigado.

Com isso, ele entrou na caminhonete e pegou a estrada para sair da cidade.

Mel ficou intrigada; nunca tivera uma conversa nem parecida com aquela. Torceu para que ele conversasse com a grávida e a deixasse decidir onde queria dar à luz.

Os fuzileiros foram embora no fim da semana, e o silêncio reinou na cidade. Depois de conhecê-los melhor, Mel ficou até triste com a partida. Com os amigos na cidade, Preacher ficava muito mais animado, com o riso fácil, resmungando menos. Cada um dos rapazes se despediu dela com um abraço, tratando-a como membro da família.

Mel percebeu que estava ansiosa para ter Jack só para si, mas não deveria ser assim. Ele estava meio quieto, um tanto distante. Ficou desapontada por não ter sido mais erguida no ar, ou por não ouvir mais os pedidos insistentes por um beijo — o que era de se estranhar, considerando o quanto ela resistia e reclamava. Na verdade, estava carente. Quando Mel perguntou o motivo daquele humor estranho, ele respondeu:

— Sinto muito, Mel. Acho que fiquei esgotado com essa visita dos amigos.

Quando ela voltou para almoçar, Preacher disse que Jack estava pescando.

— Nossa, ele não enjoou de tanto pescar, na semana passada?

Preacher limitou-se a dar de ombros. Ele não parecia esgotado. Estava cuidando do bar com a ajuda de Ricky, que o ajudava polindo os vidros, servindo comida, circulando pelas mesas e de vez em quando participando de um jogo de cartas.

— O que aconteceu com Jack? — insistiu Mel.

— A visita dos fuzileiros custa caro.

Quatro dias depois, uma semana antes do previsto, Mel recebeu uma ligação da fazenda Patterson avisando que estava na hora. Sabendo que Sondra tivera partos fáceis e rápidos e que passara a noite com contrações, Mel foi até lá imediatamente.

Bebês são estranhos, fazem o que querem. O histórico dos partos normais anteriores não significava que seriam todos iguais. Com o apoio da mãe, da sogra e do marido, Sondra passou uma tarde difícil em trabalho de parto. No começo da noite, o menininho finalmente chegou. O bebê demorou a chorar, e Mel precisou fazer uma sucção e massageá-lo para persuadi-lo a aceitar o mundo. Sondra sangrou um pouco mais que o normal, e o bebê demorou para pegar o peito. A mulher logo apontou as diferenças entre ele e os outros filhos.

Um começo de vida mais lento não é necessariamente um problema, tanto que o coração, a respiração e a coloração do neném logo se normalizaram, e o choro veio pouco depois. Por via das dúvidas, Mel ficou um pouco mais na fazenda. Ninou o bebê por três horas depois de concluir que estava tudo bem, mas queria ter certeza absoluta.

Eram dez da noite quando resolveu deixar a família de volta à rotina, sabendo que estavam seguros.

— Estou com um pager — avisou. — Não hesitem em chamar se perceberem que algo está errado.

Em vez de voltar direto para o chalé, foi até a cidade. Se Jack ainda estivesse com aquele humor sombrio e fechado, iria direto para casa. A luz estava acesa dentro do bar, mas a plaquinha de "Aberto" não estava na porta.

Quando abriu a porta, deparou-se com uma cena muito inesperada. Preacher estava atrás do bar, com uma caneca de café fumegante à frente, e Jack estava sentado a uma das mesas, a cabeça apoiada nos braços, diante de uma garrafa de uísque e um copinho.

— Tranque a porta, Mel — pediu Preacher, ao vê-la entrar. — Acho que já temos companhia o suficiente.

Ela obedeceu, embora ainda estivesse bem intrigada. Aproximou-se do dono do bar, colocando a mãos nas costas dele.

— Jack?

Ele abriu um pouco os olhos, então os revirou e fechou de novo. Jack rolou a cabeça para o lado, e um dos braços escorregou da mesa e ficou balançando.

Mel foi até o bar e se sentou em uma das banquetas diante de Preacher.

— O que aconteceu com ele?

Preacher deu de ombros e foi pegar a caneca de café, mas, antes que pudesse alcançá-la, Mel se debruçou no balcão e o segurou pelo colarinho.

— Eu perguntei o que aconteceu com ele! — gritou.

Preacher ergueu as sobrancelhas, surpreso, e levantou os braços em sinal de rendição. Mel soltou a camisa dele e se sentou de volta na banqueta.

— Ele está bêbado.

— Ah, não diga. Mas tem alguma coisa errada. Ele tem agido estranho a semana inteira.

Preacher deu de ombros de novo.

— Às vezes, quando a turma vem visitar, algumas coisas do passado são desenterradas. Sabe, acho que ele está lembrando de umas coisas não muito boas.

— Coisas da época em que vocês serviram na Marinha? — Preacher assentiu. — Me conte, Preacher. Jack é o meu melhor amigo nesta cidade.

— Acho que ele não ia querer que eu contasse.

— Não importa o que for, Jack não deveria passar por isso sozinho.

— Eu cuido dele. Jack vai sair dessa, como sempre.

— Por favor — implorou Mel. — Você não vê o quanto ele é importante para mim? Se tiver como, eu quero ajudar.

— Eu poderia contar umas coisas, mas são horríveis, não são para os ouvidos de uma dama.

Mel deu uma risadinha.

— Você não imagina o que já vi e ouvi nesta vida. Trabalhei quase dez anos em um pronto-socorro. De vez em quando, as coisas ficavam bem feias.

— Não chega perto do que passamos.

— Tente me contar.

Preacher respirou fundo.

— Esses caras vêm para cá todo ano para se certificarem de que Jack está bem. Jack liderava o grupo, inclusive eu. Ele era o melhor sargento de todos. Esteve em cinco zonas de combate, a última foi no Iraque. Jack liderava um pelotão para dentro de Faluja quando um dos caras tropeçou em uma mina. A explosão o partiu ao meio. Logo em seguida, tivemos que ficar deitados no chão por causa de um ataque de atiradores de elite. O soldado que pisou na mina não morreu na hora; o calor da explosão deve ter cauterizado os vasos sanguíneos, e ele não sangrou. Também não sentiu dor, alguma coisa a ver com a coluna. Mas não perdeu a consciência.

— Ah, meu Deus.

— Jack ordenou que corrêssemos para os prédios em busca de proteção, e obedecemos. Mas ele ficou com o soldado ferido. Não queria abandonar um homem. Mesmo sob a rajada de tiros, Jack ficou lá, apoiado no pneu de um caminhão tombado, segurando o amigo, conversando com o sujeito até ele morrer. O rapaz insistiu muito que estava bem e pediu que Jack saísse dali e fosse buscar proteção com os outros. Mas é claro que Jack não saiu. Ele jamais deixaria um de seus homens. — Preacher tomou um gole de café. — Vimos muita coisa naquele país que vão nos causar pesadelos para sempre, mas Jack fica muito perturbado com essa cena em particular. Não sei o que o afetou mais, se foi a morte lenta do garoto ou a visita que precisou fazer aos pais do soldado, repetindo tudo o que o filho deles dissera antes de morrer.

— E por isso ele toma esses porres?

— E pesca muito. Às vezes acampa na floresta, para se estabilizar. De vez em quando tenta esquecer com a bebida, o que é raro. Primeiro porque não funciona, segundo porque a ressaca é brava. Mas ele vai ficar bem, Mel. Ele sempre supera.

— Nossa, acho que todo mundo tem alguma bagagem. Me dá uma cerveja.

Preacher a serviu.

— Talvez o melhor a fazer seja deixar que ele fique um pouco sozinho.

— Será que ele acorda logo?

— Não, apagou mesmo. Eu estava pronto para arrastá-lo para o quarto quando você chegou. Vou dormir na cadeira ao lado da cama dele, só para garantir.

— Garantir o quê?

— Que ele não passe muito mal. Que ele tenha um balde para vomitar, ou algo assim. Jack me carregou em uma estrada do Iraque por um quilômetro e meio. Não vou deixar que nada aconteça com ele.

Mel tomou um gole da cerveja.

— Ele já me carregou também. Se bem que nem deve ter percebido.

Os dois ficaram sentados em silêncio. O copo de Mel já estava na metade.

— Estou tentando imaginar a cena de Jack carregando você. Deve ter sido tipo uma formiga carregando uma árvore.

Preacher deu um risinho, o que a surpreendeu.

— Como ele conseguiu convencer você a morar nessa cidadezinha?

— Ele não me convenceu. Mantive contato depois que ele saiu da Marinha. Quando saí, eu vim direto. Jack disse que eu podia ficar e ajudar no bar, se quisesse. E eu quis.

Um barulho a fez olhar para trás. Jack tinha caído da cadeira e se estatelado no chão.

— Hora de ir para a cama — anunciou Preacher, saindo de trás do balcão.

— Preacher, eu fico com ele. Só preciso que você o leve para o quarto.

— Não precisa, Mel. Talvez não seja muito agradável.

— Sem problemas. Já cuidei de muitos bêbados.

— Ele às vezes grita.

— Eu também grito de vez em quando.

— É isso mesmo que você quer?

— É, sim.

— Você se importa mesmo com ele, hein?

— Foi o que eu disse.

— Se você tem certeza, então, tudo bem.

Preacher agachou e levantou o amigo, que conseguiu ficar mais ou menos de pé, depois posicionou o ombro na cintura de Jack e o ergueu, carregando-o como um bombeiro faria. Mel o seguiu até o quarto.

Nunca tinha entrado no apartamento dele. Era pequeno e eficiente, em formato de L, com duas entradas: uma logo atrás da cozinha do bar, outra pela porta dos fundos, que levava ao quintal. O quarto ficava na parte menor, deixando a área maior para a sala. Ali havia uma mesa e duas cadeiras perto da janela. Não tinha cozinha, apenas uma geladeira pequena.

Preacher o colocou na cama e o libertou daquelas botas pesadas.

— Vamos tirar o jeans — comandou Mel. Preacher a olhou desconfiado, então ela completou: — Garanto que já vi de tudo.

Mel desafivelou o cinto e baixou o zíper da calça. Puxou a perna direita, e Preacher, a esquerda, deixando Jack de cueca. Desabotoou e tirou a camisa dele rolando-o de um lado para o outro da cama. Levou as roupas para o closet. Num dos ganchos do outro lado da porta havia um coldre e um revólver, o que a assustou. Ela cobriu a arma com a calça e a camisa.

— Ele vai me matar por isso — comentou Preacher, encarando Jack só de cueca.

— Ou agradecer. — Ela o confortou com um sorriso tímido enquanto cobria Jack com o edredom. — Se o meu pager tocar, eu chamo você.

— Ou se tiver problemas...

Depois que Preacher saiu, Mel tirou as próprias botas e foi bisbilhotar o apartamento. O banheiro era espaçoso, cheio de armários e gavetas. Em uma das gavetas, encontrou meias e roupa de baixo. As toalhas também ficavam ali. O perfume das peças a lembrou do primeiro dia em Virgin River. Amaciante, ele dissera na ocasião.

O closet era mediano, mas dava para entrar. Havia uma pequena lavanderia com dois armários, equipada com uma máquina de lavar e secar. Tanto o banheiro como a lavanderia eram separados por portas, mas o quarto abria para a sala.

O apartamento era a cara de Jack: bem masculino e muito funcional. Um sofá e uma poltrona de couro grande estavam posicionados diante da televisão pendurada na parede. Um armário de armas com portas de vidro e madeira estava cheio de rifles, a chave balançando na fechadura. Também tinha uma mesa pesada de madeira para o café e uma mesinha lateral entre o sofá e a poltrona com um abajur. As paredes eram de madeira talhada, e só havia dois porta-retratos na mesa lateral: uma foto da família inteira de Jack, com as quatro irmãs, os cunhados, as oito sobrinhas, o pai de cabelos grisalhos — do mesmo tamanho de Jack. Ao lado, uma foto da mãe e do pai dele. Mel pegou a foto da família. Eram pessoas muito bonitas, os homens altos e belos, as mulheres elegantes e lindas, as meninas adoráveis. A mais nova ainda era pequena, com talvez 3 ou 4 anos, a mais velha devia ter mais ou menos 10. Mel achou Jack o mais bonito de todos. Estava no meio da família, os braços apoiados nos ombros das irmãs, uma de cada lado.

Pegou a manta do sofá, enrolou-se e se aconchegou na poltrona. Jack não mexera um só músculo. Mel acabou pegando no sono.

E algum momento da noite, Jack ficou inquieto, virando-se de um lado para o outro e murmurando durante o sono. Mel ouviu o barulho e foi se sentar na beira da cama, com a mão em sua testa. Jack balbuciou coisas sem sentido, curvou-se para o lado, puxando-a para a cama, e apoiou-se nela. Mel ajeitou a cabeça dele na dobra de seu braço e se deitou.

— Está tudo bem...

Ao ouvi-la, Jack se aquietou e a envolveu em um abraço.

Mel puxou o edredom sobre os dois e se aconchegou junto a ele. O perfume do travesseiro era suave... Amaciante. *Quem é esse homem?*, Mel se pegou divagando. Tem a beleza masculina e lendária do Paul Bunyan, é dono de um bar e de todas aquelas armas, mas limpava e lavava a roupa como a mais dedicada das donas de casa.

Jack a puxou para mais perto, ainda dormindo. Mel sentiu seu hálito; uísque puro. *Eca*... Encostou o rosto no cabelo dele e sentiu seu perfume almiscarado, que combinava com o vento e as árvores. Respirou fundo. Já amava aquele aroma tão particular e o gosto da boca dele. Já perdera muito tempo imaginando o que havia debaixo da camisa... Agora via o peitoral coberto por um tapete de pelos castanhos e algumas tatuagens. No alto do braço esquerdo havia uma tatuagem de águia com um globo e uma âncora; era quase tão grande quanto a mão dela. No alto do braço direito, uma fita com as palavras:

SAEPE EXPERTUS,
SEMPER FIDELIS,
FRATRES AETERNI

Mel não resistiu e passou as mãos sobre os pelos do tórax e dos ombros. Puxou Jack para mais perto, aninhando-se junto a seu corpo forte. Minutos depois, caiu no sono com o braço dele apoiado em seu ventre.

* * *

Jack acordou com a luz difusa do começo do dia; sentia a cabeça estourando. Virou o rosto, e a primeira coisa que viu foram os cachos dourados de Mel espalhados sobre o travesseiro ao lado. Ela dormia profundamente, o edredom embolado abaixo do queixo. Jack se apoiou no cotovelo e a admirou. Os lábios rosados estavam entreabertos, os cílios longos repousavam sobre as bochechas. Pegou um cacho macio do travesseiro e aproximou-o do rosto, sentindo o perfume, então baixou os lábios para tocar os dela.

— Bom dia... — sussurrou Mel, abrindo os olhos, sonolenta.

— Nós transamos?

— Não.

— Ótimo.

— Não era a resposta que eu esperava — comentou ela, sorrindo.

— Quando acontecer, quero estar bem consciente. Nem sei por que você está aqui.

— Passei no bar para tomar uma cerveja bem na hora que Preacher ia levantar você do chão. Está com dor de cabeça?

— A dor sumiu quando vi você. Devo ter tomado todas.

— E deu certo? Conseguiu afastar seus demônios?

— Pelo menos eles trouxeram você para a minha cama. Se eu soubesse que seria tão fácil, teria tomado um porre semanas atrás.

— Levante as cobertas, Jack.

Ele obedeceu e viu que estava de cueca, ostentando uma bela ereção matinal. E Mel vestida dos pés à cabeça.

— Não olhe para baixo — pediu ele, baixando o edredom. — Eu estou em *enorme* desvantagem.

Mel começou a rir.

— Podíamos transar agora — sugeriu Jack, com um sorriso, ainda sentindo a textura do cabelo dela entre os dedos. — Você será muito bem tratada...

— Não, obrigada.

— Eu tentei alguma coisa?

— Não. Por quê?

— Bebi tanto que podia ter sido humilhante. Tipo um assalto com a pistola descarregada.

— Eu já esperava por isso — comentou Mel, deslizando os dedos pela tatuagem.

— Rito de passagem. Aposto que todo jovem fuzileiro acorda com uma dor de cabeça e a remota lembrança da Marinha.

— O que significa isso? — perguntou, passando os dedos sobre as palavras tatuadas.

— Muitas vezes postos à prova, fiéis para sempre e irmãos eternos. — Jack tocou o rosto dela. — O que o Preacher contou?

— Ele falou que a visita dos seus amigos da Marinha traz algumas das memórias mais difíceis das batalhas que você viveu. Tenho a impressão de que, de vez em quando, você tem essas lembranças mesmo sem as visitas.

— Amo aqueles caras.

— E eles são completamente devotos a você. Então talvez valha a pena esse desânimo, de vez em quando. Amigos assim não vêm de graça.

Capítulo 10

Jack voltara a ser o mesmo de sempre. O estresse fora embora, graças ao uísque ou à manhã em que acordara com uma linda loira na cama. Ele apostava na loira.

Nunca perguntou ao Preacher sobre o conteúdo da conversa com Mel, nem pedira a ela para ser mais específica. Na verdade, não tinha importância. O que de fato importava naquela noite foi que seu vínculo com Mel atingira um novo patamar, e sem nenhum planejamento prévio. O fato de ela ter descoberto o martírio que o afligia por causa de uma tragédia do passado e não ter recuado, querendo, em vez disso, participar, significou muito para ele. Mel o confortara enquanto ele se remexia e lutava contra um fantasma cruel. E, depois, clamou por mais daqueles beijos quentes. Isso o levou a concluir que devia continuar investindo no relacionamento.

Os dois eram o assunto de Virgin River, o que trouxe a ele uma satisfação estranha. Para um homem que não queria se prender a mulher nenhuma, que procurava manter os casos na surdina, a vontade de querer que todos soubessem que os dois eram um casal era uma coisa inédita. Mas Jack ainda se preocupava com a possibilidade de ela decidir cumprir as ameaças e partir antes que ele pudesse convencê-la a ficar.

Jack levou Mel até a costa para ver as baleias, e os dois conversaram durante todo o caminho de ida e volta. Tinham ficado em silêncio apenas no alto do penhasco acima do mar, de mãos dadas, enquanto observavam o grupo de mamíferos gigantescos pulando pelo oceano, espalhando água para todo lado. Os golfinhos pareciam batedores das baleias, escoltando-as para o norte. Naquele dia, Mel permitira que os beijos fossem bem longos. E foram vários. Mas, se por acaso Jack se atrevesse a passear com a mão pelo corpo dela, era repreendido.

— Não, ainda não.

Mas não tinha encarado aquilo como uma negativa, e sim como uma esperança de que havia chances no futuro. Estava completamente apaixonado. Aos 40 anos, aquela era a primeira vez na vida que tinha uma mulher de quem ele nem imaginava desistir.

Mel ligou para a irmã.

— Joey — disse baixinho, quase sussurrando. — Tem um homem na minha vida.

— Você encontrou um homem aí nesse lugar?

— Pois é... Acho que sim.

— E por que você está tão... estranha?

— Preciso saber uma coisa. Será que não tem problema? Eu ainda nem imagino quando vou superar a morte do Mark. Eu ainda o amo mais do que tudo.

Joey suspirou.

— Mel, tudo bem você seguir com sua vida. Talvez você nunca mais ame alguém como amou Mark, mas quem sabe haverá outra pessoa, o próximo. Não compare um ao outro, querida, porque Mark se foi. E nada pode trazê-lo de volta.

— Amo. No presente, e não no passado. Eu *ainda amo* Mark.

— Está certo, Mel. Mas você pode continuar a vida, inclusive arranjar alguém para passar o tempo. Quem é o cara?

— É o dono do bar em frente à clínica do dr. Mullins... O mesmo que reformou o chalé, me deu uma vara de pescar, instalou meu telefone. Jack. É um homem bom, Joey. E gosta de mim.

— Mel, você já...? Você está...?

Não houve resposta.

— Mel? Você está dormindo com ele?

— Não, mas deixei que me beijasse.

— Ah, Mel, tudo bem... — Joey deu uma risada, tristonha. — Será que você consegue imaginar se fosse o contrário? Será que Mark definharia sozinho? Ele foi um dos caras mais legais que conheci... Generoso, delicado, sincero. E aposto que gostaria que você se lembrasse dele com carinho, mas que continuasse a vida e que fosse feliz.

Melinda começou a chorar.

— É verdade — concordou, aos prantos. — Mas e se eu não conseguir ser feliz com mais ninguém?

— Minha irmãzinha querida, depois de tudo pelo que passou, você aceitaria viver com uma felicidade que não fosse plena? E alguns beijos gostosos?

— Não sei. Não sei mesmo.

— Dê uma chance a isso. O pior que pode acontecer é afastar sua solidão.

— Não é errado usar alguém para esquecer o marido falecido?

— Vamos colocar as coisas de outra maneira. E se você *gostasse* de alguém que desvie sua atenção do seu falecido marido? Pode ser uma forma de felicidade, não é mesmo?

— Eu não deveria estar beijando ninguém — retrucou, chorando. — Não posso ficar nessa cidade só por ficar. Aqui não é o meu lugar. Eu devia estar em Los Angeles, com Mark.

— Foram só alguns beijos, Mel. Vamos seguir um beijo de cada vez.

Ao desligar o telefone, Joey disse ao marido:

— Bill, preciso ir até lá. Acho que não vai demorar para ela entrar em crise.

Mel tinha começado a pensar mais sobre o passado... Lembrou daquela fatídica manhã, quando a polícia bateu à porta para informar que Mark estava morto. Tinham trabalhado juntos na noite anterior. Almoçaram juntos na lanchonete. Mas Mark estivera de plantão, e o pronto-socorro estava cheio, então ele tivera que passar a noite no hospital. E a morte acontecera quando estava voltando para casa.

Mel tinha ido ao necrotério para reconhecer o corpo. Ficara um pouco sozinha com ele, abraçando aquele corpo frio e sem vida, o peito maculado por três buracos de bala, chorando até que a afastassem.

Todos os dias, um filme passava em sua cabeça, começando pela cena de Mark estendido no chão da loja de conveniência, os policiais aparecendo à porta de sua casa de madrugada, o funeral, os prantos intermináveis durante a noite, o dia em que empacotara as roupas dele e os longos meses sem conseguir doá-las. Repassava aquele roteiro, deitada na cama em posição fetal, as mãos na barriga, como se tivesse levado uma facada, chorando até não poder mais. Um choro tão alto que os vizinhos poderiam ter pedido ajuda. Em vez de apenas dizer à foto de Mark que o amava, Mel a carregava e conversava longamente com aquele rosto sem vida. Contava como tinha passado o dia e sempre terminava vociferando: *Eu ainda te amo, droga*. Ou dizendo, com uma dor urgente: *Eu ainda te amo. Não consigo parar de te amar, sentir saudades e querer que volte.*

Mel sempre achou que Mark era o tipo de amante e marido tão devotado que encontraria uma maneira de entrar em contato com ela do além, mas nunca teve nenhuma prova definitiva de que ele ainda estava ali, perto dela. Mark se fora para sempre, e ela ficara desolada.

Mel acordou chorando nos três dias depois daquele telefonema com a irmã. Jack perguntara o que havia de errado, se ela queria conversar.

— É só TPM. Logo passa.

— Mel, foi alguma coisa que eu fiz?

— Claro que não. Juro que é só uma questão hormonal.

Mas aparentemente o breve período de desafogo que ela vinha experimentado tinha oficialmente acabado, e Mel voltara à escuridão da tristeza e da saudade. De volta à terrível solidão.

Felizmente, aconteceu algo que a tirou daquele estado. Estava voltando da mercearia, onde tinha ido assistir à novela com Joy e Connie, ainda em recuperação, e viu um carro alugado parado na frente da casa do dr. Mullins. Quando entrou, encontrou a irmã com um sorriso radiante no rosto. Mel deixou a maleta cair no chão e correu para abraçá-la. As duas pularam e rodopiaram de alegria. Assim que a euforia passou, Mel, ainda segurando a mão de Joey, virou-se para o dr. Mullins para fazer as apresentações. Mas o médico a interrompeu, dizendo:

— É meio assustador saber que existem duas de você.

Mel passou a mão no cabelo castanho e reluzente de Joey.

— Por que você veio?

— Ah, achei que talvez você precisasse de mim.

— Estou bem — mentiu ela.

— Eu vim por via das dúvidas.

— Que amor! Quer dar uma volta para conhecer a cidade? Quer ver onde eu moro? Conhecer tudo?

— Quero ver o tal homem — sussurrou Joey.

— Isso fica por último. Posso tirar a tarde de folga, doutor?

— Claro, eu não aguentaria vocês duas pulando e rindo o dia todo.

Mel correu para dar um beijo na bochecha enrugada, e o velhote resmungou e esfregou o rosto. Estava feliz e ao longo do dia quase não pensou em Mark. Levou a irmã a todos os seus lugares favoritos, começando pelo chalé. Joey o achou charmoso, mas disse que ainda precisava de alguns de seus toques de designer de interiores.

— Você precisava ter visto isso aqui quando cheguei. Tinha um ninho de passarinho no fogão.

— Nossa!

Em seguida, foram até o rio, onde pelo menos dez homens de macacões e botas de borracha pescavam. Alguns acenaram para cumprimentá-las.

— Na primeira vez que Jack me trouxe aqui, vimos uma mamãe ursa e seu filhote pescando bem ali perto. Foi o primeiro e último urso que vi na vida. Acho melhor ficar longe deles. Depois voltei para pescar. Joguei a isca, mas claro que não tão bem quanto eles estão fazendo. Mesmo assim, peguei um peixe. Agora tenho meu próprio equipamento no porta-malas.

— Não acredito!

— É serio!

A próxima parada foi no rancho dos Anderson, para visitar a pequena Chloe e ver os filhotes de ovelhas. Buck Anderson tirou dois do cercado e entregou um para cada uma.

Mel colocou o dedo diante da boca do filhote, que sugou de olhinhos fechados.

— Que fofinho...

— Eu criei seis filhos, três meninos e três meninas, e todos levavam um filhote escondido para o quarto, para dormirem juntos. Manter os animais fora de casa foi uma tarefa difícil — comentou Buck.

Mel levou a irmã para passear pela estrada, ladeada pelas sequoias gigantescas e ficou contente com as exclamações de admiração que ouviu. As duas desceram do carro e passearam pelo Fern Canyon, uma das locações onde Spielberg filmara *Jurassic Park*. Seguiram pelas estradas secundárias de Virgin River, pelos pastos viçosos, pelas plantações e colinas verdejantes, pelos pinheiros altíssimos, pelo gado pastando e pelas videiras ao longo do vale.

— Se você ficar mais tempo e eu tiver uma folga, vamos até Grace Valley para você conhecer meus mais novos amigos. Lá tem uma clínica maior, onde dá para fazer eletrocardiograma, ultrassom e até pequenas cirurgias.

A hora do jantar se aproximava, bem como a refrescante chuva de verão. As duas terminaram o dia no bar de Jack, onde o fogo da lareira era um aliado contra a queda de temperatura.

A notícia da chegada de Joey devia ter se espalhado, porque o bar estava mais cheio do que de costume, ainda mais para uma noite chuvosa. Algumas das pessoas prediletas de Mel estavam lá. O doutor, claro, assim como Hope McCrea e Ron, que levara Connie para uma visita rápida. Joy estava por ali com o marido, Bruce. Darryl Fishburn e os pais também apareceram. Mel apresentou Darryl como pai do primeiro bebê dela em Virgin River. Também estavam lá Anne Givens e o marido, cultivadores de um grande pomar. O primogênito deles estava previsto para agosto. Joey ganhou um dos raros sorrisos de Preacher. Rick sorria como sempre, adorável, dizendo que a família toda devia ser linda. E Joey ficou encantada com Jack. Quando ele se afastou para ir à cozinha buscar os pratos, se inclinou até Mel, dizendo:

— Nossa! Que gato!

— Eu também acho — confirmou Mel.

Jack serviu um delicioso salmão com molho de endro e jantou com elas. Mel alegrou a irmã com histórias sobre o ofício de enfermagem no interior, incluindo os dois partos que fizera sozinha.

Passava um pouco das sete da noite quando o doutor recebeu uma mensagem pelo pager chamando-o para atender o telefone na cozinha do bar.

— A ligação era dos Patterson — disse a Mel, quando voltou. — O bebê está pálido, com olheiras e dificuldade para respirar.

— Eu vou com você. — Mel se levantou, explicando a Joey: — Fiz o parto desse bebê, e ele já teve um começo difícil. Se eu demorar, você consegue ir até o chalé?

— Claro. Quer me deixar com a chave?

Mel sorriu e deu um beijo no rosto da irmã.

— Não usamos chaves por aqui, querida. A porta está aberta.

Foram na caminhonete do doutor, para o caso de a chuva ter deixado as estradas de terra muito enlameadas. Mel não queria que seu carro atolasse.

Encontraram Sondra e o marido em pânico. O bebê estava com chiado no peito, a respiração acelerada e fraca, mas sem febre. O menino se recuperou depois de receber um pouco de oxigênio, mas não demonstrou nenhum outro sintoma que revelasse o que havia de errado. Mel o ninou por bastante tempo. Mullins estava sentado à mesa da cozinha, conversando com os pais e tomando café.

— Ele é muito novo para ter asma. Deve ter sido alguma reação alérgica, sintoma de uma infecção ou algo mais sério, talvez um problema cardíaco ou pulmonar. Amanhã precisa ser levado ao ambulatório do Hospital Valley para fazer exames. Vou anotar o nome de um bom pediatra.

— Ele vai passar a noite bem? — perguntou Sondra, com lágrimas nos olhos.

— Espero que sim, mas vou deixar o oxigênio. Pode me devolver amanhã. Seria bom se vocês se revezassem acordados durante a noite. Se tiverem algum problema ou ficarem preocupados, podem ligar. Quando chove, aquele carrinho estrangeiro da Mel não vale nada nessas estradas. Além do mais, Melinda está com visita de fora.

Duas horas mais tarde, Mullins estava pronto para levar Mel até a irmã.

Às oito da noite, todos os clientes tinham ido embora do bar, menos Joey. Preacher estava limpando a cozinha. Jack mandou Ricky para casa e trouxe um café para a mulher, sentando-se à mesa com ela. Perguntou sobre os filhos, a profissão do marido e se ela gostava de morar em Colorado Springs. Até que, por fim, comentou:

— Mel não sabia que você vinha.

— Não. Foi surpresa, mas não deveria ter sido.

— Você não podia ter chegado em hora melhor. Tem alguma coisa chateando a Mel.

— Ah... Achei que você soubesse. Ela disse que vocês dois... — Joey parou de falar e olhou para a xícara de café.

— Nós o quê?

Joey ergueu os olhos e sorriu sem graça.

— Que vocês se beijaram.

— Sempre que ela me dá uma chance.

— Num lugar como Virgin River, isso não é visto como namoro?

Jack se recostou na cadeira, desejando que ninguém mais chegasse no bar.

— É mais ou menos isso. Mas ainda não sei muito sobre ela.

— Olha, não sei se tenho o direito...

— ...de me dizer quem partiu o coração dela, esmagando-o com a ponta da bota?

Joey respirou fundo antes de responder:

— Foi o marido dela.

Jack endireitou o corpo de repente. Joey não tinha dito *ex*-marido.

— O que ele fez? — perguntou, a voz ríspida.

Joey suspirou. *Perdido por cem, perdido por mil*, pensou. Se Mel não tinha contado era porque não queria que ele soubesse. A irmã ficaria furiosa.

— Ele foi assassinado em uma loja de conveniência. Estava lá por acaso, e aconteceu um assalto à mão armada...

— Assassinado...

— Ele era médico socorrista. Depois de dar plantão a noite toda, parou na loja a caminho de casa, pela manhã. O assaltante entrou em pânico e atirou três vezes. Ele morreu na hora.

— Meu Deus, quando foi?

— Hoje faz um ano.

— Meu Deus — repetiu Jack, apoiando o cotovelo na mesa para amparar a cabeça. Esfregou os olhos. — Será que ela se deu conta da data?

— Claro. E já estava sofrendo por antecipação.

— Foi em Los Angeles. — Jack nem precisou perguntar. — E pensar que várias vezes eu quis socar a cara dele, ao ver Mel tão magoada.

— Olhe, estou me sentindo meio estranha com isso. É como se tivesse cometido alguma traição. Mas esse foi um dos motivos para Mel ter vindo para cá. Aqui ninguém a olharia com pena nem perguntaria quinze vezes como ela estava, se estava perdendo peso, se estava dormindo... Pensei que ela tivesse contado, já que vocês...

— Ela se fecha. Agora sei por quê.

— E eu deixei escapar. Não sei se me sinto culpada ou aliviada. A pessoa que gosta da Mel deveria saber o que ela tem passado, o que tem enfrentado. — Joey respirou fundo. — Pensei que ela não aguentaria ficar nem uma semana.

— Acho que nem ela acreditava que ficaria tanto. — Jack ficou quieto por um minuto, pensando. — Imagine a coragem necessária para largar o ótimo emprego em Los Angeles e vir para essa cidadezinha trabalhar com um sujeito como o dr. Mullins. Ela me contou como era o trabalho... Chamou de medicina da cidade grande, de zona de guerra. E achou que aqui seria muito parado. Mas acabou levando uma paciente para o hospital na carroceria de uma caminhonete, a toda por essas estradas, segurando uma bolsa de soro com o braço para cima e congelando. Nossa, ela é tão durona quanto qualquer soldado do meu batalhão durante a guerra.

— Mel sempre foi durona, mas a morte de Mark a tirou dos trilhos. Por isso a mudança... Ela começou a ter medo de ir ao banco, ao supermercado...

— Ela odeia armas, e bem nesta cidade, onde todo mundo tem uma. Mais por necessidade, claro.

— Ai, ai... Olha, não é segredo nenhum que eu implorei para ela não vir. Pensei que fosse loucura, uma mudança muito drástica. Mas tem alguma coisa dando certo, talvez seja o que ela chama de medicina do interior. Ou talvez seja você.

— Ela fica meio estranha quando está muito triste, mas, quando passa, Mel brilha como se tivesse uma luz interna. Você devia ter visto essa mulher na manhã seguinte ao primeiro parto que fez na casa do doutor. Ela falou que se sentia uma campeã. Nunca vi ninguém tão feliz — comentou Jack, com uma voz morosa, mas sorrindo com a lembrança.

— Quer saber? Acho que vou encerrar por hoje, esperar por Mel no chalé. Desse modo, se ela precisar de mim, estarei lá.

— O Preacher pode levar você. Essas estradas são traiçoeiras quando chove, ainda mais para quem não as conhece. Na primeira vez que Mel foi até lá, o carro deslizou, caiu numa vala e precisou ser rebocado.

— Como Mel vai para casa?

— O doutor deve levá-la direto... Ele não confia nem um pouco naquele carrinho dela. Ou ela vem para cá para pegar o carro... Mel agora dirige bem nestas estradas. Mas eu também posso levá-la. Na verdade, eu não me surpreenderia se ela passasse metade da noite na casa dos Patterson, então não se preocupe. Mel odeia se afastar de um paciente doente. Mas vou esperar aqui. — Jack foi até o balcão e pegou um pedaço de papel, anotando o número de telefone. — Me ligue se ela chegar no chalé, ou se você precisar de alguma coisa.

Eram quase dez da noite quando Mel entrou no bar. Viu Jack à mesa, mas estranhou o fato de Joey não estar por ali.

— Cadê minha irmã? O carro dela está ali na frente.

— Pedi ao Preacher para levá-la em casa com a picape. Ela não conseguiria passar por essas estradas com chuva logo na primeira noite na cidade.

— Ah... Obrigada. Então até amanhã.

— Mel? Pode sentar aqui comigo um pouco?

— Preciso ficar com Joey. Ela viajou até aqui...

— Acho que deveríamos conversar sobre o que você está passando.

Fazia dias que Mel estava oscilando à beira daquele precipício. A única coisa que a distraía da tragédia que mudara sua vida era o trabalho. Deixava-se envolver completamente se estivesse com um paciente ou atendendo a uma emergência. Nem o dia que passara com a irmã, mostrando a cidade, as ovelhas, a beleza do interior, tivera o mesmo efeito. A cena sempre voltava a assombrá-la. Às vezes, a imagem de Mark estendido no chão, se esvaindo em sangue, se fixava diante dos seus olhos, e ela tinha que fechá-los com força e rezar para não desmoronar. Seria impossível se sentar e falar a respeito. O melhor que podia fazer era ir para casa e chorar junto da irmã, que a compreendia.

— Não posso — respondeu Mel, em um fio de voz.

— Então me deixe levá-la para casa — ofereceu Jack, levantando-se.

— Não — respondeu ela, levantando a mão para impedi-lo. — Por favor, preciso ir embora.

— Por que não me deixa abraçá-la? Talvez seja melhor não ficar sozinha.

Joey contou para ele! Mel continuou com a mão erguida, como se quisesse afastá-lo. O nariz ficou vermelho, e os lábios, rosados nas bordas.

— Eu quero muito ficar sozinha. *Por favor*, Jack.

Jack assentiu e a observou sair.

Mel desceu os degraus da varanda, mas não conseguiu ir muito longe. Aconteceu antes que chegasse ao carro. Teve que se inclinar para a frente ao ser atingida pela súbita dor arrasadora das lembranças e da perda. O vazio voltou, drenando-a de todos os sentimentos bons e trazendo perguntas terríveis e sem resposta. *Por quê, por quê, por quê? Como isso pôde acontecer? Mesmo que eu não fosse digna de merecer o melhor, Mark merecia! Ele devia ter vivido para envelhecer, para salvar vidas e tratar as pessoas com o esplendor e a compaixão que o tornaram um dos melhores médicos socorristas da cidade!*

Tinha aguentado firme o dia todo, mas agora, no escuro, naquela noite fria e chuvosa, achou que desmaiaria e ficaria ali na lama até morrer e poder se juntar a Mark. Aos tropeços, conseguiu chegar a uma árvore. Abraçou o tronco para se recompor e se segurar. Gritou alto, com toda a força de sua dor.

Por que não pudemos pelo menos ter um filho? Por que nem uma coisa tão simples deu certo? Pelo menos eu teria ficado com um pedacinho dele para me motivar a viver...

Jack andava de um lado para o outro diante do balcão do bar, sentindo-se desamparado por não poder ajudá-la. Conhecia bem a dor lancinante da perda, assim como a dificuldade de superá-la. Odiava o fato de Mel ter ido embora sem pelo menos deixá-lo ajudar.

Frustrado, abriu a porta, decidido a ir atrás dela. O carro ainda estava diante da varanda, mas ela não. Estreitou os olhos para ver melhor o carro quando a ouviu. Soluçando. Gemendo. Mas não conseguia enxergá-la. Sem se importar com a chuva, desceu os degraus e a encontrou ensopada, segurando-se em uma árvore. Correu até lá e a envolveu por trás, abraçando a árvore também, pressionando Mel contra o tronco. O corpo dela chegava a arquejar com os soluços, o rosto pressionado contra a madeira áspera. O coração de Jack se partiu ao testemunhar tamanha angústia. Nada o faria deixá-la assim, nem mesmo seus pedidos para ficar sozinha. As lágrimas que Mel derramara por Chloe mais pareciam um ensaio para o pranto daquele momento. Ela estava esgotada e prestes a desmoronar quando Jack a segurou por baixo dos braços, levantando-a enquanto a chuva caía, impiedosa.

— Ah, meu Deus... Ah, Deus... Ah, Deus...

— Tudo bem... Solte sua dor — sussurrou ele, os lábios encostados no cabelo molhado de Mel.

— Por quê... Por quê... Por quê? — perguntava Mel com a voz quebrada. Ela inclinou a cabeça para trás, encostando-a no peito de Jack, e gritou a plenos pulmões. Gritos tão altos que poderiam acordar os mortos, mas Jack não queria que a ouvissem e a impedissem de continuar a expurgar aquela dor. Queria participar do desabafo e apoiá-la. Os gritos terminaram em soluços altos, até que foram se acalmando.

— Ah, meu Deus! Não posso... Não posso... Não posso.

— Tudo bem, querida. Estou aqui, não deixarei que nada aconteça com você.

Mel já não tinha mais forças nas pernas, mas Jack a mantinha em pé. Ele se deu conta de que jamais extravasara tanta emoção em toda a sua vida quanto Mel só naquele momento. A dor que ela sentia tinha uma força fenomenal. O que ele achava? Que alguns dias de reclusão e um belo porre fossem demonstração de dor? Em seus braços estava uma mulher que sabia mais sobre o sofrimento excruciante do que ele. Seus olhos ardiam, e ele a beijou no rosto.

— Deixe a dor ir embora — sussurrou. — Está tudo bem.

Levou um bom tempo para que o pranto se amainasse. Quinze, talvez vinte minutos. Jack sabia que não deveria interromper uma descarga emocional daquelas. Até que tudo fosse expurgado. Os dois estavam encharcados. Mel começou a se acalmar, ainda suspirando. Demorou bastante para se afastar da árvore e olhar para ele, ainda com evidentes marcas da angústia.

— Eu o amava tanto.

Jack tocou o rosto dela, sem conseguir diferenciar as lágrimas da chuva.

— Eu sei.

— Foi tão injusto.

— Eu sei.

— Como eu posso viver com isso?

— Não faço ideia — respondeu Jack, com toda a sinceridade.

— Nossa, dói muito. — Mel apoiou a cabeça no peito dele.

— Eu sei.

Sem mais uma palavra, ele a pegou no colo e a carregou para dentro do bar, fechando a porta com um chute. Levou-a para o quarto nos fundos, sentindo os braços dela ao redor do pescoço. Sentou-a na poltrona na sala. Mel ficou ali, tremendo, as mãos enfiadas entre os joelhos, cabeça baixa, o cabelo pingando. Jack foi buscar uma camiseta seca e limpa e toalhas e ajoelhou-se diante dela.

— Vamos tirar essa roupa molhada, Mel.

Ela ergueu a cabeça e o fitou com um olhar muito triste e cansado. Apático. Esgotado. Os lábios estavam azuis de tanto frio.

Jack tirou a jaqueta dela e a jogou no chão. Depois a blusa. Ele a despia como faria com um bebê, e Mel não o impediu. Enrolou-a na toalha e, mantendo-a coberta, alcançou o sutiã, desabotoou e o tirou sem expor o corpo nu. Passou a camiseta pela cabeça dela, depois pelos braços, até cobrir-lhe as coxas, e só então puxou a toalha.

— Venha.

Jack a colocou em pé. Mel ainda estava com as pernas trêmulas quando ele desabotoou e abaixou a calça dela, antes de sentá-la de volta. Depois tirou as botas, as meias e a calça, secando as pernas e os pés dela com a toalha.

Apesar de ainda estar molhado até os ossos, Jack tentou secar os cabelos encaracolados de Mel, apertando com a toalha. Tirou a manta do sofá e colocou-a sobre os ombros dela, então foi até o banheiro e pegou um par de meias limpas e quentes. Esfregou os pés dela para aquecê-los bem antes de calçar as meias. Mel o encarou com um olhar de quem havia recuperado parte da lucidez, e ele esboçou um sorriso, dizendo:

— Assim está melhor.

Foi até o armário da lavanderia e pegou um decanter de conhaque e dois cálices. Serviu uma dose, então ajoelhou-se na frente dela e lhe entregou o cálice. Mel tomou um golinho e falou, com a voz fraca e estressada:

— Você ainda está molhado.

— Verdade. Já volto.

Jack foi até o closet e tirou a roupa depressa, vestindo apenas uma calça de moletom, deixando o peito nu e as roupas molhadas empilhadas em um canto. Serviu-se de uma dose de conhaque e voltou para o lado dela. Sentou-se no sofá e colocou a palma da mão no rosto delicado, percebendo, satisfeito, que a temperatura dela tinha subido. Mel virou o rosto e beijou a sua mão.

— Ninguém nunca cuidou de mim assim.

— Eu também nunca cuidei de ninguém assim.

— Você sabia exatamente o que fazer.

— Foi por instinto.

— Tive um colapso nervoso.

— Foi um colapso e tanto... Mas, se é para ter um, que seja de verdade, não acha? Você deveria se orgulhar.

Jack sorriu e segurou a mão dela, que levava o cálice aos lábios para terminar a bebida.

— Vamos. Vou levar você para a cama.

— E se eu chorar a noite inteira?

— Eu estarei ao seu lado.

Jack a puxou pela mão e a levou para a cama, levantando as cobertas para ela entrar. Ajeitou o edredom ao redor dela como se afagasse uma criança. Depois torceu as roupas molhadas e as colocou na secadora. Quando voltou, Mel estava dormindo. Foi até a lavanderia, fechou a porta e ligou para Joey.

— Olá. Não queria que você ficasse preocupada. Mel está comigo.

— Ela está bem? — indagou Joey.

— Agora está. Ela teve um colapso nervoso no meio da rua, na chuva, foi horrível. Acho que não sobrou nenhuma lágrima, pelo menos por essa noite.

— Ai, Deus... Foi por isso que eu vim! Eu deveria estar com ela!

— Eu fiz ela vestir roupas limpas e secas e a coloquei na cama, Joey. Mel está dormindo, e eu estou... velando o seu sono. Se ela acordar e quiser ir para casa, eu levo, não importa o horário. Mas, por enquanto, vamos deixá-la dormir. — Ele respirou fundo. — Mel já sofreu o suficiente por hoje.

— Ah, Jack, você estava com ela?

— Estava, sim. Não a deixaria sozinha. Eu consegui... Eu a abracei e a protegi.

Joey o agradeceu baixinho, a voz trêmula.

— Não há nada a fazer agora além de deixá-la descansar — disse Jack. — Tome uma taça de vinho, durma um pouco e tente não se preocupar. Não deixarei que nada aconteça com a Mel.

Apenas uma luz fraca iluminava o quarto. Jack puxou uma cadeira e sentou-se ao lado da cama com os pés no chão, os cotovelos apoiados nos joelhos, segurando a taça de conhaque. Ficou olhando Mel dormir. Os cachos do cabelo loiro espalhavam-se pelo travesseiro, e os lábios rosados estavam entreabertos. Ela parecia ronronar enquanto dormia.

Eu só tenho o segundo grau completo. Ela era casada com um médico. Um homem brilhante e culto. Um herói de um pronto-socorro, que se tornou ainda mais perfeito depois da morte. Como competir com isso? Jack estendeu a mão e acariciou o cabelo dela. *Não tem jeito. Me dei mal. Senti meu coração bater diferente no dia que ela chegou à cidade.*

A verdade era que estava apaixonado. Ele, um homem que nunca se apaixonara na vida. Nem uma única vez. Quando adolescente, até achara que estava amando algumas vezes, mas nada similar ao que sentia agora. Conhecia bem a luxúria, era familiarizado com o desejo, mas querer cuidar de uma mulher para que ela nunca se ferisse, nunca tivesse medo ou solidão? Nisso ele não tinha nenhuma experiência. Havia uma fila de mulheres lindas em seu passado, todas inteligentes, espertas, perspicazes, corajosas e apaixonadas, mas ele não se lembrava de nenhuma que fosse parecida com Mel. Nenhuma possuía tudo que ele sempre desejara em uma mulher. *Vai entender... Agora estou perdidamente apaixonado por alguém que não está disponível. Ela ainda está presa a um relacionamento, mesmo que não seja mais viável.*

Não faz mal. Jack a apoiara enquanto ela sucumbia à dor da perda de outra pessoa. Mel ainda tinha que superar muita coisa. Mesmo que a esperasse passar por tudo aquilo, não significava que seu amor seria correspondido. Mas isso não diminuía ou mudava sua paixão. Terminou de tomar a dose de conhaque e pôs de lado o cálice, mas não a deixou só. Ficou velando seu sono, contendo a vontade de acariciar aqueles cabelos sedosos. Quando Mel suspirou, satisfeita, Jack se viu sorrindo, contente por ela ter encontrado um pouco de paz. Em algum momento, entendeu como ela se sentia... Depois de amar uma pessoa daquele jeito, ninguém mais serve.

Jack baixou a cabeça. *Estarei aqui para apoiá-la, Mel. Aqui é o único lugar onde quero ficar.* Quando ergueu o rosto, viu que ela estava com os olhos abertos, mirando-o. Olhando de relance para o relógio de cabeceira, Jack levou um susto ao ver que tinham se passado duas horas.

— Jack... Você está aqui.

Ele afastou o cabelo do rosto dela.

— Claro que estou.

— Me beije, Jack. Quando você me beija, não consigo pensar em mais nada.

Ele se inclinou para a frente e roçou os lábios nos dela, em um beijo suave. Depois, seguiu para uma carícia mais profunda, deslizando a boca nos lábios macios, sentindo-os se entreabrirem para dar passagem à língua pequena que logo encontrou a dele. Mel o segurou pelo pescoço e o puxou para mais perto. Jack a beijou com mais ardor, sedento...

— Deite aqui comigo. Me abrace... Me beije.

Jack se afastou um pouco, mas Mel não soltou o pescoço dele.

— É melhor não.

— Por quê?

Ele riu.

— Não consigo ficar só nos beijos, Mel. Não sou uma máquina. Vai ser difícil parar.

— Eu sei. — Ela ergueu o edredom, num convite, e disse suspirando: — Estou pronta, Jack. Não quero mais sentir dor.

Jack ainda estava em dúvida. E se ela o chamasse pelo nome de outro homem? O que faria caso ela se arrependesse na manhã seguinte? Jack imaginara muitas vezes aquele momento, mas queria que fosse o começo de algo, não o final.

Se tiver que acontecer, é melhor que ela goste. Que fique querendo mais. Pensando assim, deitou-se e a puxou para si, devorando os lábios dela com um beijo tão voluptuoso e ardente que a fez se derreter sob ele com um gemido. Mel o abraçou enquanto sucumbia a seus lábios e língua. A calça macia e larga de moletom não deixava nada para a imaginação, evidenciando o estado de Jack. Mel se insinuou, roçando o corpo no dele em um convite explícito. Ele a segurou pelas nádegas com a mão larga, pressionando-a contra si. Depois de um momento, virou o corpo em um movimento rápido, colocando-a por cima. Isso facilitou a tarefa de livrá-la da camiseta, que foi puxada por cima da cabeça.

— Ahhh... — murmurou Jack, sentindo os seios fartos sobre o peitoral nu.

Mel tinha seios grandes e macios que se amoldavam às suas mãos com perfeição, e ele sentiu os mamilos rijos.

Jack desceu as mãos pelo corpo de Mel e descobriu que ela ainda estava de calcinha fio dental. Abaixou um pouco o tecido, e ela terminou a tarefa. A pele de Mel era tão delicada e suave que ele teve medo de machucá-la com suas mãos calejadas, mas, a julgar pelos gemidos de prazer, a sensação devia ser boa. Ainda com os lábios colados aos dela, Jack a virou novamente, deixando-os um de frente para o outro. Ele se livrou da calça de moletom, e Mel o envolveu com a mão, fazendo-o perder o ar. *Melhor tirar as botas dessa vez, cara. Faça isso por ela.*

Ele se concentrou ao máximo; nunca quisera tanto dar prazer a uma mulher quanto naquele momento. A dificuldade maior era não se apressar, ainda mais com o corpo dela pressionado ao seu, mas, com extrema força de vontade, acabou conseguindo. Decidiu que seu prazer seria proporcionar sensações únicas que Mel jamais imaginara existir. Começou a afagar seus seios com a mão, então com a boca, abocanhando um mamilo de cada vez. Mel curvou o corpo, ansiosa, afastando-se de leve para passar uma das pernas sobre ele, na tentativa de puxá-lo para mais perto. Jack escorregou a mão até a virilha dela, explorando-a, fazendo-a gemer. Tocou-a com mais intimidade e descobriu que ele não era a único naquele estado de desespero delicioso. Ela estava pronta. Faminta.

— Mel... — Sua voz transformara-se num sussurro gutural.

— Sim... Sim...

Jack a deitou de costas e cobriu-a com seu peso. Capturou a boca bem desenhada e penetrou-a bem devagar, até o fim. Mel gemeu e, com urgência, ergueu os quadris para senti-lo por inteiro. Com uma das mãos, Jack a segurava pelas nádegas, e, com a outra, acariciava o ponto que transformava os suspiros dela em gemidos. Os movimentos ritmados iam num crescendo alucinante. Jack quase perdeu a cabeça ao sentir o calor úmido que o envolvia; foi por pouco que conseguiu se segurar. Estava decidido a priorizar o prazer dela. Passou a se mexer para a frente e para trás com convicção. Minutos depois, Mel começou a respirar mais rápido, contraindo-se, prendendo-o dentro de si rumo à satisfação total. Jack estava mais do que feliz em proporcionar aquela viagem esplêndida e intensificou os movimentos, pressionando os quadris contra os dela.

Pouco depois, sentiu os espasmos inconfundíveis e a ouviu gritar em êxtase... Abraçou-a com força para mergulhar em sua intimidade mais uma vez. Naquele momento, cega pelo prazer, Mel mordeu o ombro dele. Para Jack, foi uma dor doce e muito bem-vinda. Ele se conteve, recorrendo a toda a força de que dispunha, poupando-se, até sentir Mel relaxar e os espasmos que o apertavam diminuírem. Ela foi se acalmando, e a sua respiração aos poucos voltou ao normal. Os clamores viraram suspiros, os beijos ficaram mais suaves.

Mel passou as mãos pelas costas de Jack, provou a boca de lábios espessos com o corpo ainda tremendo pelo clímax estrondoso. Sentiu os músculos bem delineados enquanto ele se mantinha um pouco distante para não a prensar com o peso de seu corpo. Depois de outro beijo, ela o encarou e notou uma chama naqueles olhos expressivos, algo que estava longe de se apagar.

— Ah, Jack... — murmurou, espalmando a mão de leve no rosto dele.

Jack enterneceu ao ouvir seu nome saindo daqueles lábios rosados, tanto que achou que o coração tivesse crescido um pouquinho, inflando o peito. Baixou a cabeça e beijou-lhe a boca carinhosamente.

— Você está bem? — sussurrou.

— Você estava junto. Você sabe exatamente como estou. Faz tanto tempo...

— Nunca mais vai demorar tanto. Nunca...

Comprovando o que acabara de dizer, Jack deu início a uma expedição pelo corpo dela usando os lábios e a língua, beijando e mordiscando cada centímetro de pele com toda a delicadeza. Começou redesenhando os mamilos com a ponta da língua, deixando-os duros como minúsculos seixos, perfeitos para serem sugados. Depois, pavimentou com a língua um trajeto sinuoso, passando pela barriga até a virilha dela, afastando gentilmente as pernas bem torneadas para enterrar o rosto ali, ouvindo-a suspirar. Deixando a delicadeza de lado, passando a trabalhar naquele pontinho erógeno proeminente. Mel ofegou, movendo os quadris contra a boca que lhe proporcionava tamanho prazer. Quando a respiração dela ficou mais ofegante e rápida, Jack refez o trajeto de beijos por seu corpo.

— Nossa, como você é doce — sussurrou contra os lábios dela. — Um gostinho do paraíso.

E a penetrou mais uma vez, invadindo-a delicada e profundamente até levá-la a mais um clímax arrebatador. Mel gritou de novo, e Jack cobriu os seus lábios entreabertos com a boca, tentando beijá-la. Mas ela desviou, incapaz de ficar parada, excitando-o ainda mais. Jack regozijava-se a cada grito, a cada som que ela emitia. Ele a segurou quando ela desabou embaixo dele, exausta.

Jack sentiu aquelas mãos pequenas em suas costas, enquanto Mel beijava seu pescoço, respirando mais devagar. E se surpreendeu quando a ouviu rir baixinho. Então ergueu o corpo e encarou o rosto sorridente abaixo de si.

— Você mentiu para mim — disse ela. — Você *é* uma máquina.

— Eu só queria que você ficasse contente. Ficou feliz?

— Duas vezes já. O que posso fazer para você sentir a mesma coisa?

Jack entrelaçou os dedos nos dela, levantando os braços dos dois acima da cabeça de Mel.

— Querida, você não precisa fazer nada, sua presença me basta.

Ele a beijou, mas dessa vez com mais apetite, e recomeçou a mexer os quadris. Mel dobrou os joelhos para que a penetração fosse mais profunda e acabou enlaçando-o com as duas pernas, entrando na cadência daquela dança do prazer. O ritmo foi crescendo vertiginosamente, mas Jack se conteve até ouvi-la suspirar e gemer, aproximando-se dos sons já familiares, que soavam como uma linda melodia, até finalmente testemunhá-la atingir mais uma vez o ápice do prazer. Esperava que Mel correspondesse aos seus anseios, mas não com tamanha volúpia, o que só servia para aumentar seu desejo. Dessa vez, quando ela se contraiu para prendê-lo dentro de si, em pleno delírio, Jack se soltou, acompanhando-a no orgasmo. Ultrapassando--a. Sentiu como se estivesse levitando. Seus olhos marejaram. E a ouviu gritar de novo:

— Jack!

— Ah, Mel... Minha querida... — sussurrou, entre beijos apaixonados, acalentando-a enquanto ambos voltavam dos céus.

— Jack... Desculpe...

— Por quê?

— Acho que mordi você.

Jack soltou uma risada rouca.

— Deve ter mordido. Isso é um costume?

— Acho que perdi um pouco o controle...

Ele riu de novo.

— Culpa minha. Mas fazia parte do plano.

— Acho que perdi um pouco a cabeça.

— Humm... Adoro quando isso acontece.

— Você se arriscou muito ao levar uma mulher já com um parafuso a menos à loucura...

— Não... Ela estava em boas mãos. Sempre bem protegida. — Jack a beijou. —Quer descansar?

— Só um pouquinho — respondeu Mel, acariciando-o no rosto.

Jack a puxou para mais perto, abraçando-a. Os corpos nus se amoldaram como duas conchas. Ele a beijou na nuca, enquanto Mel repousava sobre seu braço musculoso. Apoiou o rosto no cabelo macio e perfumado, passando um braço pelo corpo dela e segurando um dos seios. Logo a ouviu respirar tranquilamente, adormecida. Fechou os olhos, relaxou e pegou no sono também.

Em algum momento no meio da noite, Jack abriu os olhos e viu que Mel se virara e o encarava, acariciando-o com ousadia.

— Você dormiu? — perguntou, beijando-a.

— Sim. E acordei desejando você... de novo.

— Bom, acho que está bem evidente que o desejo é mútuo.

Mel acordou bem cedo; para seu espanto, tinha uma música na cabeça. Estava cantarolando "Deep Purple", de Johnny Mathis. A música voltara. Virou-se e encontrou a cama vazia. Ouviu Jack cortando lenha no quintal de trás. Enxaguou a boca e escovou os dentes com o dedo. Encontrou uma camisa jeans azul-clara de mangas compridas pendurada no closet e a vestiu, embriagando-se com o perfume do tecido. Depois, foi até a porta dos fundos e ficou ali, observando-o erguer o machado e baixá-lo com força. O ar estava limpo, a chuva tinha passado e limpado as árvores gigantescas. Mais uma vez, Jack levantou o machado e baixou. As mangas da camisa estavam enroladas até o cotovelo, os bíceps avantajados acentuavam-se com a força necessária para brandir o machado.

Jack a viu. Mel levantou a mão, chamando-o, e sorriu. Ele largou o machado na hora e foi encontrá-la. Frente a frente, Mel afagou seu peito enquanto ele deslizava o dorso da mão pelo rosto rosado dela.

— Acho que arranhei seu rosto com a barba.

— Um pouco, mas não se preocupe. Eu gosto. É assim que deve ser. Natural. Bom.

— Adoro ver você com a minha camisa. E adoro ver você sem a minha camisa.

— Acho que ainda temos um tempinho.

Jack a pegou no colo, fechou a porta com um chute e a levou de volta para a cama.

Capítulo 11

Quando Mel voltou ao chalé, a manhã estava fresca, com a neblina baixa. A porta da frente estava aberta, deixando entrar a brisa da manhã de junho. Ela tirou as botas enlameadas na varanda e, quando entrou, deparou-se com Joey no sofá, enrolada em uma manta, com uma caneca de café fumegante recém-coado na mesinha lateral.

Joey ergueu a ponta da manta, e Mel se aconchegou ao lado da irmã, apoiando a cabeça no ombro dela. Joey puxou a coberta, cobrindo as duas.

— Tudo bem, irmãzinha?

— Estou bem. Eu me descontrolei ontem à noite. — Mel encarou a irmã. — Por que não previ que isso aconteceria? Você já sabia?

— Todo mundo sabe que não é fácil superar o aniversário de morte de uma pessoa querida, mesmo sem saber a data exata... A lembrança vem de mansinho e e deixa você sem chão.

— Foi o que aconteceu — explicou Mel, apoiando a cabeça outra vez no ombro de Joey. — Eu me lembrava da data, mas não esperava que seria tão dramático.

Joey acariciou o cabelo da irmã.

— Pelo menos você não estava sozinha.

— Você não acreditaria na cena, mesmo se tivesse visto. Perdi totalmente o controle, fiquei gritando na chuva. Gritei por muito tempo. Jack me segurou e me incentivou a botar tudo para fora. Depois, cuidou de mim do mesmo jeito que se cuida de uma vítima de derrame. Trocou minha roupa molhada por uma seca, me deu uma dose de conhaque e me colocou na cama.

— Acho que Jack deve ser um homem muito bom...

— Depois disso, eu o chamei para deitar comigo — revelou Mel, e Joey não fez nenhum comentário. — Fizemos amor a noite toda. Nunca fiz tanto sexo na vida. É sério... Nunca.

— Mas você está bem agora — disse Joey, e não era uma pergunta.

— Quando levantei o edredom, chamando-o para a cama, achei que o sexo me deixaria anestesiada. Como uma válvula de escape que acabaria com a dor.

— Tudo bem, querida.

— Mas não foi bem assim. — Mel olhou para irmã de novo. — Se tivesse sido uma transa mediana, eu só teria que fechar os olhos e viajar. Mas foi muito melhor que isso. Ele é incrível!

Joey deu uma risadinha. Adorava ter uma irmã. Ela e Mel conversavam sobre sexo desde a adolescência, riam e contavam segredos uma para a outra. Com a morte de Mark, Joey receou que os papos sobre o assunto tivessem acabado.

— Ele só queria me proporcionar prazer. Um prazer cego, selvagem e louco.

Joey riu de novo.

— E conseguiu?

— E como... Acha que ele transou comigo por pena?

— Bem, você é quem deve saber. Acha que foi por isso?

— Ah, nem ligo. — Mel sorriu. — Tomara que ele sinta toda essa pena de mim de novo. E logo.

Joey afastou o cabelo enrolado da testa da irmã.

— Fico feliz que você tenha voltado a curtir essas coisas.

As duas riram juntas.

— Como foi que isso aconteceu, Joey? Fui de um extremo ao outro, fiquei entre querer morrer e sentir tesão por Jack. E o desejo foi tanto que eu me senti uma ninfomaníaca. Isso não deveria ser impossível? Achei que sexo nunca mais passaria pela minha cabeça.

Joey respirou fundo.

— Acho que, quando as emoções chegaram ao extremo, o que aconteceu depois veio com mesma intensidade. Parece besteira, mas até que faz sentido. Já reparou como o melhor sexo sempre vem depois de uma briga feia? Tenho quase certeza de que Ashley foi concebida na mesma noite em que eu disse a Bill que eu até poderia ficar com ele, mas nunca mais lhe dirigiria uma palavra.

As duas riram.

— Com tudo isso, nem perguntei quanto tempo você pode ficar — comentou Mel.

— Fico pelo tempo que você quiser, mas acho que eu seria uma irmã mais legal se fizesse as malas e saísse do seu pé agora mesmo.

— Nada disso! — exclamou Mel, balançando a cabeça. — Senti tanto a sua falta! Eu faço esse sacrifício para ficar com você.

— Então ficarei por uns dias. — As duas se abraçaram. — Mas só se você tiver certeza de que me quer aqui.

— Eu tenho.

— Ah, Mel... — Joey lembrou de uma conversa que sempre tinham nos tempos de escola e perguntou: — Você lembra daquelas histórias que ouvíamos das mulheres mais velhas, sobre o que se pode descobrir pelo número do sapato de um homem?

— Lembro, sim.

Joey deu uma risadinha.

— Então... Quanto Jack calça?

— Olha... Acho que o Pé-Grande teria inveja dele.

Naquela mesma manhã, Mel levou a irmã ao consultório do dr. Mullins. Joey ficou na cozinha lendo um livro enquanto Mel e o doutor atendiam alguns pacientes. Os três almoçaram juntos, depois as irmãs foram para Grace Valley visitar June e John. Como não havia pacientes marcados para o dia seguinte, Mullins ficou com o pager e foi pescar. Joey e Mel foram até a costa e almoçaram na adorável cidadezinha vitoriana de Ferndale. Visitaram as lojas, e Joey encontrou algumas coisas que ficariam ótimas no chalé de Mel: uma manta para o sofá, algumas almofadas, um relógio de parede, jogos americanos coloridos... Compraram uma pequena churrasqueira para o quintal, saladeiras de madeira e um vaso para completar a decoração da mesa. No caminho de casa, pararam no mercado para comprar mantimentos e flores.

Acabaram decidindo que não faria mal parar no bar para uma cervejinha rápida, e entraram no estabelecimento de braços dados, rindo com o comentário que Mel fizera pouco antes: *Você vai apanhar se ficar olhando para a virilha dele.* Claro que ela sabia que Joey não resistiria à tentação. No fim das contas, Jack foi convidado para jantar no chalé e não só aceitou na hora como também se prontificou a levar um fardo de cerveja.

O encontro seguiu com histórias da infância e adolescência das duas que o fizeram rir até quase meia-noite. Na hora da despedida, Joey se afastou discretamente para que os dois ficassem um pouco a sós. Na varanda, iluminada apenas pela luz de dentro do chalé, Jack desceu um dos degraus para poder encarar Mel, que o enlaçou pelo pescoço enquanto ele envolvia a sua cintura com as mãos grandes. Ela inclinou o corpo para a frente e o provocou, mordiscando os lábios inferiores.

— Você contou tudo, não foi? — perguntou Jack.

— Ahh...

— Joey não parava de lançar olhares indiscretos em minha direção...

— Não contei *tudo* — disse Mel, entre risinhos. — Guardei a melhor parte só para mim.

— E como você está? — indagou Jack, franzindo o cenho. — Tem chorado?

Ela sorriu.

— Estou ótima.

— Já estou com saudades, Mel.

— Faz poucos dias...

— Fiquei com saudades poucas horas depois...

— Você vai me dar trabalho, né? Exigente, autoritário, insaciável...

A resposta veio na forma de um beijo intenso que a fez se render e abraçá-lo com força. *Ah... Esse homem é maravilhoso, poderoso e sexy...* Por ela, o beijo não terminaria nunca mais, mas ele infelizmente se afastou.

— Preciso ir — explicou, com a voz rouca. — Ou vou acabar carregando você para o mato.

— Sabe, sr. Sheridan... Estou começando a gostar daqui.

Jack lhe deu um selinho.

— Sua irmã é ótima, Mel. — Mais um beijo. — Mas queria que fosse embora logo.

E, com um tapinha no traseiro de Melinda, ele foi para o carro. Abriu a porta e ficou olhando para ela por um bom tempo antes de acenar em despedida. Mel devolveu o aceno.

Jack estava varrendo a varanda do bar, na manhã seguinte, quando viu Mel e a irmã saírem da casa do doutor e se abraçarem ao lado do carro de Joey. Mel entrou na clínica e, para a sua surpresa, Joey atravessou a rua.

— Estou indo embora. Pensei em implorar a você por uma xícara de café antes de sair da cidade. Mel vai atender uns pacientes agora de manhã, senão teria vindo comigo. Por isso já nos despedimos.

— Será um prazer oferecer um café da manhã.

— Obrigada, mas já comi. Ainda assim, não vou desprezar o seu café. Eu também queria conversar um pouco antes de ir.

— É para já.

Jack encostou a vassoura na parede e abriu a porta para Joey entrar.

A mulher se sentou em um banquinho do balcão, e ele entrou por trás para servir o café.

— Foi muito bom conhecer você e passar um tempinho juntos, Joey.

— Obrigada, e digo o mesmo. Mas agradeço muito mais pelo que você tem feito por Mel, cuidando e zelando por ela...

Jack se serviu de uma caneca de café.

— Acho que você sabe que... Bem, não precisa me agradecer por nada. Não estou fazendo nenhum favor.

— Eu sei, mas mesmo assim... É bem mais fácil ir embora sabendo que ela não está sozinha.

Jack chegou a pensar em contar que não se sentia tão bem desde os 16 anos. Tinha sido tudo tão rápido, e agora estava perdidamente apaixonado, pronto para arriscar tudo por pelo menos uma chance de ficar com Mel. Em vez disso, acabou dizendo:

— Ela não está sozinha. E eu vou ficar de olho em tudo.

Joey tomou um gole de café, parecendo pensar se devia ou não falar alguma coisa importante.

— Jack, não esqueça que a crise pode ter passado, mas não significa que... Bem, pode ser que ela ainda enfrente algumas batalhas.

— Me conte um pouco sobre o marido dela.

— Por quê? — perguntou a mulher, surpresa.

— Acho que não posso pedir a mesma coisa a Mel, não tão cedo. E eu gostaria de saber.

Joey respirou fundo.

— Bom, você tem todo o direito de perguntar. Farei o possível... Mas, sabe, eu só me mantive forte porque Mel ficou muito fragilizada. A verdade é que *foi* como perder um irmão. Não, a verdade é que *eu perdi* um irmão. Toda a minha família amava o Mark.

— Ele deve ter sido um grande homem.

— Você não faz ideia. — Joey tomou mais um gole de café. — Então... Mark morreu aos 38 anos, e tinha 32 quando conheceu Mel no hospital. Ele era o médico residente sênior no pronto-socorro, e ela era a enfermeira-chefe do plantão. Não demorou muito para se apaixonarem, e os dois foram morar juntos um ano depois. Casaram no ano seguinte. O casamento durou quatro anos. Acho que as maiores características de Mark eram a bondade e o senso de humor. Ele conseguia fazer qualquer um rir. E era aquele tipo de médico que você gostaria de encontrar em uma emergência, o tipo que cuidaria de sua família com carinho e sensibilidade durante uma crise. A família inteira gostou dele logo de cara. E toda a equipe do hospital o adorava.

Jack não percebeu que mordiscava o lábio enquanto ouvia.

— Fica até difícil lembrar que ele não era perfeito — disse Joey, suspirando.

— Você me faria um grande favor se me dissesse no que ele não era tão perfeito assim — pediu Jack, fazendo ela rir.

— Bem, deixe-me pensar um pouco. O amor que Mark sentia por Mel era evidente, e ele sem dúvida foi um bom marido, mas ela dizia que Mark na verdade era casado com o pronto-socorro. Todo médico acaba sendo assim, e a questão não a irritava muito... Como é enfermeira, Mel já sabia que era assim mesmo. Mas os dois brigavam porque Mark trabalhava demais e ia ao hospital mesmo quando não era chamado. Várias vezes combinavam um programa e ele não aparecia, ou ia embora mais cedo, e ela voltava para casa de táxi.

— É, é como as coisas são... — comentou Jack.

Os fuzileiros deixavam as famílias para servir o país no exterior. Queria que Mel tivesse odiado o marido por trocá-la pelo trabalho, mas a respeitava muito por entender a vida dele e superar a questão.

— Pois é... Acho que não era uma ameaça ao casamento, não necessariamente. Mark ficava tão envolvido com o trabalho que chegava a perder o fio de uma conversa. Mel dizia que às vezes tinha a impressão de estar falando com a parede. Mas, claro, Mark nunca deixava de pedir desculpas e recompensá-la por isso. Tenho certeza de que, se ele não tivesse falecido, o casamento duraria uns cinquenta anos.

— Ah, não é possível, Joey. Esse cara não bebia muito, traía ou batia nela? —perguntou Jack, na esperança de encontrar algum defeito.

Joey achou graça. Ela remexeu na bolsa atrás de algumas fotos, até encontrar uma de Mel e Mark.

— Foi tirada um ano antes de ele morrer.

Era uma foto profissional, um registro do casal. Mark a segurava pela cintura, e os dois sorriam despreocupados. Os olhos dele brilhavam, os dela também. Um médico e uma enfermeira obstetra, duas pessoas brilhantes e bem-sucedidas, com o mundo a seus pés. Jack já conhecia o rosto de Mark do porta-retrato, mas agora olhou a foto de um jeito diferente, sabendo um pouco da vida dele. Mark era bonito — e aquele seria o único momento em que Jack se permitiria avaliar outro homem. Ele tinha cabelo castanho e curto, rosto oval e dentes bem alinhados. Na época da foto devia ter 37 anos, mas parecia bem mais novo... Tinha um rosto de criança. Não era diferente dos jovens fuzileiros que Jack levara para a guerra.

— Um médico... — comentou Jack, distraído, o olhar fixo na foto.

— Ei, não se intimide por isso. Mel podia ter sido médica, sabia? Ela que escolheu a faculdade, e depois ainda fez pós-graduação em obstetrícia. Mel tem um cérebro maior que o meu traseiro.

Jack entendeu que Joey não estava se gabando sobre o tamanho da própria bunda.

— Eles brigavam tanto quanto qualquer casal. As discussões mais sérias eram nas férias, porque um nunca concordava com que o outro queria fazer. Mark queria jogar golfe, Mel preferia ir para a praia. No final, iam a um lugar onde ele pudesse jogar golfe enquanto ela ficava na praia, o que seria um acordo razoável, se não fosse um detalhe: acabavam não passando as férias juntos. Mel ficava furiosa... e insuportável. Mark não cuidava muito bem do dinheiro, nem prestava atenção às contas. Ele só se concentrava de verdade na medicina, tanto que esquecia de pagar os boletos. Mel logo assumiu esse trabalho, para evitar que a luz fosse cortada. E Mark era obcecado por limpeza. Daria para comer no chão da garagem deles.

Problemas de riquinhos urbanos, pensou Jack.

— Acho que ele não era muito ligado à natureza e nem acampava, né?

— E usar o banheiro no mato? — Joey começou a rir. — Não o Mark que conheci.

— É engraçado a Mel ter vindo para cá — comentou ele. — Esta é uma cidade rústica do interior, nem um pouco refinada. Jamais será chique.

— É... — Joey se distraiu com o café na xícara. — Ela adora as montanhas, ama a natureza. Mas, Jack, você precisa entender que isso foi uma experiência. Ela tomou uma decisão drástica e fez a loucura de querer mudar tudo. Ainda assim, Virgin River não faz o estilo dela. Antes da morte de Mark, Mel devia assinar uma dúzia de revistas de moda e decoração. Adora viajar de primeira classe. Sabe os nomes de pelo menos vinte e cinco dos grandes chefs de cozinha. — Joey respirou fundo e o encarou nos olhos. — Ela pode ter começado a andar com uma vara de pescar no porta-malas do carro, mas duvido que fique aqui.

— Vara e molinete.

— Como?

— Ela tem vara e molinete profissionais, não é só "uma vara de pescar". E gostou muito da coisa.

— Cuide do seu coração, Jack. Você é um cara muito legal.

— Estou bem e vou continuar assim, Joey — respondeu ele, rindo. — E ela também. Isso é o mais importante, não é mesmo?

— Você é incrível. Só quero que entenda muito bem o que estou dizendo. Mel pode ter fugido da vida de antes, mas ainda a guarda em algum lugar do coração.

— Claro. Não se preocupe. Ela já me avisou.

— Sei... O que você faz nas férias?

— Estou de férias todos os dias.

— Mel disse que você foi fuzileiro naval. O que você fazia quando estava de licença?

Bem, se eu não estivesse me recuperando de algum ferimento, passava o tempo no interior, tomando um porre com os amigos e correndo atrás de mulher. Bem diferente do que voar de primeira classe para alguma ilha e ficar me bronzeado na areia ou mergulhando com snorkel, Jack pensou em dizer, mas se segurou. Aquele era outro estilo de vida, algo que deixara para trás. É normal as pessoas fazerem isso, deixarem tudo para trás e tentarem uma vida nova. Diferente.

— Se a licença fosse grande, eu visitava a minha família. Tenho quatro irmãs casadas em Sacramento, elas adoram me dar ordens.

— Legal da sua parte — comentou Joey, sorrindo. — Bem, mais alguma pergunta sobre Mel? Sobre Mark?

Jack nem ousaria perguntar; era bem capaz de morrer se tivesse mais informações sobre o santo Mark.

— Então, preciso ir... Ainda tenho uma viagem longa e um voo pela frente.

Joey saltou do banco e deu a volta no bar. Jack abriu os braços, e ela ficou feliz em abraçá-lo.

— Mais uma vez, obrigada.

— Obrigado também — respondeu Jack. — E, Joey, meus pêsames por sua perda.

— Jack... Você sabe que não precisa competir com Mark, né?

Jack passou o braço pelos ombros dela e a acompanhou até a varanda.

— Não dá para evitar — respondeu ele, simplesmente.

— Mas não precisa mesmo.

Depois de um último aperto de despedida nos ombros de Joey, ele ficou olhando enquanto a mulher atravessava a rua na direção do carro estacionado na frente da casa de Mullins.

Joey acenou da janela do carro e partiu. Jack não conseguiu evitar passar um bom tempo imaginando a vida de Mel e Mark. Uma casa luxuosa, carros caros. Diamantes de presente de aniversário e títulos em clubes de campo. Viagens para a Europa ou para o Caribe para desacelerar e relaxar do estresse da medicina da cidade grande. Jantares, bailes e eventos de caridade. Um estilo de vida em que ele até poderia se encaixar, mas muito contrariado.

Jack conhecia a vida de luxo, suas irmãs viviam naquele mundo. Elas e os maridos tinham feito faculdade, eram pessoas bem-sucedidas. Tinham batalhado para que as filhas frequentassem as melhores escolas, para no futuro desfrutarem do mesmo estilo de vida. Donna, a irmã mais velha, tinha 45 anos e era professora universitária, casada com um professor. Jeannie, de 43, era contadora pública e casada com um desenvolvedor de software. Mary, de 37, era piloto de aviões comerciais e casada com um corretor de imóveis. A irmã mais nova, a mais mandona — e também sua preferida —, Brie, com quase 30 anos, era promotora e casada com um detetive da polícia. Jack tinha sido o único da família a se alistar na Marinha, ainda adolescente, formado apenas no segundo grau, quando descobriu que tinha o dom de enfrentar desafios físicos e dominar estratégias militares. Talvez Joey tivesse razão ao dizer que não havia chances de Mel ser feliz em uma linda cidadezinha bucólica cheia de fazendeiros e operários; o único cozinheiro com cinco estrelas ficava a cerca de quinhentos quilômetros dali. Talvez Mel de fato tivesse classe demais para viver no interior.

Então, lembrou da Melinda por quem se apaixonara: uma mulher natural, despojada, forte, atrevida, desinibida, passional e teimosa. Talvez estivesse se preocupando demais antes da hora, pois mal dera a ela a oportunidade de se adaptar. Sempre haveria a possibilidade de Mel encontrar coisas para amar em Virgin River.

Os dois não se viram o dia inteiro, e Jack não saíra do bar para o caso de ela aparecer para comer um sanduíche ou tomar uma xícara de café, o que não aconteceu. Eram quase seis da tarde quando Mel deu as caras. Assim que ela entrou, Jack teve o mesmo surto de desejo que vinha sentindo com frequência. Bastava vê-la naquela calça jeans para entrar em estado de agonia. Precisou fazer uma força hercúlea para não demonstrar fisicamente o quanto a queria. O bar não estava vazio; havia a clientela de sempre da hora do jantar e cinco ou seis pescadores de fora da cidade. Mel cumprimentou quem conhecia e foi direto para o bar. Empoleirou-se em um banco e disse sorrindo:

— Eu adoraria tomar uma cerveja gelada.

— É para já.

Ele a serviu. Aquela mulher, aquela garota comum que pedia cerveja, e não um coquetel de champanhe, não combinava em nada com a imagem de uma sócia de um clube de campo, cheia de diamantes, muito menos de alguém que frequentava bailes de caridade. Porém, a imagem dela em um vestido preto justo e tomara que caia, do qual ele poderia se livrar facilmente, não era de todo ruim. Aquilo trouxe um sorriso aos seus lábios.

— Qual é a graça?

— Estou feliz em ver você, Mel. Vai jantar hoje?

— Não, obrigada. Tivemos uma manhã mais movimentada do que o esperado, e acabei preparando alguma coisa para mim e para o doutor por volta das três da tarde. Não estou com fome. Só preciso dessa cerveja.

A porta se abriu, e Mullins entrou. Alguns meses atrás, o médico teria se sentado na extremidade oposta do balcão, mas isso tinha mudado. Apesar de se esforçar para ser bem ranzinza, o doutor se sentou no banco ao lado de Mel. Jack serviu uma dose de uísque puro.

— Jantar?

— Daqui a um minuto.

A porta se abriu de novo, e Hope entrou. A idosa finalmente trocara as botas de borracha por tênis, mas estavam igualmente enlameados.

— Que bom que você não está comendo — disse a Mel, sentando-se ao lado dela e tirando um maço de cigarros do bolso. Então sinalizou a Jack que queria sua dose de uísque. — Jack?

— Jack a postos e servindo uísque puro.

Hope soltou um suspiro, então perguntou:

— E sua irmã, gostou da cidadezinha?

— Ela se divertiu, obrigada. Mas ficou preocupada com o estado do meu cabelo.

— Peça um dia de folga a esse velho rabugento e vá para Gaberville ou Fortuna para cuidar disso.

— Ela agora só passa tempo de folga... — resmungou Mullins.

— Engraçado ouvir isso de alguém que não precisava da ajuda de ninguém — brincou Mel, então falou para Hope: — Sabe como são as irmãs mais velhas. Joey queria se certificar de que eu não tinha me metido em encrenca, mas agora se convenceu de que vou sobreviver e voltou para casa com a consciência limpa. O que você tem feito, Hope? Não tem aparecido...

— Cuido da horta de manhã até a noite. Eu planto, os vegetais crescem, e os cervos aparecem e comem tudo. Preciso pedir aos fuzileiros do Jack que façam uma cerca de xixi ao redor da propriedade.

— E funciona? — indagou Mel.

— Nossa, muito. É o melhor repelente.

— Vivendo e aprendendo... Bom, vou para casa — anunciou Mel, terminando a cerveja e descendo do banco.

Ela mal tinha passado pela porta quando sentiu Jack se aproximar por trás. Ele pegou sua mão e a acompanhou até o carro, onde a virou de frente para ele.

— Acha que consegue ir sozinha até o chalé? — perguntou Jack, começando um beijo que não demorou para levá-lo de novo àquele estado de puro desejo. — Daqui a pouco eu apareço para uma visita.

— Pode ir com calma. Preciso de um tempo para tomar banho e tirar o cheiro do cigarro da Hope do cabelo. Pode terminar de servir o jantar.

Jack roçou os lábios no pescoço dela.

— Vou voltar lá e gritar: *Fogo!*

Mel riu e o afastou.

— A gente se vê mais tarde — disse, entrando no carro.

Mel foi para casa sabendo que Jack estava sedento e não demoraria muito. Nunca conhecera um homem tão movido a sexo. Ainda assim, precisava resolver algumas coisas. Entrou em casa, deixou a maleta perto da porta da frente e foi para o quarto. Sentou-se na cama, pegou a foto de Mark e ficou olhando para os olhos generosos dele. Então mentalizou: *Você sabe que eu te amo. E eu sei que você entende.* E colocou o porta-retrato na gaveta.

Depois, entrou no banho para se refrescar.

Jack foi para trás do balcão certificar-se que estava tudo em ordem. Levou o jantar para Mullins, desejou boa noite a Hope quando ela saiu e foi falar com Preacher:

— O bar não está muito cheio. Vou para a casa da Mel.

Jack confiava em Preacher, sabia que o amigo preferiria ter a língua cortada a revelar um segredo. De qualquer forma, não era como se toda a cidade já não soubesse. Quando Jack e Mel estavam na mesma sala, a temperatura do ambiente subia. As pessoas ficavam olhando de esguelha, bastante cientes do que estava acontecendo.

— Pode chamar se precisar. Mas, por favor, não precise. — continuou Jack.

— Está tudo bem. Ricky e eu daremos conta do recado.

Jack dirigiu rápido e sem a menor prudência pela estrada sinuosa ladeada de árvores; estava com uma pressa descabida para chegar o quanto antes. Assim que estacionou, sentou-se em uma das cadeiras da varanda e tirou as botas. Dali, ouviu o barulho do chuveiro e chamou, para não assustá-la:

— Mel?

— Espera, já estou saindo!

Mas Jack já estava sem camisa, com as mãos na fivela do cinto, então foi se despindo, deixando uma trilha de roupas pela sala até o banheiro. O vidro do box estava embaçado, mas dava para ver a silhueta do corpo miúdo dela. Abriu a porta devagar e ficou parado, admirando a beleza resplandecente de Mel. Ela era perfeita...

Mel estendeu a mão, e ele nem hesitou em aceitar o convite para entrar no box.

— Você não esperou — murmurou Mel, contra os lábios dele.

— Bem que eu tentei...

— Eu queria me arrumar para você.

Jack se aproximou e a beijou nos lábios enquanto percorria aquele corpo frágil com as mãos, de cima a baixo, sentindo a pele macia das costas até o traseiro, afagando os seios, enfiando os dedos entre as mechas de cabelo molhado, depois massageando a nuca, os ombros e os braços, até entrelaçar seus dedos nos dela. A essa altura, já tremia de desejo. Mel o imitou, deslizando as mãos por seu peitoral, depois pelas costas, passando pelos músculos firmes do traseiro e pelo abdômen bem delineado, até segurar sua ostensiva ereção.

— Ah, Mel... — gemeu Jack, antes de capturar os lábios dela novamente.

Continuou viajando com os dedos por aquele corpo curvilíneo até insinuar os dedos dentro dela, inflando-se com uma espécie de orgulho viril ao encontrá-la escorregadia e tão ansiosa quanto ele. Assim como Jack, Mel não precisava de muitas preliminares para chegar àquele ponto, e esse desejo mútuo se tornara a melhor parte de sua vida. Jack a levantou, e Mel enlaçou o seu pescoço, envolvendo a cintura dele com as pernas. Jack a deslizou um pouco até se encaixarem e a penetrou devagar. Virou-a, apoiando o ombro contra a parede, e deu início a um ritmo delicioso, para cima e para baixo. Não demorou para Mel começar a respirar mais rápido e apertar as pernas com mais força ao redor do seu corpo. Ela se segurou nos seus ombros com força; as bocas coladas, as línguas frenéticas, devorando-se. A sensação dos braços dele movimentando-a era indescritível. Sentiu o sangue ferver e correr apressado pelas veias, elevando o desejo às alturas, em um compasso maravilhoso, até eclodir em felicidade.

Jack ficava em êxtase por conseguir levá-la à loucura, por fazê-la delirar e apertar sua ereção com os músculos mais íntimos. Quando a ouviu gritar, aproximou-a mais de si — o que não sabia que era possível. Com uma estocada mais forte e profunda, Jack atingiu um clímax intenso, vibrando até a alma.

Os dois permaneceram abraçados no silêncio do depois, se recuperando da viagem deslumbrante, acalmando a respiração.

— Nunca imaginei que isso fosse possível — comentou Mel, mordiscando o lábio dele. — Estar com você... é uma aventura.

— Alguma coisa em você me deixa maluco.

— Ótimo. Você é bom assim, doido. — Mel riu e roçou o dedo no ombro dele. — Tem uma manchinha roxa...

— ...que eu adoro.

— Vamos nos secar, aí nos encontramos na cama.

— Não precisa pedir duas vezes. Mas, por favor, não se mexa ainda. Essa parte é arriscada — pediu Jack.

Ele a segurou um pouco mais, depois, devagar e com todo o cuidado, ergueu-a, separando os corpos e colocando-a de pé no piso do box.

Tomaram uma ducha e se secaram. Mel precisava de um tempo a mais para secar o cabelo farto e desembaraçá-lo, então Jack foi para o quarto e se sentou na cama. A foto tinha sumido. Jack não era bobo, sabia que a foto podia ter desaparecido, mas as lembranças, não. Mesmo assim, sorriu e deitou-se na cama, esperando, impaciente.

Mel voltou para o quarto e estava prestes a apagar a luz quando Jack pediu:

— Deixe acesa.

A mulher nem questionou, simplesmente se deitou junto a ele. Jack virou-se de lado, ergueu o tronco e apoiou a cabeça na mão.

— Precisamos conversar sobre algumas coisas. Não tivemos tempo na noite passada.

— Ah... — Ela pareceu preocupada. — Essa é a parte quando você explica que só quer sexo casual e consensual entre dois adultos?

— Não, de jeito nenhum. Só quero esclarecer alguns detalhes. Queria que você soubesse que havia uma... mulher. Ah, Mel, eu tenho 40 anos. Nunca fui casto. Sempre usei camisinha. Sempre. Além disso, os fuzileiros sempre foram muito preocupados com prevenção, incluindo exames para DST. Se você quiser que eu faça algum exame...

— Eu costumo ser cautelosa...

— Então eu farei. E também não conversamos sobre controle de natalidade, não quero ser irresponsável... Mas só pensei nisso tudo depois. Lamento.

— Está tudo bem. Eu me assegurei. Mas, se você está tão acostumado a usar camisinha, o que aconteceu na outra noite?

Jack deu de ombros.

— Eu não tinha nada à mão, e só conseguia pensar em fazer tudo direito para que fosse bom para você. Sua noite começou ruim e... Bem, eu não queria que você se arrependesse. Acho que fiquei meio louco. Mas vou me preparar no futuro. Basta você mandar.

— E hoje?

— Desculpe. No bolso da minha calça jogada na sala tem... Ah, me desculpa. Eu estava tão alucinado... Perdi a cabeça, Mel. Não precisa ser assim toda vez...

Mel colocou o indicador nos lábios dele, sorriu e sussurrou:

— Gosto quando você fica meio louco. Eu em geral teria pensado na camisinha, mas acho que, no estado que eu estava... De qualquer forma, se você fizer esse exame de rastreio, certamente tudo ficará bem. Você já teve várias mulheres?

Ele fez uma careta, franzindo o cenho.

— Mais do que eu gostaria.

— Alguma delas foi muito especial?

— Você vai achar que estou mentindo, mas não, nenhuma.

— E aquela mulher de Clear River?

— Mel, nós dois só dormíamos juntos. Na verdade, eu nunca passei a noite na casa dela. Ela não vinha a Virgin River. Nunca pensei que me envergonharia disso.

— Não há razão para se envergonhar. Você é adulto.

— Mas não era como o que temos. Você acha que o que temos é casual?

— Na verdade, eu diria que é um pouco intenso.

— Que bom. Porque tudo com você é diferente. Espero que entenda...

— Então você não vai só dormir comigo? — perguntou Mel, em tom de brincadeira.

— Eu *estou* dormindo com você, no sentido literal da palavra. — Jack deslizou a mão pela pele macia do ombro dela, descendo pelo braço, depois a presenteou com um beijo carinhoso. — Não é apenas sexo. É tudo. É especial.

Mel deu risada.

— Nós estamos *namorando*?

— É... é a minha primeira vez.

— Então, de certa forma, encontrei um homem virgem de Virgin River.

— É, de certa forma.

— Isso é muito fofo!

— É uma loucura, isso sim, porque quero ficar com você o tempo todo. Me sinto um menino.

— Mas não age como um.

— Melinda... Eu tive mais ereções nesta última semana do que na última década. Toda vez que você aparece, preciso me concentrar em outra coisa. A última vez que isso aconteceu eu tinha 16 anos, na época em que qualquer coisa, tipo um anúncio de cerveja ou uma lição de geografia, me deixava com tesão. Seria engraçado se não fosse ridículo.

— Hormônios enlouquecidos... — Mel deu risada. — Você é um amante incrível.

— Não só eu. Você também é uma amante maravilhosa. Caramba, querida, nós combinamos muito bem.

— Jack, todo mundo na cidade está sabendo?

— Acho que as pessoas suspeitam, mas eu não disse nada.

— É melhor não dizer mesmo.

— Podemos tentar ser reservados, se você achar melhor. Acho que consigo não olhar para você como se você fosse uma sobremesa deliciosa, se é o que quer.

— É só que... Bem, você sabe. Ainda tenho questões mal resolvidas.

— Eu sei. E apoiei você numa crise. Entendo que o sexo por si só não é suficiente para resolver tudo. — Ele abriu um sorriso. — Mesmo sendo um sexo bom.

— *Muito* bom.

— É... — concordou Jack, com um suspiro.

— Mas preciso que você saiba que minha vida ainda está uma bagunça. Não quero desapontar você, Jack. Não quero machucar você.

Jack deslizou a mão sobre a pele macia e quente do corpo dela.

— Isso não machuca, Mel. — Ele sorriu. — É muito, mas muito, bom. Não se preocupe comigo. — Ele a beijou de leve. — Você quer tentar deixar isso... só entre nós? Manter nossa privacidade?

— Será que vai dar certo?

— Acho que não há razão para fingir. Mas você decide.

— Ah, que seja! Não estamos fazendo nada contra a lei, afinal.

Jack se inclinou para um beijo mais intenso.

— Mas deveria ser ilegal, de tão bom.

E beijou-a de novo.

Era bem cedinho, o dia alvorecia, e a luz fraca atravessava as janelas do chalé quando Jack foi acordado pelo som suave de uma música murmurada fora de ritmo. Encontrou Mel aninhada em seu braço, a respiração dela fazendo cócegas no seu peito. Mel ronronava, murmurava, movimentando os lábios de leve, como se estivesse cantando. Seria preocupante se parecesse triste ou perturbada, mas ela sorria. Mel se aconchegou mais, passando a perna por cima dele, emitindo o som suave daquela música feliz.

Jack podia contar nos dedos as vezes que passara a noite inteira com uma mulher na cama. Mas, naquele momento, nem sequer conseguia se imaginar acordando sozinho. Ele a abraçou mais forte, sabendo que nunca tinha sido tão feliz.

Capítulo 12

Rick ligava para Liz a cada dois dias, embora tivesse vontade de ligar umas sete vezes por dia. Sentia o coração bater mais rápido ao pressionar os números e ouvir a voz dela.

— Tudo bem, Lizzie? — costumava perguntar.

— Estou com saudades — ela sempre dizia. — Você disse que viria visitar.

— Eu vou. Estou tentando. Mas a escola, o trabalho... Então, como vão... as coisas?

— Queria estar aí, não aqui. Engraçado, odiei minha mãe por ter me mandado para a casa da tia Connie, agora a odeio por me fazer ficar aqui.

— Não odeie sua mãe, Liz. Não faça isso.

A conversa seguia sobre os colegas, escola, Virgin River, Eureka... Apenas assuntos mundanos. Liz nunca dava nenhuma informação sobre a temida gravidez.

Rick tinha a impressão de que estava à beira da morte constantemente. E se alguma coisa tivesse dado errado naquela única noite e Liz estivesse grávida? O pior era que ele também não sabia o que estava acontecendo na própria cabeça, no próprio corpo. Sonhava com Liz, tinha vontade de abraçá-la, sentir o perfume do seu cabelo, beijar seus lábios sensuais. Queria segurar seus seios, mas também a queria no banco do passageiro na ida e na volta da escola, fazendo piadas e rindo com ele de mãos dadas.

O telefonema daquele dia estava igual aos outros, mas então ela perguntou:

— Por que você não vem a Eureka?

Rick respirou fundo.

— Vou dizer a verdade, Liz... Tenho medo de ir. Nós pegamos fogo quando estamos juntos.

— Mas você tem aquelas camisinhas...

— Eu já disse que isso não é suficiente. Você precisa fazer alguma coisa também. Sei lá, tomar pílula.

— Como é que vou fazer isso? Nem dirigir eu posso. Você acha que devo chegar para a minha mãe e dizer: "Sabe, mãe, preciso tomar anticoncepcional... Eu e o Rick queremos transar"?

— Se você estivesse aqui, podia conversar com a Mel. Será que é muito difícil convencer sua mãe a visitar Virgin River?

Ricky sentiu o rosto pegando fogo, tanto que achou que desmaiaria. Onde estava com a cabeça ao sugerir que uma menina de 14 anos usasse algum método anticoncepcional para que pudessem fazer sexo? E ainda por cima dentro de uma perua?

— Não sei... Eu odiaria precisar fazer isso. Não sei se consigo pedir conselhos a uma pessoa mais velha. Você conseguiria?

Ricky tinha conversado com Preacher e Jack, e os dois sabiam de tudo, mas não disse isso a ela.

— Sim, se fosse importante.

— Sei lá... Vou pensar.

Será que não conseguir parar de sonhar com uma garota, não tirar da cabeça a sensação do cabelo longo dela roçando no seu rosto nem esquecer a suavidade da pele dela significava que você estava apaixonado? Sem falar na euforia toda vez que conversavam ou quando ouvia a risada dela... Será que isso tinha um significado maior do que apenas o tesão de seu corpo de 16 anos? Ricky estava bem ciente de como seu sangue fervia só de se imaginar penetrando-a, mas havia uma coisa a mais. Ele também gostava de conversar, de ouvi-la falar. *Queria* ouvi-la falar. O desvario era tanto que uma vez entrou em transe só de ouvi-la discorrer sobre álgebra. Se tivesse um pingo de coragem, perguntaria a Jack a diferença entre desejo e amor.

— Você já sabe se está grávida, Lizzie? — perguntou, por fim.

— Você quer dizer...

— É, isso mesmo.

O silêncio foi a resposta. Liz ia obrigá-lo a refazer a pergunta. De novo. Toda vez que tocava no assunto, ele sentia o estômago contrair só de formar as palavras, estranhas para um menino.

— Você menstruou?

Ainda bem que Liz não via como Ricky estava vermelho.

— Você só se importa com isso.

— Não, mas me preocupo bastante. Liz, querida, prefiro morrer a causar algum problema para você, entende? Só quero que esse medo passe logo. Para nós dois.

— Ainda não, mas tudo bem. Eu já falei... Meu ciclo é todo desregulado. Estou bem. Não me sinto diferente nem nada.

— Acho que já é alguma coisa.

— Ricky, estou com saudades. Você está com saudades?

— Ah, Liz... — Ele suspirou, exausto. — Tenho tanta saudade que até me assusta.

No dia seguinte, depois de algumas ligações, Mel perguntou se Jack poderia tirar um dia de folga para resolver uns assuntos, dizendo que queria ir até Eureka, mas que não queria viajar sozinha. Claro que Jack topou... Faria qualquer coisa por ela. Inclusive se ofereceu para dirigir, mas Mel queria ir com o próprio carro, baixar a capota e aproveitar o dia ensolarado.

— Espero não ter sido muito presunçosa, Jack — disse ela, no caminho. — Marquei uma hora no cabelereiro para mim e uma consulta para você na clínica... para fazer aqueles exames que mencionamos.

— Eu estava planejando ir até a costa, para visitar o hospital da Marinha de lá, mas essa sua ideia também é ótima. Eu estava falando sério quanto aos exames. Quero que você se sinta segura.

— Não estou preocupada, de verdade. É mais por precaução. E, se surgir alguma coisa, faço o exame também. Eu jamais colocaria você em risco... Mas, nos últimos sete anos, foi só com... — Ela deixou a frase morrer.

— Só com seu marido — completou Jack. — Não se acanhe. Foi a sua vida. Ou melhor, *é* a sua vida. Nós não precisamos evitar o assunto.

— Bom... — Mel se recompôs e continuou: — Também marquei um test-drive com um carro e gostaria da sua opinião. Um utilitário que não vai atolar.

— Jura? — Jack pareceu surpreso. — Que tipo de carro?

Mel olhou para o lado de canto de olho e o viu todo dobrado no banco da frente da BMW, os joelhos tão altos que chegava a ser cômico.

— Um Hummer.

Jack ficou sem palavras. Por fim, disse:

— Imagino que saiba quanto custa um utilitário desses.

— Sei, sim.

— Hope está pagando um salário melhor do que eu poderia imaginar.

— Ela está me pagando quase nada... Mas também não gasto nada para viver. Sem contar minha cerveja gelada no fim do expediente, que sai de graça quase toda noite. Não, o jipe será um investimento. — Jack assobiou. — Tenho um pouco de dinheiro. Tinha uns...

Jack esticou o braço pelo console e colocou a mão na coxa dela.

— Tudo bem, Mel. Não quero me intrometer.

— Eu sei! Achei legal você não ter perguntado. Olha, havia alguns investimentos. Aposentadoria. Fundo de garantia. Vendi a casa com um bom lucro. E tem um processo devido à morte por negligência... Ainda está pendente, mas vai se resolver. Ele... era de uma família rica. Jack, eu tenho muito dinheiro, mais do que preciso. — Mel deu uma olhada para ele. — Mas gostaria que isso ficasse entre nós.

— Ninguém nem sabe que você é viúva.

Mel respirou fundo e continuou:

— Conversei muito com June Hudson, a médica de Grace Valley. Perguntei como ela faria para transformar um carro quatro por quatro em uma ambulância de emergência. Tenho uma lista de compras grande. Se der certo, terei um carro que, além de levar o doutor e eu para consultas na montanha ou no vale, servirá para transportar pacientes quando precisarmos. Assim não terei mais que ir na carroceria de uma caminhonete velha, segurando uma bolsa de soro com o braço para cima.

— Será uma grande ajuda para uma cidade pequena como Virgin River — comentou Jack, pensativo.

Mel sabia que ele também tinha feito muito pela cidade. Reformara um galpão, transformando-o em bar e restaurante, onde servia refeições a preço baixo durante todo o dia. As bebidas eram baratas, o bar era mais um ponto de encontro do que um estabelecimento lucrativo. Talvez a ajuda de Ricky nem fosse necessária, mas Jack assumira o papel de pai substituto do garoto. E Preacher... Não restavam dúvidas de que Jack também tomava conta do amigo. Jack provavelmente não gastava muito para se manter... Trabalhara sozinho na maior parte da reforma do bar, contava com uma aposentadoria do serviço militar e ainda devia ganhar uma quantia razoável com o estabelecimento. Ele conseguia aproveitar sua vida.

Basicamente, o que Jack fazia pela comunidade era ficar no bar, no centro da cidade, disponível para ajudar quem precisasse. Qualquer um que servisse as necessidades da cidade, como Mullins, Mel e de vez em quando o xerife do condado ou um policial rodoviário, ganhava as refeições de graça. Jack fazia consertos, servia de babá, entregava refeições e nunca saía para fazer compras sem antes ligar para as senhoras de idade, como Frannie e Maud, para saber se precisavam de alguma coisa. Ele já se oferecera para fazer compras para Mel também, agindo como se fosse sua missão provê-la de todo o necessário.

— Por acaso essa cidadezinha também já me ajudou algumas vezes — comentou Mel. — Estou começando a sentir que posso voltar a viver, grande parte por sua causa, Jack.

Jack não se conteve e perguntou:

— Você resolveu ficar?

— Por enquanto. Vai nascer outro bebê no fim do verão. Minha vida é ajudar esses bebês.

Um dia desses, Jack pensou, *vou confessar que a amo. Dizer a ela que nunca achei que amaria uma mulher desse jeito. Vou contar que minha vida começou quando ela chegou à cidade. Mas ainda não é hora.* Não queria pressioná-la ou fazer com que ela achasse que as únicas opções eram dizer que o amava também ou fugir.

— Bem, Mel, acontece que já dirigi um milhão desses jipes.

Mel o fitou, surpresa, pois nunca pensara nisso.

— Claro que sim! Eu tinha esquecido!

— E sou um mecânico razoável. Aprendi na base da necessidade.

— Ótimo. Você poderá ajudar mais do que eu imaginava.

Os primeiros compromissos eram o cabelo dela e os exames dele. Mel ficou muito feliz e gostou do resultado do corte e das luzes, pelos quais pagou apenas setenta e cinco dólares. Era melhor se ruralizar do que ser praticamente roubada em Los Angeles.

Depois, os dois visitaram um pátio de carros usados, onde encontraram um jipe a um valor exorbitante. Era um carro que tinha sido tomado de volta depois que o dono falhara com as prestações, tinha apenas trinta e dois mil quilômetros rodados e parecia em boas condições. Jack verificou o motor e pediu que o colocassem em um elevador automotivo para avaliar por baixo. Viu o eixo, o quadro, os amortecedores, os freios e o que mais tivesse para ser visto. Os dois saíram para um test-drive e gostaram, mas o preço era um empecilho. Sessenta mil dólares, e ainda não estava equipado.

No entanto... Mel tinha um lindo carro esportivo conversível para trocar, e poderia completar o restante com dinheiro vivo. Não levou muito tempo para conseguir baixar o valor. Jack ficou orgulhoso ao descobrir uma nova característica de Mel... Além de teimosa, era uma grande negociadora.

Da concessionária, foram comprar os acessórios médicos. Muniram a parte de trás do jipe com equipamento de emergência, desde um desfibrilador até um tanque de oxigênio. Alguns itens precisavam ser encomendados e seriam entregues em Virgin River dali a algumas semanas. Depois disso pegaram a estrada, descendo e subindo as montanhas até a cidade.

— Você não quer que ninguém saiba de onde veio o jipe. Como vai explicar? — perguntou Jack.

— Direi que trabalhava com muitos médicos ricos e entediados em Los Angeles e consegui muitas doações para Virgin River.

— Ah, e se você for embora? — Jack não conseguia dizer "quando".

— Sou bem capaz de ligar para os tais médicos ricos e entediados, que de fato conheço, e pedir ajuda. Mas não vamos colocar o jipe na frente dos bois.

Ele riu.

— Melhor não.

Mel e Jack levaram o carro novo para o bar e fizeram um showzinho para o pessoal que estava jantando, que não perderiam tempo em espalhar a notícia pela cidade. Mullins, parecendo incomodado com a aquisição desnecessária, resmungou que sua velha caminhonete ainda atendia muito bem a demanda. Mel revidou os comentários dizendo que a primeira coisa que ele precisaria fazer na manhã seguinte era dar uma volta com o carro novo. Mullins se esqueceu do arroubo de ressentimento e chegou a sorrir uma ou duas vezes quando viu o jipe. Ricky deu uma volta com o carro. Preacher ficou em pé na varanda, de braços cruzados sobre o peito musculoso, sorrindo feito criança.

Mel ligou para June Hudson na manhã seguinte, para contar a novidade, e a médica a convidou para um jantar descontraído com hambúrgueres e cachorros-quentes no domingo, em sua casa.

— Se eu levar uma salada de batata e cervejas, posso ir com um amigo? — perguntou Mel.

Seria um jantar de casais, a não ser pelo pai de June, dr. Hudson, e Mel disse a si mesmo que simplesmente não queria se sentir deslocada. Mas sabia, no fundo, que perguntara porque não conseguia ficar muito tempo longe de Jack.

— Então, você vai aparecer comigo em público? — perguntou ele.

— Só hoje, já que você tem sido tão comportado.

June tinha uma linda casa de campo, igual a que Mel sonhara quando planejou a fuga de Los Angeles... Varanda ampla, pintura nova, mobília aconchegante, localizada no alto de uma colina e com vista para o vale. Complementando a decoração, havia almofadas bordadas e colchas de retalhos; June era uma costureira excelente. Parecia ter uma vida perfeita como médica do interior: o marido, Jim, ajudava com o bebê; ela tinha um pai ranzinza se metendo o tempo todo e John e Susan Stone eram amigos encantadores e solidários.

Susan era enfermeira e tinha muito assunto para conversar com Mel. Além de tudo, ela e John também tinham vindo de uma cidade grande. Susan foi bem sincera ao dizer que demorara a se acostumar com o ritmo mais lento e a falta de luxos na vida em Grace Valley.

— Eu costumava ir a um salão na esquina de casa para fazer a sobrancelha e depilação. Agora é difícil até fazer as compras da semana.

Susan, grávida de muitos meses, volta e meia colocava a mão nas costas, empurrando a barriga para a frente. As mulheres estavam sentadas na varanda. June estava na cadeira de balanço, alimentando o bebê, e Susan, inquieta, tentava ajeitar uma almofada na lombar. No jardim, os homens, cada um com uma cerveja, mexiam com o jipe novo, ora levantando o capô, ora examinando-o por dentro.

— Esse homem que veio com você é bem bonito... — observou June.

Mel deu uma olhada para o grupo no jardim. Jim e Jack tinham a mesma altura e peso e usavam o mesmo uniforme: calça jeans e camisa xadrez ou jeans, com botas. John, também muito atraente, era um pouco mais baixo, mas com uma altura respeitável de um metro e oitenta, e estava mais bem vestido que os outros dois, com calça cáqui e camiseta polo.

— Olhem só para eles. — Mel chamou a atenção das outras. — Parecem ter saído de uma propaganda da revista *Man's Health*. Um belo trabalho da Mãe Natureza.

— A Mãe Natureza cometeu um erro — comentou Susan, contorcendo--se. — Se ela tivesse compaixão ficaríamos grávidas por apenas seis semanas. — Ela fez uma careta. — Aposto que o responsável foi o Pai Natureza. Esse cretino.

— Você está desconfortável, né? — indagou Mel.

— Já sei que terei um parto bem dolorido. E está um dia tão lindo para estar tão grávida.

— Está tudo tão ótimo, June! Obrigada pelo convite — disse Mel. — Aqui é tão relaxante, sem estresse... A não ser para a pobre Susan. Todos no vale têm essa vida simples e descomplicada?

June soltou uma risada inesperada, e Susan começou a rir também. Sydney, a filha de 7 anos de Susan, desceu os degraus correndo, os cachos loiros voando ao vento, com Sadie, a collie de June, perseguindo-a pelo jardim. Sydney correu até o pai, segurou a perna dele um instante e continuou correndo pelo jardim, a cadela tentando trazê-la de volta ao grupo.

— Qual é a graça?

— A vida por aqui não é tão descomplicada assim. Há dois anos, eu tinha quase certeza de que nunca me casaria, muito menos de que ficaria grávida — respondeu June.

O comentário fez com que Mel escorregasse para a beirada da cadeira.

— Parece que você e Jim estão juntos há séculos.

— Ele apareceu na clínica tarde da noite, há mais ou menos um ano. Um... amigo dele tinha levado um tiro e estavam procurando ajuda. Hoje, Jim é um oficial da polícia aposentado. Quando o conheci, ele estava investigando um caso pelo interior. E, à noite, visitava meu quarto às escondidas... até minha barriga começar a crescer.

— Não acredito.

— Pois é... Ninguém na cidade nem sequer suspeitava que eu tinha um homem na minha vida, e de repente apareci grávida. E não foi no começo da gravidez, não. Só percebi quando a gestação já estava relativamente avançada. Estamos casados há apenas alguns meses. Eu casei grávida.

— E o povo da cidade? — Mel estava atônita.

— As pessoas aceitaram... Quer dizer, tivemos uma enchente, ficamos sem padre por um tempo, a produção de maconha aumentou muito na floresta... Foi uma avalanche de problemas. Deve ser por isso que todos aceitaram Jim tão rápido. Mas meu pai quase teve um ataque cardíaco.

— O fato de Jim ter se mudado para a sua casa e não ter largado do seu pé enquanto você não aceitou o pedido de casamento pode ter contribuído — acrescentou Susan.

— Eu passei muito tempo solteira — explicou June. — Fiquei meio nervosa com essa história toda e fazia pouco tempo que estávamos juntos... Nem nos víamos com tanta frequência assim. Não sei como aconteceu, mas foi bem rápido.

— Ah, não... Você sabe muito bem como aconteceu — disse Susan. E emendou, passando a mão na barriga gigantesca de onde logo sairia um neném chorando e carente de cuidados: — Este aqui é que é o grande mistério. Tentamos ter Sydney por muito tempo. Na verdade, precisamos até de uma ajudinha. Eu simplesmente não engravidava.

Talvez, com o tempo, Mel se sentisse confortável para compartilhar seus segredos com elas. Por enquanto, só queria ouvir.

— John e eu estávamos brigando feio — continuou Susan. — Mal nos falávamos. Mandei o coitado dormir no sofá... Ele tinha sido muito idiota. Quando o perdoei e deixei que voltasse para a nossa cama, ele veio animadíssimo.

Ela deu uma risadinha e seus olhos brilharam.

— Pelo menos você já está casada — comentou June.

Susan se virou para Mel.

— Fale um pouco sobre o seu namorado.

— Ah, Jack não é meu namorado — respondeu, no automático. — Mas foi o meu primeiro amigo em Virgin River. Ele gerencia um bar do outro lado da rua do consultório do dr. Mullins, o lugar funciona tanto como um ponto de encontro quanto como restaurante. E não tem nem cardápio...

O sócio, um sujeito enorme e amedrontador chamado Preacher, é um anjo... e todo dia faz só um tipo de prato para o café da manhã, um para o almoço e outro para o jantar. Quando está mais inspirado, pode ter dois itens por refeição, talvez alguma sobra do dia anterior. Os dois são econômicos, pescam muito e ajudam a comunidade sempre que é necessário. Jack reformou o chalé que me cederam enquanto eu ficava na cidade.

As mulheres ficaram um tempo quietas, até Susan tomar a iniciativa:

— Querida, tenho a impressão de que ele não vê essa amizade toda. Já reparou no jeito que esse homem olha para você?

Mel deu uma olhada para Jack, que percebeu e a encarou com um olhar doce e firme.

— Já... E ele prometeu que ia parar com isso.

— Ah, se fosse comigo, eu jamais pediria para um homem desses parar de me olhar desse jeito! Não é possível que você não saiba o quanto ele...

— Susan — June interrompeu. — Não queremos nos intrometer, Mel.

— June não quer ser intrometida, mas eu quero. Você está dizendo que ele não...

— Bem, não é o que você está pensando...

Mel sentiu o rosto corar.

June e Susan começaram a rir tão alto que os homens pararam de conversar e olharam para a varanda. Mel acabou rindo também. Como sentira saudade de ter amigas... Conversar sobre coisas particulares, picantes... Rir até perder o fôlego.

— Foi o que imaginei — disse Susan. — Parece que ele mal consegue esperar a hora de ficar sozinho com você e fazer coisas que não se pode falar em público...

Mel suspirou sem querer, o rosto cada vez mais corado. E quase falou: *Não pode mesmo. Mas, quando ele faz... Ahh...*

June parou de amamentar e colocou o bebê no ombro para arrotar. Os homens se viraram ao mesmo tempo e foram para a varanda, Jim na frente.

— Quer dizer que as senhoras estão conspirando? — brincou, pegando o bebê para fazê-lo arrotar.

John se abaixou e beijou a testa de Susan, passando a mão na barriga dela.

— Tudo bem, querida? — perguntou, solícito.

— Estou ótima. Mas quero que você tire esse bebê de mim assim que acabar o jantar.

— Tome um gole e relaxe — respondeu John, entregando um refrigerante a ela.

Jack ficou atrás de Mel, com as mãos nos seus ombros. Sem nem perceber, Mel acariciou as mãos dele.

— Vou acender a churrasqueira — anunciou o dr. Hudson, se aproximando.

Todos se sentaram à uma mesa de piquenique no jardim de trás e conversaram sobre suas respectivas cidades, compartilhando casos inusitados e experiências profissionais. John deu algumas dicas a Mel sobre partos em casa. Ele explicou que tinha sido obstetra antes da segunda residência, em medicina familiar. Acabou que nunca tivera que fazer partos em casa na cidade onde morava antes, Sausalito, mas, assim que chegou a Grace Valley, virou o parteiro da cidade. Gostava de atender no hospital, mas não conseguia convencer todas as mulheres a darem à luz em outro ambiente que não a própria casa. Depois vieram as histórias típicas de cidade pequena, com muitas risadas. Não demorou a começar a escurecer.

Quando estavam saindo, Mel aproveitou a oportunidade para falar com June sobre Chloe e sua preocupação por ainda não terem tido notícias do Serviço Social.

June estranhou.

— Tudo bem que o condado cobre uma área extensa, mas em geral conseguem atender a todos. Uma das minhas melhores amigas é assistente social, apesar de ser do condado de Mendocino. Vou passar o caso e pedir a opinião dela.

— Talvez seja melhor, ainda mais agora que eu sei que a demora não é normal — disse Mel.

— Vou falar com ela e ligo para você. Enquanto isso, se você considera a bebê sua paciente, pode avaliar melhor a situação. Veja se consegue descobrir alguma coisa. O dr. Mullins é muito mais esperto do que parece.

— Bem, obrigada por tudo — disse Mel, abraçando June, enquanto Jack esperava no carro. — O dia foi perfeito.

No caminho de volta a Virgin River, ela mergulhou em uma serenidade que não sentia havia muito tempo. A conexão com a região tinha se aprofundado com as novas amizades, e grande parte por terem aceitado Jack tão bem.

— Seu silêncio chega a doer — observou ele.

— Eu me diverti muito — disse Mel, ainda ausente.

— Eu também. Seus amigos são gente boa.

— Eles também gostaram de você. Sabia que Jim era policial?

— Eu percebi.

— John e Susan vieram morar na cidade há apenas dois anos. E Elmer, o médico mais velho, é muito divertido. Fiquei muito contente por termos ido.

O silêncio foi companheiro de viagem pelo restante do percurso.

— Onde você prefere dormir esta noite? Minha casa?

— Você vai ficar muito chateado se eu disser que quero dormir sozinha hoje?

— O que você quiser, Mel. Contanto que não haja nada de errado.

— Está tudo bem. Na verdade, nunca me senti tão de bem com o mundo. Pensei em ir para casa, tomar uma ducha para tirar o cheiro de churrasco e ter uma excelente noite de sono.

— Você que sabe. — Jack estendeu o braço para segurar a mão dela. — A decisão é sempre sua — completou, levando a mão dela aos lábios e beijando os dedos com carinho.

Jack estacionou na frente do bar e Mel assumiu o volante para ir para casa. Depois de um beijo de boa-noite, Jack se afastou, e ela foi para o chalé.

A primeira coisa que viu ao entrar na clareira em frente ao chalé foi um grande SUV escuro estacionado. O motorista, um desconhecido usando um boné enorme, com o cabelo emaranhado despontando por baixo da aba, estava encostado na porta do passageiro. Quando ela desceu, o homem endireitou o corpo e enfiou os dedões nos bolsos. Assim que chegou mais perto, Mel reconheceu ele e o carro. Era o mesmo sujeito que tinha passado na casa do doutor algumas semanas antes, e a primeira coisa que passou pela sua cabeça dela foi "Tem uma grávida". Em seguida, notou uma arma enorme presa a um coldre na perna do sujeito. Mas as mãos estavam longe do gatilho.

Num lugar como aquele, era difícil saber como reagir diante de uma pessoa armada. Se tivesse visto uma cena igual em uma cidade grande, teria corrido para se esconder. Porém, no campo, não necessariamente significava perigo. Por segurança, podia ter dado a volta e fugido, mas ainda não sabia dirigir o jipe novo direito, e o sujeito já falara com ela sobre um possível parto. Assim, Mel estacionou e deixou os faróis de milha acesos para iluminar a clareira. O homem retesou o corpo e se afastou do carro.

— O que você está fazendo aqui? — inquiriu Mel, saindo jipe.

— O bebê vai nascer.

Não importava as circunstâncias: a postura de Mel sempre mudava quando ouvia uma notícia dessas; ela parava de pensar em si mesma, preocupando-se primeiro com a mãe e a criança.

— Foi bem rápido, né?

— Não, eu é que demorei demais para procurar ajuda. A mãe manteve segredo por muito tempo, e eu não percebi que ela estava pronta, que... Olha, preciso que você venha comigo. Preciso de ajuda.

— Mas por que veio aqui? Por que não foi para a cidade, no consultório do dr. Mullins? Quase que não vim para casa hoje...

— Sorte a minha você ter vindo. Eu não podia ir à cidade, muito menos correr o risco de alguém querer acompanhar você, ou então que dissessem para não ir comigo. Por favor, vamos.

— Aonde?

— Eu levo você.

— Não. Eu sigo seu carro com o meu. Só preciso entrar, dar um telefonema e...

Ele se adiantou na direção dela.

— Não pode ser assim. É melhor para todo mundo que você não saiba o lugar exato para onde vai. E estou falando sério: você tem que ir sozinha.

— Ah, pelo amor de Deus! — exclamou Mel. — Acha mesmo que vou entrar naquele carro? E ainda por cima sem saber quem é você e para onde vamos?

— A ideia é essa. A mulher acha que vai fazer isso, ter o bebê, sozinha, mas quero que você venha comigo, só para garantir... E se acontecer alguma coisa?

— Posso ligar para o dr. Mullins, talvez ele aceite ir com você. Não tenho o costume de entrar no carro de um estranho e ser levada para fazer um parto misterioso sei lá onde...

— É... Antes fosse misterioso. Queria que isso não estivesse acontecendo, mas está. Na verdade, eu nem precisaria estar ajudando tanto... Mas não quero que alguma coisa dê errado por uma bobagem, se puder evitar. Não quero problemas desnecessários. Seria melhor você estar lá.

— Você é o pai?

Ele deu de ombros.

— Poderia ser. É provável.

— Não sei nem se *tem mesmo* um bebê prestes a nascer. Não conheço e nunca examinei a mãe. E se não tiver bebê nenhum?

— E se tiver?

Depois de um momento de hesitação, ele deu mais um passo à frente.

Mel olhou em volta. Claro que se o sujeito quisesse machucá-la, não precisaria levá-la a lugar algum. Não precisaria nem sacar a arma. Os dois estavam completamente isolados. Bastava ele dar uns dez passos para alcançá-la, golpeá-la no queixo e pronto.

— Eu só preciso que ninguém saiba o lugar — explicou ele, abrindo os braços. — É um local de negócios, ok? Por favor, será que poderíamos resolver essa história logo? Não estou brincando, isso está me tirando do sério. Ela disse que está com dor desde cedo. Tem sangue...

— Muito sangue?

— Quanto é muito? Não é uma poça, mas o suficiente para me fazer entrar no carro e vir procurar você. É isso.

— E para que essa arma? — Mel apontou para a perna dele. — Odeio armas.

O sujeito passou a mão na nuca.

— Acredite, é para a sua proteção. Sou só um homem de negócios, mas tem muita gente doida nessa mata. Não vou deixar que nada aconteça com você... Isso complicaria demais minha vida. Não quero chamar a atenção do xerife. Você precisa vir comigo. Tem um bebê prestes a nascer. Não vai demorar.

— Ah, merda. Não faça isso comigo.

— Mas o que estou fazendo? Só estou pedindo ajuda. Mais nada. Quero ajuda para fazer um parto sem que nenhuma bobagem aconteça com o bebê ou a mãe. Entendeu?

— Por que não a leva para um hospital?

— Ela trabalha para mim, entende? É procurada pela polícia. Se fossemos a um hospital, ela seria identificada e presa. Não dá para cuidar de um bebê estando presa. É por isso que tem que ser desse jeito.

— Olha, leve essa mulher para o consultório do dr. Mullins, na cidade. Faremos o parto lá e ninguém vai perguntar sobre...

— Estou falando que *não temos tempo*! — gritou o homem, desesperado, e se aproximou mais um passo, abrindo os braços com as palmas das mãos para cima, como se estivesse suplicando. — Vai acontecer a qualquer momento, e estamos a uma hora de distância! Se sairmos agora, é capaz de nem chegarmos a tempo!

Mel respirou fundo.

— Melhor irmos com meu jipe...

— Não dá. Não posso deixar meu carro aqui, para o caso de alguém vir atrás de você e só encontrar meu SUV. Sinto muito.

— Vou pegar minha maleta — respondeu Mel, relutante.

Tirou a maleta do jipe e entrou no outro carro. O homem estendeu uma venda preta para ela, dizendo:

— Você não pode ver nada.

— Ah, faça-me o favor. Não vou colocar venda nenhuma. Vamos logo. Se a mulher passou o dia tendo contrações, é melhor você correr.

— Vamos, coloque a venda — exigiu o sujeito mais uma vez.

— Para que eu não veja o quê, exatamente? Aonde estamos indo? Sou de Los Angeles, cara. Faz só três meses que estou aqui. Mal consigo chegar à cidade de dia, com essas estradas pelas montanhas. E agora está um breu. Vamos logo... Nunca vou conseguir dizer onde estivemos. — E acrescentou, em um tom mais ameno: — Além do mais, eu não falaria. Só teria motivo para contar se eu precisasse encontrar você ou ela para salvar uma vida.

— Isso é algum truque?

— Ah, qual é. Agora, pare de me assustar. Posso entrar em pânico e me jogar para fora do carro, e aí? Como você fica?

Ele ligou o SUV e saiu da clareira, seguindo para o leste.

— Espero que não esteja mentindo, armando para cima de mim. Depois que isso estiver resolvido, você não vai me ver de novo. A menos que...

— Armando para você? — Ela riu. — Eu que apareci na *sua* casa? Mas então, você queria fazer o parto desse bebê sozinho?

— Nunca fiz nada parecido — respondeu ele, solene. — Se eu soubesse que tinha um bebê a caminho, teria levado a mãe para algum lugar fora desse condado. Mas eu não sabia. Faça o seu trabalho, eu pago, e estaremos quites. Tudo bem?

— E depois, estaremos quites? Depois do nascimento de um bebê que ninguém esperava? Às vezes eles duram noventa anos! Tem muita coisa para se fazer depois do trabalho de parto e do nascimento! Uma criança precisa ser criada!

— É... — concordou ele, cansado.

O homem se concentrou na estrada, virando o carro pelas curvas fechadas, pisando no acelerador nas retas. As distâncias entre as curvas eram bem curtas, por isso o velocímetro passava quase todo o tempo nos trinta quilômetros por hora. O homem não usava apenas os faróis de milha normais, mas também os que tinham sido colocados em uma barra sobre a capota. Depois de um longo silêncio, ele voltou a falar:

— Vou providenciar tudo que eles precisarem. Depois que o bebê nascer e ela estiver melhor, os dois podem ir para a casa da irmã dela, em Nevada.

— Por que tanto segredo? — perguntou Mel, olhando para ele, que abriu um sorriso largo.

O homem tinha uma ligeira protuberância no nariz. Sob a aba do boné, os vincos ao redor dos olhos se acentuavam quando sorria. Mesmo todo desleixado, Mel notou que ele era atraente.

— Nossa Senhora, você é fogo, sabia? Vamos nessa, garota.

— Como você sabia onde eu morava?

Ele deu risada.

— Espero que não ache que está escondida lá, moça. Todo mundo sabe onde a nova enfermeira mora.

— Ah, que ótimo... Muito bom mesmo.

— Mas não tem problema. Ninguém quer que você se machuque ou nada parecido, isso só traria problemas para muita gente. — Ele olhou de relance para Mel. — Se alguém como você sumir, pelo menos três condados virão vasculhar as montanhas atrás do corpo. Isso é ruim para os negócios.

— Bom, acho que devo ficar lisonjeada. — Ela olhou feio para ele. — Por que será que não me sinto honrada?

Ele deu de ombros.

— Talvez porque seja tudo muito novo para você.

— É... Deve ser isso.

O silêncio voltou por alguns minutos, enquanto seguiam pela estrada sinuosa, subindo e descendo montanhas.

Mel recomeçou com as perguntas:

— Como é que você se meteu nessa encrenca?

— São coisas que acontecem. Não vamos falar nesse assunto.

— Tomara que ela esteja bem.

— Eu estava pensando nisso. Jesus, tomara que não tenha acontecido nada ainda.

Mel voltou a pensar na ajuda que teria se estivesse em uma cidade grande... Muitas pessoas disponíveis. Pelo menos muitos policiais, muito convenientes. Sempre havia uma viatura parada na porta do hospital. Mas, naquele momento, Mel estava sozinha. E pensar que, antes da sua chegada, o doutor trabalhava sozinho. Se uma mulher entrasse em trabalho de parto no meio do nada e só existisse uma enfermeira por perto, quais seriam as opções?

Mel começou a tremer só de pensar: e se chegassem tarde demais e houvesse algo errado? E se tivessem complicações? Era difícil prever quanto tempo já estavam na estrada. Com certeza mais de meia hora. Talvez quarenta e cinco minutos. O sujeito virou à esquerda e desceu por uma estrada de terra com uma única pista que parecia dar num beco sem saída. Ele desceu e abriu uma espécie de portão todo coberto por vegetação, depois seguiram por uma estradinha esburacada e encoberta por árvores altas. No final, os faróis de milha da capota do SUV iluminaram uma casa pequena e um trailer menor ainda. Não havia luz dentro do trailer.

— Chegamos. Ela está ali — disse o homem, apontando para o veículo.

Só então Mel entendeu, perplexa, o que ainda não tinha percebido. Ela, que fora tão cética sobre o lado espinhoso da medicina em uma cidade grande, tinha sido totalmente ingênua sobre as belas montanhas e o que pensara ser uma vida inócua de cidade pequena. A casa e o trailer estavam escondidos no meio das árvores, camuflados pelos pinheiros altos, com um gerador entre os dois. Ali estava a razão de tanto mistério e a necessidade de uma arma para se proteger: aquele homem era um plantador ilegal. E também era por isso que contratara uma pessoa com antecedentes criminais para trabalhar na propriedade, alguém que aparentemente poderia ir direto para a cadeia com apenas uma denúncia... Só alguém assim concordaria em ficar no meio da mata tomando conta de uma plantação ilegal.

— Ela está sozinha? — indagou Mel.

— Está.

— Então vou precisar da sua ajuda. Preciso que providencie algumas coisas para mim.

— Olha, eu não quero fazer parte disso...

— É melhor você fazer o que eu disser, se quiser que fique tudo bem.

O tom autoritário de voz contradizia o que Mel sentia. Saiu do carro e correu para o trailer, abriu a porta e entrou. Cinco passos depois, passou por uma cozinha pequena e chegou a um espaço que quase poderia ser um quarto, com um beliche. Na cama de baixo, uma moça se contorcia sob um lençol sujo de sangue e de fluídos.

Mel colocou o joelho sobre a cama, apoiou a maleta do lado e a abriu. Tirou o casaco dos ombros e o deixou cair no piso atrás de si. Foi aí que se transformou, e o medo e a insegurança foram substituídos por foco e motivação. Confiança.

— Vamos com calma. Deixa eu dar uma olhada. — Mel anunciou por cima do ombro: — Preciso de um balde ou uma panela grande e vazia, algumas toalhas ou lençóis, macios, de preferência, para o bebê. — Suspirou ao levantar o lençol. — Tudo bem, querida, você precisa me ajudar. Tente respirar como um cachorrinho cansado... Assim... — Ela ofegou para ensinar enquanto colocava as luvas. — Sem empurrar. Preciso de luz! — gritou.

O bebê já estava coroando. Se demorasse mais cinco minutos para chegar, Mel teria perdido o nascimento. Atrás dela, o sujeito andava de um lado para o outro. De repente, uma panela grande apareceu ao lado da maleta. Depois vieram duas toalhas, e uma luz se acendeu. Mel fez uma nota mental para acrescentar uma lanterna ao material da maleta. A moça soltou gemido fraco, e a cabeça do bebê despontou.

— Respire como ensinei! *Não* empurre... O cordão parece estar enrolado no pescoço do bebê. Calma, calma...

Com perícia, Mel puxou o cordão arroxeado e viscoso que apertava o pescoço do bebê, então inseriu um dedo enluvado pelo canal vaginal e puxou a criaturinha com todo o cuidado. O choro ecoou pelo quarto antes mesmo de o bebê ter saído completamente; um choro saudável de recém-nascido. Mel respirou aliviada; o bebê era forte, nem precisara de sucção.

— É um menino. E é lindo — anunciou.

Olhou por cima dos joelhos dobrados da paciente e viu uma moça de não mais de 25 anos com cabelos ensopados de suor, olhos escuros cansados, mas brilhantes, e um sorriso tímido. Prendeu e cortou o cordão umbilical, embrulhou o bebê e deu a volta no espaço estreito, indo até a mãe. — Vamos colocar o bebê no seu seio. Depois eu limpo a placenta. — A moça estendeu os braços para pegar o filho, e Mel notou que ao lado da cama havia uma cesta grande, pronta para receber o neném. — Esse não é o seu primeiro filho, né?

A moça negou com a cabeça, e uma lágrima desceu por seu rosto enquanto segurava o neném.

— Terceiro... — sussurou. — Os outros não estão comigo.

Mel afastou o cabelo molhado da testa dela.

— Você estava aqui sozinha?

— Só no último mês. Eu tinha alguém, mas ele foi embora.

— E deixou você aqui, nesse trailer no meio da floresta, em estado avançado de gravidez? — perguntou Mel, passando o dedo pela cabeça perfeita do bebê. — Você deve ter ficado muito assustada. Agora vamos. — Ela puxou um pouco a camiseta da moça. — Deixe o bebê mamar. Vai melhorar as coisas.

O bebê virou a cabecinha algumas vezes até encontrar o mamilo e sugá-lo. Mel voltou para onde estava, pegou luvas novas na maleta e começou a massagear o útero. Ouviu a porta do trailer bater, olhou de relance para trás e viu uma bacia com água no pequeno corredor da cozinha.

A mulher conseguiu mostrar a Mel onde estavam os itens para o recém-nascido, desde fraldas até lenços umedecidos. Mel encontrou absorventes e lençóis limpos, limpou a mãe e o filho, depois sentou-se na beirada da cama por um bom tempo, segurando o bebê. De vez em quando, a moça alcançava a mão de Mel e a apertava, em agradecimento, sem dizer uma palavra. Uma hora depois, Mel abriu a geladeira. Encontrou um copo e serviu suco para a moça, depois deixou uma garrafa de água perto da cama. Verificou se havia algum sangramento, mas constatou que tudo estava dentro do normal. Tirou o estetoscópio da maleta e auscultou o coração do neném e da mãe. Ambos estavam com boa coloração, respirando normalmente; a mãe estava exausta, e o bebê dormia satisfeito.

— Quero saber uma coisa... O bebê terá problemas com drogas? — inquiriu Mel.

A moça apenas fez que não com a cabeça e fechou os olhos.

— Tudo bem... Tem uma pequena clínica em Virgin River, eu trabalho com o médico de lá. Ele não fará perguntas pessoais sobre você ou o bebê, por isso não há com o que se preocupar. Ele gosta de dizer que é médico, não policial. Vocês dois precisam ser examinados para nos certificarmos de que não há nada errado. — Mel pegou o casaco do chão. — Quer que eu pegue alguma coisa? — A moça balançou a cabeça. — Você terá bastante colostro essa noite, antes do leite. — Mel foi até a cabeceira da cama de novo, abaixou-se e beijou a mãe na testa. — Parabéns — disse baixinho, limpando as lágrimas do rosto da moça. — Espero que tudo corra bem para você e o bebê. Tome cuidado e use proteção.

— Obrigada. Se você não tivesse vindo...

— Shhh... Eu vim, e você está bem.

Não era a primeira vez que Mel concluía que não fazia diferença se a paciente fosse uma professora de catecismo, casada e feliz, que esperara anos pelo primeiro filho, ou uma presidiária, algemada à cama: o nascimento de um filho era um equalizador. No estado vulnerável do parto, mães serão sempre mães, e a paixão da vida de Mel era servi-las. O que mais importava era trazer um bebê ao mundo com segurança e ajudar a mãe a completar a experiência com saúde e dignidade. O destino de Mel era fazer o que pudesse para ajudar as mulheres, mesmo que para isso precisasse se colocar em uma situação de risco. Era impossível controlar o que podia acontecer a uma mãe e seu bebê depois do parto, mas ela era incapaz de recusar uma chamada.

Quando ela saiu do trailer, viu que seu motorista a aguardava perto do carro. Quando ela abriu a porta do passageiro, ele perguntou, ansioso:

— Eles estão bem?

— Considerando tudo que passaram, estão, sim. Imagino que você não more com eles, certo?

— Não. Foi por isso que não percebi a gravidez. Só venho de vez em quando, e quase sempre trato só com o homem. Mas acho que ele a deixou quando...

— ...percebeu que você tratava um pouco com ela também? — Mel balançou a cabeça e entrou no carro. O sujeito se sentou ao volante, e ela continuou: — Preciso que faça duas coisas para mim, e, pelo meu ponto de vista, você me deve isso. Quero que volte aqui e passe a noite com eles, para levá-los ao hospital caso alguma coisa aconteça. Tipo um sangramento muito grande ou algum problema com o bebê. Não precisa entrar em pânico, parece que eles estão bem. Mas faça isso se não quiser correr riscos desnecessários. E, daqui a alguns dias, leve os dois à clínica em Virgin River para serem examinados. O dr. Mullins não vai fazer nenhuma pergunta de cunho pessoal. A única coisa que me importa agora é que mãe e filho continuem saudáveis. — Ela virou para o lado e o encarou. — Você pode fazer isso?

— Darei um jeito.

Mel recostou a cabeça no banco e fechou os olhos. Os batimentos fortes e rápidos de seu coração não eram por medo, mas pela rápida diminuição da adrenalina, o que sempre acontecia depois de uma emergência. Ela se sentia fraca, um pouco trêmula e ligeiramente enjoada. Em condições diferentes, talvez se sentisse mais desperta do que antes do parto. No entanto, tinha sido um parto cheio de complicações.

O homem estacionou na frente do chalé e estendeu um maço de nota para Mel.

— Não quero. Isso é dinheiro de droga.

— Como preferir — respondeu o homem, enfiando o dinheiro de volta no bolso do casaco.

Mel o encarou por um instante.

— Você entendeu a gravidade do que aconteceu? Se a tivesse deixado ter o parto sozinha, se eu não tivesse ido junto, o bebê não teria... Você sabe o tamanho do risco quando o cordão umbilical está em volta do pescoço do bebê?

— Sei... Obrigado.

— Por pouco não fui com você. Sério, eu não tinha motivo nenhum para confiar num estranho.

— É... Você é uma garotinha corajosa. Para o seu bem, tente esquecer meu rosto.

Mel soltou uma risadinha abafada.

— Olha, eu sou uma profissional de saúde, não uma policial.

Na verdade, estava acostumada a contar com o apoio da polícia em Los Angeles, mas, naquela noite, estivera sozinha e sem ninguém. Se não tivesse ido, teria sido o doutor com seus 70 anos de idade. Como seria dali a cinco anos?

— Agora, mantenha o zíper da calça fechado ou use camisinha... Não tenho a menor vontade de fazer negócios com você de novo — disse ao motorista.

Ele riu.

— Você é bem atrevida, hein? Não se preocupe. Não pretendo mais ter esse tipo de problema.

Mel desceu do carro sem mais uma palavra. Quando chegou à porta de casa, o homem já havia manobrado o carro e saído da clareira. Ela se deixou cair numa das cadeiras da varanda e ficou ali, no escuro. Os sons noturnos ecoaram ao redor: grilos, de vez em quando uma coruja piando, o vento sacudindo os pinheiros altos... Seria bom se pudesse entrar no chalé, se despir e ir para a cama sozinha, mas estava elétrica demais e sem coragem para enfrentar a noite. Quando não conseguiu mais ouvir o motor do SUV, desceu as escadas, entrou no jipe e foi até o bar. Estacionou ao lado da picape de Jack. O barulho do carro provavelmente o acordou, porque uma luz dos fundos se acendeu, e a porta dos fundos do apartamento se abriu. Jack ficou ali, parado, com uma calça jeans com a braguilha aberta, provavelmente vestida às pressas, a luz fraca iluminando-o por trás. Mel foi direto para os seus braços.

— O que você está fazendo aqui? — perguntou Jack, baixinho, puxando-a para dentro e fechando a porta.

— Fui atender um chamado. Um bebê. Não queria ir para casa e ficar sozinha depois do que passei. Foi por pouco, Jack.

— Deu tudo certo? — perguntou ele, enfiando as mãos por baixo do casaco de Mel para sentir o corpo dela mais perto.

— Deu, sim. Mas não tive muito tempo. Se eu tivesse demorado mais cinco minutos... — Ela balançou a cabeça. — Cheguei em cima da hora. Nasceu um lindo menino.

— Onde foi? — perguntou Jack, afagando o cabelo dela sobre a orelha.

— Do outro lado de Clear River.

Só estava repetindo o que o sujeito dissera quando estacionou na frente da clínica algumas semanas atrás. Na verdade, não tinha ideia de onde fora levada. O homem podia ter dirigido em círculos, e ela nem teria percebido.

— Você está tremendo — comentou Jack, pressionando os lábios na testa dela.

— É, um pouquinho... Ainda estou me acalmando. Tudo bem se eu ficar aqui? — perguntou, inclinando a cabeça para fitá-lo.

— Claro que sim. Mel, o que houve?

— A mãe ia ter a criança sozinha, mas o pai ficou nervoso e veio me buscar. — Ela estremeceu. — Pensei que já tivesse passado por experiências difíceis em Los Angeles — explicou, com uma risadinha. — Se alguém tivesse dito que eu iria a um trailerzinho no meio da floresta, na calada da noite, para fazer um parto, eu teria achado a pessoa doida.

— Quem era? — perguntou Jack, passando as costas da mão no rosto dela.

Mel balançou a cabeça. Se contasse que não sabia, ele iria surtar.

— Não é ninguém daqui, Jack. Ele passou na clínica do doutor há um tempo, procurando ajuda para um parto. Não posso falar dos pacientes sem consentimento, mas, nesse caso, nem perguntei. Os dois não são casados nem nada. A mulher mora sozinha em um trailer deplorável. A situação dela é péssima.

E pensou: *Estou fazendo coisas nestas montanhas que nunca, nem em um milhão de anos, imaginei que conseguiria. Coisas assustadoras, impossíveis e perigosas. Aventuras emocionantes que ninguém jamais se arriscaria a assumir. Mas, se eu não tivesse feito isso, um bebê teria morrido, e uma mãe estaria em perigo.* Ela se recostou no peito de Jack e respirou fundo.

— Ele que chamou você?

Droga. Seria difícil responder a uma pergunta direta daquelas com uma mentira deslavada.

— Ele estava me esperando no chalé. Se eu tivesse passado a noite aqui, não o teria encontrado, e é possível que o bebê não tivesse sobrevivido.

— Você disse onde ele poderia encontrá-la depois do expediente?

Mel meneou a cabeça enquanto pensava na resposta.

— Ele deve ter perguntado por aí. Todos em Virgem River sabem onde moro. E acho que metade dos moradores de Clear River também.

— Meu Deus. — Jack a abraçou com mais força. — Por acaso você pensou que poderia estar em perigo?

— Pensei nisso por um minuto ou dois. — Mel olhou para ele e sorriu. — Não espero que você entenda meus motivos... Mas um bebê estava nascendo. Fico feliz por ter ido. Além do mais, eu não corria risco nenhum. O mesmo não podia ser dito da mãe.

— Nossa. Daqui para a frente, preciso ficar mais atento aos seus passos. — Jack suspirou aliviado e a beijou na testa. — Sei que alguma coisa aconteceu esta noite, algo que você não quer me contar. Seja o que for... Nunca, nunca mais permita que isso se repita.

— Será que podemos ir para a cama? Preciso que você me abrace.

Jack estava sentado na varanda do bar, mexendo com as iscas artificiais, quando viu um SUV preto conhecido descer a rua e parar na frente da casa do doutor. Sentou-se mais na beirada da cadeira e ficou observando o motorista sair, dar a volta no carro e abrir a porta do passageiro. Uma mulher, carregando um embrulho pequeno, saiu e subiu os degraus da varanda para a clínica. Jack sentiu o coração bater mais forte.

A moça entrou na clínica, e o homem voltou, encostou-se no capô do carro, de costas para Jack, tirou um pequeno canivete do bolso e começou a limpar as unhas, distraído. Jack sabia que o sujeito o vira ali, na varanda do bar. Aquele tipo de gente analisava tudo que precisava saber para garantir a própria segurança logo que chegava; o homem com certeza conhecia todas as rotas de fugas e as possíveis ameaças. Jack sabia que, por estar acompanhando uma mulher e um recém-nascido até a cidade, o homem não estaria levando nenhum tipo de contrabando no carro. E, se tivesse armas, seriam registradas. Além disso, a placa do carro estava quase toda coberta de lama, então não dava para ler. Um truque barato, mas Jack lembrava a placa: memorizara a informação na primeira vez que aquele sujeito tinha ido à cidade.

Então aquele homem não tinha ido a Virgin River apenas para tomar uns drinques, mas sim para saber se havia alguma clínica médica. Grace Valley e Gaberville não ficavam muito longe, mas eram mais povoadas.

Cerca de meia hora mais tarde, a mulher voltou, acompanhada por Mel. As duas se despediram, e Mel apertou gentilmente o braço da nova mãe. O homem ajudou a moça a entrar no SUV e saiu com o carro devagar.

Jack se levantou, e seu olhar cruzou com o de Mel. Cada um na sua respectiva varanda. Apesar da distância, Mel viu o vinco entre os olhos dele se aprofundar. Jack logo atravessou a rua.

Mel enfiou as mãos nos bolsos da calça conforme ele se aproximava. Jack colocou o pé num dos degraus e apoiou os braços no joelho dobrado, sem deixar de encará-la. Não parecia bravo, mas também não estava contente.

— Mullins sabe o que você fez?

— Ele sabe que fiz um parto, se é isso que quer saber. Esse é o meu trabalho, Jack.

— Quero que me prometa que não fará isso de novo. Não para pessoas como aquele sujeito.

— Você o conhece?

— Não, mas ele já apareceu no bar e sei como ganha a vida. Você sabe que o problema não é ele trazer a mulher até a clínica, né? O problema é você ter ido com ele em uma plantação ilegal no meio da noite. Sozinha. Só porque ele mandou...

— Não fui ameaçada — interrompeu Mel. — O sujeito já tinha aparecido aqui na clínica, procurando um médico, por isso não era um desconhecido qualquer.

— Preste atenção, gente assim não vai ameaçar você na clínica ou no meu bar. Eles gostam de passar despercebidos. Não querem colocar as plantações em risco. Lá fora — ele indicou as montanhas ao leste —, outras coisas podem acontecer. Você podia ter sido considerada uma ameaça aos negócios dele e...

— Não. — Ela balançou a cabeça. — Ele não deixaria que nada acontecesse comigo. *Isso* sim poderia ameaçá-lo...

— Foi isso o que ele disse? Eu não confiaria em um tipo desses. Não faça mais isso, Melinda. Você não pode ir sozinha a um acampamento dentro de uma plantação ilegal.

— Duvido que haverá outra situação como essa.

— Prometa que não vai.

— Tenho um trabalho a fazer, Jack. Se eu não tivesse ido...

— Mel, você está entendendo o que estou dizendo? Não vou perder você só porque está disposta a assumir riscos estúpidos. Prometa.

Ela apertou os lábios e ergueu o queixo.

— Nunca, jamais, insinue que eu sou estúpida.

— Eu não faria isso, mas você tem que entender...

— Não tive escolha. Tinha um bebê nascendo, e eu precisava ir, caso contrário poderia ter acontecido uma fatalidade. Não havia tempo para pensar no assunto.

— Você sempre foi teimosa assim?

— Uma criança estava para nascer. Não me importei com a identidade da mãe ou o que ela faz para viver.

— Você tomaria uma atitude parecida se estivesse em Los Angeles? — perguntou Jack, erguendo uma sobrancelha.

Mel pensou um pouco sobre como sua vida tinha mudado desde que deixara Los Angeles. Depois de entrar num carro com um traficante armado e fazer um parto no meio do mato, ela não deveria estar arrumando as malas? Preservando a própria vida? Sem a menor vontade de se arriscar daquele jeito de novo? Em vez disso, estava mais preocupada com o que faltava na geladeira do doutor, ou pensando se não era hora de levar alguns mantimentos para o acampamento dos Paulis. Fazia duas semanas que estivera lá da última vez. Apesar de não querer encontrar com aquele sujeito de novo, a experiência lhe chamara a atenção para um fato: o pessoal do hospital em Los Angeles não tivera problema algum em substituí-la. Havia pelo menos dez pessoas que podiam fazer o seu trabalho tão bem quanto. Em Virgin River e nos arredores, era só ela e o doutor. Mais ninguém. Não havia dia ou semana de folga. Se tivesse hesitado, mesmo que fosse pelo tempo de buscar o doutor, o bebê provavelmente não teria sobrevivido.

Vim para cá porque achei que a vida seria mais simples, fácil e calma. Sabia que teriam algumas mudanças, mas nada a temer. Pensei que teria mais segurança, não que precisaria aprender a ser mais forte. Mais corajosa.

Mel sorriu para ele.

— Em Los Angeles eu teria chamado os paramédicos. Tem algum paramédico por aqui? Estou nessa cidadezinha onde, segundo você mesmo disse, a vida não era complicada... Você não passa de um mentiroso...

— Eu avisei que a gente tinha os nossos dramas. Mel, você precisa me ouvir...

— Às vezes este lugar é bem complicado. O que quero é fazer o meu trabalho da melhor maneira possível.

Jack subiu os demais degraus da varanda e levantou o queixo dela com o dedo, encarando-a.

— Melinda, você está se tornando um prato cheio.

— Ah, é? Você também, oras.

Capítulo 13

Mel não disse a Mullins aonde ia, apenas que queria verificar a saúde de algumas pessoas. Ele pediu para a ela para aproveitar e verificar o estado de Frannie Butler, uma senhora de idade que vivia sozinha e sofria de hipertensão.

— Certifique-se de que ela tenha remédio suficiente e que está tomando tudo direitinho — pediu ele, pegando um antiácido.

— Você tem tido muita azia?

— Todo mundo na minha idade sofre de azia — retrucou Mullins, dispensando-a com a mão.

Mel aferiu a pressão de Frannie assim que chegou, mas o processo não foi rápido. Uma consulta a domicílio naquelas cidades pequenas incluía chá, biscoitos e conversa fiada. Não era apenas uma visita médica, mas um evento social. Depois, foi para a fazenda dos Anderson. Quando estacionou, Buck saiu do galpão com uma pá na mão. Ele se espantou quando viu o jipe.

— Uau... Quando você pegou essa maravilha?

— Só faz uma semana. É melhor para andar nessas estradas do que meu carrinho estrangeiro, como diz o doutor.

— Posso dar uma olhada? — pediu Buck, já olhando pela janela.

— Fique à vontade. Eu queria ver a Chloe e a Lilly.

— Claro. Elas estão na cozinha. Pode entrar... A porta está aberta.

Assim que Mel saiu, Buck enfiou a cabeça dentro do carro pela porta do motorista.

Mel deu a volta na casa. Pela janela da cozinha, viu o perfil de Lilly, sentada à mesa da cozinha. A porta estava aberta, mas a tela estava fechada.

— Olá, Lilly — chamou, entrando depois de umas batidinhas.

Ficou chocada com o que viu.

Lilly demorou demais para puxar o xale que cobria o seio exposto. Ela estava amamentando Chloe.

— Lilly? — Mel disse, confusa e chocada. Viu quando os olhos da mulher começaram a lacrimejar.

— Mel...

A bebê começou a chorar, e Lilly tentou confortá-la, mas Chloe ainda não estava satisfeita. Lilly ficou com o rosto vermelho e encharcado de lágrimas. As mãos tremiam enquanto ela arrumava a blusa e segurava a neném.

— Como isso é possível?

O filho mais novo de Lilly estava grande... Impossível que ela ainda tivesse leite. Mas, de repente, Mel entendeu: Chloe era filha de Lilly. Ela foi devagar até a mesa da cozinha, puxou uma cadeira e se sentou; os joelhos tremiam demais para sustentá-la em pé.

— A família já sabe?

Lilly balançou a cabeça e fechou os olhos com força.

— Só eu e Buck. Eu não estava bem da cabeça.

Mel ainda estava perplexa.

— Lilly, como isso foi acontecer?

— Achei que alguém fosse levar a menina... O condado, não sei. E que alguém a adotaria logo, talvez um casal jovem que não pudesse ter filhos. Assim, ela teria pais jovens. Eu... Eu não achei que conseguiria fazer isso de novo... — explicou, aos prantos.

Mel saiu da cadeira e se adiantou para pegar a bebê inquieta, tentando confortá-la. Lilly apoiou a cabeça nos braços sobre a mesa e continuou soluçando.

— Estou tão envergonhada — disse, chorando. Quando finalmente conseguiu olhar para Mel, disse: — Tive seis filhos. Passei trinta anos criando todos, tenho seis netos. Nunca nem imaginei que teria outro filho a esta altura da vida.

— Não havia ninguém com quem você pudesse conversar?

— Mel, estamos falando do povo do interior, gente de uma cidadezinha que, quando você começa a falar em um assunto... Não. — Ela balançou a cabeça, ainda chorando bastante. — Fiquei muito mal quando percebi que estava grávida aos 48 anos. Muito mal, ruim da cabeça...

— Você não pensou em interromper a gravidez?

— Cheguei a considerar, mas não conseguiria. Não dava. Não julgaria ninguém por optar por isso, mas não é do meu feitio.

— E procurar alguém para adotar a criança?

— Ninguém na família, aliás, na cidade, jamais entenderia por que eu abandonaria minha filha. Olhariam para mim como se eu a tivesse assassinado. Nem minhas amigas... Mulheres boas da minha idade, que poderiam entender como me senti, nunca aceitariam se eu dissesse que não queria criar outra criança, minha própria filha. Fiquei sem saber para onde correr.

— E agora, o que pretende fazer?

— Não faço ideia... Simplesmente não sei.

— E se o Serviço Social aparecer? Você conseguiria desistir dela agora?

A mulher balançou a cabeça.

— Eu não sei, acho que não. Puxa vida, se ao menos eu pudesse voltar atrás.

— Lilly, como você escondeu a gravidez? E como deu à luz sozinha?

— Estou acima do peso, ninguém prestou muita atenção. Buck ajudou no parto. Coitado do Buck, só soube em cima da hora... Eu escondi dele também. Será que podemos adotar a menina?

Mel se sentou de novo, ainda balançando Chloe, que empurrava a mãozinha na boca, contorcendo-se, agitada.

— Você não precisa adotar a bebê, você é a mãe dela. Mas estou muito preocupada. Deve ter sido horrível abandonar a própria filha.

— Fiquei observando de longe. Eu não deixaria que nada acontecesse a ela até você e Jack chegarem na varanda. Foi a única saída.

— Ah, Lilly. Ainda não acho que você esteja bem... Isso tudo é muito louco. — Mel devolveu Chloe. — Vamos, amamente sua filha. Ela ainda está com fome.

— Não sei se consigo, estou morrendo de vergonha...

— Bote a menina no seio... Ela vai cuidar do resto.

Quando Chloe estava mamando de novo, Mel abraçou as duas por um tempo.

— O que você pretende fazer? — indagou Lilly, com a voz tremendo.

— Nossa, Lilly, não sei. Você sabe que médicos e enfermeiras protegem a privacidade de seus pacientes, não sabe? Se eu estivesse presente quando você descobriu que estava grávida, eu guardaria seu segredo. Você podia ter confiado no dr. Mullins, ou no dr. Stone em Grace Valley. As pessoas nas clínicas de planejamento familiar guardam arquivos confidenciais... Eles poderiam ter ajudado. Mas... — Mel respirou fundo — ...existem leis.

— Eu não sabia para onde correr.

— Imagino o quanto você ficou apavorada — disse Mel, pesarosa.

— Nunca passei por uma dificuldade tão grande, Mel. E olha que Buck e eu passamos tempos bem difíceis para sustentar essa família e a fazenda.

— Como você faz para amamentar Chloe escondido? Seus filhos devem aparecer sempre por aqui... Aliás, eles não trabalham na fazenda com Buck?

— Dou mamadeira se alguém estiver por perto e amamento quando estamos sozinhos.

— E você continuou amamentando mesmo querendo que ela fosse adotada? Não precisava.

— Achei que era o mínimo que eu poderia fazer, depois da atitude que tomei. Eu sinto tanto, estou tão arrependida... Você não sabe o que é passar a vida inteira criando filhos e depois ter outro quando já é avó. Buck e eu tivemos dificuldades financeiras durante todo o casamento! Você não entende...

— Ah, Lilly, sei que você ficou apavorada e desesperada. Posso imaginar como se sente. Mas não vou mentir, sua situação é complicada.

— Mas você vai me ajudar? Vai ajudar Chloe?

— Farei o possível, mas as leis... — Mel suspirou. — Farei tudo que estiver ao meu alcance. Vamos encontrar um jeito de resolver isso. Só preciso pensar um pouco.

Pouco depois, quando se certificou de que Lilly estava mais calma, Mel as deixou. A visita tinha durado cerca de quarenta minutos, mas, quando saiu, Buck ainda observava o jipe, cobiçando o veículo.

— Caramba, Mel, que carro espetacular — disse, sorrindo.

— Buck, vá para casa ficar com sua esposa. Entrei na cozinha bem na hora em que ela estava amamentando sua filha.

— Ah...

Mel só se deu conta de que Mullins sabia de tudo no caminho de volta. Na verdade, ele praticamente previu a coisa toda. Mullins sempre disse que a mãe apareceria, e foi o que aconteceu. Algumas semanas atrás, ele se surpreendera com a notícia de que Lilly tinha se oferecido para ficar com a bebê porque não esperava que ela fosse a mãe. Ele *nem ligou* para o Serviço Social. Pior, não a incluíra naquela conspiração.

Quando Mel chegou à clínica, depois das quatro da tarde, já estava à toda. Mullins estava atendendo um paciente, que parecia estar morrendo de tosse seca, e ela teve que esperar. O tempo foi passando, e a raiva aumentando exponencialmente. Quando o paciente saiu, medicado com penicilina e um bolso repleto de remédios, Mel confrontou Mullins:

— Vamos para seu consultório — ordenou, seguindo na frente.

— O que a deixou tão brava?

— Fui à fazenda dos Anderson. Quando entrei, surpreendi Lilly amamentando a bebê.

— Ah... — disse ele, simplesmente. O médico passou por ela mancando e se sentou à mesa. A artrite devia ter atacado de novo.

— Você não chamou o Serviço Social! — exclamou Mel, apoiando as mãos na mesa e se inclinando para a frente.

— Não achei que fosse necessário. A mãe apareceu.

— Como pretende fazer com a certidão de nascimento?

— Quando isso tudo estiver mais claro e resolvido, eu assino e coloco a data.

— Você não pode relevar uma coisa dessas, doutor! A bebê foi abandonada. Mesmo que a mãe tenha aparecido, isso ainda pode ser considerado crime!

— Acalma-se. Lilly só estava um pouco estressada, mas agora está bem... Eu fiquei de olho.

— O mínimo que você poderia ter feito era me contar.

— Por quê? Para você ficar desse jeito e agir sem pensar, pegando Chloe de volta e denunciando Lilly? Aquela mulher estava esgotada. Ela só precisava de um tempo para se acalmar e pensar no assunto.

— Ela não devia ter consultado um médico?

— Ah, não, Lilly teve todos filhos em casa. E teria me procurado se tivesse alguma complicação. O fato é que, se ela tivesse vindo antes, eu teria insistido em examiná-la, só por segurança. Mas, quando ela apareceu, era óbvio que sua saúde estava boa.

Mel fumegava de raiva.

— Não dá para trabalhar assim. Estou aqui para prover cuidados médicos sérios e de qualidade, não para ficar rodando em círculos tentando descobrir o que você está aprontando!

— E quem chamou você aqui? — retrucou Mullins.

Mel ficou sem falar por um momento, perplexa, e então exclamou:

— Merda!

Ela se virou para sair.

— Ainda não terminamos. Onde você pensa que vai? — gritou o médico.

— Tomar uma cerveja! — ela respondeu, também gritando.

Mel chegou ao bar sem conseguir esconder o quanto estava irritada, mas não podia falar nada. Foi direto para o balcão sem cumprimentar ninguém. Jack a viu chegando.

— Ihh...

— Uma cerveja.

Ele a serviu e perguntou:

— Quer falar sobre o que aconteceu?

— Não posso, desculpa. — Ela tomou um gole da cerveja bem gelada. — São negócios.

— Devem ser negócios complicados. Você parece possessa.

— Eu? Imagina!

— Posso ajudar em alguma coisa?

— Basta não fazer perguntas, porque estou presa à confidenciabilidade.

— Deve ter sido bizarro.

Isso mesmo, bizarro.

Jack deslizou um envelope pelo balcão. Mel olhou para o remetente... Era da clínica onde ele tinha feito os exames.

— Talvez isso ajude a melhorar seu humor. Não tenho nada.

— Ótimo, Jack. — Ela esboçou um sorriso. — Achei que o resultado seria bom.

— Você não vai nem olhar?

— Não preciso. Confio em você.

— Obrigado. — Ele se inclinou para a frente e a beijou na testa. — Continue afogando o mau humor na bebida. Avise se precisar de alguma coisa.

Mel foi se acalmando enquanto bebia a cerveja. Cerca de meia hora depois, Mullins entrou no bar e se sentou ao lado dela. Mel lhe lançou um olhar feio, então se virou outra vez para o copo. O médico levantou o dedo para Jack, que o serviu com uma dose de uísque e sabiamente deixou os dois a sós.

O doutor tomou um gole, depois outro, e disse:

— Você tem razão. Não pode ficar de fora desses assuntos, porque vai me ajudar a cuidar da cidade.

Mel olhou para o lado, erguendo a sobrancelha.

— Isso foi um pedido de desculpas?

— Mais ou menos. Mas admito que, dessa vez, você está certa. Acontece que estou acostumado a trabalhar sozinho. Não quis faltar com o respeito.

— O que vamos fazer?

— *Você* não vai fazer nada. Esse assunto é meu. Se houver acusação de negligência, eu sou o responsável. Não quero que nada disso caia sobre você, que foi preparada para agir da maneira correta. Eu também queria ter feito o que era certo, mas de um jeito diferente.

— Acho que ela deve ser examinada. Posso cuidar do exame, ou podemos marcar uma consulta com John Stone.

— Eu ligo para John. — Mullins tomou outro gole de uísque. — Quero que você se afaste desse caso.

— E dessa vez você vai mesmo ligar?

O doutor se virou, e os dois se encararam.

— Vou.

Mel tomou outro gole da cerveja, que já estava quente e sem graça.

— Você trabalha bem, mocinha. Estou ficando velho demais para alguns casos, ainda mais com os bebês. — Ele olhou para as mãos, com alguns dedos curvados e os nódulos inchados. — Ainda posso resolver muitas coisas, mas essas mãos de velho não são boas para lidar com mulheres. É melhor você ficar responsável por cuidar da saúde feminina.

— Primeiro uma meia desculpa, depois um meio elogio... — comentou Mel, ainda o encarando.

— Quero pedir desculpas de verdade — respondeu Mullins, sem desviar o olhar. — Acho que precisamos de você na cidade.

Mel soltou o ar devagar, sabendo como tinha sido difícil para ele admitir isso. Depois respirou fundo e passou o braço pelos ombros de Mullins, recostando a cabeça nele.

— Não vai começar a pegar leve comigo.

— Sem chance.

Jack não fazia ideia do que tinha acontecido entre os dois. Mel dissera que eles voltariam para a clínica e comeriam alguma coisa por lá mesmo, então aparentemente o problema estava resolvido. Antes de sair, Mel prometeu que passaria por lá antes de ir para casa.

Por volta das sete da noite, quando o movimento no bar tinha diminuído, a porta se abriu. Era Charmaine. Ela nunca tinha ido a Virgin River, Jack sempre deixara claro que queria manter esses dois lados de sua vida separados. A mulher não usava o uniforme de garçonete, ou seja, suas intenções eram bem óbvias. Vestia uma bela calça e uma blusa branca limpíssima com a gola para fora do blazer azul-marinho. O cabelo estava solto e arrumado, a maquiagem carregada, mas perfeita, e usava salto alto. Jack gostou de lembrar que ela era uma mulher bonita, ainda mais quando não usava roupas justas, que destacavam os seios grandes. Ali ela parecia refinada. Madura.

Charmaine sentou-se ao bar e sorriu para ele.

— Pensei em passar por aqui e ver como você está.

— Estou bem, Char. E você?

— Ótima.

— Que tal um drinque?

— Claro. Uma dose de Johnny Walker com gelo, por favor. Capriche.

— Pode deixar — Jack a serviu com um uísque rótulo preto, já que não tinha o azul. Muito caro para a clientela. Na verdade, nem tinha muita saída para o preto. — Então, o que a trouxe a essas bandas?

— Eu queria vir aqui, saber se as coisas continuam na mesma para o seu lado.

Jack baixou a cabeça, desapontado. Tinha esperanças de não precisar tocar no assunto de novo; ainda mais no meio do bar. Ali não era lugar para discutir uma relação daquele tipo. Por isso, limitou-se a encará-la.

— Não mudou nada, então?

Jack balançou a cabeça, esperando que o gesto fosse suficiente para ela deixar o assunto quieto.

— Bem — continuou a mulher, depois de um gole de uísque —, é uma pena. Pensei que talvez pudéssemos... Ah, deixa para lá. Pela sua cara, já entendi tudo...

— Por favor, Char. Não é hora nem lugar para isso.

— Calma, Jack, não vou forçar a barra. Não se pode culpar uma garota por tentar. Afinal, tivemos algo bem especial, pelo menos para mim.

— Para mim também foi. Desculpe, mas eu precisava seguir com a minha vida.

— Então... Você ainda insiste em afirmar que não tem outra pessoa?

— Na época, não tinha. Não menti. Nunca menti para você. Mas, agora...

Jack acabara de falar quando a porta se abriu, e Mel entrou. Mais cedo, a expressão do rosto dela estava bastante carregada, mas agora parecia mais tranquila, embora cansada. Em vez de se sentar num banquinho e pedir uma cerveja, ela deu a volta por trás do balcão. Jack virou-se para Charmaine e disse:

— Desculpe interromper, mas é só por um minuto.

Jack foi encontrá-la no final do balcão. Sem qualquer cerimônia, Mel o abraçou pela cintura, apoiando a cabeça no peito dele. Jack passou os braços pelo corpo miúdo, retribuindo o gesto, ciente de que Charmaine o fuzilava com o olhar, como se pretendesse abrir um buraco nas costas dele.

— O dia hoje foi complicado — disse Mel, baixinho. — O doutor e eu tivemos uma reunião muito cansativa sobre a maneira como vamos trabalhar juntos daqui em diante. Foi mais difícil do que imaginei. Estou emocionalmente esgotada.

— Mas está tudo bem?

— Está, sim. Será que posso tomar uma dose daquele uísque canadense estiloso? Já comi e prometo tomar só um pouco, com gelo. E adoraria se você quiser me levar para casa hoje.

— É brincadeira, né? Estou morrendo de medo de deixar você voltar para casa sozinha. Quem sabe o que você pode fazer ou com quem vai decidir passear. — Jack a beijou na testa e a conduziu para um banquinho. Achou melhor não olhar para Charmaine, preferindo preparar e servir o uísque de Mel, que tinha se sentado bem no final do balcão. — Agora preciso de um minuto.

— Claro, fique à vontade. Eu só queria desabafar um pouco.

— Relaxa... — Ele se afastou.

A mágoa estava evidente no rosto de Charmaine, mas pelo menos a situação de Jack tinha ficado clara.

— Acho que entendi — disse ela, depois de mais um gole.

— Charmaine, eu não menti para você. — Jack segurou a mão dela. — Agora não importa mais, acho, mas gostaria que você acreditasse em mim. Na época, eu não tinha outra pessoa.

— Mas queria que tivesse.

Jack assentiu com a cabeça, sem saber mais o que fazer. Olhou para Mel, que os observava, perplexa e não muito feliz.

— Bem, agora ficou claro. — Charmaine puxou a mão. — Vou embora e deixar você tocar seus negócios.

Ela deixou uma nota de vinte dólares, insultando o ex-amante, que poderia ter oferecido o drinque como cortesia, pulou do banquinho e saiu porta afora. Jack pegou a nota de vinte e foi para a ponta do bar.

— Mel, eu já volto. Fique aí.

— Leve o tempo que precisar — disse ela, ainda parecendo incomodada.

Mesmo assim, Jack saiu atrás de Charmaine. Chamou-a, mas ela só parou quando chegou ao carro.

— Lamento por ter acontecido desse jeito — disse, segurando-a pelo braço. — Seria melhor que você tivesse ligado.

— Não tenho dúvidas de que seria melhor para você. — Ela estava com os olhos úmidos, logo as lágrimas escorreriam por seu rosto. — Agora entendi tudo.

— Não tenho tanta certeza. Isso é... bem recente.

— Mas você já estava pensando nela?

Jack respirou fundo.

— Sim...

— Você a ama?

— Sim, e muito.

Charmaine deu uma risada de deboche.

— Quem diria... Justo o sr. Sem Compromisso.

— Eu não quis enganar você, Char. Foi por isso que terminei, porque sabia que, se Mel me desse uma chance, mínima que fosse, eu acabaria com duas mulheres. E seria incapaz de fazer isso com qualquer uma de vocês. Não foi de propósito...

— Ei, calma, amigo. Ela é jovem, bonita... e você está apaixonado. Agora eu sei. Só queria ter certeza.

Jack pegou a mão dela e colocou a nota de vinte.

— Não acredito que achou que eu permitiria que você pagasse a conta.

—A bebida é de graça para ex-amantes? — perguntou ela, sarcástica.

— Bons amigos não pagam. — Jack inclinou-se para beijá-la na testa. — Desculpe se a magoei. Não foi essa a intenção. Eu não esperava...

— Entendo, Jack. — Ela suspirou. — Sinto sua falta, só isso. Espero que dê certo, mas se por acaso...

— Char, se não der certo, eu não valerei um centavo sequer.

— Tudo bem. Vou sair de cena. Boa sorte, Jack.

Ela entrou no carro, deu a ré e foi embora. Jack ainda ficou olhando o carro se afastar antes de voltar para dentro o bar.

— Sinto muito — ele se desculpou, olhando para Mel, do outro lado do balcão.

— O que foi aquilo?

— Uma velha amiga.

— De Clear River?

— Isso. Ela veio ver como estavam as coisas.

— Dando em cima de você de novo?

— Sim, mas deixei claro...

— O quê, Jack? Hum?

— Que estou fora do mercado. Tentei ser gentil com ela.

Mel mudou a expressão do rosto, sorriu e colocou a mão no rosto dele.

— Bom, não posso reclamar. Gentileza é uma de suas melhores qualidades. Mas me diga uma coisa, *cowboy*, ela vai continuar aparecendo por aqui?

— Não.

— Ótimo. Não gosto de concorrência.

— Não existe concorrência, Melinda. Nunca existiu.

— É melhor mesmo. Fique sabendo que sou muito ciumenta.

— Terminei com ela antes até de pegar na sua mão.

— Você foi bem otimista, poderia ter acabado sozinho — observou Mel, erguendo a sobrancelha.

— Eu estava disposto a correr esse risco. E eu não queria arriscar o que era mais importante. Não queria estragar meus objetivos. O maior deles era você. — Ele sorriu. — Você até que levou tudo numa boa.

— Ei, eu sei por que ela veio aqui. Eu não desistiria de você nem sob a mira de um revólver. Quer me levar para o chalé e passar a noite por lá?

— Claro. Eu sempre quero.

— Peça permissão para seu amigo careca. Quero que você me prove do que é capaz. De novo.

Mel deu um sorriso maroto.

Julho chegou com dias quentes e ensolarados e chuvas ocasionais. Jack estava sentado na varanda quando Rick apareceu no trabalho mais cedo do que de costume durante as férias escolares, que no geral seria em algum momento entre o café da manhã e o almoço.

— Espere aí, parceiro. Como você está? — perguntou Jack, notando o jeito estranho do garoto.

— Tudo bem, Jack.

— Puxe uma cadeira. Não queria perguntar, mas isso não sai da minha cabeça. Como estão as coisas com a Liz?

— Pois é... — Rick preferiu se apoiar na grade do que se sentar. — Deve estar estampado na minha cara, né?

— Um pouco, sim. Está tudo bem?

— Acho que sim. — Ele respirou fundo. — Fiquei forçando para saber se tínhamos complicações pela frente, entende? E, quando ela finalmente disse que não estava grávida, falei que a gente devia dar um tempo. Foi horrível para ela.

— Nossa... Que tenso.

— Eu me sinto um cachorro. Parece que só me importo com as minhas necessidades.

— Imagino que você tenha suas razões.

— Tentei explicar... Não que eu não goste dela. Ao contrário, gosto demais. E não é da boca para fora. E também não é por causa do que fizemos. Você sabe...

— Sei.

— Posso contar uma coisa?

— Você é que sabe, amigão.

— Estou falando sério quando digo que gosto muito dela. Talvez eu até a ame, o que pode soar ridículo. Acontece que é muito tesão para controlar, e não quero ferrar a minha vida e a dela por isso. Aquela vez... Jack, eu realmente *não percebi* o que estava por vir. Concluí que era melhor para nós dois se ficássemos a alguns quilômetros de distância. Será que sou covarde por isso?

Jack abriu um sorriso largo.

— Ah, não. Foi uma atitude inteligente.

— Eu me sinto desprezível. Mas, Jack, aquela garota... Ela me deixa assim. Meu Deus... É só ficar perto dela que deixo de pensar com a cabeça de cima.

Jack se sentou mais para a frente e se inclinou na direção de Rick.

— Vai chegar uma hora que você conseguirá se controlar, Rick. Mas isso não vai ser com 16 anos. Você precisa ser esperto, e me parece que está agindo assim. Lamento que estejam sofrendo.

— Espero que você esteja certo, mas estou me sentindo um merda. Além disso, morro de saudades... E não só da parte física... Sinto falta *dela*.

— Ricky, você é jovem demais para ser pai. É uma pena que seja um sofrimento, mas às vezes é melhor optar pelo caminho difícil. Caramba, ela é uma criança. Alguém tem que ser o adulto nessa história. Você está fazendo o correto. Se ela for a garota certa, suas chances não vão acabar por causa disso.

— Sei lá...

— Espere ela amadurecer um pouco, amigão. Talvez vocês possam voltar mais tarde.

— Talvez não, Jack. Acho que a magoei muito e não terei outra chance.

— Faça um favor a si mesmo. Não volte à cena do crime. Você só vai se complicar.

Mel começou a resplandecer com o brilho do verão. Atendera uma paciente no último trimestre de gestação do primeiro filho, que eram os casos mais divertidos. O casal, diferente de Polly e Darryl e do casal anônimo da floresta, tentava ter um bebê havia um bom tempo, por isso estavam muito ansiosos e animados. Anne e Jeremy Givens já tinham quase 30 anos, casados havia oito anos. O pai de Jeremy era dono de um pomar imenso, e os dois moravam perto da propriedade com o resto da família extensa. O bebê estava previsto para antes da safra das maçãs.

Jack e Mel estreitaram a amizade com June, Jim, John e Susan. Iam sempre a Grace Valley, e os amigos os visitaram em Virgin River duas vezes... uma vez no pequeno chalé de Mel, outra para jantar no bar de Jack. Na última vez, Susan anunciou que só sairia da cidade se aquela estrada acidentada e cheia de curvas a ajudasse a induzir o trabalho de parto. O neném estava prestes a nascer. Jack convidou Jim, Elmer Hudson e um amigo de Elmer, o juiz Forrest, para pescar com Preacher e ele no rio da cidade, e a pesca foi ótima. Mel ficou contente por aqueles homens terem se tornado amigos, mas estava ainda mais feliz por ter novas amigas em sua vida.

Depois de conviver um tempo com elas, Mel se abriu só um pouquinho, admitindo que estava namorando Jack e que ele era a melhor coisa que acontecera desde que chegara a Virgin River.

— Parece que vocês foram feitos um para o outro — comentara Susan. — Assim como June e Jim... Mal se conheciam e já pareciam almas gêmeas.

Mel também falava quase que todo dia com a irmã sobre o namoro.

— Nunca mais dormi sozinha — confessara a Joey. — Parece mais natural que ele esteja por perto. E, Joey... É muito bom não ficar mais sozinha.

Nem ousara contar à irmã que, depois que fora a uma plantação ilegal de maconha para fazer um parto, Jack não a perdia de vista de jeito nenhum. Sorriu para si mesma com a confirmação de que sempre havia um lado bom em tudo.

— Você consegue dormir? — perguntou Joey.

— Durmo muito bem, toda noite. — Mel riu e sentiu um arrepio pelo corpo. — Olha, nunca senti um negócio desses. Toda vez que olho para ele tenho vontade de tirar a roupa.

— Você merece, Mel.

— Fiquei um pouco tensa quando ele me pediu para ir a Sacramento para o aniversário da irmã mais nova... Será uma reunião com a família inteira.

— Por que seria um problema? Não foi nada mal quando você nos apresentou. Ele é louco por mim — acrescentou Joey, rindo.

— Não estou preocupada se vão gostar de mim ou não. Estou preocupada de o nosso relacionamento parecer mais sério do que de fato é.

— Ah... Você continua com um pé atrás?

— Não é de propósito. Por algum motivo, não consigo deixar de achar que ainda estou casada com outra pessoa.

— Mel, esquece! Sabe o outro cara, aquele com quem você ainda se sente casada? Ele não vai interferir. Acredito que, se estiver olhando, ele vai é ficar feliz por você ter alguém especial para aquecer suas noites.

— Se ele estivesse olhando... Eu morreria de vergonha.

Jack conseguiu convencê-la. Mel passou a viagem toda para Sacramento com os nervos à flor da pele.

— Só não quero que sua família pense que estamos namorando sério.

— E não estamos? Você não está?

— Você sabe que não há mais ninguém na minha vida. Sou mulher de um homem só. Mas preciso de tempo... Você sabe...

— Nossa... É carma — comentou Jack, rindo.

— O que foi?

— Durante tantos anos sem querer me comprometer... Se as mulheres com quem eu fiquei ouvissem você, diriam que mereço passar por isso.

— Você sabe a que estou me referindo. Tenho algumas questões...

— Estou esperando você resolver essas questões. E estou levando isso a sério.

— Você é muito paciente comigo, Jack, e eu agradeço. Só não quero que sua família fique com uma impressão errada. Aliás, vamos dormir em quartos separados na casa do seu pai.

— Não — disse ele, categórico. — Tenho mais de 40 anos. Dormimos juntos todas as noites. Eu já disse a ele que ficaríamos no mesmo quarto.

Mel suspirou, nervosa.

— Tudo bem, mas não faremos nada que possa nos envergonhar.

Jack deu risada.

Em julho, o calor em Sacramento era bem maior do que em Virgin River. Mais quente até do que em Los Angeles. A cidade ficava num vale longe da costa, por isso não contava com a refrescante brisa do mar.

Sam Sheridan morava no mesmo lugar onde criara os cinco filhos: uma espaçosa casa de fazenda com um jardim exuberante, piscina e uma enorme cozinha . Quando Mel o conheceu, teve a impressão de estar diante de uma versão mais velha de Jack: um homem com o mesmo tipo de corpo e altura, cabelos grisalhos, sorriso largo e aperto de mão forte. Jack e Sam se abraçaram com carinho, felizes por estarem juntos.

Os três tiveram um final de tarde agradável, com filés assados na churrasqueira do jardim dos fundos e vinho tinto. Os dois insistiram em lavar a louça, então Mel, com uma taça de vinho na mão, foi passear um pouco pela casa. Entrou em uma sala que podia ser tanto o escritório de Sam quanto a sala de exposição de um museu. Havia uma escrivaninha, televisão, computador, estante de livros e fotografias e prêmios pendurados nas paredes. Encontrou fotos de todas as filhas em seus vestidos de noiva e das netas, com idades variando entre 5 e 18 anos, mas o que não imaginava ver eram as fotos de Jack. Fotos que não estavam no quarto dele no bar: um fuzileiro naval com fileiras de condecorações. Jack em pelotões diferentes. Jack e os pais. Jack e os generais. Jack e os rapazes que tinham ido a Virgin River. E várias caixas de medalhas. Não estava muito familiarizada com condecorações militares, mas reconheceu as três medalhas Coração Púrpura e as estrelas de prata e bronze.

Passou os dedos sobre o vidro da caixa onde estavam as medalhas. Sam entrou na sala e colocou as mãos nos ombros dela.

— Ele é um herói — disse, baixinho. — Foi condecorado várias vezes.

— Ele nunca mencionou nada — comentou Mel, olhando para Sam por cima do ombro.

— Ah, não. — Ele riu. — É um rapaz modesto.

— Pai, já pedi para você guardar toda essa merda — interveio Jack, entrando no cômodo e secando uma taça de vinho com um pano de prato.

— Ah, veja esta! — continuou Sam, ignorando o filho. — Foi a que ele ganhou na operação Desert Storm. E esta aqui foi na Bósnia. Alguns pilotos de caças tinham sido derrubados... Jack foi com seu batalhão à zona de perigo para resgatá-los. Ele foi baleado no Afeganistão, mas mesmo assim conseguiu tirar seu pelotão de perigo. Esta aqui foi do último conflito no Iraque, ele salvou seis homens.

— Pai...

— Você já terminou a louça, filho? —perguntou Sam, sem se virar, dispensando Jack.

— Acha que as lembranças o perturbam? — indagou Mel, olhando para Sam.

— Ah, tenho certeza de que algumas o perturbam, mas nunca foi o suficiente para impedi-lo de voltar várias vezes. Talvez a Marinha o tivesse enviado de qualquer jeito, mas ele se voluntariou para todos os treinamentos e conflitos. Esse menino foi condecorado por vários generais e uma vez até pelo presidente. Jack pertencia à elite dos fuzileiros navais... Tenho muito orgulho dele. Ele não queria ficar com as medalhas, teria largado num lugar qualquer. Preciso mantê-las aqui por segurança.

— Ele não se orgulha disso?

— Não das medalhas, e sim de seus homens. Estava comprometido com o batalhão, não em ganhar reconhecimento militar. Você não sabia disso?

— Eu sabia que Jack tinha sido fuzileiro. Conheci os amigos dele... Estes aqui. — Mel apontou para uma foto.

— Jack é um líder nato, Melinda. — Sam olhou para trás, para se certificar de que o filho estava longe, e acrescentou: — Ele fica sem graça por ter feito só o segundo grau, enquanto as irmãs e os cunhados se formaram na universidade. Alguns têm até pós-graduação. Na minha opinião, ele praticou muito mais o bem e salvou mais vidas do que um homem ou uma mulher com mais estudos. E, se você o conhece bem, sabe o quanto ele é inteligente. Se tivesse estudado, também teria sido muito bem-sucedido, mas não foi o caminho que escolheu.

— Ele é tão gentil — comentou Mel, sem pensar.

— É verdade. Vejo como ele age com minhas netas, tratando-as como se fossem frascos de nitroglicerina que poderiam explodir a qualquer momento. Mas é bem diferente quando está em uma batalha. Esse homem não é apenas um fuzileiro naval, é um herói altamente condecorado. Eu e as irmãs dele o admiramos muito.

— Deve ter sido difícil para você, quando ele estava na guerra.

— Foi mesmo. — Sam olhou para as fotos e medalhas, melancólico. — Você não imagina como eu e a mãe dele sentimos saudades e nos preocupamos. Mas Jack seguiu sua motivação e se saiu bem. — Ele sorriu. — Melhor voltarmos para a cozinha. Ele fica irritado quando fico me gabando.

Quando Mel acordou, no dia seguinte, Jack não estava na cama. Ouviu uma conversa dele com o pai em outro cômodo. Os dois estavam rindo, e ela decidiu tomar banho e se vestir antes de encontrá-los. Os dois estavam na sala de jantar, e havia papéis espalhados por toda a mesa.

— Reunião de diretoria? — perguntou ela.

— Algo do tipo — respondeu Sam. — Então, filho, acha que está tudo certo?

— Ótimo como sempre. — Jack apertou a mão de Sam. — Obrigado por tudo, pai.

Sam recolheu os papéis, que enfiou em uma pasta sanfonada, e saiu da sala.

— Meu pai trabalhou como corretor de valores antes de se aposentar. Mandei dinheiro para ele algumas vezes enquanto estava na Marinha. Ele cuida dos meus investimentos há vinte anos.

— Eu não sabia que um fuzileiro ganhava muito.

— Não mesmo. — Ele deu de ombros. — Mas, um homem solteiro sempre em zonas de conflitos recebe bônus, incentivos, pagamento por batalha, promoções... Quase todos os meus companheiros utilizavam esses benefícios com moradia, aparelhos dentários das crianças e despesas do tipo. Eu tinha poucas despesas, então economizei. Meu pai sempre fez questão de que eu aprendesse desde cedo a poupar.

— Um homem inteligente — disse Mel, mas na verdade não se referia a Sam.

— Achou que eu ganhava uma fortuna com o bar?

— Imaginei que você não precisasse de muito para viver. Com a aposentadoria e o baixo custo de vida...

— É verdade, mas tenho uma situação privilegiada. Se o bar pegar fogo, só preciso sustentar o Preacher pelo resto da vida. Aliás, quero garantir os estudos do Ricky. É isso. — Jack pegou a mão dela. — Além do mais, tenho tudo que preciso.

* * *

Naquela tarde, o restante da família chegou: as quatro irmãs e os maridos, além das oito sobrinhas. As famílias chegavam uma de cada vez e iam direto atrás de Jack. As irmãs correram para ele, cobrindo-o de beijos e abraços, e os cunhados também o receberam com carinho. Jack pegou as sobrinhas no colo, tratando-as como se fossem suas filhas, rodopiando-as no ar, sorrindo para os belos rostinhos.

Mel não sabia muito bem o que esperar de cada um deles. Depois de ter visto as fotos de família no quarto de Jack e espalhadas pela casa de Sam, já sabia que eram todos bonitos, com bons genes. As irmãs eram bem diferentes umas das outras, mas todas esbeltas, amáveis e inteligentes. Donna, a mais velha, era bem alta, com quase um metro e oitenta, e tinha o cabelo curto com luzes. Jeannie tinha quase a mesma altura, magra e chique. Mary também era alta, mas tão elegante e frágil que era difícil imaginá-la pilotando um avião comercial. Donna e Jeannie tinham três filhas cada, e Mary tinha duas. Brie, a irmã mais nova, estava celebrando seu trigésimo aniversário e era a única que ainda não tinha filhos. Era do mesmo tamanho de Mel, com cabelo castanho-claro longo que ia quase até a cintura... a pequeninha que ganhava a vida mandando criminosos para a cadeia. Os maridos eram grandes como Jack e Sam, e as sobrinhas eram todas lindas.

As irmãs de Jack tinham levado alguns dos amigos íntimos de Mel... Ralph Lauren, Lilly Pulitzer, Michael Kors e Coach. Cada uma delas sabia bem o que era estilo, porém mais forte do que o gosto pela moda era o humor e o calor humano. Todas receberam Mel com alegria, abraçando-a, recusando-se a cumprimentá-la com um simples aperto de mão. Era uma família cheia de afeto. Sempre que Mel olhava de relance para Jack, encontrava-o com o braço nos ombros de uma irmã ou sobrinha, beijando-as a toda hora na cabeça ou no rosto. Ele também ficava bastante junto dela, enlaçando-a possessivamente pela cintura ou pelos ombros. E, para a sua surpresa, Sam agia com ela com a mesma naturalidade do filho, como se fossem próximos havia anos.

O único presente de aniversário que Brie exigira fora uma reunião de família com a presença do irmão.

— Ele não mora assim tão longe — disse Mel. — Você não o vê sempre?

— Não chega nem perto do que eu gostaria —respondeu Brie. — Jack está fora de casa há mais de vinte anos, desde que fez 17.

O dia foi bem barulhento, com muitos risos e comida boa. Sam se encarregou da carne, e as filhas levaram acompanhamentos deliciosos. Depois do jantar, as crianças foram assistir a DVDs no telão, pular na piscina ou jogar videogame no computador do vovô. Os adultos sentaram-se às mesas do jardim, contando histórias sobre Jack que quase o fizeram corar.

— Papai, lembra quando você queria fazer uma surpresa para o Jack trocando a cama dele por uma maior, porque ele tinha crescido muito? E estava mais pesado? — Todos começaram a rir na hora... Mel era a única que não conhecia a história. — Um amigo da família queria a cama antiga para um dos filhos menores. Era um membro respeitável da Associação de Pais e Mestres...

— Ah, você fala como se ele fosse um religioso ou coisa do tipo — protestou Jack.

— E, quando puxaram o colchão, a biblioteca particular de Jack ficou exposta para quem quisesse ver — continuou Donna, e todos gargalharam.

— Eu estava acostumado a criar meninas — explicou Sam. — Esqueci completamente o que os meninos costumam fazer enquanto deveriam estar fazendo a lição de casa.

— Pelo menos eram revistas decentes, não catálogo de sutiãs de panfleto de revista de departamento — defendeu-se Jack. — Eram mulheres bonitas, respeitáveis e nuas!

— Isso, isso — responderam os cunhados, em uníssono.

— Sabem, notei que a casa só tem um banheiro além do que fica na suíte principal... — comentou Mel.

Gritos, risos e assobios irromperam pela sala.

— As maiores brigas da casa eram por causa disso — disse uma das irmãs.

— Eu não entrava nessa — insistiu Jack.

— Você era o pior! — acusou alguém.

— Sem contar que ficava horas no banheiro! E não saía enquanto não acabasse com toda a água quente.

— Mamãe deu um timer para ele controlar o tempo no chuveiro, para que nós também pudéssemos tomar banho. Claro que ele ignorou. Mamãe costumava dizer para termos calma, que Jack estava se esforçando... Jack era o queridinho dela.

— Comecei a tomar banho à noite... Foi o único jeito — disse Donna.

— Falando em noites... Você sabe o que ele costumava fazer com a gente, toda noite? Mary e eu dormíamos no mesmo quarto, entulhado até o teto com nossas coisas. Jack e um dos amigos dele se esgueiravam para dentro do quarto quando estávamos dormindo, passavam barbante pelas coisas e enrolavam o fio em nossos dedos dos pés e das mãos. Quando nos virávamos durante a noite... caía tudo em cima da gente!

— Isso não é nada — disse Jeannie. — Quando eu voltava da escola, todos os meus bichinhos de pelúcia estavam pendurados pelo pescoço no dossel da cama!

— Elas falam como se nunca tivessem feito nada comigo — defendeu-se Jack.

— Você lembra aquela vez que estávamos os cinco na sala e a mamãe entrou com a mão cheia de camisinhas, dizendo: 'Adivinhem o que encontrei boiando na máquina de lavar? Acho que devem ser suas, né, Jack?'.

Todos caíram na gargalhada, e Jack inflamou-se.

— É, mas não eram minhas, né? As minhas estavam bem guardadas! Acho que eram de Donna.

— Eu era feminista! —declarou Donna.

— Mamãe nunca acreditaria... Donna era o orgulho e a glória da família.

— Donna estava transando por aí!

— Não preciso ouvir essas histórias — protestou Sam, levantando-se e saindo para buscar uma cerveja, fazendo todos rirem.

— Tudo bem, pai, não preciso mais de nenhum método anticoncepcional! — gritou Donna.

Quando o sol se pôs e chegou a hora da limpeza, os homens saíram para algum lugar e três das irmãs insistiram para que a aniversariante e a convidada relaxassem enquanto resolviam tudo. Mel acabou ficando com Brie em uma mesa à luz de vela no jardim.

— Meu irmão nunca trouxe nenhuma mulher para casa — contou Brie.

— Depois de observá-lo com toda a família, com tantas mulheres, é difícil de acreditar. Ele fica bem à vontade com mulheres. Deveria estar casado, com uma família, há anos — disse Mel.

— Mas nunca aconteceu. Eu culpo os fuzileiros por isso — declarou Brie.

— Logo que o conheci, perguntei se ele já tinha sido casado, e ele disse que tinha se casado com a Marinha, uma esposa dificílima. — Brie achou graça. — Vocês já o visitaram em Virgin River?

— Não todos ao mesmo tempo, mas vamos de vez em quando. Os rapazes gostam de pescar com ele e Preacher. Meu pai gosta de passar uns quinze dias lá... Ele adora aquele barzinho do Jack.

— Tudo indica que Jack encontrou o canto dele. Estou em Virgin River há pouco mais de quatro meses e não tem sido fácil me adaptar. Estou acostumada a trabalhar em um hospital de cidade grande, onde você consegue tudo num piscar de olhos... Essa experiência é totalmente nova. E preciso dirigir duas horas para chegar ao cabeleireiro mais próximo.

— Por que Virgin River? — indagou Brie.

— Humm... Digamos que foram os aspectos mais desagradáveis da cidade grande... Eu já estava cansada do caos e da violência. Como disse ao Jack, deixei o pronto-socorro porque fui atraída pela profissão de enfermeira obstetra, mas principalmente porque estava cansada de receber pacientes trazidos pela polícia. O primeiro parto que fiz na vida foi o de uma mulher acusada de vários delitos que estava sendo presa quando entrou em trabalho de parto. A mulher estava algemada na cama quando a examinei! — Mel soltou um risinho. — Fui para o interior atrás de um lugar menor e mais simples. Encontrei uma cidade pequena, mas nada simples. Cidadezinhas como Virgin River têm seus próprios desafios.

— Tipo?

— Que tal colocar uma maca com uma paciente em estado crítico na carroceria de uma caminhonete e ir ao lado dela montanha abaixo a toda velocidade, rezando pela própria vida, tentando chegar ao hospital antes que ela enfartasse. Nossa, nunca invejei tanto a sala caótica do pronto-socorro como naquele dia. Passei também pela aventura de ser chamada por um traficante de drogas enorme e armado no meio da noite para fazer um parto... Hum... Mas por favor não diga nada disso ao Jack, ele vai fazer uma cena se souber dessa versão...

— Ele não sabe? — perguntou Brie, dando risada.

— Não sabe dos detalhes. Ele ficou furioso por eu ter ido sozinha para um lugar desconhecido com um estranho.

— Que coisa...

— Pois é... Mas ainda bem que fui. Foi um parto complicado, e mesmo assim Jack não ficou muito feliz. — Mel deu de ombros. — Ele é muito protetor... de todo mundo.

— Você encontrou o seu canto? — indagou Brie.

— Eu bem que gostaria de ir a um bom shopping. E queria muito fazer uma limpeza de pele e depilação. Por outro lado, eu não sabia que podia ser feliz com tão pouco. De uma forma mais simples. É uma sensação libertadora. Não há dúvida de que o lugar é lindo. Algumas vezes é tão quieto, como se desse para ouvir o silêncio. Mas, quando cheguei, achei que tinha me dado mal. Era tudo muito mais rústico e isolado do que eu imaginava. Fiquei apavorada com as estradas, e não preciso dizer que os equipamentos médicos da clínica são muito rudimentares. O chalé que tinham me prometido era um horror. Imagine que, na primeira manhã, o piso da varanda cedeu, e eu fui parar dentro de uma poça de lama gelada. Sem contar que o lugar estava imundo! Eu já estava saindo da cidade para cuidar da minha vida quando surgiu uma emergência médica que me prendeu por alguns dias... que acabaram virando algumas semanas.

— Que viraram meses... — observou Brie.

— Jack reformou o chalé por conta própria, enquanto eu me hospedava na casa do dr. Mullins. Eu estava prestes a sair da cidade de novo quando ele me mostrou o chalé. Resolvi ficar mais alguns dias. Logo depois, fiz meu primeiro parto, então decidi dar mais uma chance à cidade. Não existe nada mais gratificante do que um parto bem-sucedido em um lugar como Virgin River, sem nenhum apoio ou anestesia... Só eu e a mãe. É indescritível...

— E aí veio o Jack.

— Sim... Nunca conheci um homem tão gentil, tão forte e tão generoso. Seu irmão é maravilhoso, Brie. Ele é incrível. Todos em Virgin River o amam.

— E meu irmão ama *você*.

Não deveria ter sido um choque ouvir a declaração de Brie, pois, mesmo que Jack não tivesse dito abertamente, Mel já sabia que ele a amava. Sentia isso. No começo, achou que ele era apenas um amante incrível, mas logo percebeu que seria difícil acariciá-la daquele jeito sem um sentimento mais profundo. Ele a presenteara com seu melhor... e não apenas na cama. Pensou em contar a Brie... *Sabe, faz pouco tempo que fiquei viúva! Preciso de tempo para digerir isso tudo! Ainda não me sinto livre para aceitar o amor de outro homem!* Sentiu o rosto corar e não disse nada.

— Sei que sou suspeita para falar, mas acho uma honra ser amada por um homem como Jack. — comentou Brie.

— Concordo plenamente.

Mais tarde, aninhada nos braços de Jack, Mel elogiou:

— Você tem uma família maravilhosa.

— Eles amaram você.

— Foi divertido ver todos juntos. Eles são implacáveis... Todos os seus segredos foram expostos. — Mel deu uma risada.

— Eu falei, eles não dão folga a ninguém.

— Foi hilário ouvir todas aquelas histórias.

— Ah... Eu também ouvi você e Joey durante uns dias. Você não cresceu sozinha. — Ele a beijou no pescoço. — Fico feliz que tenha se divertido. Eu sabia que você ia gostar.

Mais um beijo, e ele se aconchegou mais perto.

— Suas irmãs são tão chiques. Muito refinadas e elegantes. Eu também me vestia assim, antes de me mudar para um lugar onde jeans é sinônimo de requinte. Você devia ter visto meu closet em Los Angeles... Era enorme.

Jack tirou a camiseta dela.

— Gosto do que você está usando agora. A propósito, essa calcinha também é desnecessária.

— Jack, achei que tivéssemos combinado de não fazer nada aqui na casa do seu pai...

— Não foi bem assim — retrucou ele, despindo-a da calcinha. — Você disse que não faria nada. Já eu estou pensando seriamente em procurar aquele ponto G...

— Ai, ai, não deveríamos. Você sabe o estado em que ficamos... — Mel já não estava mais tão convicta.

Jack ergueu-se por cima dela e sorriu.

— Quer uma meia para colocar na boca?

O bebê de Susan Stone nasceu em agosto com três quilos e seiscentos gramas. O parto foi incrível, feito no Hospital Valley, e ela recebeu alta e foi para casa em Grace Valley em quarenta e oito horas. Mel pensou em dar um tempo para que ela curtisse o filho sozinha, mas tanto John quanto June ligaram e imploraram para que fosse visitá-los no domingo. Jack também foi convidado e levou cervejas e charutos.

Susan estava ótima para quem acabara de parir, mas mesmo assim ficou no sofá com um berço de vime do lado, apreciando a folia das amigas. Era costume no interior que as mulheres levassem comida para que o casal não precisasse se incomodar com as refeições. Mel se surpreendeu com a quantidade de gente em clima de festa com um bebê recém-chegado.

Havia outro casal presente, Julianna Dickson, grávida em estágio avançado, e o marido, Mike. John passou o braço pelos ombros de Julianna e disse a Mel:

— Esta aqui é recordista... Nunca esperou o médico chegar. June e eu conseguimos fazer o último parto, e foi por pura sorte. Durou quinze minutos. Este é o sexto filho. Vamos interná-la amanhã e induzir.

— O bebê não pode ouvir isso — disse Julianna. — Você sabe como foi com meus últimos partos.

— Talvez fosse o caso de irmos para lá agora.

— Acho melhor você se amarrar a mim e ficar com a mão na minha barriga.

As mulheres se reuniram na sala perto de Susan com xícaras de café e pedaços de bolo. John tirou o bebê do bercinho de vime para exibi-lo. Como Jim já estava com o pequeno Jamie nos braços, John ofereceu-o a Jack, que o aceitou, encantado, ninando o embrulhinho. Mel se enterneceu ao observá-lo.

— Para um solteiro, você até que é bom nisso — elogiou John.

— Tenho sobrinhas.

— Oito —acrescentou Mel.

Jack riu, e o bebê começou a chorar.

— Talvez você não seja tão bom assim — disse John.

— Jack não fez nada errado. Ele está com fome. — Susan estendeu os braços para pegar o bebê.

— Ok... Hora do lanche — anunciou John. — Vamos encontrar o que fazer em outro lugar.

Jack tirou os charutos do bolso, e todos murmuraram em sinal de aprovação e agradecimento. Jim entregou o bebê para June e deixou as mulheres e crianças para ir ao jardim.

— Eles vão voltar empesteados — reclamou Julianna.

— É um fedor horrível — concordou June.

— Pelo menos a fumaça está longe dos nossos cabelos. — Susan colocou o neném no peito. Mel ficou observando, melancólica. — Mel, como foi o encontro com a família de Jack em Sacramento?

— Ah, eles são encantadores —respondeu, voltando ao normal. — Quatro irmãs, que contaram todos os segredos que ele guardava a sete chaves, e oito sobrinhas, todas lindas e apaixonadas pelo tio. Foi uma delícia. E então, Susan, como foi o trabalho de parto? Dolorido como imaginou que seria?

— Tomei uma epidural — respondeu, sorrindo. — Mamão com açúcar.

— Nunca tive tempo de tomar anestesia — comentou Julianna, pesarosa, acariciando a barriga protuberante.

— Você e Julianna quase tiveram filhos no mesmo dia — observou Mel.

Todas riram.

— Eu cheguei a contar sobre a briga feia que tive com John, antes de concebermos esse bebê, não? Aconteceu na noite que costumamos jogar cartas com Julianna e Mike.

— Nós duas ficamos tão furiosas com nossos maridos que os expulsamos do quarto. Pelo visto os aceitamos de volta ao mesmo tempo — brincou Julianna, ainda deslizando a mão pelo ventre, e as outras voltaram a rir. — Engravidar de novo não estava nos planos...

— Nossa, mas o que aconteceu? — indagou Mel.

— Para encurtar a história, os dois tomaram umas cervejas a mais e começaram a falar de mulheres e trabalho. Eu queria trabalhar com John e June na clínica, mas John queria que eu ficasse em casa, cuidando do lar. E ainda com tempo para servi-lo com uma farta refeição quando chegasse em casa. Bom, venho de uma parte do mundo onde jantar bom é salada com tiras de frango.

— Já o Mike achava ótimo eu *não* trabalhar. Como se cuidar de cinco filhos e da casa não fosse nada! — reclamou Julianna.

— Nossa... — concordou Mel.

— Ah, mas eles sofreram — acrescentou June. — Sem papo nem sexo. Castigo perfeito para dois idiotas.

— E qual foi o resultado? — perguntou Mel.

— Bom, quando não estou grávida ou de licença-maternidade, administro uma clínica.

— E muito bem, diga-se de passagem.

— Mas o efeito colateral foi... Como você pode perceber, ficamos as duas grávidas. É melhor você não beber água por aqui — aconselhou Susan.

— Não brinca — disse June, apoiando Jamie no ombro.

Eu tomei a água, Mel quase falou.

Depois de amamentar, Susan passou o bebê para Mel. Ela sorriu e o pegou no colo. A expressão daquele rostinho rosado era de puro contentamento enquanto o neném dormia arrulhando. As amigas comentaram sobre os partos e os maridos, incluindo Mel na conversa com perguntas sobre as experiências dela como enfermeira obstetra. June foi para a cozinha buscar a cafeteira e serviu mais um café para todas enquanto Mel ninava feliz o recém-nascido. Seus seios chegaram a ficar doloridos enquanto o segurava. *Hormônios são incríveis*, pensou.

— A festinha dos seus amigos foi bem legal — comentou Jack, no caminho de volta a Virgin River.

— Foi mesmo, né? — Mel passou a mão pelo console do jipe para segurar a dele.

— E quantos bebês! Em todo canto havia um...

— Por toda parte.

— Vou tomar uma ducha para tirar o cheiro de charuto — anunciou ele, parando na frente do chalé.

— Eu agradeço... O cheiro me deixa enjoada.

— Desculpe, querida, eu não sabia.

— Não é nada, mas empresto meu chuveiro de bom grado e você me encontra depois, na cama. Não sei por quê, mas estou exausta.

Mel estava estacionando na clínica na manhã seguinte quando alguém parou com uma picape velha na vaga do lado. Ela reconheceu o motorista na hora: Calvin. Não o via desde quando tratara os ferimentos no seu rosto.

Calvin desceu do carro quando ela saiu do jipe. Estava com as mãos enfiadas nos bolsos da calça jeans e parecia vibrar de tão nervoso. De repente, Mel lembrou que o homem que a levara para fazer um parto na selva também era um cultivador ilegal, mas não parecia dopado. Calvin, por sua vez, estava ligadíssimo. Jamais subiria num carro com ele no meio da noite, com ou sem bebê. Mas, se não tivesse algum plano, poderia se machucar se recusasse um pedido dele. Calvin era assustador e visivelmente instável.

Mel mal abrira a boca quando ele se adiantou:

— Preciso de alguma coisa para dor nas costas.

— O que você quer? — perguntou, com toda a calma, com a experiência adquirida em Los Angeles em lidar com aquele tipo de gente.

— Remédio para dor. Preciso de alguma coisa para dor. Fentanil, talvez. Oxicodona, morfina. Alguma coisa.

— Você machucou as costas? — indagou, evitando os olhos dele enquanto se aproximava da varanda da casa do doutor.

Calvin estava se mexendo, se contorcendo... Quando o viu naquele banquinho, não tinha percebido seu tamanho: mais ou menos um metro e oitenta e ombros largos.

Obviamente tinha conseguido alguma droga estimulante. Talvez metanfetamina, como Mullins suspeitara. E queria um narcótico para sair do pico. A maconha do jardim não devia mais fazer o efeito esperado.

— Caí de uma plataforma lá no acampamento. Devo ter quebrado alguma coisa. Vai sarar, mas preciso de um remédio.

— Está certo. Nesse caso, terá que falar com o doutor.

Calvin mexeu os pés, nervoso. Tirou a mão do bolso e segurou a manga da blusa de Mel, mas ela afastou com um puxão.

Jack, que vinha logo atrás de Mel em sua picape, viu Calvin tentando segurá-la. Por uma fração de segundo, Mel chegou a ter pena do homem. Jack acelerou, freou de repente a poucos metros da varanda da clínica e desceu do carro em segundos, gritando:

— Fique longe dela!

Calvin recuou um pouco, olhando para Mel.

— Eu só preciso de alguma coisa para a dor nas costas.

Jack colocou a mão para dentro do carro e tirou um rifle. Seu olhar era assustador.

— Estou bem — disse Mel, para Jack, então virou-se para o rapaz nervoso: — Não posso receitar o tipo de remédio que você está procurando, essa responsabilidade é do doutor. E tenho certeza de que ele vai pedir um raio-X.

— Vocês não fazem raio-X aqui — devolveu Calvin, com um sorriso bobo.

— Mas fazem no Hospital Valley.

Jack tirou o rifle do carro e o segurou ao lado do corpo. Passou o braço pelos ombros de Mel e a puxou para mais perto. Então perguntou:

— Você quer falar com o doutor?

— Ei, cara. — Calvin riu, nervoso. — Qual é a sua? — Ele deu alguns passos para trás com as mãos para cima, as palmas viradas para Jack. — Calma. Vou até o hospital.

Ele pulou os degraus da varanda. *Deve estar com muita dor nas costas mesmo*, pensou Mel. Calvin entrou na velha picape, deu a partida e foi embora, mas não na direção do hospital... Voltou para a floresta.

— Você o conhece? — indagou Jack.

— Ele estava no acampamento que o doutor e eu fomos, há alguns meses. Quando você ficou tomando conta de Chloe, lembra?

— No acampamento dos Paulis.

— Isso. Você precisava ter reagido daquele jeito? Ele não me ameaçou.

Jack continuou encarando o ponto em que a caminhonete desaparecera.

— Precisava. Não se pode esperar nada de bom de um tipo como ele. Absolutamente nada.

Capítulo 14

Todo começo de agosto, antes do início das aulas, os Anderson proporcionavam um grande piquenique de final de verão na fazenda. Todos em Virgin River e algumas pessoas das cidades vizinhas sabiam e compareciam. Buck armava uma tenda de lona enorme no pasto ao lado do curral e fornecia as churrasqueiras, e as pessoas se responsabilizavam pelas mesas e cadeiras. Os Bristol levaram seus pôneis para as crianças passearem. Jack sempre doava alguns barris de chope, e Preacher preparava uma porção gigantesca de sua excelente salada de batatas — parecia que poderia alimentar um terço da população mundial. À tarde, jarros imensos de suco de limão siciliano e chá gelado eram servidos, e havia isopores com gelo repletos de refrigerantes, e máquinas de sorvete artesanal eram trazidas em utilitários, dando início ao trabalho manual.

O chão do celeiro era varrido para abrigar uma pequena banda de música country e uma pista de dança. Crianças se espalhavam por todo lado, correndo de um canto para outro, do curral ao paiol.

Mel estava ansiosa pelo piquenique, seria uma chance de ficar com Chloe no colo por um tempo e aproveitar para conhecer o restante da família Anderson. Tinha conhecido de passagem dois dos três filhos que trabalhavam na fazenda com Buck e uma das filhas, que tinha ido à clínica de Mullins para um exame pré-natal. Se não fosse por isso, seriam completos estranhos. Mas não por muito tempo. Cada um dos Anderson, os filhos, filhas, cônjuges e crianças a cumprimentaram como a pessoa que os presenteara com Chloe. A bebê passou de colo em colo, de um Anderson a outro, recebendo muito carinho, brincadeiras, beijos e cócegas. Até mesmo os pequenos pareciam amá-la; os sete netos de Lilly e Buck correram para fazer carinho na bebê, como se ela fosse um filhotinho fofo. Buck estava bem ocupado, circulando pelo celeiro e pelas churrasqueiras, porém de vez em quando Mel o via de relance próximo às mesas, com Chloe apoiada em seu quadril.

Os Anderson eram maravilhosos, simples e autênticos, com corações transbordando de amor. Eram todos parecidos com Lilly: doces e carinhosos. No fim da tarde, o céu foi mudando de tonalidade conforme anoitecia. Jack encontrou Mel no balanço da varanda, dando mamadeira à bebê. Ele se sentou ao lado das duas e começou a brincar com os cachos escuros de Chloe.

— Ela se adaptou bem, né? — indagou.

— Sim. Afinal, ela está em casa.

Mel ficou muito feliz em saber que dizia a verdade em todos os sentidos. Jack se inclinou e beijou a cabeça da bebê, antes de dizer:

— Queria poder rodopiar pelo salão com você.

— Ora, mais uma surpresa. Quer dizer que você dança?

— Seria otimismo demais dizer que danço, mas sei um ou dois passos. Farei o possível para não pisar no seu pé.

Lilly saiu da casa secando as mãos no avental.

— Mel, pode passar Chloe para mim. Vou colocar ela na cama.

Mel se levantou com a bebê no colo e entrou na casa, com Lilly logo atrás. Depois virou-se e colocou Chloe nos braços da mãe.

— Você tem uma família maravilhosa — disse, beijando a mulher no rosto. — Tenho certeza de que vai encontrar o momento certo para contar a verdade.

Mel marcou uma consulta na clínica em Grace Valley. Para sua surpresa, os dois médicos estavam disponíveis. Ela escolheu o obstetra, dizendo que era uma consulta de pré-natal.

— Vamos colocar sua paciente no consultório do dr. Stone — informou a recepcionista, e Mel não a corrigiu.

Seria a conclusão mais óbvia, afinal, já que estivera ali acompanhando duas grávidas para os exames de ultrassom e todos a conheciam como a enfermeira obstetra de Virgin River. Depois de algumas consultas pela manhã, aproveitou a tarde para ir a Grace Valley.

Não fazia muito tempo da reunião na casa dos Stones, e Mel não podia mais negar a verdade. Já sabia que estava grávida. Havia muitos testes de gravidez à mão na clínica do dr. Mullins, e ela usara um... depois outro... e mais outro. Estava dividida entre a esperança e o medo de que os resultados estivessem errados.

June estava perto da recepção quando Mel chegou.

— Olá. — June olhou em volta, procurando outra pessoa. — Pensei que você estivesse trazendo uma grávida para o pré-natal.

— E trouxe. Eu.

June arregalou os olhos, surpresa.

— Deve ser a água — disse Mel, dando de ombros.

— Vamos lá para o fundo, sua consulta é com John. Como deve saber, nossa enfermeira está de licença-maternidade. Quer que eu entre ou prefere que eu não me meta?

— Venha comigo, por favor. — Mel sentiu um arrepio de emoção e nervoso. — Acho que preciso explicar algumas coisas.

— Poxa vida... — June passou o braço pelos ombros da amiga. — Pelo visto, vai ser complicado.

— Bem mais complicado do que eu gostaria...

John saiu da sala.

— Olá, Melinda. Veio trazer uma paciente para o pré-natal? — Antes que Mel pudesse responder, June inclinou a cabeça na sua direção. — Ah... Bom, uma coisa de cada vez. June, apronte-a para o exame. Vamos confirmar se você está mesmo grávida.

— Tudo bem — respondeu Mel, de repente nervosa. — Mas eu já sei.

— Não tente facilitar meu trabalho — disse o médico, rindo. — Acaba com a graça.

Na sala de observação, Mel encontrou uma camisola e um lençol. Despiu-se e sentou-se na mesa para esperar, sem saber direito como devia se sentir. Sempre quisera um bebê, e agora estava grávida. Então por que estava tão confusa? Como se alguma coisa tivesse dado errado, quando na realidade era o contrário. Mas não era daquele jeito que ela havia planejado. E sabia que um filho também não estava nos planos de Jack... Tanto que ele se oferecera para usar proteção. Caramba, ele ficaria muito surpreso.

John entrou na sala, com June logo depois.

— Como está se sentindo, Mel?

— Além de muito confusa? Muito enjoada pela manhã.

— É a pior coisa, né? Mas você consegue manter a comida no estômago?

— Sim.

June arrumou os instrumentos para o exame enquanto John aferia a pressão de Mel.

— Prefere conversar antes ou depois?

— Depois.

— Ok. June, ligue o ultrassom. Obrigado. Mel, deite-se de costas e escorregue na minha direção, por favor.

John ajeitou os pés dela nos estribos da maca e a segurou pelas coxas, para que não deslizasse demais e caísse sem querer. Com Mel posicionada, ele se sentou em um banquinho e calçou luvas de látex, então por último inseriu o espéculo.

— Sabe quantos meses? — perguntou o médico.

— Aproximadamente três — respondeu Mel, a voz estava mais calma do que de costume.

— Parabéns! — disse John. Ao lado dela, a máquina de ultrassom apitou, pronta ser usada. John tirou o espéculo depois do Papanicolau e apalpou gentilmente o útero, verificando o tamanho. — Você é quase tão boa quanto eu nessa área, Mel. Acertou no diagnóstico. Bom, está tudo bem. — Como era uma gravidez recente, John preferiu um ultrassom interno para uma leitura melhor, em vez de apenas passar a sonda sobre a barriga lisa dela. — Vire para cá, Mel. Olhe que lindo.

Mel olhou para o monitor e sentiu as lágrimas escorrerem por suas têmporas, até o cabelo. Ali estava um ser minúsculo, membros visíveis apenas por olhos profissionais, mexendo-se dentro de seu ventre. Ficaram observando aquela nova vida por um tempo, até ela soluçar de emoção e tapar a boca com a mão trêmula.

— Você está com cerca de doze semanas — disse John. — Já passou o período de risco de aborto. Vou imprimir a imagem, mas você conseguirá uma muito melhor em algumas semanas.

Ele retirou a sonda e ajudou Mel a se levantar, voltando para o banquinho. June encostou o quadril na cama.

— Sua saúde está perfeita — avisou John.

— Já passei por isso, Mel — disse June, estendendo um lenço. — Pode acreditar.

— Então, Mel, qual é o problema? Como podemos ajudar? — perguntou John.

— Desculpe colocar vocês nessa posição, mas é que é tão complicado... — Mel enxugou os olhos.

John estendeu a mão e apertou gentilmente o joelho dela.

— Não deve ser tão complicado quanto você imagina.

— Espere para ouvir. — Mel soltou um risinho tímido. — E se eu começasse dizendo que sou irremediavelmente estéril?

Jonh riu.

— Vejamos... Você tem útero, ovário, trompas... e já ouvi várias histórias de mulheres grávidas que se achavam incapazes de engravidar.

— Fiz tratamento de infertilidade durante três anos, inclusive cirúrgico, e não tive sucesso. Fizemos até uma tentativa cara de fertilização in vitro, mas nada.

— Bem, essa informação dá uma guinada interessante nas coisas. Talvez você precise voltar um pouco na história. Mas sabe que não é obrigada a se abrir conosco, Mel. Você decide.

— Não, eu quero. Preciso de conselhos... Estou um trapo. Para começar, fui casada antes de sair de Los Angeles. Nós trabalhávamos juntos. Tentamos desesperadamente ter um filho. Ele foi assassinado durante um assalto, quase um ano e três meses atrás. Vim para Virgin River em busca de uma vida mais simples, com mais segurança. Só queria um lugar para recomeçar.

John deu de ombros.

— Parece que você encontrou o que procurava.

— Virgin River não é tão simples assim. — Ela riu. — Mas é verdade, de certa forma encontrei o que procurava. Claro que não planejei nada disso... Não achava que conseguiria engravidar.

— O problema é o Jack? — perguntou June.

— Sim, mas ele ainda não sabe. Ele é maravilhoso, mas desde o começo sabia que eu ainda não tinha superado a morte do meu marido. Você não tem noção de quanto adoro Jack, mas ainda não cheguei ao ponto de... — Mel respirou fundo antes de continuar — ...conseguir me relacionar plenamente com outro homem.

John e June lhe deram um tempo e um lenço de papel.

— Esse bebê era para ser meu e do meu marido. A criança que nos esforçamos tanto para conceber... — Mel assoou o nariz.

June se aproximou e segurou a mão de Mel.

— Qualquer um percebe o quanto Jack ama você. E ele é um bom homem.

— E tem jeito com crianças — completou John.

— Mesmo sem ter planejado, você acabou dando um passo adiante na sua vida, pelo menos em alguns sentidos — disse June, dando de ombros.

— A última vez que entreguei meu coração e alma para um homem, ele morreu. — Mel, com a respiração entrecortada, baixou a cabeça e deixou as lágrimas caírem em seu colo. — Acho que eu não sobreviveria a uma tragédia parecida.

June soltou a mão de Mel e a abraçou. John se apressou para fazer o mesmo. Os dois a confortaram um pouco, até que John fez um carinho rápido no ombro dela e disse:

— Mel, acho que Jack é bem resiliente. Ele não morreu mesmo depois de cinco guerras.

— Cinco *guerras*? — perguntou June.

— Você não sabia? — indagou John.

— Eu sabia que ele havia sido fuzileiro naval!

— Homens também conversam... — provocou John.

— Aquele meu marido não me conta nada... Ele é muito mal treinado.

— Estou tão confusa, não sei mesmo o que fazer! — exclamou Mel.

— Ora, vamos, isso não é verdade — interveio John. — O fato está consumado. Você só precisa ser mais gentil consigo mesma e dar um jeito de resolver tudo. Você queria muito um bebê e agora está grávida. Jack... Então ele não sabe?

— Não, mas sabe que sou viúva... É o único que sabe em Virgin River. Mas não sabe o quanto tentei engravidar. Ele tem me apoiado muito nos meus momentos de tristeza... e não contou nada a ninguém, só porque eu pedi. Sabe, é mais fácil quando as pessoas não enxergam você assim... Quando não sabem que você carrega uma dor constante. Ele se ofereceu para cuidar da prevenção, e eu, claro, disse que minha parte estava resolvida. Eu tinha certeza absoluta de que não podia engravidar. Poxa, eu jamais faria isso!

— Jack é um bom homem e vai entender.

— Será que ele não vai achar que eu o enganei? Quer dizer, ele tem 40 anos!

— É, sei como é — disse June. — Lembro de ter lidado com questões semelhantes quando descobri que estava grávida. Jim tinha mais de 40 quando o surpreendi dizendo que ele seria pai. Achei que ele fosse pirar.

— Tive endometriose, fui operada, minhas trompas foram desobstruídas... Eu media a temperatura de dois em dois dias... — Mel soluçou. — Tentamos de tudo. Mark queria um filho tanto quanto eu. Estou falando... Estávamos convencidos de que eu era estéril!

— Bem... — John e June falaram ao mesmo tempo.

— É incrível o que o corpo pode fazer — continuou John. — É como se a natureza lutasse para preencher um vazio. Não acredito na quantidade de gestações milagrosas que já vi...

— E se Jack ficar furioso? Quem poderia culpá-lo? Quer dizer, ele nunca teve um namoro sério na vida, e, de repente, apareço na cidade dizendo que não precisamos nos preocupar com uma possível gestação. E se ele disser que não quer nada com isso?

— Alguma coisa me diz que essa não será a resposta dele — disse John. — Só existe um jeito de descobrir. Você está com três meses de gestação... Recomendo não esperar muito para contar.

— Estou com tanto medo...

— Do Jack? — June pareceu chocada.

— Medo de tudo! Nem tenho certeza se deveria estar aqui! Desde o começo, achei que havia sido um erro me sujeitar a uma mudança tão radical. Sou supercosmopolita.

— Nunca se sabe... Acho que você se ajustou bem.

— Tem dias que acho que este lugar era exatamente o que eu precisava. Em outros, fico me perguntando o que estou fazendo aqui. Não é só isso, vocês podem imaginar como é assustador começar um novo relacionamento e me abrir para a dor de quando alguma coisa dá muito, muito errado? Tenho medo de seguir com a vida... E sei que vocês têm razão quando dizem que *já estou seguindo*. Eu às vezes ainda choro a perda do meu marido... Como posso pedir para outro homem aguentar isso? — Mel suspirou. — O mínimo que poderíamos ter feito era considerar a possibilidade de um filho, antes de...

— Olha, é raro alguém resolver a vida de um jeito tão fácil e definitivo. — June ergueu a mão e levantou o queixo de Mel com um dedo, encarando-a nos olhos. — Acho que você devia tentar se concentrar em duas coisas: a primeira é que tem um bebê aí dentro, um bebê que já foi muito desejado. A segunda é que tem um homem muito bom à sua espera em Virgin River. Vai nessa, Mel. Você vai saber o que fazer.

Mel sabia que John e June estavam certos. O importante era encarar a situação de cabeça erguida e contar a Jack sobre a gravidez o quanto antes. Dar um tempo para ele digerir tudo. Para ele reagir. A ideia era ir direto ao bar assim que chegasse a Virgin River, porém reconheceu o carro que estava parado na frente da casa do doutor: Anne e Jeremy Givens. A mulher devia estar prestes a dar à luz. Quando entrou, os Givens tomavam chá com o doutor na cozinha.

— Então, chegou a hora? — perguntou.

— Acho que sim — respondeu Anne. — Estou em trabalho de parto desde cedo, e as contrações começaram a vir com menos de cinco minutos de intervalo. Você pediu para eu ligar quando chegasse nesse ponto.

— Sim, foi o que combinamos. Você não quer subir e trocar de roupa, para eu poder examinar a situação?

— Estou com medo — disse Anne. — Não achei que ficaria, mas...

— Querida, não há nada com que se preocupar. Vai ser brincadeira de criança. Jeremy, espere eu acomodar Anne para subir, pode ser?

— Mas quero estar presente em todos os minutos!

— Ela só vai se despir, Jeremy — disse Mel, achando graça. — Aposto que você já presenciou isso um milhão de vezes. — Ela pegou o braço e a mala de Anne. — Venha, querida. Vamos trazer esse bebê ao mundo.

O exame mostrou que Anne só estava com quatro centímetros de dilatação. Num hospital em Los Angeles, diriam que não valeria a pena internar e a gestante seria orientada a voltar para casa e esperar o trabalho de parto evoluir mais um pouco. Mel observou algumas contrações fortes e longas. Talvez ela tivesse sido otimista demais falando que seria como brincadeira de criança.

Jeremy ficou ao lado da esposa assim que foi liberado para subir; ao contrário de Darryl, estava muito bem preparado para apoiá-la durante as dores do parto. Na realidade, o casal devia ter feito algum curso pré--parto. Mel pediu para ele andar pelo corredor com Anne e a deixou em boas mãos enquanto descia a escada e usava o telefone para ligar para Jack.

— Oi... Vou fazer um parto e não posso ir ao bar.

— Você acha que vai demorar?

— Não dá para saber. Ela não progrediu muito até agora.

— Quer que eu leve alguma coisa? Precisa comer?

— Para mim não precisa. O doutor pode atravessar a rua se quiser. Mas, ouça... Meu instinto me diz que ele não deve tomar uísque esta noite.

— Não se preocupe com o doutor... Os instintos dele também são bons. Mel? Minha porta estará destrancada.

— Obrigada. Se terminarmos antes do amanhecer, entro no seu quarto de fininho, pode ser?

Jack soltou um riso rouco e sexy.

— Pode sempre, Melinda. É bem capaz de a expectativa da sua chegada não me deixar dormir.

— Eu também estou ansiosa, mas pelo bem de Anne, não o seu ou o meu.

A pressão da futura mãe estava estável, e o trabalho de parto foi difícil. Três horas mais tarde, apesar de ter andado, feito agachamentos e tido contrações, Anne ainda estava com quatro centímetros de dilatação. À meia-noite, mal tinha chegado aos cinco centímetros. Mullins sugeriu usar soro com ocitocina e romper a bolsa, a mesma coisa que Mel estava pensando. As contrações vinham de dois em dois minutos. Cerca de uma hora depois, a mulher estava com oito centímetros, e Mel ficou aliviada. Meia hora mais tarde, voltou a cinco. Mel já passara por situação semelhante... O colo do útero inchava e dava a impressão de estar encolhendo, o que tornava um parto normal impossível. Examinando Anne durante uma contração, no momento em que o colo do útero se alargava, Mel tentou mantê-lo aberto, gerando um grande desconforto para a paciente, mas não adiantou. Anne estava molhada de suor e cada vez mais exausta. Eram 3h30 da madrugada quando Mel ligou para John Stone.

— Mil perdões por ligar a essa hora, mas estou com uma paciente que está em trabalho de parto há horas, só que a dilatação parou nos cinco centímetros. O colo do útero dilatou até oito e voltou para os cinco. E não está progredindo. Até poderíamos continuar tentando, mas a mãe está exausta, e não tenho certeza se... Acho bem possível que o bebê não encaixe. Tenho a impressão de que precisaremos de cesárea.

— Você induziu?

— Sim, administrei ocitocina e rompi a bolsa.

— Ok, tire a paciente da ocitocina e vire-a para o lado esquerdo. Há quanto tempo ela está em trabalho de parto, com a dilatação em cinco centímetros?

— Ela está comigo há dez horas, mas teve contrações em casa por cerca de oito horas.

— Tentou expandir o colo do útero?

— Não deu certo. O ultrassom que fizemos na sua clínica mostrou uma pelve de tamanho adequado e um bebê de tamanho normal.

— Você sabe que essas coisas podem mudar de uma hora para a outra. O feto está em estresse?

— Ainda não. O ecocardiograma indica que o batimento cardíaco do bebê é forte e contínuo, mas a pressão da mãe está um pouco alta.

— A indução podia continuar um pouco, mas, se ela está exausta, acho que não devíamos esperar mais. Encontro vocês no hospital. Consegue levá-la, ou precisa de um helicóptero?

— Meu jipe tem bons amortecedores e está equipado com tudo que precisamos. Mesmo assim estamos a uma hora do hospital. Vou acordar Jack e pedir ajuda.

Mel examinou Anne mais uma vez, e a dilatação estava em 6 centímetros, mas a mulher estava fraca. Seus batimentos cardíacos aumentaram, mas os do bebê tinham diminuído um pouco. Jeremy estava ficando pálido e nervoso, apesar de Mel não parar de assegurar que nada daquilo era fora do normal. Ainda assim, parecia que, mesmo que o bebê encaixasse, Anne talvez não tivesse forças para empurrá-lo.

Às quatro da madrugada, Mel ligou para Jack. Parecia que ele não estava dormindo.

— Jack, preciso levar minha paciente para o Hospital Valley para uma cesariana. John está nos esperando, mas eu gostaria de contar com a sua ajuda.

— Chego em um minuto.

— Vou tentar ajudar Anne a descer a escada. Depois, se você puder...

— Não, Mel. Deixe Anne deitada, eu desço com ela. Não quero que as duas acabem caindo.

— Tudo bem, obrigada.

Mel voltou para o quarto. Embora o doutor estivesse ali, o caso era dela, bem como a decisão do melhor a ser feito.

— Anne — disse Mel, afastando com carinho uma mecha de cabelo da testa encharcada —, vamos levar você para o Hospital Valley... Vai precisar fazer uma cesárea.

— Ah, não! — Ela começou a chorar. — Quero um parto normal.

— Não tem nada de anormal em uma cesariana. É uma intervenção simples que poupará você e o bebê de muito sofrimento. Ainda bem que temos tempo; se sairmos agora você não correrá nenhum risco. Mas tem que ser agora. Vai dar tudo certo, Anne.

— Ah, meu Deus...

Logo em seguida, ela sofreu uma contração forte e dolorida. Jeremy tentou fazer a respiração cachorrinho com ela, mas, depois de tantas horas difíceis, não adiantou muito. Com o intervalo pequeno entre as contrações e a dor residual, parecia que elas eram contínuas. Mel já fizera partos difíceis, mas em um hospital a coisa era bem diferente: bastava empurrar a maca com a paciente pelo corredor até a sala de cirurgia e deixar que os médicos e anestesistas assumissem. Em um hospital haveria recursos para que a mãe tivesse um parto normal, se quisesse tentar. No entanto, a situação era bem diferente quando se está tão longe do hospital, com ajuda e equipamentos próprios apenas para procedimentos e cirurgias de rotina. Era difícil não ficar frustrada por Anne e pelo marido, que queriam tanto um parto normal.

— Anne, essa é uma daquelas coisas inesperadas, mas às vezes a melhor solução é uma cesariana — Mel a confortou. — Você não terá o bebê aqui, mas isso vai garantir que você possa ter muitos partos saudáveis no futuro.

— Sei que você tem razão — respondeu Anne, quase sem fôlego.

Mel ouviu a porta se abrir, e Jack subiu as escadas. Sua voz soou do outro lado da porta:

— Mel? — Ela se apressou para abrir a porta. — Vou descer com ela, vamos para o hospital no jipe.

— Obrigada. Entre. Mas vamos esperar a próxima contração.

Jack entrou no quarto e cumprimentou Jeremy com a cabeça.

— Tudo bem, cara? Vou descer com a sua esposa, já que você me parece bem cansado. Você e Mel podem ir atrás com ela, e eu dirijo. — Assim que Anne relaxou um pouco, Jack se inclinou sobre a cama e a pegou no colo sem a menor dificuldade. — Segura, garota. Estaremos lá embaixo antes da próxima contração, que tal?

— Jeremy, por favor, pegue a mala de Anne — pediu Mel, pegando sua bolsa e seguindo Jack pela escada. No caminho, pegou o casaco. Jack estava com Anne no colo, e ela abriu a porta traseira do jipe e colocou a maca. — Anne, quero que você se deite virada para o lado esquerdo, por favor.

Assim que Anne se acomodou, Mel e Jeremy entraram no carro, ajoelhando-se um de cada lado da maca, enquanto Jack assumia o volante e pegava a estrada para o Hospital Valley.

Mel deixou o fetoscópio à mão e o aparelho de pressão preso no braço de Anne. Checava os batimentos do feto e a pressão da mãe a toda hora. Quando estavam quase chegando ao hospital, apertou o ombro de Jack em sinal de agradecimento. Ele automaticamente cobriu sua mão com a dele.

— Você estava acordado — murmurou Mel.

— Sim, para o caso de você precisar de alguma coisa.

Mel acariciou o seu ombro, mas a vontade mesmo era de abraçá-lo. Era bom saber que Jack estava sempre pronto para ajudá-la.

Quando passaram pelas portas do pronto-socorro, ela deu o casaco a Jack e orientou:

— Acho que deveria estacionar melhor o jipe. Jeremy e eu vamos subir com Anne para a ala de maternidade. John nos encontrará lá, mas...

— Pode deixar, vou esperar por aqui. Não se preocupe comigo.

— Posso participar do parto? — perguntou Jeremy, no elevador.

— Isso fica a critério do dr. Stone. Por mim, não vejo problema algum.

Mel empurrou a maca pelas portas duplas da sala de parto e respirou aliviada ao ver o dr. Stone já diante da pia, terminando a higienização. Erguendo as mãos limpas, ele se virou para Mel e a cumprimentou com um sorriso.

— A sala número dois está pronta, e o anestesista já está lá.

Ao lado dele, à pia, pisando no pedal para ativar a torneira, havia uma enfermeira paramentada com uma máscara pendurada no pescoço. Ela olhou para Mel com desdém, perguntando:

— Outra tentativa falha de parto em casa?

Melinda ficou boquiaberta, como se tivesse levado um tapa. John fulminou a enfermeira com o olhar, depois virou-se para Mel, dizendo:

— Você não quer se preparar para fazermos o parto, Mel?

— Eu já estou pronta, dr. Stone — retrucou a enfermeira dele.

— Obrigado, Juliette, mas prefiro alguém mais profissional. A gente conversa melhor mais tarde. — E, para Mel: — Você tem menos de quinze minutos.

— Claro. Ah, Jeremy quer entrar também.

— Claro. Juliette, providencie um avental para o pai. Mel, tem aventais para você no armário. Agora, vamos nessa.

Mel empurrou a maca até a sala dois e deixou que a enfermeira a puxasse para dentro. Vestiu o avental verde e encontrou Jeremy à pia.

— Se você entrar, é capaz de o médico pedir para você segurar o bebê recém-nascido. Esfregue as mãos assim... — Ela mostrou como se fazia. — Não posso garantir nada nesse quadro, portanto, nada de cara feia. Você terá que ficar perto da cabeça de Anne.

— Você já assistiu uma cesárea?

— Várias vezes.

— Mel, não aconteceu nada de errado na clínica, né?

— Claro que não. O que aconteceu com Anne não foi nada de anormal. Você estava lá, Jeremy, viu alguma coisa que o incomodou? Imagino que teria dito alguma coisa, ou no mínimo perguntado, se ficasse na dúvida. — Ela sorriu. — Você vai ter que educar um garotinho teimoso... Por sorte podemos contar com um bom cirurgião.

Quando entraram na sala de parto, Anne já tinha tomado a epidural e estava bem mais tranquila. John estava pronto para começar, e Mel postou-se ao lado dele, perto das bandejas com instrumentos.

— Bisturi — pediu John.

— Obrigada por ter me apoiado lá fora — disse Mel, colocando o bisturi na mão dele.

— Juliette é uma boa enfermeira, mas nunca pensei que fosse ciumenta. Peço desculpas por ela. Nossa, está tudo pronto... — Ele deu uma risadinha. — Você fez um belo trabalho, Mel. Eu não hesitaria em deixar que fizesse o parto da minha esposa.

A viagem de volta a Virgin River não foi muito silenciosa. Jeremy falava sem parar. Jack ouviu os detalhes da cesariana várias vezes. Enquanto Anne se recuperava e o filho deles era levado ao berçário, Jeremy precisou de uma carona para pegar seu carro e voltar para o hospital. E foi tagarelando enquanto Jack dirigia. Mel pendia a cabeça de um lado para o outro no banco da frente.

— Está muito cansada, querida? — perguntou Jack.

— Ficarei melhor depois de uma soneca.

— Mel ajudou o dr. Stone — comentou Jeremy, do banco de trás. — Foi ele que pediu. É incrível como ela sabe o que fazer.

— Sabe o que é mais incrível, Jeremy? — indagou Jack, acariciando a perna dela. — Isso não me surpreende.

Eram nove da manhã quando chegaram a Virgin River. Mel foi atualizar Mullins.

— A mãe e o bebê estão muito bem. John Stone é um cirurgião rápido e maravilhoso.

— Bom trabalho para uma garota da cidade. — Mullins abriu um de seus raros sorrisos.

Mel descobriu que havia apenas três pacientes marcados para a manhã e que o doutor podia cuidar de todos sozinho. Pediu a Jack para ligar dali a cinco ou seis horas, pois não queria dormir o dia todo e perder o sono à noite, mas o parto fora difícil, e ela estava exausta.

Jack ajudou Preacher a servir o almoço e foi até o rio pescar um pouco. Estava com muita coisa na cabeça, começando pelas mudanças de Mel nos últimos tempos. Tinha percebido que ela estava chorando mais e que parara de tomar a cerveja usual do fim do dia, ficava só brincando com o copo e no fim o trocava por água gelada.

Às três da tarde, foi ao chalé, aproveitando que Preacher preparava a próxima refeição. Tirou as botas na varanda e entrou na ponta dos pés. Tirou a roupa e deitou-se ao lado dela, beijando-a no pescoço com carinho. Mel se mexeu, virou a cabeça e sorriu.

— Que jeito gostoso de acordar — murmurou, fechando os olhos e aninhando-se a ele.

Jack ficou abraçado com ela por um tempo, então começou a vagar as mãos por aquele corpo feminino. Mel levou apenas alguns segundos para corresponder às carícias e pressionar o corpo contra o dele. Jack tirou a camiseta que ela usara para dormir e a cueca que ele ainda vestia. Depois, fizeram amor delicadamente, tomando o cuidado para que Mel se sentisse confortável e em segurança, mesmo quando ela aumentou o compasso com aquela ansiedade sensual que o levava à loucura. Já conhecia o corpo de Mel tão bem quanto ela conhecia o seu e sabia exatamente o que fazer para lhe proporcionar ainda mais prazer.

— Pensei que você fosse ligar — comentou Mel, depois que a respiração voltou ao normal.

— Não foi melhor assim?

— Você sempre sabe o que fazer.

— Nem sempre. — Ele a abraçou, trazendo-a mais para perto. — Agora, por exemplo, não tenho muita certeza do que fazer.

— Por quê? — ela perguntou, os olhos ainda fechados, aconchegando--se no peito dele.

— Quando você ia me contar?

— Contar o quê? — Mel levantou a cabeça para encará-lo.

— Sobre o bebê.

— Mas, Jack, você sabe que o bebê e a mãe estão...

— Estou me referindo ao bebê que está dentro de você — explicou, espalmando a mão grande sobre a barriga dela.

Mel ficou atônita e se afastou um pouco.

— Alguém falou alguma coisa?

— Ninguém disse nada. Não diga que sou o último a saber.

— Fui me consultar com John ontem... Como você poderia saber?

— Mel, seu corpo está mudando — comentou ele, passando as costas da mão no rosto dela. — Notei que sua menstruação não veio. Por um tempo, pensei que você poderia ter feito uma histerectomia ou algo similar, porque não a vi menstruar desde a primeira vez que fizemos amor... Mas vi uma caixinha de teste de gravidez debaixo da pia do banheiro. Você não toma mais cerveja e enjoa de vez em quando. Sem falar que anda mais cansada que o normal.

— Caramba, nunca imaginei que um homem notaria esse tipo de mudança.

— E?

Ela suspirou.

— Como eu disse, fui me consultar com John para confirmar o que eu já desconfiava. Estou grávida de três meses.

— Você é uma enfermeira obstetra, não é possível que não tenha percebido antes.

— Acontece que eu assumi que era estéril. Infértil. Mark e eu tentamos de tudo para ter um filho, inclusive fertilização in vitro... e não adiantou. Engravidar era a última coisa que eu esperava.

— Ah... — Finalmente ele entendeu a razão de tanto segredo. — Então foi por isso.

— Desculpe, Jack. Você deve me achar uma idiota.

— Claro que não. Mel, eu amo você — confessou, beijando-a na testa.

Mel ficou imóvel antes de começar a chorar, enterrando a cabeça no peito dele.

— Ah, meu Deus, Jack!

— Ei, querida, não tem por que chorar. Você não deve estar mais surpresa do que eu. — Ele riu. — Nunca pensei que isso aconteceria comigo. Quase desmaiei quando descobri. Mas eu amo você.

Mel ainda chorava.

— Está tudo bem, querida, tudo bem... — Jack afagou a sua cabeça. — Imagino que você queira muito esse bebê.

— Eu queria tanto que chegava a doer. — Ela levantou a cabeça. — E você? Quero dizer, você está com 40 anos.

— Quero tudo, desde que tenha você comigo. Além do mais, gosto de bebês e sou louco por mulheres grávidas.

— Quando você soube?

— Há um mês mais ou menos. — Jack colocou a mão sobre o seio dela. — Estão inchados. Você não notou a diferença? Seus mamilos escureceram.

— Eu estava em estado de negação — explicou Mel, enxugando as lágrimas. — Ser mãe era o meu maior desejo, mas me conformei de que seria impossível. Eu não teria agido assim se soubesse.

— E como teria sido, exatamente?

— Se eu soubesse que havia uma chance, mesmo que remota, de engravidar, eu teria procurado saber se você queria formar uma família, e aí poderíamos tomar essa decisão juntos, com todas as cartas na mesa. Se acontecesse, estaríamos bem. Lamento por ter colocado você nessa situação sem aviso prévio.

— O que seria difícil de acontecer, já que você estava convencida de que não engravidaria, nem cogitou essa possibilidade. Então foi bom que tenha sido assim.

— E se tivesse sido o contrário? Se eu tivesse dito que o que eu mais queria no mundo era um filho e pedisse para você embarcar nessa jornada comigo?

Jack estreitou o abraço e sorriu.

— Eu teria ficado muito feliz em ajudar.

— Não sei o que dizer. Você aceitou tudo tão fácil... Você é incrível. Pensei que ficaria furioso...

— Imagine... Só fico chateado de ter demorado tanto para encontrar você.

— Mesmo com tanta bagagem?

— Nem penso nisso. — Ele se afastou e a beijou na barriga. — Eu me considero um homem de sorte.

— Você quer ser pai?

— Eu já disse que quero e que estou radiante.

— Nossa, tive tanto medo... — confessou Mel, soltando o ar ruidosamente.

— Medo de quê?

— Que você dissesse: "Que merda, estou com 40 anos, o que vou fazer com um bebê!?"

— Bem, não foi o que eu disse, não é mesmo? — Ele riu. — Estou pronto para formar uma família.

— Jack, ainda tenho medo.

— De...

— De acreditar em nós. Meu último relacionamento terminou muito mal, e achei que nunca superaria... Na verdade, ainda nem sei como estou em relação a isso.

— Bem, você vai precisar ter um pouco de fé.

— Acho que consigo, se você me apoiar.

— Estou aqui e ainda não deixei você cair.

Mel acariciou o rosto dele.

— Verdade, Jack, não deixou mesmo.

Jack tinha visto os cunhados inflarem o peito de orgulho por terem engravidado suas esposas e nem tentara entendê-los; na época, estava mais preocupado com a carreira militar, suas tropas e com a certeza de que um filho seria o pior suicídio profissional que um homem como ele podia sofrer. Tampouco entendia aquele ego masculino, achando que as irmãs estavam apenas engordando e ficando mais chatas.

Quem diria que um dia compreenderia, que o orgulho faria seu peito inchar tanto que pareceria prestes a explodir? Tinha que conter a vontade de sair correndo empunhando uma bandeira para que todos soubessem. Mal podia esperar para fazer planos com Mel, se casar, espalhar para o mundo que seriam parceiros para o resto da vida e que havia um bebê a caminho.

Mel teve que expulsá-lo do chalé, mandando-o cuidar dos clientes do bar, enquanto tomava um banho para se recuperar da longa noite. Prometeu que passaria lá mais tarde para tomar um refrigerante e contar a quem estivesse por lá que Anne, Jeremy e o filho estavam bem.

Jack estava quase chegando à cidade quando decidiu dar meia-volta. Era bem provável que Preacher ficasse bravo por ter que servir e cozinhar ao mesmo tempo, mas seria por pouco tempo. De volta ao chalé, tirou as botas e abriu a porta sem fazer barulho. Esperava encontrar Mel ainda no banho, mas a ouviu chorar.

— Sinto muito — dizia ela, aos prantos. — Eu não tinha planejado nada disso. Ah, Mark, por favor, entenda...

Ele espiou dentro do quarto e a viu sentada na beira da cama, conversando com a foto de seu querido marido. A cena foi como uma facada, dilacerando seu coração.

— Por favor entenda, eu não esperava por isso. Mas aconteceu e me pegou de surpresa. Mas saiba que nunca me esquecerei de você!

Jack deu uma tossidela. Mel deu um pulo e olhou para ele, o rosto encharcado de lágrimas.

— Jack!

— Vou embora — disse, levantando a mão. — Resolva seus assuntos com Mark. Nos vemos mais tarde. — Ele se virou para sair.

— Jack, por favor... — Mel correu e segurou-o pela camiseta.

— Tudo bem, Mel — disse ele. Seus olhos mostravam uma tristeza profunda, mas Jack forçou um sorriso. — Eu já sabia o que teria que enfrentar.

— Não! Você não entende!

— Claro que entendo. — Ele tocou o rosto dela com afeto. — Fique à vontade. Não vou a lugar algum, mas preciso de uma bebida.

Jack saiu do chalé, pegou as botas na varanda e entrou no carro. *Engraçado como o melhor dia da minha vida acabou virando o pior. Mel continua lá, com ele. Pode até me amar como se fosse minha, mas não é. Não ainda.*

Bem, sempre soubera do risco que corria ao entregar o coração a ela. Talvez Mel nunca conseguisse esquecer o falecido.

Que droga! Talvez ela nunca seja minha. Ainda bem que ele não pode levantar do túmulo e levá-la embora. Mas o bebê é meu, e eu o quero. E quero Mel também. Qualquer migalha que ela tenha a oferecer...

Capítulo 15

Mel tomou um banho, vestiu-se e se arrumou para ir ao bar. Estava péssima, com o coração partido pela tristeza que vira nos olhos de Jack. Não era para ele ter testemunhado aquela cena, para ficar tão arrasado. Ela esperava que ele pudesse perdoá-la.

Ela arrumou uma mala para o dia seguinte. Se Jack não viesse para o chalé, daria um jeito de dormir na casa dele. A culpa era toda dela. Contudo, não era mais uma questão só dos dois, havia um bebê. Um bebê tão desejado... Na realidade, Jack queria ela *e* o bebê. Devia haver um jeito de reverter a situação.

Mais ou menos dez clientes estavam espalhados pelo bar quando ela chegou. Os Bristol e os Carpenter estavam sentados numa mesa para quatro, Hope e o doutor estavam no balcão, alguns homens jogavam cartas, bebendo suas cervejas, e uma família também estava por ali. Jack estava atrás do balcão e a cumprimentou erguendo o queixo de leve. Um gesto desanimado; o início da sua penitência.

Mel parou para conversar um pouco com os Bristol e os Carpenter, dando notícias do bebê dos Givens. Depois, sentou-se ao lado de Mullins diante do balcão.

— Descansou um pouco? — perguntou ao doutor.

— Não consigo dormir de dia — resmungou ele, tirando um antiácido do bolso, enquanto Jack o servia com uma dose de uísque.

— A noite foi longa? — perguntou Hope.

— Foi longa para os Givens, mas eles estão bem.

— Bom trabalho, Mel. Eu sabia que tinha acertado trazendo você para cá. — Ela apagou o cigarro e saiu, parando para conversar com algumas pessoas no caminho até a porta.

Sem que Mel tivesse pedido, Jack serviu um refrigerante para ela. *Desculpe*, pediu ela, apenas movendo os lábios, sem enunciar a palavra. Ele esboçou um sorriso, os olhos ainda cheios de mágoa, mas debruçou-se no balcão e beijou-lhe a testa. *Ai, caramba, isso é mau sinal*, pensou Mel.

E só piorou. Enquanto beliscava o jantar, os dois tiveram apenas conversas superficiais. Mel estava determinada a acabar com aquele clima. Esperou o bar esvaziar. Por volta das oito da noite, Preacher começou a varrer o chão enquanto Jack guardava os copos limpos.

— Você não quer falar sobre o que aconteceu? — perguntou Mel em voz baixa.

— Acho melhor deixar como está e seguir em frente.

— Jack... — Ela o chamou num sussurro para que Preacher não ouvisse. — Eu te amo.

— Não precisa dizer isso.

— Mas é verdade. Por favor, acredite em mim.

Jack ergueu o queixo dela e deu um selinho em seus lábios.

— Está certo, acredito em você.

— Ah, meu Deus... — murmurou Mel, os olhos marejados.

— Não, Mel. Não recomece a chorar. Mesmo porque não vou saber o motivo... e a situação só vai piorar.

Mel segurou as lágrimas, forçando-se a controlar a tensão que só aumentava. *Santo Deus, o que farei se levar um fora por causa disso?*

— Vou para o seu quarto. E não saio de lá até você vir a mim para que eu possa convencer você, de alguma forma, que pertencemos um ao outro. Ainda mais em um momento como este.

Jack assentiu com um sinal quase imperceptível. Mel se levantou e foi para o quarto. Sozinha, não conseguiu mais evitar que as lágrimas escorressem pelo rosto. *Jack acha que vou passar o resto da minha vida dando explicações ao meu falecido marido, pedindo desculpas pelo que sinto por outro... Bom, era isso que eu estava fazendo, o que mais ele poderia pensar? Ele não vai acreditar se eu disser que não vai ser assim. E agora? Foi só um desabafo, por causa do choque com a notícia da gravidez, da exaustão e do meu estado emocional.*

Mel se acomodou na poltrona, revisitando a noite em que se sentara ali, encharcada, e Jack a despira, secara e a colocara na cama. Fora naquele momento que a ficha tinha caído e ela soubera, sem sombra de dúvida, de que tinha encontrado um parceiro para o resto da vida, embora tivesse demorado bastante para admitir a si mesma. Mesmo antes do ultrassom, estava convencida de que concebera naquela noite. Jack a fizera enxergar a vida de um jeito diferente, apresentando-a a uma paixão que ela desconhecia, e ainda por cima a presenteara com um bebê. Era tudo um milagre: o amor, a paixão, o bebê. Ela só não estivera preparada para a transição para aquela nova vida. Uma segunda vida, bem diferente da primeira.

Mel ficou sentada na cadeira por uma hora. Esperando.

Jack guardou todos copos e a louça, limpou o balcão e serviu-se de uma dose de um uísque especial, malte único e envelhecido, que reservava para ocasiões importantes. E para as emergências.

Preacher deixou a vassoura e aproximou-se do balcão.

— Está tudo bem?

Jack colocou o copo no balcão e serviu uma dose ao amigo. Em seguida, ergueu-o num brinde e anunciou:

— Mel está grávida.

E virou a bebida num gole só.

— Uau, cara, o que pretende fazer?

— Ser pai e me casar com ela.

Preacher segurou o copo, hesitou por um momento e depois tomou um gole.

— Tem certeza?

— Tenho, sim.

— É isso o que quer?

— Sim.

— Quem diria que nosso sargento seria um homem de família — comentou Preacher, sorrindo.

Jack os serviu de mais uma dose.

— Pois é...

— Pelo que percebi, as coisas não estão muito boas.

— Nada disso. Acabei de descobrir que serei pai — mentiu Jack, sorrindo. — Vai dar tudo certo. Vai ser ótimo.Você sabe que só faço o que quero, tio Preacher. — Esvaziou o copo e deixou-o sobre o balcão. — Boa noite!

Jack achou que não tinha agido certo, deixando Mel esperando por tanto tempo, mas ambos precisavam esfriar a cabeça. Se ela começasse a chorar de novo, Jack a deixaria resolver seus problemas sozinha. Até ele tinha limites, por isso não se apressou para chegar ao quarto. Ela devia estar desesperada, grávida e recém-flagrada desculpando-se à foto de Mark, temendo que ele não conseguisse superar algo assim. Não havia muito o que fazer, ele sabia desde o começo que Mark continuava presente na vida e no coração dela. Sabia que nunca a teria por completo. Bem, então, desfrutaria ao máximo do que Mel poderia lhe oferecer. Não pretendia pressioná-la, mas se encarregaria de fazê-la feliz na cama. Conseguiria lidar com isso, mesmo sabendo que não era o ideal. Com tempo e sorte, a lembrança de Mark se desvaneceria. Embora não fosse o único homem da vida dela, pelo menos tinha certeza de que, naquele momento, era o mais importante. Sua grande esperança era que, quando Mel segurasse o filho no colo, compreendesse de uma vez por todas que a vida era para os vivos.

Jack entrou no quarto, olhou para ela e se abaixou para tirar as botas. Puxou a camisa para fora da calça e a tirou, pendurando-a no gancho do closet. Tirou o cinto, jogou-o de lado e se aproximou da poltrona. Estendeu a mão, que Mel segurou, usando como apoio para se levantar e encostar a cabeça em seu peitoral.

— Desculpa — repetiu ela. — Eu amo você, quero estar ao seu lado.

— Para mim isso é suficiente — respondeu Jack.

Ele a abraçou e a beijou.

— Você tomou alguns drinques. Uísque.

— Achei que era a melhor coisa a se fazer naquele momento.

Dito isso, Jack começou a despi-la bem devagar, deixando as roupas empilharem no chão, sabendo que, quando as palavras não eram suficientes, a linguagem corporal era muito mais eloquente, pois não deixaria margem para mal-entendidos. Bastava acariciá-la para que ela fosse sua. E Mel correspondeu com a mesma intensidade, derrubando todas as barreiras que restavam. Mesmo que ainda houvesse uma gavetinha de recordações no coração dela, Mel se entregava a sua boca e mãos.

Jack a carregou para a cama, pousou-a sobre os lençóis, e iniciou a viagem pelo corpo curvilíneo, beijando e acariciando-a do jeito que ele sabia que a deixaria plena, que proporcionaria o máximo de prazer e alegria, libertando-a de todas as amarras do passado. Mel o enlaçou com as pernas, já flutuando de prazer, oferecendo e recebendo.

Jack não sabia que era possível sentir tanto desejo assim. Ou amar daquele jeito.

Bem, esta é a minha realidade. Pelo menos vou ter isto para sempre. Faria com que a pele dela se eriçasse em doces arrepios, em um delírio alucinante, enquanto ela o levaria à loucura. Poderia dormir abraçado com ela e acordá-la todas as manhãs, e eles desfrutariam de momentos como aquele, quando se completariam em uma paixão incomparável, sem se importar com nada que estivesse acontecendo no mundo, apenas se embriagando de tanto prazer. O mais importante era saber que, ali, um pertencia ao outro, podiam se perder naquele universo só deles. Nesses momentos mágicos, não haveria fantasma de ninguém.

Uma espécie de compensação. Um doce consolo.

— Jack — disse Mel, aninhando-se contra ele. — Eu me odeio por ter causado tanta dor a você.

Jack encostou a cabeça na dela e inspirou o perfume suave.

— Vamos combinar de não falar mais nesse assunto? Já passou. Temos um futuro juntos pela frente.

— E se eu fosse passar uns dias com Joey? Assim você teria mais espaço, e eu assimilaria essa reviravolta na minha vida.

Jack se afastou um pouco para encará-la.

— Não faça isso, Mel. Não fuja logo na primeira dificuldade. Vamos superar isso juntos.

— Tem certeza?

— Mel... — A voz dele estava rouca. — Você carrega um filho meu, quero participar de cada segundo...

Ela se esforçou para conter as lágrimas.

— Deve ser difícil lidar com alguém tão instável quanto eu.

— Pelo que sei, grávidas são assim mesmo.

— Eu sinto muito, mas a verdade é que *eu* sou assim.

— Case-se comigo.

Ela tocou aquele rosto lindo.

— Não precisa fazer isso...

— Melinda, seis meses atrás éramos descompromissados. Duas pessoas que tinham aceitado que nunca, jamais teriam uma família. Agora temos um ao outro e um filho a caminho. Um filho que queremos muito. Não podemos estragar tudo.

— Tem certeza?

— Nunca tive tanta certeza. É o que mais quero. Se você não quiser mais morar em Virgin River, vou para onde você for.

— Mas, Jack, você ama este lugar!

— Você ainda não percebeu que eu te amo muito mais do que qualquer lugar no mundo? Preciso que faça parte da minha vida. Você e o bebê. Nada importa mais que a nossa felicidade.

— E se você mudar de ideia? E se acontecer alguma coisa? Eu nunca imaginei que uma tragédia aconteceria com...

— Shh... — Ele colocou o dedo sobre os lábios dela, impedindo-a de continuar. Não queria ouvir o nome do outro, não naquele momento. — Quero que confie em mim. Você sabe que estará bem comigo.

Entre tantas outras músicas, Mel acordou cantarolando "Mamma Mia", do ABBA, o que a fez sorrir. Saiu da cama e foi tomar uma chuveirada. Quando saiu do banho, vestiu uma das camisas de Jack. Na pia, encontrou uma caneca de café fumegando com um bilhete: *Descafeinado. Papai.* Jack já estava em pé atrás do balcão do bar, preparando o café da manhã. Cuidando dela. Privando-a de cafeína.

Vestiu-se, disposta a enfrentar a rotina. Nos últimos dias estivera tão absorta em seus problemas que não tinha a menor ideia qual era a agenda do trabalho. Não lembrava de ter marcado nenhuma consulta para aquela manhã e não se apressaria para chegar à clínica. Era cedo, e precisava fazer uma ligação importante.

— Queria poder ver a sua cara quando ouvir esta notícia, Joey. Espero que esteja sentada. Irmã, estou grávida.

Joey arfou... depois ficou quieta.

— Grávida! Completamente grávida — repetiu Mel.

— Tem *certeza*?

— De três meses.

— Meu Deus, Mel!

— Eu sei. Foi um choque para mim também.

— Três meses... Me deixe pensar.

— Nem se dê ao trabalho de fazer as contas. Não menstruei desde a primeira vez que ele me tocou. Acho que Jack é fértil por nós dois... Em um primeiro momento, achei que seria impossível, uma fantasia absurda. Atribuí meu atraso ao estresse, à mudança e ao fato de minha vida estar tão estranha... Mas é verdade, estou grávida. O exame de ultrassom confirmou.

— Mas... Mel, como é possível?

— Não faço ideia. Pelo visto é algo daqui. Várias mulheres já me contaram sobre como tinham certeza de que não podiam engravidar e, de repente, *voilá!* Há um rumor sobre a água... Estou pensando em ligar para o especialista em fertilidade que me atendeu em Los Angeles para contar o que acontece neste lugar.

— E o que pretende fazer?

— Vou me casar com Jack.

— Mel, você o ama? — perguntou Joey, hesitante.

Mel respirou fundo para acalmar a voz, sem querer que soasse incerta e emotiva.

— Sim, Joey, amo tanto que chega até a doer. Nunca pensei que poderia amar tanto alguém. No começo, também tentei negar isso.

— Mel... — Joey começou a chorar, emocionada. — Ah, minha irmãzinha querida...

— Eu me senti culpada, como se estivesse fazendo alguma coisa errada... Estava convencida de que tinha perdido o único amor da minha vida e que nunca mais amaria outra pessoa. Nem considerei a possibilidade de encontrar um amor ainda mais forte. Isso me parecia traição. Jack me flagrou chorando com a foto de Mark nas mãos, pedindo desculpas e jurando que jamais o esqueceria. Nossa, foi péssimo...

— Querida, você não fez nada de errado. Aliás, você já passou por muita coisa e sofreu muito.

— Bem, sendo racional, é verdade. Além disso, Jack também sabia dos meus problemas e continuou ao meu lado, me amando, colocando minhas necessidades antes das dele, prometendo que eu ficaria bem e que podia confiar nele. — As lágrimas que vieram aos seus olhos eram de felicidade. Ela sussurrou — Ele é maravilhoso, Joey, e deseja esse filho tanto quanto eu.

— Inacreditável. Quando vai ser o casamento? Porque estaremos aí.

— Ainda nem tivemos tempo de falar sobre isso... Ele só soube ontem, e à noite já me pediu em casamento. Mas eu aviso quando marcarmos a data.

— Isso significa que você vai ficar em Virgin River?

Mel começou a rir.

— Você tinha razão quando disse que vir para cá era loucura, uma decisão irracional e tudo o mais. Eu nem conseguiria me imaginar numa cidade que não tivesse um shopping, muito menos spa, ou que tivesse apenas um restaurante sem cardápio. Pelo amor de Deus! Sem as facilidades da medicina avançada, serviços de ambulância ou polícia local, como pude pensar que isso seria um estilo de vida mais fácil e sem estresse? Quase derrapei com o carro montanha abaixo quando cheguei!

— Ah, Mel...

— Não temos TV a cabo, e nem sempre tem sinal de celular. Não tem ninguém aqui para admirar minhas botas de grife, que, a propósito, estão num estado lastimável de tanto andar em trilhas pela mata e nas fazendas. Sabia que pacientes em estado grave têm que sair daqui de helicóptero? Só um louco acharia isso relaxante e renovador. — Ela começou a rir. — Em Los Angeles, eu estava de um jeito... Achei que fosse imprescindível fugir de qualquer tipo de complicação. Nem pensei que o que eu precisava mesmo era de um desafio. Um desafio novo e inusitado.

— Mel...

— Quando contei a Jack que estava grávida, depois de ter prometido que estava tomando as medidas contraceptivas necessárias, ele poderia ter pulado fora. Mas sabe o que ele falou, em vez disso? "Mel, você e o bebê agora fazem parte da minha vida. Se não quiser ficar em Virgin River, vou para onde você quiser." — Uma lágrima escorreu por seu rosto. — A primeira coisa que faço pela manhã é ver se tem algum cervo no meu quintal. Depois penso no que Preacher vai preparar para o jantar. A essa altura, Jack já voltou para a cidade. Ele gosta de cortar lenha logo cedo. Metade da cidade acorda com o som do machado dele partindo a madeira. Nós nos encontramos de cinco a dez vezes por dia, e ele sempre reage como se estivéssemos separados há mais um ano. Quando estou com uma gestante em trabalho de parto, ele fica acordado a noite inteira, só para o caso de eu precisar de alguma coisa. E, quando não há pacientes à noite, ele me abraça até eu dormir. A última coisa que passa pela minha cabeça é a falta de TV a cabo. Se vou ficar em Virgin River? Pois é, vim para cá porque acreditava ter perdido tudo que era importante para mim e acabei encontrando o que sempre quis na vida. É... Joey, vou ficar. Jack está em Virgin River, e aqui é o meu lugar. Essa gente me pertence tanto quanto eu pertenço a eles.

Depois de um café da manhã leve, Mel foi para a clínica, convencida de que estava tudo em ordem e que poderia contar as novidades ao doutor. Ao entrar, foi recebida pelo silêncio. *Ótimo*, pensou, *ainda não temos pacientes.* Foi até o escritório, bateu à porta de leve e a abriu. Mullins estava sentado à mesa, recostado na cadeira, de olhos fechados. *Humm. Quem mesmo que não dorme durante o dia?* Aproximou-se. Era bom vê-lo dócil, de vez em quando.

Estava prestes a ir embora e esperar uma hora melhor para conversar, mas alguma coisa a fez prestar mais atenção. Percebeu que ele estava com os olhos cerrados com força e não parecia ter uma cor boa. A pele do rosto estava acinzentada. Estendeu a mão e pousou os dedos no pulso dele: acelerado demais. Tocou sua testa e sentiu a pele fria e úmida. Mullins entreabriu os olhos.

— O que você está sentindo? — inquiriu Mel.

— Nada... Só azia.

Azia não acelera o pulso e não deixa a pele nesse estado. Ela saiu rápido para buscar o estetoscópio e o aparelho de pressão.

— Será que preciso adivinhar ou você vai me dizer o que está acontecendo?

— Já falei... Não é nada. Daqui a pouco estarei melhor.

Mel precisou insistir muito para que ele permitisse que ela aferisse sua pressão.

— Tomou café da manhã?

— Não faz muito tempo.

— O que comeu? Ovos com bacon, salsicha?

— O café não foi lá essas coisas. Preacher não é tão generoso assim.

A pressão estava alta.

— Dores no peito?

— Não.

Mullins se endireitou na cadeira, e ela apalpou seu estômago, mas o excesso de gordura na barriga a impedia de sentir os órgãos internos. Mullins bateu na mão dela, tentando afastá-la. Mel insistiu e, quando o apalpou de novo, ele gemeu de dor.

— Quantas vezes isso já aconteceu?

— O quê?

— Episódios como esse.

— Uma ou duas vezes.

— Não minta para esta enfermeirazinha — provocou Mel. — Desde quando está assim? — Puxou as pálpebras dele para baixo e notou que estavam amarelas. Icterícia. — Por acaso está esperando seu fígado arrebentar?

— Daqui a pouco passa.

Mullins estava sofrendo de cólicas graves de vesícula, e Mel suspeitava que não era só isso. Sem pensar duas vezes, pegou o telefone e ligou para o bar.

— Jack, por favor, venha aqui o mais rápido que puder. Preciso levar o doutor ao hospital. — E desligou.

— Não vou! — protestou Mullins.

— Ah, vai sim, senhor. Se continuar brigando, peço ao Jack ou ao Preacher para pegar você no ombro e jogar no banco de trás do jipe. Isso vai ser ótimo para a sua barriga. — Ela o encarou. — Como estão as costas?

— Péssimas. Estas sim vão mal.

— Você está ficando amarelo, doutor. Não podemos esperar. Suspeito que esteja prestes a ter uma crise biliar. Vou botar você no soro e não quero ouvir nem mais um pio.

Mel nem teve tempo de pegar o cateter antes de Jack e Preacher chegarem.

— Vamos botar ele no carro, eu dirijo — anunciou Jack. — O que ele tem?

— Acredito que seja uma crise de vesícula e fígado, mas ele se recusa a me dizer o que sente. Parece sério. A pressão está alta, e ele está com muita dor.

— Isso é perda de tempo! — protestou Mullins. — Daqui a pouco passa...

— Fique quieto, por favor — implorou Mel. — Não quero ter que pedir que Preacher e Jack o imobilizem.

Assim que Mel terminou de conectar o soro, correu até o armário de medicamentos, enquanto Jack e Preacher levantavam o médico e o conduziam para fora, cada um de um lado. Jack segurava a bolsa de soro no alto. Quando chegaram ao jipe, Mel juntou-se a eles.

— Não vou me deitar! — avisou o doutor.

— Acho que deveria...

— Não. Sentado já é ruim o suficiente.

— Está bem. Vamos tirar a maca, e você vai no banco de trás. Vou prender o soro no gancho e me sentar do seu lado. Já tomou alguma coisa para dor?

— Eu estava começando a sonhar com morfina. — Jack deixou a maca na varanda e ajustou o banco de trás do jipe. Mullins entrou no veículo, meio trôpego. — Mas não temos as drogas boas...

— Será que você consegue chegar ao hospital sem tomar nada? Para o médico poder começar do zero?

— Aiii...

— Se insistir, posso aplicar alguma coisa, mas seria melhor deixar os socorristas decidirem o que ministrar. — Mel respirou fundo antes de contar: — Peguei a morfina.

Ele a fitou com os olhos semicerrados.

— Manda ver... — disse ele. — A dor está terrível.

Mel suspirou e injetou a morfina direto no soro. O efeito veio quase imediatamente, fazendo-o suspirar.

— Ahh...

— Você se consultou com alguém?

— Sou médico, mocinha. Posso cuidar de mim mesmo.

— Ai, Deus...

— Tem uma clínica em Gaberville — informou Jack. — É mais perto do que o hospital.

— Precisamos de um cirurgião — retrucou Mel.

— Não preciso de cirurgia — protestou Mullins.

— Quer apostar?

O médico conseguiu descansar um pouco graças à morfina, o que foi ótimo, porque a viagem levaria mais de uma hora, mesmo com a habilidade de Jack ao volante. O problema não era tanto a distância, mas sim as estradas, cheias de curvas, que precisavam ser percorridas em baixa velocidade. Mel olhou pela janela, lembrando a noite em que chegara à

Virgin River, apavorada com todas aquelas curvas fechadas, os penhascos e subidas quase verticais... Bem diferente do conforto de estar com Jack ao volante num jipe apropriado para enfrentar a estrada. Não demorou muito para saírem da serra e ganharem velocidade ao longo do vale. Com a atenção focada no doutor, ela não conseguiu admirar direito a paisagem, mas sempre que viajava para qualquer canto daquela região deslumbrava--se com toda aquela beleza como se fosse a primeira vez.

Um pensamento fugaz passou pela sua cabeça: se acontecesse o pior com o doutor, ficaria sozinha na clínica. Como faria para ter um bebê e cuidar da cidade ao mesmo tempo?

Lembrou de Joey perguntando se ficaria na cidade e sorriu. Não seria castigo nenhum viver num lugar tão lindo.

Era a segunda vez que Mel passava pelas portas do pronto-socorro do Hospital Valley, a primeira tinha sido com Connie. Na noite que viera com Jeremy e Anne, tinham entrado direto para a maternidade, por isso não conhecera muito bem a equipe do pronto-atendimento. Mas todos conheciam o dr. Mullins, que aparecera no hospital de vez em quando nos últimos quarenta anos. Mel foi recebida com entusiasmo, como se fosse uma velha amiga.

O doutor, por sua vez, não parava de reclamar, querendo deixar claro que não precisava estar ali. Mel e Jack ficaram esperando fora da sala enquanto o médico o examinava. Outro médico entrou, e eles ouviram os gritos de protesto de Mullins:

— Ah, só me faltava essa! Será que não existe um cirurgião melhor? Não quero morrer na droga da mesa de cirurgia!

Mel empalideceu, mas viu que parte da equipe ria. Depois do exame, o cirurgião saiu da sala e veio falar com eles.

— Muito prazer, sou o dr. Simon. — Ele estendeu a mão, sorrindo. — E a senhorita?

— Mel Monroe — disse Mel, retribuindo o aperto de mão. — Trabalho com o dr. Mullins. Como ele está?

— Ele está bem. Nós, médicos, somos péssimos pacientes, não acha? Vou interná-lo para a remoção da vesícula, mas não podemos operar enquanto ele estiver com cólica biliar, o que pode levar um dia ou até uma semana para passar. Bom diagnóstico, srta. Monroe. Imagino que ele não tenha cooperado muito...

— Bem que ele tentou resistir. Posso vê-lo?

— Claro.

Mullins estava sentado na cama enquanto a enfermeira trocava a embalagem do soro. O médico socorrista, que anotava alguma coisa na ficha, a cumprimentou com a cabeça.

Mel olhou em volta. O pronto-socorro era bem menor e menos lotado do que o de Los Angeles, mesmo assim a remeteu aos dias e noites que passara trabalhando em um ambiente parecido. Lembrou-se da adrenalina correndo pelas veias durante as emergências, a tensão que tanto a estimulava... No balcão das enfermeiras, um médico jovem conversava com uma delas, lendo alguma coisa por cima de seu ombro. Ele sussurrou alguma coisa no ouvido dela que a fez rir. Em outra época, poderiam ter sido Mel e Mark. Mel fechou os olhos, e uma vez mais se deu conta de que deixara tudo aquilo para trás. A dor da ausência já não a abatia tanto. Agora, o homem de quem sentia falta estava na outra sala, esperando e disposto a fazer tudo por ela. Sem pensar, levou a mão ao ventre. *Está tudo bem. A experiência que tive foi muito ruim, mas o que tenho agora é muito bom.*

— Ei, mocinha, você está enjoada? — perguntou o doutor.

— Como? Não, claro que não — respondeu Mel, saindo do breve devaneio.

— Tive a impressão de que você ia chorar. Ou vomitar.

— Desculpe, eu estava com a cabeça longe. Está se sentindo melhor?

— Vou sobreviver. É melhor você ir. Deve ter pacientes na clínica.

— Vou sim, mas volto para a sua operação.

— Nem precisa, porque provavelmente vou morrer quando aquela criança me cortar. Você tem que ficar em Virgin River. Afinal, alguém tem que cuidar da clínica, não é? E temo que a responsabilidade agora é sua. Que Deus nos ajude.

— Telefono para ter notícias e venho depois da cirurgia. Trate de se comportar. Não quero que o expulsem.

Mullins bufou. Mel colocou a mão em sua testa vincada.

— Fique bem. Eu tomo conta da sua clínica.

— Obrigado — respondeu ele, com um tom carinhoso que Mel desconhecia.

No caminho de volta a Virgin River, comentou com Jack:

— Ele vai precisar de tempo para se recuperar antes de poder voltar a atender. Acho que vou ter que dormir na clínica quando ele voltar do hospital, para ajudar.

Por conta da idade, peso e pressão, Mullins demorou para ser operado e se recuperar. Foi preciso uma semana para que pudesse ser submetido à cirurgia. A internação normal para uma colecistectomia era de no máximo dois dias, mas o doutor ficou mais uma semana.

Durante esse período, Mel foi visitá-lo todos os dias no hospital e ainda atendia os poucos pacientes da clínica. John e June ofereceram ajuda, caso fosse necessário, mas ela estava dando conta. Ela passava o dia na clínica e as noites com Jack, do outro lado da rua. O maior inconveniente, porém, era o planejamento e os preparativos do casamento.

Jack contou à família sobre o casamento com Mel, e a notícia foi recebida com muito entusiasmo. Não contou sobre a gravidez, pois queria ver a reação de todos quando descobrissem. Como não havia acomodações suficientes em Virgin River, ficou decidido que fariam uma pequena cerimônia só para a família na casa dos Sheridan, em Sacramento. Jack havia dito às irmãs, responsáveis pelo planejamento, que eles queriam uma coisa simples e que elas teriam três semanas a partir da data de internação de Mullins. A ideia era trocar as alianças e voltar correndo para casa.

— E a lua de mel? — Sam quis saber.

— Não se preocupe com isso — Jack respondeu. *Minha vida daqui em diante será uma lua de mel eterna*, pensou.

Rick se surpreendeu com as notícias da gravidez e do casamento iminente.

— Você concordou com tudo isso? — perguntou a Jack.

— Claro que sim! Veio em boa hora. Estou mais do que pronto para construir uma família, Rick. — Jack segurou o garoto pelo pescoço, puxando-o para mais perto. — Quer dizer, acrescentar novos membros à família, já que tenho Preacher e você. Tudo bem assim?

— Bom, você não é mais menino... — Rick sorriu. — Pensei que Mel fosse areia demais para o seu caminhãozinho.

— E é mesmo, mas que se dane.

Na noite anterior ao dia previsto para Mel buscar o doutor no hospital e trazê-lo para casa, Jack perguntou:

— Você precisa mesmo ficar na casa dele?

— Serão apenas alguns dias, tempo suficiente para garantir que fique bem. O doutor ainda está se recuperando, e está bem infeliz. Vai precisar de analgésicos, e não quero que se medique sozinho. Tenho medo de que se confunda e acabe tendo uma overdose.

— Venha aqui — Jack a chamou ao se sentar na poltrona do quarto. Mel se aproximou e se sentou no seu colo. — Tenho uma coisa para você. — Ele tirou uma caixinha do bolso, emudecendo-a. Só podia ser um anel de noivado. — Não sei se é muito prático, em um lugar como Virgin River. Talvez seja demais, mas não resisti... Por mim, você teria tudo, mas por enquanto terá que se contentar com isto.

Mel abriu a caixinha e se deparou com um anel de diamantes tão lindo que a levou às lágrimas. Era uma aliança de ouro com três diamantes encrustados, cheio de classe, discreto e único.

— Jack, no que você estava pensando? É lindo! Os brilhantes são imensos!

— Sei que talvez você não consiga usá-lo no trabalho. E, se não tiver gostado do modelo...

— É brincadeira, né? É maravilhoso!

— Comprei uma aliança para mim também, mas sem brilhantes. Tudo bem?

— Perfeito. Onde você encontrou uma joia dessas?

— Com certeza não foi na joalheria de Virgin River. Tive que ir até a costa. Tem certeza de que gostou?

Ela o enlaçou pelo pescoço.

— Você já me presenteou com um filho. Eu não esperava por isto também!

— Eu não sabia que daria um filho a você — disse ele, sorrindo. — Mas o anel foi planejado.

Mel soltou uma gargalhada.

— As pessoas vão achar que somos esnobes.

— Comprei a aliança há algum tempo, quando pensei na possibilidade da gravidez. Talvez tenha sido antes mesmo de você descobrir. Mesmo se não houvesse a gestação, eu já estava decidido a me casar com você e passar a vida ao seu lado. Isso quer dizer que não vou me casar por obrigação, mas por vontade própria.

— Nossa, como tudo isso foi acontecer?

— Já nem sei mais.

No dia seguinte, ela e Jack foram buscar o doutor no hospital e trazê-lo para casa. Mel o acomodou na cama. Logo ficou provado que Mullins era de fato um paciente terrível, mas, apesar disso, a recuperação aparentemente seria total e ele não demoraria a voltar à rotina de sempre. Talvez ainda não pudesse atender pacientes quando Jack e Mel fossem a Sacramento, mas pelo menos conseguiria se cuidar sozinho.

Enquanto isso, como Mel estava muito atarefada, cuidando do doutor e da clínica, Jack, Preacher e Ricky se revezavam para levar as marmitas dos dois. De vez em quando, Mel ia até o bar para espairecer, mas passava as noites na maca de hospital na casa do médico. Sozinha.

Certa noite, acordou assustada com um barulho no andar de baixo. Ainda sonolenta, sentou-se na cama e ouviu com atenção. Era improvável, mas não impossível que alguém viesse procurar o doutor tarde da noite. Quando ouviu batidas na porta, ela se virou para olhar o relógio. Era uma da madrugada, o que significava uma emergência. Enquanto vestia o roupão, começou a pensar em como se organizaria caso precisasse sair. Jack poderia ficar com o doutor, ou talvez a acompanharia, deixando Mullins dormindo sozinho até amanhecer. Lembrou do caso que ouvira sobre o acidente quase fatal de um caminhão. *E se eu não der conta sozinha? Quem poderia chamar?*

Quando abriu a porta, não viu ninguém. Logo em seguida, as batidas recomeçaram, e ela se deu conta de que quem quer que fosse estava à porta da cozinha. Olhou pelo vidro e reconheceu o rosto de Calvin. Teria que se recusar a acompanhá-lo até o acampamento, se o motivo da visita fosse esse. Teria que mandá-lo embora ou chamar Jack, caso o homem tivesse vindo buscar analgésicos potentes.

Abriu a porta com uma desculpa na ponta da língua, mas Calvin a empurrou para dentro com o braço em seu pescoço e com tanta força que a derrubou sobre uma cadeira. No percurso, Mel bateu na bancada e derrubou as xícaras de café que secavam no escorredor de louça. A expressão no rosto dele era assustadora, com os olhos vidrados e uma faca de caça imensa nas mãos. Mel tentou gritar, mas Calvin a puxou pelo cabelo e pressionou a faca contra seu pescoço.

— Quero os remédios de dor. Me dê tudo o que tiver, e eu vou embora.

— Estão ali... Preciso pegar a chave — disse ela, apontando para o armário de medicamentos.

— Esquece. — Ainda segurando-a, Calvin tentou chutar a porta de madeira. O armário inteiro oscilou, e eles podiam ouvir o barulho das embalagens de vidro balançando lá dentro.

— Pare! Assim você vai quebrar tudo. Você quer os remédios ou não?

— Onde está a chave? — exigiu ele, parando de chutar.

— No consultório.

— Vamos, mexa-se!

Calvin a arrastou para trás e passou a trava na porta por onde entrara. Depois, com um braço ao redor da cintura dela e a faca em seu pescoço, atravessaram a cozinha. Mel não tinha outra opção a não ser levá-lo até o consultório.

Ele a segurou por trás, como uma refém, arrastando-se pelo corredor. Quando Mel abriu a gaveta da mesa do doutor, Calvin começou a rir e agarrou sua mão.

— Vou levar isto também — disse já tirando a aliança de noivado do dedo de Mel.

— Não, Deus...

Mel soluçava, tentando impedi-lo, mas Calvin segurou-a pelo cabelo de novo e a ameaçou pressionando a faca com mais força. Ela ficou paralisada e permitiu que o sujeito tirasse o anel e o enfiasse no bolso.

— Vamos logo, não tenho a noite inteira.

— Não me machuque. Pode levar o que quiser.

— E se eu quiser que você venha comigo? — Ele riu.

Mel achou que vomitaria ali mesmo. Esforçava-se para ser corajosa e forte, na esperança de que o sofrimento terminasse logo.

Mas Calvin ia matá-la a qualquer momento, já que Mel era testemunha do que ele fizera e sabia onde ele morava. Ela tinha certeza de que, assim que ele conseguisse o que queria, passaria a faca no seu pescoço.

As chaves do jipe estavam em cima da mesa, facilmente reconhecíveis pelo logotipo. Calvin pegou-as e as enfiou no bolso, junto com a aliança. Arrastou-a para fora do consultório, na direção da cozinha.

— Aquele idiota não me paga bem para ficar tomando conta da plantação de maconha com Maxine e um bando de vagabundos velhos. Mas isto aqui vai me garantir — comentou, dando risada.

Jack rolou na cama para atender o telefone.

— Mel está em perigo — anunciou Mullins, a voz grave. — Alguém está tentando entrar aqui pelos fundos. Ela está lá embaixo. Ouvi batidas no vidro.

Jack largou o telefone, pulou da cama e pegou a calça na cadeira. Não tinha tempo para vestir uma camiseta ou sapatos. Pegou a pistola que guardava no armário, certificou-se de que estava carregada e saiu. Atravessou a rua em disparada. Agia sem pensar, no automático. Cerrou os dentes, as têmporas pulsando. Sentia o rugido do sangue nos ouvidos. Quando viu uma caminhonete velha estacionada ao lado do jipe de Mel, soube exatamente quem estava lá dentro.

Espiou pela janela da frente e viu Calvin empurrando Mel da cozinha, onde estava o armário de medicamentos, para o consultório. Deu a volta na casa e olhou pela janela da cozinha. Os dois ainda estavam fora de seu campo de visão. Apareceram em seguida no corredor, e Jack se escondeu rapidamente, mas teve tempo de registrar a faca grande e serrilhada que Calvin segurava contra o pescoço de Mel. Achou melhor esperar, não queria que o homem tivesse a oportunidade de fugir ou de ferir Mel. A espera de alguns segundos pareceu uma eternidade, mas enfim Jack ouviu seus movimentos e a voz hostil com a qual aquele sujeito se dirigia a Mel que indicavam que eles estavam de volta à cozinha.

Quando os dois estavam perto do armário de medicamentos, Jack chutou a porta, que bateu na parede com um estrondo. Com as pernas afastadas e os braços estendidos para a frente, apontou a arma para o homem que ameaçava sua mulher.

— Largue a faca. Bem devagar.

— Você vai me deixar sair daqui, e ela vai comigo para garantir — ameaçou Calvin.

Sentindo a faca no pescoço, Mel viu um Jack que não conhecia. A expressão ameaçadora do rosto dele deveria ser o suficiente para assustar o homem que a segurava. Jack parecia um selvagem, sem camisa, pés descalços, calça com o zíper fechado, mas não abotoada, ombros e braços musculosos, bíceps avantajados cobertos por tatuagens.

Mel viu, por trás do revólver, quando Jack estreitou o olhos e contraiu o maxilar, e soube que ele ia atirar. Não havia dúvida. Jack não olhava para ela, mas para Calvin. E, para uma mulher que detestava armas, Mel não sentiu um pingo de medo. Confiava em Jack. Naquele instante, entendeu que ele arriscaria a própria vida, mas não poria a dela em risco. Passou de apavorada para confiante.

O alvo era de centímetros, se errasse acertaria o lindo rosto de Mel. A faca ainda estava no pescoço dela. Não havia o que pensar, de jeito nenhum a perderia.

— Você tem um segundo para largar essa mulher.

De canto do olho, Jack viu que Mel olhava na sua direção como se dissesse o quanto o amava e confiava nele. Numa fração de segundos, ela fechou os olhos e inclinou um pouco a cabeça para a direita.

— Para trás, cara...

Jack atirou, e Calvin voou para trás com a força da bala, soltando a faca.

Mel correu até Jack, que a envolveu com um braço, a outra mão ainda segurando a arma. Mel suspirou, aliviada, e recostou a cabeça naquele peito largo, abraçando-o com força. Jack mantinha o olhar fixo no agressor, que estava imóvel, com um buraco na testa, mergulhado em uma poça de sangue. Os dois permaneceram um tempo abraçados, com Mel recuperando o fôlego e Jack observando a vítima. Estava feito. Ela se afastou um pouco e mais uma vez se surpreendeu com a fúria estampada no rosto dele.

— Ele ia me matar — sussurrou ela.

— Nunca deixarei que nada aconteça com você.

Ouviram passos atrás deles, mas não se viraram. Preacher apareceu à porta, ofegante, segurando-se no batente. Dali, viu um homem estendido no chão e Jack abraçado a Mel, segurando a arma na lateral do corpo, o que o fez fechar a cara. Entrou na cozinha, chutou a faca e se agachou ao lado de Calvin, colocando os dedos no pescoço dele. Olhou para Jack por cima dos ombros e balançou a cabeça.

— Acabou, Jack.

Ainda com o braço nos ombros de Mel, Jack colocou a pistola na mesa e virou-se para o telefone de parede. Tirou o fone do gancho, apertou alguns números e disse:

— Aqui fala Jack Sheridan, de Virgin River, na casa do dr. Mullins. Acabei de matar um homem.

Capítulo 16

Henry Depardeau, o ajudante de xerife, demorou mais tempo para chegar em Virgin River do que para determinar que Jack tinha agido para defender Mel, cuja vida estava em perigo. Jack também ligou para Jim Post, marido de June Hudson, que, como ex-policial, podia ajudar. Além do mais, o homem chegou mais rápido do que Henry. Naquela noite, Jack descobriu que, antes de se aposentar, Jim tinha sido agente da divisão de narcóticos.

— Acho que deveríamos inspecionar o acampamento de Calvin — propôs Jim. — Caso seja apenas um bando de vagabundos, não creio que teremos mais problemas. Mas acredito que não seja só isso. Se minhas suspeitas se confirmarem, devemos falar com o xerife.

Mel convidou Jack para passar o que restara da noite na casa do doutor. Tinha conhecido uma faceta dele que não imaginava existir. Aquele gigante terno e delicado tinha sido dominado por uma fúria silenciosa e impressionante. Os dois se deitaram abraçados em uma cama de hospital estreita. Mel quase não dormiu, e, sempre que olhava para Jack, via que estava acordado e atento. Ainda estava tenso, o maxilar contraído e os olhos brilhando de ódio, mas bastava acariciá-lo no rosto para que suas feições relaxassem.

— Está tudo bem, querida, tente dormir um pouco. Não tenha medo.

— Não tenho medo quando estou com você — sussurrou Mel, e era verdade.

Na manhã seguinte bem cedo, June e Jim chegaram à cidade. June foi à clínica, e Jim, ao bar.

— Vim examinar você para garantir que o estresse de ontem não afetou o bebê — explicou June. — Sentiu alguma câimbra ou contrações?

— Não tive nada, acho que estou bem. Só não consigo evitar a tremedeira quando penso no que poderia ter acontecido.

— Pretendo passar só algumas horas na cidade, mas posso atender seus pacientes, se precisar. Você deveria descansar.

— Jack passou a noite aqui. Acredito que não tenha dormido, mas eu descansei um pouco. E o seu bebê?

— Jamie está com Susan, John e meu pai estão na clínica. — Ela sorriu. — Temos que ser flexíveis aqui no interior.

— O que Jim está fazendo?

— Está no bar com Jack e Preacher. Eles não devem demorar, mas primeiro vão até o acampamento dos Paulis. Não podemos permitir que a vida de mais ninguém seja ameaçada.

— Meu Deus.

— Eles sabem como lidar com aquela gente. Alguma coisa precisa ser feita.

— Não é bem assim, June. Estive várias vezes naquele acampamento e só vi Calvin Thompson na primeira vez, quando fui ajudar o doutor com alguns curativos. Depois, continuei visitando o lugar, apesar dos avisos para não ir. Seria mentira se eu dissesse que não fiquei assustada e com medo, mas nunca me passou pela cabeça que alguém de lá pudesse colocar uma faca no meu pescoço e... — Ela parou de falar.

— Santo Deus! Por que fez isso?

— Eles estavam passando fome — respondeu Mel, com a voz fraca, dando de ombros.

— Ora, veja só, e você achando que não era uma de nós. Até parece.

Preacher e Jim entraram na caminhonete de Jack e foram para a floresta. O acampamento dos Paulis ficava a menos de quarenta quilômetros de Virgin River, mas, com as estradas acidentadas, a viagem durou quase uma hora. O acampamento era tão isolado que ninguém pensaria que aquela gente representava algum perigo.

Fazia pouco tempo que Calvin Thompson morava ali. Ele não era apenas um vagabundo, mas um homem violento. Henry Depardeau logo descobriu que o sujeito tinha uma longa lista de crimes relacionados a drogas, cometidos em outras cidades da Califórnia, e que estava escondido na mata para fugir da polícia. Maxine provavelmente o levara para o acampamento do pai.

— Foi o que imaginei — disse Jim, ao chegarem, apontando para o trailer camuflado com o gerador ao lado.

Os três homens de Virgin River desceram do carro armados com rifles que matariam um urso-negro com um tiro só, capazes de dividir um homem ao meio. Claro que não havia ninguém por perto.

— Paulis! — gritou Jack.

Um homem esquelético, barbudo e maltrapilho saiu de uma das barracas. Atrás dele, surgiu uma moça magra de cabelos oleosos. Aos poucos, outros homens foram aparecendo de trás dos trailers caindo aos pedaços. Não estavam armados, mas ficaram longe; conheciam as armas que Jack, Jim e Preacher portavam.

— Você anda cultivando erva? — perguntou Jack.

Paulis balançou a cabeça.

— Foi Thompson que trouxe esse equipamento para cá?

A moça soltou um gritinho e cobriu a boca com a mão. Paulis confirmou.

— Ontem à noite ele tentou matar uma mulher e roubar medicamentos e um anel. Agora está morto. Quem trouxe o trailer?

— Não costumamos usar nomes por aqui — informou Paulis.

— Como ele era? — inquiriu Jim. Paulis deu de ombros. — Vamos lá, homem. Quer ir para a cadeia também? Qual era o carro dele?

Paulis continuou sem dar informações, mas Maxine se adiantou, as lágrimas escorrendo pelo rosto pálido, e confessou:

— Era um SUV preto e grande. Com faróis de milha em uma barra no capô. Vocês devem saber de quem se trata. Ele pagava para Calvin cuidar da plantação.

— Eu sei quem é — murmurou Jack, para Jim. — Não faço ideia de onde esteja agora, mas sei que esta não é a única plantação dele. Por acaso, tenho o número da placa daquele SUV.

— Bem, isso será de grande ajuda.

— Paulis, vocês têm vinte e quatro horas para limpar tudo e sumir dessa região — ordenou Jack. — O ajudante do xerife virá aqui para desativar este lugar o quanto antes, e, se ainda estiverem aqui, serão presos. Ouviu bem?

Paulis limitou-se a assentir.

— Calvin ameaçou a vida da minha mulher — continuou Jack. — Vou atrás de você e, se eu encontrá-lo, quer dizer que você não estava longe o suficiente, entendeu?

Paulis afundou o queixo no peito.

Não havia dúvida de que, em um conflito entre aqueles homens do acampamento e o grupo formado por Jack, Jim e Preacher, os últimos seriam os vencedores. Mesmo assim, para deixar tudo bem claro, Jack estendeu o rifle de grande calibre, engatilhou e atirou no gerador meio enterrado ao lado do trailer, explodindo-o. O estrondo chegou a balançar as árvores. Os homens recuaram, se encolhendo e erguendo as mãos para cobrir os rostos.

— Eu volto amanhã bem cedo — avisou Jack.

Quando já estavam no carro, perguntou a Jim:

— O que pretende fazer com eles?

— São apenas um bando de vagabundos vivendo na floresta. Eles não conseguiriam levar um trailer até lá, ou seja, deve mesmo ter sido o sujeito para quem Calvin trabalhava. Acredito que vão embora, vão se embrenhar mais na mata, onde podem acampar, na esperança de serem esquecidos. Acho que vão seguir seu conselho. Não podem mais ficar aqui. Mesmo que não sejam perigosos, estão dispostos a ajudar criminosos.

— Não vi nenhuma arma, mas não duvido de que tenham alguma.

— Claro, mas não devem ser armas boas. Viram as nossas... Nenhum deles ousaria atirar em nós. Precisamos nos preocupar é com tipos como o chefe de Calvin e um acima dele. Faz alguns anos que o Departamento de Investigações sobre Narcóticos, o Denarc, limpou uma cidade inteira perto da cordilheira de Trinity. Eu ainda estava na ativa, e aqueles caras tinham armas pesadas. — Jim deu um tapa no braço de Jack. — Acho que devemos ficar fora da área de atuação deles. Se Forestry cruzar com algum traficante, vai reportar ao xerife e talvez até ao Denarc.

* * *

O clima na cidade estava tenso, com todos preocupados. Jack tinha se tornado o filho favorito deles, aquele que viera à cidade para ajudar as pessoas, e a mulher que ele escolhera tinha sido ameaçada.

Durante todo o dia, os vizinhos vieram à clínica, trazendo comida e oferecendo-se para conversar. Nenhum paciente, só amigos. Mullins saiu da cama, vestiu-se e desceu para receber as visitas. Subiu para o quarto apenas para uma soneca, mas passou a maior parte do tempo no andar de baixo. Jim e June ficaram apenas algumas horas, mas Jack era presença constante, indo e vindo o dia todo — o que foi bom, pois muitos queriam ver Mel, mas também saber os detalhes com Jack.

— Dizem que você atirou enquanto ele a ameaçava com uma faca.

Jack apenas assentia, segurando a mão de Mel.

— Que coragem! Como sabia que acertaria?

— Não tive alternativa. E não teria puxado o gatilho se tivesse alguma dúvida de que não acertaria o alvo.

Outro assunto que despertou muito interesse foi a aliança de Mel. A notícia do noivado foi recebida com entusiasmo, mas não com surpresa. Houve muitas perguntas e protestos quando souberam que seria uma cerimônia pequena para a família dentro de alguns dias em Sacramento.

Jack, Mullins e Mel comeram o que os visitantes tinham trazido. Quando terminaram o jantar e a louça estava limpa, Mullins anunciou:

— Vou me deitar, Melinda. Você devia voltar para a cama do seu futuro marido. Essas camas de hospital são muito pequenas para os dois. — E foi devagar para as escadas.

— Eu também acho — concordou Jack, levando-a para o outro lado da rua.

Como tinha dormido muito pouco na noite anterior, Mel praticamente desmaiou de cansaço assim que se deitou na cama de Jack, aconchegando--se no conforto do calor do corpo dele.

Na manhã seguinte, antes de o sol nascer, Mel acordou com o barulho de vários motores de carros. Olhou para o relógio, eram apenas cinco da manhã. Procurou pelas roupas, vestiu-se e foi para a varanda, atravessando o bar, para verificar a razão de tamanha comoção. Havia vários carros na rua, utilitários, jipes, caminhonetes de todos tipos e marcas. Os homens conferiam as armas e vestiam coletes a prova de balas. Alguns de calça jeans e camiseta, outros de roupas de trabalho. Ela reconheceu alguns rostos: Mike Valenzuela, vindo de Los Angeles; Zeke, que vinha de Fresno; Paul Haggerty e Joe Benson; ambos de Grants Pass, em Oregon... Alguns vizinhos e fazendeiros da região se uniram a eles. Ricky também estava ali; de uma hora para a outra, o menino tinha virado um homem adulto.

Mel ficou observando a comoção por um tempo, até que Jack a viu, despenteada e descalça. Ele deu o rifle para o Paul e foi encontrá-la.

— Você está parecendo uma menina... Uma menina grávida, mas sei bem que não é. Pensei que você fosse dormir mais.

— Com esse alvoroço todo? O que está acontecendo?

— Caça ao tesouro. Nada com o que se preocupar.

— Ah, Jack, me poupe!

— Vamos até a mata fazer uma limpeza.

— Armados até os dentes? Com coletes a prova de bala? Meu Deus, Jack!

— Acho que não teremos problemas, Mel. — Ele a abraçou por um instante. — Mas temos que estar preparados para o que der e vier. Vamos inspecionar os arredores da cidade para ter certeza de que não há nenhuma plantação de maconha ilegal ou criminoso por perto. Não queremos mais acampamentos iguais ao que Calvin vivia nem a presença de criminosos como ele.

— Mas como vão saber se tem gente perigosa em acampamentos comuns? Já me disseram que há vários pela região, onde moram os sem-teto, os vagabundos e gente das montanhas.

— Ainda assim, é bom descobrir quem e o que está por aí. Vasculhar os acampamentos e verificar se estão armados. A planta da maconha é bem fácil de identificar, o verde é diferente, e a plantação ilegal está sempre camuflada e com um gerador por perto.

— E você precisa disto porque...? — perguntou ela, espalmando a mão no colete a prova de balas.

— Porque em breve serei pai e não quero correr riscos desnecessários. Vai que sou atingido por uma bala perdida de um daqueles idiotas?

— E o Ricky também vai?

— Eu cuido dele. Aliás, todos estaremos de olho nele, mas acredite, Ricky está pronto para uma operação dessas. Aprendeu a atirar comigo. Eu não o deixaria de fora.

— Isso tudo é mesmo necessário?

— Muito.

E Mel percebeu que ele estava irredutível. Jim se aproximou de Jack, sorrindo.

— Bom dia!

— June sabe que você vai participar dessa busca?

— Sim, senhora.

— E o que ela disse?

— Algo como "É bom tomar cuidado". O pior foi convencer o dr. Hudson a não vir.

— Não seria melhor deixar isso nas mãos da polícia ou do xerife?

Jim apoiou o pé no degrau da varanda e deu de ombros.

— Já contamos a Henry sobre o acampamento dos Paulis e demos a descrição e placa do carro do suspeito para quem Calvin trabalhava. Tomara que tenham ido embora e deixado a plantação para trás. Nós os vimos, Mel, e não há dúvida de que não foram aqueles homens que levaram o trailer até lá, nem o enterraram, o camuflaram e começaram a plantação. Mas alguém foi o responsável... E podem existir outros acampamentos com a mesma finalidade nesta área. Há muitos plantios ilegais, mas sob jurisdição federal. Não vamos até lá. Isso é trabalho deles, dos profissionais.

— Para mim, vocês estão agindo como justiceiros...

— Nada disso. Não faremos nada ilegal. A ideia é apenas mandar um recado. Não queremos mais que nossas mulheres passem por situações semelhantes à que você sofreu. Entende?

Mel não respondeu.

— Se houver alguma coisa parecida perto demais de Virgin River, daremos a chance de eles saírem daqui antes de denunciá-los às autoridades. Acredite, vai dar tudo certo. Voltaremos antes do anoitecer.

— Vou passar o dia inteiro com o coração na mão — alertou Mel a Jack.

— Preciso ficar aqui para que você não tenha medo? Ou confia em mim?

Mel mordiscou o lábio e assentiu. Jack a enlaçou pela cintura, ergueu-a e a beijou com paixão.

— Esse seu sabor matinal é uma delícia — comentou ele, sorrindo. — Isso é normal?

— Se cuide. E não esqueça que eu te amo.

— Não preciso de mais nada. — Jack a colocou no chão.

Preacher saiu na varanda e a cumprimentou com uma expressão tão séria que Mel quase estremeceu.

— Traga ele de volta — pediu ela. — Com essa cara, você vai assustar todo mundo.

E, para a sua surpresa, Preacher abriu um sorriso tão largo que o deixou quase irreconhecível. Quando a caravana finalmente partiu, Mel ligou para June:

— Você sabe o que seu marido foi fazer?

— Sim — respondeu a amiga, contrariada. — Não sou babá dele.

— Você está preocupada?

— A única coisa de que tenho medo é que alguém atire no próprio pé. Por quê? Você está?

— Bem, sim! Você devia ter visto os coletes e rifles enormes. Armas gigantes!

— Ah, você sabe que tem ursos nessas matas. Não daria para abatê-los com uma pistola simples. Não se preocupe com Jack, querida. Depois do que aconteceu, ficou evidente que ele é um bom atirador.

— E o Jim?

— Jim? — June começou a rir. — Mel, Jim ganhava a vida com isso, ele simplesmente não admite que sente falta da ação. Juro que esse homem saiu de casa sorrindo.

Mel passou o dia inteiro imaginando tiroteios na floresta. Para piorar, não havia pacientes, então só lhe restava andar de um lado para o outro. Com o bar fechado e tantos homens fora da vila, o silêncio era absoluto.

Ela permaneceu um bom tempo sentada nos degraus da varanda da clínica. Por volta do meio-dia, um utilitário preto chegou à vila devagar e parou diante dela. O motorista baixou o vidro.

— Soube o que aconteceu com você.

— É mesmo? Não sabia que tínhamos amigos em comum.

— Como você me fez um favor, vim avisar umas coisas. Primeiro, sei que Thompson era um descontrolado. Sei o que acontece naquela mata e posso dizer que não há muitos como ele. São pessoas como Vicky, a moça que teve o bebê, que podem ter se metido em encrenca, mas não representam perigo a ninguém. São discretos. Ela passou por maus bocados, não conhece muitas alternativas para ganhar dinheiro. Aliás, ela foi com o bebê para a casa da irmã, no Arizona. Eu mesmo a coloquei no ônibus.

— Você tinha dito que era em Nevada.

— É mesmo? — ele perguntou e sorriu de lado. — Talvez eu tenha me enganado.

— Espero que saiba o endereço certo para enviar o cheque da pensão, já que o filho é seu.

— Eu não disse que os dois teriam tudo que precisassem?

Mel ficou quieta, pensando. O dinheiro da pensão seria fruto do tráfico de maconha. Alguns diziam que a erva não era pior do que algumas cervejas, e ela estava prestes a entregar a vida e o coração a um homem dono de bar, que vivia servindo cerveja. Havia também quem considerasse a planta uma droga medicinal. Boa parte da população acreditava que a maconha era perigosa, algo que, se caísse nas mãos erradas, jovens principalmente, podia induzir a um vício horrível. A visão de Mel sobre o assunto era mais objetiva: sem a prescrição médica, o cultivo era ilegal, e, com isso, as pessoas se associavam ao crime.

— Você disse que queria dizer algumas coisas?

— Vou sair dessa área. Tudo bem que a morte de Thompson não foi uma grande perda para a sociedade, mas ele estava ligado a alguns esquemas por aqui... Ou seja, haverá investigação, mandados de busca e prisões. Então estou de partida. E você realizará o seu sonho de não ter mais nada a ver comigo.

— Você cometeu alguma violência? — perguntou Mel, inclinando-se para a frente.

— Na verdade, não — respondeu o sujeito, dando de ombros. — Pelo menos por enquanto. Tive alguns desentendimentos, mas sou apenas um homem de negócios.

— Não seria melhor que fosse um negócio dentro da lei?

— Ah, claro. Mas seria difícil regularizar minha atividade ou encontrar algo tão rentável.

O sujeito subiu o vidro e acelerou, sumindo de vista. Mel decorou a placa do carro, mesmo sabendo que, se ele fosse mesmo profissional, não adiantaria de nada.

Ao entardecer, sentou-se de volta na varanda e esperou. Começava a escurecer quando ouviu o barulho dos carros voltando em marcha lenta. Estacionaram na frente do bar. De longe, Mel tentou avaliar o estado de espírito do grupo. Todos pareciam sérios e cansados, e desceram dos carros alongando as costas e braços. Já não estavam mais de coletes, e sim com as mangas da camisa arregaçadas e as armas fora de vista. Aos poucos, foram relaxando, dando tapas nas costas uns dos outros, rindo e se reunindo no alpendre do bar. Ficou aliviada ao ver Ricky bem, rindo com os demais — um novo membro da fraternidade. Preacher foi o último a estacionar a picape, com Jack ao lado. Na carroceria, havia alguma coisa muito grande. Assim que o carro parou, os outros se juntaram ao redor, e o ânimo quase chegou à euforia. Muitas gargalhadas e um vozerio alto.

Mel atravessou a rua com receio de saber qual era a razão de tanta alegria. Jack a encontrou no meio do caminho.

— E, então? Encontraram alguma coisa?

— Nenhum bandido. O acampamento de Paulis estava abandonado, destruímos o que sobrou. Henry e outros ajudantes do xerife apareceram e confiscaram as plantas de maconha. Não quero essa gente de volta na vizinhança, se forem continuar plantando. Na realidade, vamos assumir a tarefa de mantê-los afastados, já que o departamento do xerife não tem contingente para tanto.

— Você já chegou a pensar "É só um pouquinho de maconha"?

— Não tenho opinião formada sobre isso. — respondeu Jack, dando de ombros. — Mas, se as empresas farmacêuticas fossem encarregadas do cultivo, talvez não precisássemos temer por nossas mulheres e crianças.

— O que vocês trouxeram na picape? O cheiro é horrível.

— Um urso. Quer ver?

— Um urso? Como assim?

— Ele estava enfurecido, tentou atacar... Venha ver o tamanho!

— Quem atirou?

— Está perguntando quem matou ou quem levou o crédito? Porque cada um acha que deu o tiro certeiro.

Jack passou o braço pelos ombros dela, e terminaram de atravessar a rua. Mel começou a distinguir o que diziam.

— Juro que ouvi Preacher gritar!

— Não foi um grito comum, idiota. Foi um grito de batalha.

— Parecia uma criancinha.

— O urso tem mais furos do que a minha cabeça.

— Ele não gostou muito do repelente, né?

— Eu nunca tinha visto uma coisa dessas. No geral, os ursos esfregam os olhos e voltam correndo para o mato.

— Estou dizendo que o Preacher gritou. Achei que fosse chorar como um bebê.

— Quer comer ou não, idiota?

O coro de gargalhadas aumentou. O ambiente era de festa. O grupo taciturno que saíra naquela manhã, como soldados partindo para a guerra, voltava entusiasmado e vitorioso. Mas a guerra tinha sido contra um urso.

Mel deu uma olhada na carroceria da caminhonete e pulou de volta para o chão. O urso mal cabia lá dentro. As garras das patas eram assustadoras. Mesmo morto, o animal estava amarrado. Os olhos estavam abertos, a língua pendurada para fora da boca. E fedia demais.

— Quem vai ligar para o Departamento de Caça e Pesca?

— Será que precisamos mesmo? Vão levar o urso. O *meu* urso!

— Como pode ser tão estúpido? Eu é que o matei! — reivindicou Preacher, em alto e bom som.

— Você ficou gritando como uma criancinha assustada enquanto disparávamos.

— Afinal, quem atirou no urso? — indagou Mel.

— Acho que Preacher atirou quando foi atacado. Depois, todos nós disparamos. Ah, é verdade, ele gritou, mas eu teria feito o mesmo. O urso chegou muito perto — explicou Jack, e sorriu como um garoto que acabara de fazer um gol.

Preacher se aproximou de Jack e Mel pisando duro e sussurrou no ouvido dela:

— Eu *não* gritei. — E foi embora, ainda pisando duro.

— Querida, encontramos o utilitário preto, o motorista deve ter saído da estrada e despencado num penhasco... — disse Jack.

— Ele morreu? — Mel se surpreendeu por se preocupar.

— Não encontramos nenhum corpo.

Mel desatou a rir.

— Meu Deus! Ele passou por aqui por volta do meio-dia. Tudo o que fez foi baixar o vidro e, para retribuir o favor que fiz, avisar que não havia mais ninguém como Thompson plantando maconha na região, pelo menos não que ele conhecesse. E avisou que sumiria do mapa. Jack, ele mesmo deve ter empurrado o carro montanha abaixo.

— É bem provável. Pode ser que compre um carro novo, mude de aparência e volte. Nunca mais saia com ele, Mel. Promete?

Mel pensou que, por mais insano que fosse, o sujeito não a tratara mal e tinha agido corretamente ao buscar ajuda. Por isso, seria difícil negar se ele pedisse ajuda médica de novo.

— Quantos filhos você acha que ele pode ter? — perguntou, rindo.

— Os homens às vezes cometem alguns deslizes.

— Sério? Espero que você não tenha cometido nenhum.

— Nenhum — garantiu Jack, com um sorriso.

— Então, foi só isso que encontraram? Um SUV capotado e um urso? Deve ter sido um pouco decepcionante, né?

— Acha que um urso abatido é uma decepção? Querida, era um baita urso assustador!

Havia pelo menos uns vinte e cinco homens, todos cheirando mal; para piorar, estavam indo para o bar. Mel cheirou a camisa de Jack.

— Nossa, você está quase tão fedido quanto o urso.

— E vai piorar. Todos vão tomar cerveja, comer e fumar charutos. Preciso entrar para começar a servir as bebidas, enquanto Preacher e Ricky acendem a churrasqueira.

— Vou ajudar — ofereceu Mel, pegando a mão dele. — No fundo, foi uma perda de tempo, né?

— Para mim, não. Nossa floresta está limpa, a polícia confiscou as plantas e caçamos um urso feroz.

— Você só se divertiu — acusou Mel.

— Não era a intenção — retrucou Jack, mas abriu um sorriso largo.

— Acabou, Jack?

— Espero que sim, querida. Deus queira que sim.

Mel ficou atrás do balcão pela primeira vez. Ajudou a servir as cervejas e os drinques e montou uma tigela grande de salada enquanto Preacher virava os bifes na churrasqueira. Os pratos e talheres tinham sido dispostos em uma das mesas, no estilo self-service. Os amigos continuavam se divertindo, provocando uns ao outros, e o barulho e a algazarra só aumentaram conforme a noite avançava. Apesar de estar trabalhando, sempre que Ricky passava por um grupo, alguém o puxava para abraçá-lo e elogiá-lo, comprovando que o rapaz se tornara um deles. Mullins foi à taberna para seu uísque habitual, conversou com todos e voltou para casa. A maioria dos moradores da cidade saiu do bar antes de a refeição ser servida para contar às esposas que tinham abatido um urso.

Por volta das nove da noite, tinha acabado a comida e os charutos. Jack pegou a mão de Mel e sugeriu:

— Vamos embora. Você deve estar exausta.

— Humm... — Ela o abraçou. — Mas não vou me chatear se quiser ficar com seus amigos.

— Eles vão passar mais um dia ou dois na cidade. Como vieram de longe, pretendem pescar e empestear meu bar. A temporada de pesca está chegando. — Jack passou o braço pelos ombros dela, e os dois foram para os fundos. — E nós precisamos fazer o bebê dormir.

— Precisamos mesmo é dar um banho no pai do bebê — retrucou Mel, franzindo o nariz.

Enquanto Jack tomava banho, ela vestiu sua favorita entre todas as camisas confortáveis de Jack, acomodou-se no sofá e começou a folhear uma das revistas que encontrou. Pena que todas eram sobre caça e pesca. Dali, ouvia as gargalhadas sonoras que vinham do bar e teve a impressão de sentir o cheiro de charuto, mas isso a fez sorrir. Estava cercada de gente boa, que não hesitara em viajar até Virgin River para ajudar em uma situação difícil. Os amigos de Jack e os habitantes da cidade sabiam o verdadeiro significado de amizade.

Em Los Angeles, só conhecia os vizinhos de porta. Os turnos de Mark eram intermináveis, por isso não saiam tanto quanto ela gostaria. Sem contar que as pessoas da cidade grande tendem a ser menos simpáticas. Todo mundo ficava concentrado no trabalho, em ganhar dinheiro ou em gastá-lo. Mel também era assim. Agora, tirando o Hummer, que usava para trabalhar e servia mais à cidade do que a ela própria, fazia seis meses que não comprava nada. Passando a mão sobre a barriga, lembrou que em breve precisaria comprar roupas; mal conseguia fechar a calça jeans. Engraçado como não cogitava mais nenhuma grife em especial. Sorriu ao pensar em como sua vida tinha mudado. Não era mais a mesma mulher que quase despencara em um barranco com um carro esportivo, seis meses antes.

Jack saiu do banho com uma toalha enrolada na cintura e secando o cabelo com outra. Largou uma das toalhas no chão e foi para a cama, levantando o edredom e inclinando a cabeça para ela. Mel deixou a revista de lado e se aproximou.

— Tem certeza de que não quer jogar pôquer e continuar fedendo? Acho que esses caras não vão nos deixar dormir a noite inteira — comentou, indo para debaixo das cobertas.

— Você só pode estar brincando, né? — Jack deixou a outra toalha cair e se deitou, aninhando-a contra seu corpo.

— Eu já disse o quanto gosto de dormir com você? — comentou Mel. — Você dorme um sono muito tranquilo e não ronca. O único defeito é acordar muito cedo.

— Gosto das manhãs.

— Minhas calças já não servem mais. — Mel ergueu o corpo, apoiando os braços cruzados no peito dele, e comentou, impressionada: — Você chamou, e seus amigos vieram sem pensar duas vezes.

— Só precisei ligar para Mike, em Los Angeles, e ele chamou os outros. Eles são assim mesmo. E bastaria qualquer um me ligar que eu também iria. — Ele sorriu. — Nunca pensei em organizar um grupo como o nosso. Isso diz muito do que cada um sente pelo outro.

— No final, você não encontrou ninguém para afugentar lá na floresta.

— Gostei do que vi. Nem eu nem ninguém queria arriscar. Aconteceria o mesmo em qualquer outro tipo de crise: um urso, um incêndio na floresta, ou alguém perdido. As pessoas se juntam para resolver o problema. O que mais poderíamos fazer?

Mel passou os dedos pelo tórax dele, brincando com os pelos úmidos.

— Você tem ideia de como seu olhar é sombrio quando enfrenta alguma coisa? Prefiro que guarde esse olhar perturbador no armário.

— Preciso contar uma coisa... Perguntei à sua irmã sobre seu marido, Mark.

— Mesmo?

— Verdade. Soube que ele era um grande homem, brilhante e gentil. Fez diferença no mundo e foi bom para você. Eu o respeito muito.

— Joey não me falou nada.

— Venho planejando como contar isso. Sei que o assunto a incomoda, mas você precisa me ouvir. Há algumas semanas, deixei você chorar sozinha porque estava furioso. Flagrei você conversando com uma foto e me senti ameaçado. Imagine, eu me senti ameaçado por um homem que não está mais entre nós... Sou mesmo um covarde. — Jack acariciou os cachos dela. —Mas isso não vai acontecer de novo, Mel. Entendo suas razões para amá-lo e sempre...

— Jack...

— Por favor, preciso terminar, quero que você ouça. Tenho plena consciência de que você não queria uma mudança tão radical na sua vida e que as coisas acabaram fugindo do controle. Da mesma forma, não há como controlar sentimentos. Não precisa fingir que não pensa nele ou que não tem saudades. E, quando passar por momentos tristes, lamentando que ele não esteja mais presente na sua vida, seja sincera comigo. Não precisa fingir que é TPM nem nada assim. — Ele sorriu. — Nós dois sabemos que você não sofre mais disso.

— Do que você está falando, Jack?

— Só mais uma coisa. Já que aceito que ele sempre será uma parte importante na sua vida, será que você poderia pelo menos tentar não lamentar que teremos esse filho? Quero que saiba que nunca me senti tão preparado para assumir um compromisso como esse. Farei o possível para não ter ciúmes. Sei que não fui sua primeira opção, mas sou a segunda. Para mim, isso basta. Lamento que uma pessoa tenha tido que morrer para nos encontrarmos. Sinto muito pela sua perda, Mel.

— Por que você está me dizendo tudo isso? É uma bobagem sem tamanho.

— Foi o que ouvi você dizer a ele, que lamentava estar grávida, que simplesmente tinha acontecido, e que prometia nunca o esquecer.

Mel o encarou com espanto.

— Pensei que estivesse magoado pelo que me ouviu dizer, e não pelo que *não* ouviu.

— Quê?

— Jack, não me arrependo de ter engravidado. Estou animadíssima! Fiquei desnorteada por ter percebido que te amava mais do que imaginava ser possível. Talvez seja a maior paixão que tive na vida. Em algum momento de falta de lucidez, achei que estava traindo a memória dele, como se não estivesse sendo fiel ou algo assim. É verdade, eu não planejei que nada entre nós acontecesse, mas aconteceu. Sei que resisti, mas você me conquistou. Prometi a Mark que nunca vou esquecê-lo, o que é verdade. Como você disse, ele foi um bom marido. Eu também o respeito.

— Quê?

— Ouça bem — continuou Mel, ainda brincando com os pelos úmidos. — Fiquei chateada e confusa. Amei muito o Mark. Não achei que amaria outro homem, muito menos um desconhecido. Imagine meu choque quando me dei conta de que meu sentimento era mais forte, mais poderoso do que o que sentia por ele. Jack, naquele dia, eu estava dizendo a Mark que minha vida tinha tomado um rumo. Eu estava me despedindo... Confesso que foi difícil. Não sou mais viúva, querido. Agora serei sua esposa. O que temos é... maravilhoso!

— É sério?

— Naquele momento, eu estava com as emoções à flor da pele. Além de cansada e grávida. Jack, será que você não percebe o quanto eu te amo?

— Sim, quer dizer... — Ele se sentou na cama. — Pensei que fosse mais atração física. Ou seja... Droga, Mel. Somos um casal perfeito na cama! O jeito que chegamos juntos às alturas... Fico tonto só de pensar.

— Eu admito que também gosto muito da parte física — disse ela, com um sorriso maroto. — Mas amo outras coisas também. Para começar, seu caráter. Sua generosidade, sua coragem... Nossa, um milhão de coisas, mas cansei de falar. — Ela o beijou. — Quero que você me diga algo maravilhoso antes de tirar minha camiseta.

Jack a deitou de costas e a fitou nos olhos.

— Mel, você foi a melhor coisa que me aconteceu. Vou fazer você tão feliz, que talvez você não aguente. Vai acordar cantando todas as manhãs.

— Eu já acordo cantando, Jack.

Este livro foi impresso pela Vozes, em 2022, para a HarperCollins Brasil. A fonte do miolo é Minion Pro. O papel do miolo é pólen natural 70g/m², e o da capa é cartão 250g/m².